紀行せよ、
と村上春樹は言う

鈴村和成

未來社

紀行せよ、と村上春樹は言う◇目次

第二章　地震の後、村上春樹の神戸を行く

第三章　村上春樹の札幌、ハワイを行く――ハナレイまで

第五章　『1Q84』の東京サーガを行く

第六章　東奔西走——谷崎潤一郎と村上春樹

《扉写真》

第一章　ヘルシンキ、エーリキンカツ

第二章　えべっさん筋、ムラカミ・ロード

第三章　ハワイ、パラダイス・コーヴ・ルアウ

第四章　京都・鞍馬街道の森

第五章　グランドプリンスホテル赤坂 40 階より望む 246 号線と首都高速

第六章　福良の淡路人形座・八重垣姫

紀行せよ、と村上春樹は言う

装幀——高麗隆彦
扉写真——鈴村和成

序に代えて　一

一〇年の時を隔てた〈心中〉――『色彩を持たない多崎つくると、彼の巡礼の年』

波乱万丈の『1Q84』から三年、村上春樹待望の新作長篇は、名作『ノルウェイの森』を凌ぐ重厚で清澄なゴシック・ロマンになった。

主人公のつくるは生地名古屋で、〈秘密結社〉のような高校生の仲良し五人組のなかに、友愛の神話と青春の楽園、「乱れなく調和する親密な場所」を見出していたが、他の四人は地元の大学に進学したのに、つくるだけは上京し、今は東京の鉄道会社で駅を「つくる」仕事に就いている。

一六年前のこと、東京の大学二年生だったつくるは、名古屋の五人組から突如、追放の宣告を受けた。以来、トラウマとなったその記憶を封印した三六歳のエンジニアは、ガールフレンドの助言を入れ、理不尽な絶交の理由を知るために、五人組の残りの人たちをめぐる〈巡礼〉に出る。

意外なことが明かされる。仲間の一人、シロがつくるにレイプされたというのだ。つくるには身に覚えのないことだ。精神を病むシロのために、仲間たちはつくるを切らざるをえなかったのだ、と。

しかもシロの口から真相を聞くことはできない。この音楽大学を出た美しい女性は、六年前、何者かに絞殺されたのだ、――大きな謎と傷をつくるに残したまま。

ミステリー・タッチの小説だ。村上の主人公には親しい〈壁抜け〉あるいは幽体離脱――精神医学で言う解離性障害――がヒントになる。

かつて五人組からの除名によって「死の胃袋」に落ちたつくるは、幽霊さながら本人の意志と離れた行動をとるようになる。表題は〈幽霊（幽体）のように「色彩を持たない」〉の意だったのである。つくるとシロは一〇年の時差のある〈心中〉を遂げたともいえる――つくるの場合、二〇歳のときの〈魂の中の死〉によって、シロの場合、三〇歳のときの他殺によって。二人は六年前、「連結された闇の中で」秘かに通じあったのかもしれない。そういう読み方にこの小説は開かれている。

シロが弾くリストの『巡礼の年』が、遠くフィンランドへ旅するつくるの心に、少年の日の恋人とふるさとを失った哀切な旋律を奏でる。

序に代えて　二

めくるめく人生の破局――『女のいない男たち』

音楽でいう「コンセプト・アルバム」（「まえがき」）に相当する短篇集。従来以上に構成への配慮が顕著になった。

コンセプトとはずばり「女のいない男たち」。もともとこの作家には逃げ去る女の子というプルースト的な主題が一貫していた。それが今回すぐれて前景化されたのだ。

「木野」と「ドライブ・マイ・カー」は、妻の不倫で最愛の伴侶をなくす話。「イエスタデイ」は、幼なじみを熱愛しながら、どうしてもその女の子には手の出せない、超の字のつく純情男のトラジコメディ。「シェエラザード」は『千夜一夜物語』の王妃のように、主人公とセックスするたびに、興味深い話を聞かせてくれるが、彼女（と彼女の語る物語）を同時に失う不安に怯える。「独立器官」は、交際中の人妻が自分ばかりか夫も棄て、第三の男と失踪したと知り、絶望のあまり死んでしまう（この順で面白い）。

どれも不幸な男の話で身につまされずにいられないはずだ。

構成とは一種の自作引用の網の目を張りめぐらせること。――表題作「女のいない男たち」は初期の名短篇「貧乏な叔母さんの話」(『中国行きのスロウ・ボート』)からの〈引用〉。「木野」は巻頭の「ドライブ・マイ・カー」から南青山のバーを〈引用〉する。

そこのところを少し説明すると、——

「ドライブ」では、妻と死別した俳優が、妻と不倫関係にあった同業の俳優と奇妙な友情を結び、故人の思い出を語らいつつ、ひそかな報復を企むうちに、問題のバーに妻の幽霊が出る気配になる。

一方「木野」では、主人公の木野がなんと、その南青山のバー(木野)にバーテンダーとして登場する。予言者風のカミタという常連が災厄を透視し、縁起の悪い店を閉め、遠くへ旅立つよう勧める。たしかにそのバーには何匹もの蛇や、その筋に近い者や、体に火傷の痕のある女が出入りする。いかにも呪われた場所にちがいないのだ。

この世には理性では予測し難い災いが満ちている。凝りに凝ったムラカミ流因縁話に、めくるめく人生の破局がのぞくのである。

第一章

幽体よ、ヘルシンキへ飛べ

——村上春樹オデッセー

（『色彩を持たない多崎つくると、彼の巡礼の年』完全裏読み）

姿朦朧たる幻はそれに答えて、

「あの男が生きているか死んでいるか、それをはっきり話すわけにはゆかぬ。風の如く定かならぬことを語るのは宜しくない。」

こういうと幻は、戸柱の閂の隙間をすり抜け、風の息吹きの中へ消え失せた。

——ホメロス『オデュッセイア』

すべてが二重になっているのだ、——善人と悪人と。笑いと怒りと。明と暗と。喜劇と悲劇と。表と裏と。礼儀と策略と。和気あいあいと、腹黒い駆け引きと。ハッピー・エンドとバッド・エンドと。こちら側とあちら側といえば、『世界の終りとハードボイルド・ワンダーランド』以来、作家に親しいパラレル・ワールドだが、村上春樹の新作長篇『色彩を持たない多崎つくると、彼の巡礼の年』では、あちら側が消去されて、こちら側だけが呈示される。その点、リアリズムが守られているとはいえ、村上本来の異界を内包した小説であることには変わりがない。

それぞれの読み方に応じて、それぞれの回答、それぞれの解釈、それぞれの魅力を開示する。長篇のラストに出て来る新宿駅のように、カオスであり、ノイズであり、迷宮であり、逆巻く人の海であり、と同時に、秩序であり、均質であり、滑らかであって、すべてが「順序よく、無駄なく、滞《とどこお》りなく進行する」。

これはグレー・ゾーンに溶暗する「色彩を持たない」人物を主人公とした小説である。
このヌエに似て表裏反転する怪物小説に、大胆な裏読みを実行しよう。

一　沙羅の〈事情聴取〉に始まる

多崎つくるの巡礼の地であり、僕の今回のムラカミ紀行《オデッセー》の目的地であるヘルシンキのバンター国際空港に着くのは、現地時間で今日の一五時二〇分（日本との時差は六時間）。村上春樹お気に入りのフィンエア（フィンランド航空）で、およそ一〇時間半のフライトである。その時間を利用して本とノートを開いた。

長篇はいきなり主人公の一種の臨死体験の記述から始まる。

物語の現在時（二〇一一年頃と推定される）から一六年前、ということは阪神大震災やオウム真理教団による地下鉄サリン事件のあった一九九五年になるが、当時二〇歳の多崎つくるが大学二年生のとき、――「おれは本当に死んでしまったのかもしれない」、つくるはそう回想する。「あの四人から存在を否定されたとき、多崎つくるという少年は事実上息を引き取ったのだ」。

郷里の名古屋で仲良し五人組を構成していた仲間たち――アオ（青海悦夫《おうみよしお》）、アカ（赤松慶）、シロ（白根柚木《ゆずき》）、クロ（黒埜恵理）という名前に色彩を持つ四人と、「色彩を持たない」多崎つくるのグループ――から、つくるは突如、理由を告げられないまま、除名と追放を宣告されたのである。

ここでまず単純な疑問が生じる――失恋というのならまだしも、親友たちから切られたぐらいのことで、人は死の淵に落ちるものか？

しかも、つくるはその頃はもう純情な高校生ではない。駅が大好きで、駅を「つくる」仕事に就くために、名古屋のグループから離れ、東京の工科大学に通う有為な二〇歳の青年なのである。

この追放事件を語るつくるに対して、ガールフレンドの沙羅がデートの場で事情聴取に類する対応をするのも、なぜそんな不当な目に遭いながら、彼がことの真相を究明しようとしないのか、という不審な気持ちから発している。

そう、多崎つくるは不審な人物なのである。

大手の旅行会社に勤める、二歳年上のキャリアウーマンの沙羅と、駅の設計管理に携る電鉄会社の課長代理・三六歳のつくるの関係が、一般の男女の恋愛関係とは異なる、女による男の審問の様相を呈するのも、つくるが抱えているこの、「何かがまだ納得のいかないままつっかえていて、そのせいで本来の自然な流れが堰き止められている」と沙羅が指摘する、つくるの人格の不透明なダークサイドにこそ、その真因が求められる。

このカップルにあっては、（チャンドラー風にいえば）沙羅が探偵であり、つくるは疑わしい依頼人である。沙羅は追い、つくるは追われる。「でも、どうかしら」と炯眼の彼女は追及の手を緩めない、「内側では、血はまだ静かに流れ続けているかもしれない」。

沙羅はとりわけ五人組の高校生の秘密結社的なグループが、性的な要素を排除していることに疑問を呈する、――「それで、あなた自身はどうだったの？　ずっと一緒にいて、シロさんや、クロさんには心を惹かれなかったの？」

つくるの深層心理の核心を衝く、まっとうな質疑だろう。一六、一七の男女が強い結束を有するグループに属しながら、「そこに異性の関係を持ち込まないように注意し、努めていた」というのは、どう見ても不自然だ。

除名事件の後、つくるがたびたび見るようになった、シロとクロ、二人の女が「ぴたりと二人一組で彼の想像の世界を訪れ」る性夢は、むろん女友だちに告白しうるものではないが（「どれほど正直に心を割っても、口に出してはならないものごとはある」と、つくるは自分に言い聞かせる）、彼の歪んだセクシュアリティを如実にあらわしている。

二　一角獣、あるいはレクサスの新車

彼は「ケミストリー」とか「幸運な化学的融合」という言葉で名古屋のグループの奇蹟的な成立を説明しようとする。「そこにたまたま生まれた場の力。二度と再現することはないもの」と。これはスピリチュアルなパワースポットに近いもので、とすると、この五人組の集まる名古屋は、オカルトな霊力を帯びた魔術都市ということになるのか。

なるほど、つくるが用いた「ケミストリー」という言葉は、錬金術を想起させる。周知のように化学《ケミストリー》の起源は錬金術《アルケミー》である。

すぐさま思い浮かぶのは、前作『1Q84』のカルト教団「さきがけ」だろう。そのリーダーの娘ふかえりの語る小説『空気さなぎ』に描かれる、「さきがけ」の雛型となる「集まり」だろう。

つくるとシロの（クロを交えた）性夢の場面が、『1Q84』のヒーロー天吾とふかえりの性交に

酷似することに注意したい。処女（本人の申告による）のシロも一七歳のふかえりも、騎乗位になって、もっぱらつくるや天吾をリードしていくのである。

シロが奔放な性行為をするのはつくるの夢の話ではないか、という反論が予想されるが、村上のヒロインの最大の特徴は、夢と現実を自在に出入りすることにある（『ねじまき鳥クロニクル』の加納クレタがそのプロトタイプ）。本篇では従来のムラカミ・ワールドのブランドになっていた、現実／非現実の〈壁抜け〉は必ずしも明示的ではないが、シロは紙一重のところまで非現実界に膚接する。『ダンス・ダンス・ダンス』に言う「お化け組」の一員なのである。

五人組のなかで超現実のオーラ（後にジャズ・ピアニストの緑川が言う「後光」）を放つのは、類いまれな美しさをもつシロだけではない。

つくるに対して、かつての盟友たちに会い、謂われない除名の真意を質すことを勧める沙羅は、ネットを用いて彼らの現況を調査する。アオはトヨタの自動車王国・名古屋の一等地にあるレクサスのディーラーでチーフ・セールスマンとして辣腕を揮っているし、アカは名古屋市内の中心地に*BEYOND*という「何となくニューエージっぽい」（沙羅の言）社名の〈クリエイティブ・ビジネスセミナー〉を立ち上げ、ある女性誌に「最も成功した三十代の独身男性」の一人に取り上げられる有名人になっている。

沙羅の次の評は、アカの経営する*BEYOND*が『1Q84』のカルト教団「さきがけ」と同根の、怪しげな教義を喧伝する疑似宗教組織であることを示している、――「要するに企業戦士を養成するための即席お手軽洗脳コース。教典のかわりにマニュアルブックを使用し、悟りや楽園のかわりに出世と高い年収を約束する。プラグマティズムの時代の新宗教ね」。

──『色彩を持たない……』の取材で名古屋のレクサス高岳《たかおか》を訪ねたときのことを思い出す。都心の目抜き通りの桜通に面したレクサスのショールームは、いかにもつくるがアオを訪ねて行ったとおりの強烈なオーラを発散していた。

沙羅は名古屋から一歩も出ない人生を評して「なんだかコナン・ドイルの『失われた世界』みたい」と言うが、「晴れがましく並んで」いる「色とりどりのレクサスの新車」は、「コナン・ドイルの『失われた世界』的に孤立進化してきた」と『地球のはぐれ方』の巻頭「魔都、名古屋に挑む」で言われる恐竜たちに似ていなくもない。とくにアップで写真に撮ったヘッドライトはティラノサウルス（暴君竜）の目玉さながらで、大変な迫力がある。

沙羅によれば「名古屋ってそんなに居心地の良いところなの？」。『地球のはぐれ方』によれば、「地軸がちょっと歪んでいるところに入っちゃったみたいな感じで、どうも落ち着かない。［……］ところがしばらくしていったんその歪みに馴れてしまうと、今度はもう一生そこから抜けられないんじゃないかという、妖しい中毒性みたいなものが」、この魔都にはある。

アカやアオはそんな名古屋の「妖しい中毒性」にはまって、ついに脱け出せなくなったタイプなのだ。

『世界の終りと……』の主人公によれば、「たとえばコナン・ドイルの『失われた世界』みたいに」高い壁に囲繞されて、他の世界から隔絶された「世界の終り」の街。

「世界の終り」の場合、その街に住むのは一角獣だが、名古屋ではそれがカ、ラ、フ、ル、なレクサスの新車になる。

三 「つくるの唇はとりとめのない形をつくった」

レクサス高岳のショールームを出た僕は、『色彩を持たない……』のつくるとアオにしたがって、広小路通のスターバックスに行き、テーブルに村上の新作長篇を配した写真を数葉撮って、すぐ近くの栄公園に足を運んだことを思い出す。

小説では公園の名は記されていないが、レクサス高岳とスターバックスの位置関係から推して、つくるがアオと語りあう舞台になる公園は、この栄公園と考えてよさそうだ。

とはいえ、公園に足を踏み入れてあたりを見回すと、意外なことに気づく。

たしかに「空は薄く曇って、青空はどこにも見えなかったが、雨の降り出しそうな気配はなかった。風もない」。しかし「緑の葉を豊かにつけたヤナギの枝」が、「地面すれすれまで垂れ下がり、深く考えごとをしているみたいにぴくりとも動かなかった」という光景は、どこにも見当たらないのである。栄公園にはヤナギの木は一本も存在しない。

作者は栄公園に存在しないヤナギを持ってくることによって、(ユーモラスな配慮とともに)主人公のつくるに幽霊のコノテーションを与えたのではないか。

長篇の冒頭でつくるは、名古屋のグループから除名された当座、「自分が死んでいることにまだ気づいていない死者として生きた」とあった。つくるはその時点で既に死者に等しい存在だったのである。

後にフィンランドのハメーンリンナにクロのサマーハウスを訪ねたとき、つくるを道案内する老人のことを、「冥界への道筋を既に死者に教えた死神」に喩えて、つくるは「死者」とはっきり名指される。クロと再会したときにも、「君は幽霊でも見ているような顔をしている」とつくるはクロに言うが、「冗談で言ったつもりだったが、自分でも冗談には聞こえなかった」と、わざわざ自分のゴーストぶりを確認するほどである。

理由もなく絶交を申し渡された一六年前の仕打ちについて釈明を求めるつくるに、アオは「重く垂れ下がったヤナギの枝をしばらく眺めて」から、事件の核心に踏み込む問いを発する。このやりとりは、つくるが亡霊じみていて、ヤナギの枝が垂れていることもあって、能舞台におけるシテとワキの対話を思わせる、――「それはつまり、おまえはシロと性的な関係を持たなかったということなのか？」

つくるの返答は、その表情とともに、きわめて曖昧、かつ示唆的である、――「つくるの唇はとりとめのない形をつくった。『性的な関係？　まさか』」。

ここで「つくるの唇」は小説の謎そのままの「とりとめのない形」を「つくる」。彼は自分の名前を唇でパフォーマンスしたのだ。

つくるの返事、「性的な関係？　まさか」は、いくつかの裏読みを必要とするせりふである。

ひとつは、つくるはシロと交わる夢をたびたび見るが、彼の性夢はきわめてリアルなもので、現実の世界へダイレクトに壁抜けするものである、ということ。

あるいは、つくるは名前通り嘘を「つく（る）」男で、シロとはレイプに近い性的な関係を持った、いや、実際にレイプした、ということ。――シロが一六年前に名古屋の仲間たちに告発したように。

よりデリケイトな、そして小説の理解にとって根本的な問題がある。

つくるが嘘をついているとして、彼に嘘をつく意識はあるのか？

そもそも彼に罪の意識はあるのか？

それとも、彼は自分のしたことを忘れているのか？

公園で彼はアオに向かって、「すべてを忘れてしまおうとした」と語ったのだし、別のところでは沙羅に、「その原因を追及して、そこでどんな事実が明るみに出されるのか、それを目にするのがきっと怖かったんだと思う」と告白したのである。

四　霊媒の女・シロの登場

ここでつくるとシロの関係の真相により深く踏み込むために、シロが初めてつくるの性夢——と言ってしまってよいか、微妙なところだが——に登場する、長篇のハイライトとなるパート（4～7章）を読んでみよう。

まずシロはつくるの友人・灰田とともにその姿をあらわす。

いうならば、ヒロインのシロは灰田を露払いに従えて長篇に登場して来るのだ。

沙羅との語らいで一六年前の出来事に遡るつくるは、そのころ知りあった青年、同じ大学の二学年下の学生で灰田文紹《ふみあき》という友人の回想を始める。

この人物は小説のキー・パースンだが、作品の主題を構成する名古屋の五人組とはなんのかかわりもなく、いかにも村上らしい前後の脈絡のない登場の仕方をして、いかにも村上らしく唐突な退場の仕方をする。

　彼がある日、つくるのマンションに古いＬＰを抱えてやって来る。その音楽を導き手として、シロが本来の――言葉通り赤裸な――姿をあらわすのである。

「あるピアノのレコードを聴いているとき、それが以前に何度か耳にした曲であることに、つくるは気づいた」と、その場面は始まる。「これは何という曲なのか」というつくるの質問に、灰田は「フランツ・リストの『ル・マル・デュ・ペイ』です」と答える、「『巡礼の年』という曲集の第一年、スイスの巻に入っています」。

　こうして脇役のようにして介入した灰田は、長篇のタイトルと、その主題（曲）、さらにヒロインをもここに紹介したのである。

　主題（曲）は「ル・マル・デュ・ペイ *Le Mal du Pays*」。これは灰田の説明にあるとおりフランス語で、「一般的にはホームシックとかメランコリーといった意味」だが、直訳すれば〈ふるさとの病気、あるいは悪〉。この小説の舞台であり、主人公たちの故郷に即して訳せば、〈名古屋病〉。『地球のはぐれ方』から引けば、「異界に直結している」名古屋というパワースポットの「呪術性」の意に解される。

　そしてヒロイン。

「ル・マル・デュ・ペイ」に耳を傾けるつくるは、ピアニストのラザール・ベルマンについて語り続ける灰田の話を「ほとんど聞いていなかった。その曲を演奏しているシロの姿が彼の脳裏に、びっくりするほど鮮やかに、立体的に浮かび上がってきた」。

シロがリストの音楽とともに、つくるの前に呼び出される決定的な場面である、――「後ろに端正に束ねられた彼女の黒い髪と、譜面を見つめる真剣な眼差し。鍵盤の上に置かれた十本の長く美しい指［黒い髪、白と黒の鍵盤、十本の白い指と、白と黒のテーマの提示に注意。ここには後述のとおり谷崎潤一郎の長篇『黒白《こくびゃく》』との関連が指摘できる］。ペダルを踏む二本の足［やはり谷崎晩年の名作『瘋癲老人日記』を思わせる足のフェティシズム］は、普段のシロからは想像もできないような力強さを秘め、的確だった。そしてふくらはぎは釉薬《うわぐすり》が塗られた陶器のように白くつるりとしていた」

まさに無意志的な想起であり、プルーストの『失われた時を求めて』のなかの一章『スワンの恋』で、スワンの恋人オデットがヴァントゥイユ（作中人物の作曲家）のソナタの petite phrase（小楽節）とともに姿をあらわす場面をほうふつとさせる。

「軽く目を閉じて音楽に耳を澄ましているうちに、胸の奥にやるせない息苦しさを覚えた」と、つくるはシロへの、ほとんど無意識的な（「知らないうちに」）、それだけに致命的な奥深い恋情を吐露している、――「小さな堅い雲の塊を知らないうちに吸い込んでしまったようだった」。

つくるはシロが体現する「ル・マル・デュ・ペイ」、すなわち名古屋という魔都の〈毒 mal〉を、音楽と一緒にしたたかに「吸い込んでしまった」のである。

五　六本目の指

灰田はつくるに、「死に関連して」と前置きして、父親の話を始める。その話のなかに灰田の父が若い頃に旅先で知りあった、緑川というジャズ・ピアニストが出てくる。

そういう入れ子になった話の核心に埋め込まれているのが、緑川の弾くセロニアス・モンクの「ラウンド・ミッドナイト」と、彼の話す「死のトークン」をめぐる訓話である。

つまり、音楽と死が核《コア》になっている。『色彩を持たない……』と同一の主題構成である。さらにいえば、『ノルウェイの森』との類似も見逃せない。そこではビートルズの同題の音楽と直子の自殺が結ばれる。

『色彩を持たない……』では、ヒロイン・シロを象徴するリストの「ル・マル・デュ・ペイ」というピアノ曲と、長篇冒頭で提示された多崎つくるの魂のなかの死＋シロの他殺による死が、大きな二つの主題を構成する。

そして緑川がモンクを弾くときピアノの上に置く小さな布の袋と、彼が「おおよそあと一か月の命しかない」と自分の余命を告げて語る「死のトークン」は、同じひとつのことを意味している。

「死のトークン」とは三島由紀夫の遺作となった四部作『豊饒の海』における輪廻転生のしるし――輪廻する主人公たちの腋にある、「昴《すばる》を思はせる三つのきはめて小さな黒子《ほくろ》」に類したものだろう。

緑川によれば、「死のトークンを引き渡せるのは」、「ある種の色を持った、ある種の光り方をする人間」に限られる。これが先に述べた名古屋の五人組に認められるオーラである。

緑川はピアノの上に置く袋のことを「お守り」あるいは「分身」と呼ぶ。そして「これにはちょっと奇妙な話があるんだ」と気をもたせながら、その話を中断してしまう。この話は中断されることによって、村上の他のその種の断片的な物語——一例が短篇「螢」。これは『ノルウェイ』に接続される——と同様、長篇のさまざまな部位に憑依することになる。

〈お守り＝分身＝奇妙な話〉の等号が成立し、それらが幽体となって憑依するのである。

後につくるは灰田の話したこの緑川のお守り（「護符」）のことを思い出し、「ひょっとしてその中に入っていたのは、ホルマリン漬けされた彼の六本目の左右の指だったのではあるまいか？」と考える。

「六本目の指」は『ねじまき鳥クロニクル』の冒頭近くで笠原メイの雑談にもちらっと姿を見せる（「親類に指が六本ある人がいるのよ」）本篇の主要なモティーフだが、『色彩を持たない……』ではラストに近いconclusionのところ（18章）で、主題としてもう一度取りあげられる。

そこでも前後に脈絡のないスタイルで「長い奇妙な夢」が出てくる。

つくるはピアノ・ソナタをみごとなタッチで弾いている。「あらゆるものが白と黒のグラデーションで構成されているようだった」とあるとおり、彼が弾くピアノの鍵盤も、譜面台のスコアをめくる女の黒いドレスも、彼女の漆黒の髪も、「真っ白な長い指」も、——すべてが白と黒の鮮烈な対比のうちに進行する（谷崎『黒白』が参考になる）。

つくるがピアノで弾くのは、そのなかにシロが〈囚われの女〉になっているピアノ・ソナタで、だれが作曲したのかは「わからない」「長大な曲だ」（おそらくリストの『巡礼の年』第二年「イタリア」の第七曲「ダンテの読書の後で」)。白と黒の世界は、つくるをとり巻く二人の女、シロとクロを指す。例によってつくるはこのラストから二番目の章になっても、もっとも重要な固有名——シロ——を、自分にも読者にも伏せていることに注意したい。

ある瞬間、つくるは楽譜をめくる黒いドレスの女の「手に指が六本あること」に気づく。黒衣の女の六本目の指は、灰田の話にあった緑川の護符、つくるが推量するとおり、彼の分身を意味する。長篇の主題に即していえば、名古屋のあの仲良し五人組、「五本の指みたい」に「パーフェクトな組み合わせ」(アオの言)からひとり離れて、東京に出て行った多崎つくる、というより、彼の幽体であり分身である者を指す。

六本目の指とは、つくるその人であり、彼の分身のことだったのである。

本篇では、本人と分身の区別はつかないし、またつける必要もない。両者は表裏一体をなしている。六本目の指はデリダのいう〈代補 supplément〉と考えられる。ただし、この〈代補〉は、本体を覆い、それを無化する力を発揮する。あるいはすべてが補足・補遺・分身・幽体・形代《かたしろ》と化する。

小説の冒頭において、つくるは象徴的な意味で既に「死者」だったのだから、この分身は彼の字義通り幽体であると考えてよい。

つくるがタイトルで「色彩を持たない」と形容される理由が、こうして解き明かされる。

彼は幽霊、あるいは幽体のように「色彩を持たない」のである。

つくるは幽体なのだから、これ以後、いたるところに憑いてまわる。彼の巡礼の旅はそうした憑依の旅である。犯人が犯行の現場に何度でも戻るように、彼は六本目の指として、死んだシロに縁のある五人組の残党、アオとアカ、そしてクロを訪ねる。

ヘルシンキへ飛ぶのも、そんなオデッセーの帰郷だった。クロとともに、そしてクロを訪ねるつくるとともに、呪われたハイマートである名古屋は、はるか北欧のヘルシンキへ飛び地 enclave（プルースト）したのだ。

六　死によって連結するシロとつくる――媒介する灰田

つくるが灰田から「死のトークン」の話を聞いた「その夜、いくつかの奇妙なことが起こった」。つくるが暗闇の中で目を覚ますと、誰かが闇の中に潜んで、彼の姿を見つめているのを感じる。「擬態する動物のように息を殺し、匂いを消し、色を変え、闇に身を沈めている。でもそれが灰田であることがつくるにはなぜかわかった」。灰田もまたつくるに似通った、「色彩を持たない」煙か灰のような幽体と化している。

灰田の分身が幽体離脱してつくるの上に身をかがめるのである。

次の場面では、つくるはもう一度眠りに落ち、夢のなかで目を覚ます。それはもはや夢ではない。「すべての夢の特質を具えた現実だった」。そこにシロとクロがあらわれる。本命の登場である。それまでの灰田をめぐる出来事は、シロを導入する introduction にすぎないのだが、村上の長篇では、導入部が本文と同等、あるいは本文以上に重要なのだ（『羊をめぐる冒険』の導入部参照）。

シロとクロの「長い執拗な愛撫のあとで、彼女たちのうちの一人のヴァギナの中に彼は入っていた」。このリアルな性夢はこのあと何度かくり返されるが、射精の相手はつねにシロである。こうしてシロがつくるの久しい欲望の対象であったことが明るみに出る。

しかし、その夜はいつもと違う「奇妙なこと」が起こる。「射精を実際に受け止めたのは、シロではなく、なぜか灰田だった」。

灰田がシロに入れ代わったのである。つくるにとって灰田はシロの形代だった。身代わりといってもよい。

灰田はシロが放った幽体、彼女の生霊《いきりょう》だったのである、――あくまでも、「特殊な時刻に、特殊な場所に解き放たれた想像力だけが立ち上げることのできる、異なった現実の相」においてであるが。つくると灰田のホモセクシャルな関係も、灰田がシロのアバターであったことによって解明される。シロ↓灰田↓つくる、と受けわたされていくジェンダーがある。

この「奇妙なこと」の起こった時期に注意したい。

それはつくるが名古屋のグループから切られた痛手で死の淵に落ち、そこからようやくさまよい出した時期に相当する。

一方、シロはつくるにレイプされ（と彼女は仲間に告発した）、妊娠して、流産するが、強度の拒食症に陥って、やはり死の淵に落ちている。

シロもつくるも、名古屋と東京に離ればなれになりながら、幽霊《ゾンビ》のようなボロボロの体で死地にさまよっていたのである。

その頃、つくるに灰田の手でリストのピアノ曲「ル・マル・デュ・ペイ」（土地の悪霊）がもたらされたのだ。

そこにシロの幽体が〈囚われの女〉になっていたのである。

灰田がシロの放った魔《ジン》であることは、ここに明らかだろう。この時期、シロとつくるのあいだには、象徴的な意味あいで心中がおこなわれたと考えることができる。シロの放った魔《ジン》がつくると刺し違えたといってもよい。

七　鞍馬の森で

それから僕は名古屋の〈ル・マル・デュ・ペイ〉を発ち、『ノルウェイの森』の直子——村上の小説に初めて登場した病めるヒロインの起源《ジェネシス》の女を、京都は鞍馬の森に求めて、東名阪自動車道と新名神高速道路を走ったことを思い出す。

シロ、ふかえり、クレタと遡る巫女的な女の系譜に、直子という心を病む女を立たせたら、どんな光景が見えてくるだろう?

京都東で高速を降り、三条大橋方面に向かう。三条で右折、すぐに左折して御池通に入る。堀川御池で右折、あとは堀川通を北上すれば上賀茂神社にいたる。

賀茂川に沿って少し走って右折し、川を渡る。賀茂川の東岸を北に走り、京都府道38号に入る。鞍馬街道の蛇行する険しい山道を登って行く。

京都生まれの村上には、このあたりは馴染みの土地だ。

一九八五年一〇月という古い日付をもつ村上龍との対談、「作家ほど素敵な商売はない」で、春樹は「ぼくは懐石料理が一番好きです。［……］京都の鞍馬の奥なんかに行くと小さな懐石旅館みたいなのがある」と鞍馬の名前を出している。同じ対談で「今度はすごくきれいな恋愛小説を書きたい」とも。『ノルウェイ』の刊行は対談の二年後のこと。

名古屋の栄公園から京都の〈ノルウェイの森〉まで、車でおよそ四時間の行程である。

鞍馬の森の神秘な霊気は『ノルウェイ』に流れる異界の雰囲気そのままだ。直子がヒーリングを受ける京都の阿美寮とは、特殊な魂の行き交うスピリチュアルな霊場なのである。直子はさしずめそこに住む、精神を病むシャーマンだ（シロとそっくり）。見舞いに東京からやって来たワタナベに、彼女はこう打ち明ける、――「あなたが思っているより私はずっと病んでいるし、その根はずっと深いのよ。だからもし先に行けるものならあなた一人で先に行っちゃってほしいの。私を待たないで。他の女の子と寝たいのなら寝て。私のことを考えて遠慮したりしないで、どんどん自分の好きなことをして。そうしないと私はあなたを道づれにしちゃうかもしれないし、［……］」。

「あなたを道づれに」するとは、阿美寮の魔界へ「あなた」を拉致する、の意である。直子はワタナベとの心中を示唆したのだ。

『色彩を持たない……』のヒロイン・シロは、直子と違って闇の背景に深く退いていて、小説の表舞台には立たないので、彼女自身の発言を直接聞くことはできないが（その結果、ファム・ファタール［死をもたらす女］としてのシロの魔性はいっそう深まっている）、フィンランドのハメーンリンナでつくるが会ったクロの口から窺われる彼女の症状は、阿美寮の直子を越える深刻なものである、――「まず大学に休学届を出した。とても人前に出られるような状態じゃなかったからね。［……］家に閉じこもり、まったく外に出ないようになった。そしてそのうちに強度の拒食症にとりつかれた。

[……] そのときはまるで幽霊みたいに見えたよ」

『ノルウェイ』から『色彩を持たない……』へ、ゴースト生成（日野啓三『台風の眼』参照）と称すべき現象が、ヒーロー（ワタナベとつくる）とヒロイン（直子とシロ）を貫いて進行しているのだ。

　直子とシロは性的な感性においても共通するものを多分にもっている。

　直子は幼なじみのキズキを愛していても、彼とのセックスで濡れることができなくて、もっぱら手や口を使って愛しあう。キズキが自殺した後、直子とワタナベは、『色彩を持たない……』のつくると同じく東京の大学に進学する。直子がワタナベと初めてセックスするとき、彼女が処女であるというのも、シロの場合と同じである。直子はワタナベとのセックスで至上の快楽を味わい、おそらくシロもつくるとの秘密のセックスで同様の快楽を味わう（本稿の仮説）。直子は阿美寮でワタナベにこう告白する、――「私がそうなったのは本当にあの一回きりなのよ。四月のあの二十歳のお誕生日だけ。あのあなたに抱かれた夜だけ」。シロがつくると寝るのも二〇歳のとき、同じ東京においてであろう。その後、阿美寮の森（この鞍馬の森だ）で直子は首を吊って死んでしまう。一方、シロも同様に精神に変調を来たし、一〇年後に浜松で何者かに絞殺される。しかしアカやクロによれば、シロは一六年前、つくるとの事件があった後、既に生ける屍だったという。

　直子もシロも、あまりに完璧なアドレセンスの神話のなかで呼吸しているうちに（直子の場合、神戸のキズキとワタナベでかたちづくったトライアングル。シロの場合、名古屋の五人組の「完璧な共同体」）、その完全な――閉じた――関係に深く傷つき、外界との接触に耐え得なくなったのである。

　つくるが小説のラストでシロの肖像に与える次のヴァージョンは、彼女の真実の一面を伝えている、――

「つくるはその時点で、サークルの外に出て行った最初のメンバーとして、その共同体の最も弱いリンクになっていた。言い換えれば、彼には罰される資格があった。そして彼女が誰かにレイプされたとき（誰がどのような状況で彼女を犯し妊娠させたのか、それはたぶん永遠に謎のままだろう）、ショックのもたらすヒステリックな混乱の中で、彼女は電車の非常停止装置を引くみたいに、渾身の力を込めてその弱いリンクを引きちぎったのだ」

この記述はかなりの確度で『ノルウェイ』の直子のケースに該当する。ルームメイトのレイコは阿美寮で共同生活を営む直子の病状を、こうワタナベに報告する、――

「考えてみれば最初の徴候はうまく手紙が書けなくなってきたことでした。〔……〕彼女が手紙を書こうとすると、いろんな人が話しかけてきて手紙を書くのを邪魔するのです」。ワタナベを加えてセッションをおこないたいというレイコや医師の提案を、「会うときは綺麗な体で彼に会いたいから」と直子は拒否したというが、ここには「渾身の力を込めて」、つくるという「弱いリンク」である「背教者」を「引きちぎった」シロとよく似た症例が見られる、――ともに愛の対象を（「道づれ」にする怖れから）峻拒するという意味で。

これは古典的な恋愛小説のパタンを踏んでいる。『クレーヴの奥方』の女主人公は愛するヌムール公を拒絶して僧院にこもるし、『春の雪』の聡子も清顕への思いをたちきって月修寺で剃髪する。同様に直子は阿美寮で自殺し、シロはつくるのレイプを告発する。とはいえ村上にあっては、（直子は別として）少なくともシロは、クレーヴ夫人や聡子のように美化・聖化されることはない。そこに『色彩を持たない……』の三島やラファイエット夫人、『ノルウェイ』を越える進境を認めることができる。

直子が死んだ後のワタナベは、シロが死んだ後のつくると同じように、〈色彩を持たない〉幽体と化していたはずである。

ワタナベは「新宿駅に行って最初に目についた急行列車に」乗り、「西へ西へと」さすらう放浪の旅に出るが、これはシロを失った多崎つくるの巡礼と同一のレベルにあるリクイエムの旅である。『色彩を持たない……』の終章が新宿駅でつくるが松本行きの特急列車を見送る場面になるのは、魂に死を抱いた『ノルウェイ』のワタナベが新宿駅で乗った急行列車を〈引用〉したものと見てよい。

八　オメナ・ホテル・エーリキンカツ

空港と市内を結ぶバスに乗った。料金は四・五〇ユーロ。フィンエア・シティ・バスかと思ったが、違うようだ。ヘルシンキ中央駅への直行便ではなく、次々と停留所に停まっていく。中心街に向かっているには違いないのだが。

ホテルのあるエーリキンカツ（通りの地名）に行きたい、そう黒人の運転手に英語で告げると、乗客の一人が、自分と一緒に降りればいい、教えてやるよ、と言う。頬髭を生やしたインテリ風の痩せた男だ。その男の後について、都心のどことも知れぬところで降りる。

男の友だちという若者がバス停で待っていて、スマートフォンの画面にタッチしてエーリキンカツへの行き方を教えてくれる。歩いて一〇分ということだが、雨は降っているし、重い荷物は二個あるし、道もわかりにくそうなので、タクシーを拾った。

歩いて一〇分のところにしてはけっこう走ったような気がするが、オメナ・ホテル・エーリキンカツの看板のある玄関に着けてくれた。一二・五〇ユーロ。タクシー代は日本より高額である。

このホテルは玄関でドア・コードをプッシュして入る。フロントはない。無言のままホテルにチェックインするというのは初体験だ。ドア・コードと部屋番号はチェックイン・タイムの二四時間前にメールで日本の僕に連絡が入った。エレベーターに乗り二階で降りると、廊下に出るのにまたドア・コードを入力して扉を開けなくてはならない。なかなか厳重なセキュリティー・システムである。部屋に入るにもルームナンバーを押す。フロントの人件費がかからないからだろう、足場のよい新しいホテルにしては格安である。小説のつくるに倣って四泊する。四泊分の宿泊費四三九五七円はネットでカード決済した。

北欧調の木材を使った広々とした部屋である。フロントがいないというのも、解放感があって悪くない。シンプルなデザインの室内は清潔感に溢れている。椅子とテーブルは二人分ある。シャワーのみでバスタブはないが、ヨーロッパではこれが普通だろう。コーヒーメーカーや簡易な冷蔵庫があり、電子レンジまでついていて、ちょっとした調理ができるようになっている。

夕方の七時を過ぎていたが、ホテルを出て、エーリキンカツを北東に歩き、小雨のなかを一〇分ほどでヘルシンキ中央駅に至る。途中、この紀行《オデッセー》最初のストリート写真を撮った。多崎つくるは駅を〈つくる〉エンジニアだから、ヘルシンキでもこの中央駅は重要なポイントである。正面玄関のアーチの写真を何枚か撮り、明日の朝食用のサンドイッチを買って、構内を抜けて駅裏に出た。夜九時を過ぎても、北欧の街は白夜さながらの薄明が降りている。絞り5、シャッター速度80で、シャッターが切れた（ISOは200）。

つくるはヘルシンキに着くなり、ホテルのロビーでこの街に住むクロに電話し、その電話が留守番電話になっていて、フィンランド語のメッセージが理解できないことがわかると、沙羅に紹介されたオルガという旅行社の女性に電話する。オルガはすぐやって来る。留守電のメッセージを英語に翻訳し、クロが家族とともにサマーハウスで過ごしていることを教えてくれる。オルガがサマーハウスに電話して、住所を聞き出し、グーグルで地図を検索する。このあたり電話の利用がまことに手際よい。

つくるは着いた翌日にハメーンリンナに発つが、僕はヘルシンキを歩いてまわった。エスプラナーディ通りを経て、ウスペンスキー寺院、元老院広場、ヘルシンキ大聖堂と、この街の観光名所をめぐって気づくことは、これらの行程が多崎つくるの（ということは、ある程度は村上春樹の）足跡と、まったく重ならないことである。

村上にはかなり徹底した観光嫌い、あるいは反ツーリズムというべき姿勢がある。トルコの村上はイスタンブールやカッパドキアを素通りするし、ローマやギリシャでも遺跡、博物館には目もくれない。『遠い太鼓』の村上は「だいたい僕は遺跡というものに興味がないのだ」と、迷宮のスペシャリストといってもいい作家なのに、クレタ島のクノッソス宮殿再訪をパスする言い訳にしている。かろうじてアクロポリスの丘にパルテノン神殿を訪ねるぐらいのものである（『スプートニクの恋人』でKが足を運ぶ）。

そういう性向を見透かしたのか、――といっても小説の主人公が作家と同じ観光嫌いとは限らないはずなのだが――ヘルシンキでつくるの旅程を心配してくれる親切なオルガも、「ハメーンリンナには美しい湖畔のお城と、シベリウスの生家がありますが、きっとタザキさんには、それよりもっと大事な用件があるのでしょうね」と、村上紀行《オデッセー》をする者――僕のことだ――が、村上の足跡以外の場所に足を向けるのに眉をひそめるかのようなのだ。

『遠い太鼓』の一章はヘルシンキに宛てられるが、やはり観光はしていない。この本によると、ギリシャ・イタリア紀行《オデッセー》の途中、一九八七年の初夏に日本に帰り、『ノルウェイ』のゲラに手を入れ（こんなところにも『色彩を持たない……』と『ノルウェイ』のヘルシンキが結ぶ因縁がある）、再度ローマに飛ぶために、「今回はフィンエアに乗って、ヘルシンキ経由でローマに南下する。ヘルシンキは初めてなので五泊くらいはしてみたい」、と多崎つくるとよく似た旅程で、「寒いことをべつにすればフィンランドはとても感じのよい僕好みの国であった」と好印象をもったようだ。

九　マーケット広場、中央駅の捕物、ハメーンリンナへ

ヘルシンキのマーケット広場のオレンジ色のテントの下でコーヒーを飲む。紙コップのコーヒーだが、強い風にビニールシートがはたはたとはためいて、なんとなく砂漠のノマドになった気分である。ハメーンリンナでも、ここヘルシンキのマーケット広場でも、こういうテントの仮設市場が立っていて、僕はなんとなくエチオピアはハラルのマルカート（小著『ランボーとアフリカの8枚の写真』参照）や、中国は新疆ウイグル自治区カシュガルのグラン・バザール（同『アジア、幻境の旅――日野啓三と楼蘭美女』参照）を思い出してしまう。

曇ったビニール越しに見る、傷だらけの空、ぼうぼうとけぶる街路、廃墟じみた建物、夕暮の長く曳く影、街の人々の行き交う姿、自転車乗り、荷物を満載したトラックなど、まるきり幻の巷のあり

さまで、すごく雰囲気がある。

風の唸りや水鳥の叫び、街路を踏むタイヤの音、それらが混ざりあって轟々と鈍い騒音をつくり出し、村上の言う〈風の歌〉にはこんな街のノイズも含まれるのかなと思った、――

「遠くでヘリコプターの音が聞こえた。こちらに近づいてくるらしく、音はだんだん大きくなっていった。彼は空を見上げ、機影を求めた。それは何らかの大事なメッセージを持った使者の到来のように感じられた。しかしその姿はとうとう見えないまま、プロペラの音は遠ざかり、やがて西の方向に消えていった。あとには柔らかくとりとめのない、夜の都市のノイズだけが残った」

『色彩を持たない……』のラストに近い一節、前後の脈絡から切り離されたこんな数行が（村上のベストのページである）、それこそ「大事なメッセージを持った使者」のように、テントの下でノートを広げる僕のテーブルにやって来た。

――ゴミが散乱しているし、パトカーが走り回っているし、ヘルシンキ中央駅のホームはすごいなあ、と僕は感嘆している。日本の駅の清潔で安全な景色に慣れた僕にとって、午前六時半の駅のホームで捕物をする小柄で屈強な女性警官――どちらかというと『1Q84』でいえば、女性警官のあゆみというより、アサシンの青豆タイプ――の走る姿は、異星人のように奇異な印象を与える。

その後ろ姿を連写する僕も、かなりヤバイかもしれない。青豆ならざる女性警官は、僕の立てたシャッター音にキッと振り返ったものだ。

青豆、じゃない、精悍な女性警官は、ダテに駅のホームを走り回っているのではなかった。パトカーのそばに一人の若者を連行し、男性警官と一緒に足やお尻や背中にタッチしてボディーチェックしている。武器になりそうなものをビニール袋につめ、手際よく迅速に（あるいはカメラを意識した演技も多少あったかもしれない。そこがさすがヨーロッパ人である)、容疑者とおぼしき男をバンタイプのパトカーのリア席に押し込んでしまった。挙句、手袋をした両手をパンと鳴らして、一丁上がり、といった仕種までサービスしてくれたのである。

それにしても、と僕はつぶやく、東京駅や新宿駅のホームをパトカーが走ったら、えらい騒ぎになるだろうなあ。それこそ、すごくシュールじゃないか。

薄ら日が射しているが、早朝のことでかなり寒い。四月も二八日になるというのに(四月のフィンランドはまだ冬期のシーズンオフで、往復一〇七〇六〇円の格安航空券が手に入ったので、村上の新作長篇刊行後一四日にして、僕はヘルシンキに飛んだのである)、厚手のコートを着て、首にマフラーを巻いていても、しんしんと寒さが滲み込んでくる。村上は書いている(九月のヘルシンキのことだが)、――「トレーナー・シャツの上に革ジャンパーを着てちょうどいい。これで真冬になったらどうなるんだろうと思うと、もうそれだけで心が寒々しくなってくる。僕は寒いのが本当に苦手なのだ」(『遠い太鼓』)。

北欧の天気は変わりやすい。また小雨がぱらつきだした。風の吹き抜ける駅のホームの屋根は鋼を裁ったドレスさながらに繊細で瀟洒なものだ。

とかくするうちに、僕の乗る七時六分発、インターシティ63号のハメーンリンナ行きの列車が7番線のホームにすべり込んで来た。

列車の料金は、駅の窓口でシニア(六五歳以上)であるむねを申告すると半額になる。パスポートも何も見せなくていい。こういうところは、こちらを信頼してくれる証拠で感じがよい。ヘルシンキ↓ハメーンリンナ間、半額になった片道料金は一〇・九三ユーロ。

灰色にけぶる窓外の田園風景に視線を投げていると、「ル・マル・デュ・ペイ」というリストの曲の表題が、すんなり腑に落ちてくる。灰田がつくるに説明する訳によれば、「田園風景が人の心に呼び起こす、理由のない哀しみ」。むろんこれも真の主題（魔都名古屋の呪術性）を隠すカムフラージュの訳題だが、雨もよいの曇天の下、白樺の林の流れるモノクロームの車窓の風景にぴったりだ。まさに「色彩を持たない」、黒に白を溶かした灰色の景色である。次々と通りすぎる白樺やカエデやトウヒの樹々が、つくるやシロや灰田の影に折り重なる。車窓に蒼白いゴーストたちが擦過して行くようだ。『遠い太鼓』の、ヘルシンキ・フィルハーモニック・オーケストラを聴いた感想――「やはりその土地にあう音楽あわない音楽というものがあるのだなあとつくづく思う」。マル・デュ・ペイ、マル・デュ・ペイ……と呟くようにして、インターシティ63号はフィンランド南部の田園のメランコリーのなかを疾走して行く。

一〇　風の歌、あるいはオデュッセウスの帰郷

多崎つくるの巡礼は奇妙なオデッセーである。

初期三部作（『風の歌』、『ピンボール』、『羊』）は主人公が神戸と思われる故郷に帰る話が出てくるから、ムラカミ版〈オデッセー〉と呼んで差しつかえあるまい。ヘルシンキに一章を割いたギリシャ・イタリア紀行《オデッセー》、『遠い太鼓』の作家ムラカミは、もろにオデュッセウスそのものである。

村上には女オデュッセウスも登場する。『スプートニクの恋人』のヒロイン、すみれである。彼女

は長篇のラストで主人公のKに電話して、「ねえ帰ってきたのよ」とギリシャからの帰郷を報告する、「いろいろと大変だったけど、それでもなんとか帰ってきた。ホメロスの『オデッセイ』を50字以内の短縮版にすればそうなるように」。

『夢を見るために毎朝僕は目覚めるのです――村上春樹インタビュー集1997-2009』によれば、村上のヒーローは多かれ少なかれオデュッセウスの一族である。『ノルウェイ』のワタナベ然り、『海辺……』の田村カフカ然り、『色彩を持たない……』の多崎つくる然り、――「僕の主人公が何かを失ったとき、彼は探索の途につきます。オデュッセウスと同じように。彼はその探索の途上において、いろんな不可思議なものごとに遭遇します……」

むろん多崎つくるは名古屋に旧友のアオやアカを訪ねても、オデュッセウスのように終《つい》の栖《すみか》への帰還を果たすわけではない。追放事件の後では、「名古屋の街も妙によそよそしく、味気なく感じられた」からである。沙羅に「戻るべき場所はもうないのね?」と訊ねられると、彼は「もうそれはない」とクールに答える。

多崎つくるはムラカミと同様、生粋の都会人であって、東京が彼のハイマートになるのかもしれない。

つくるには祖国を追放された亡命者の意識がある。ここで祖国（国）というのは故郷の名古屋のこと。亡命といっても、彼の場合、政変などによるものではなく、高校時代の仲間からの追放であったのだが。

「国を追われた亡命者が異郷で、周囲に波風を立てないように、面倒を起こさないように、滞在許可証を取り上げられないように、注意深く暮らすみたいに。彼はいわば自らの人生からの亡命者としてそこに生きていた。そして東京という大都市は、そのように匿名的に生きたいと望む人々にとっては理想的な居場所だった」

亡命者＋ストレンジャーというのは、都市生活者ムラカミのライフ・スタイルをよくあらわしている。

オデッセーといえば、もっと奇妙なのは、クロを訪ねてフィンランドのハメーンリンナまで出かける旅である。

しかしこれも、名古屋のアカやアオへの歴訪と同様、みずからの追放の理由をたずねる自分探しの旅という意味で、オデュッセウス的帰郷といえよう。

このオデュッセウスは帰郷すればするほど、遠いところへ出かけていくことになる。『オデュッセイア』における風の神アイオロスの言葉は、そのまま多崎つくるに投げかけることができる、――「オデュッセウスよ、どうしてまた戻ってこられたのか。いかなる悪霊に襲われたのじゃ。われらはそなたが国許の屋敷――いや何処なりと望む所へゆけるようにと、心をくばって送り出して進ぜたではないか」（松平千秋訳）

アイオロスはオデュッセウスが故郷のイタケに帰る土産に革袋を用意し、そのなかに「吹き荒《すさ》ぶさまざまな風の通い路を封じ込め」てくれたのだが、部下たちが革袋にどんな金銀が入っているのかと好奇心を起こし、袋を解いてしまったのである。すると「あらゆる風が飛び出し、たちまち凄まじい疾風が起って、泣き叫ぶ乗員ごと船をひっとらえ、故国を後に沖合へ流してしまった」。

『風の歌を聴け』にもふさわしいユーモラスな風難の逸話だが、そういえば、ここハメーンリンナでも、小説のなかで土地の風物に言及されるのは、「草玉のように」「風に吹かれる」少女のスカートの裾を翻す風をはじめとして、もっぱら湖面を吹きわたる風の音ばかりである。

クロの一家が暮らすサマーハウスのすぐ近くまで来ると、「緩やかな風が白樺の葉を揺らせ、ボートが突堤に当たるかたかたという軽い音が時折聞こえた」とあり、一六年ぶりにクロと対面したときにも、「ボートが突堤に当たるかたかたという音がまだ続いていた。静かな風だし、それほど波が立っているようには見えないのだが」と、やはり風が通奏低音のようにハメーンリンナに吹き渡っていて、その同じ風が今また白樺の林を吹き抜け、湖水に散る無数の光の微粒子を輝かせ、繋留中のボートをかたかたと鳴らし、湖に突き出た突堤の板敷道に置いた、『色彩を持たない……』と僕のノートをカメラのファインダーの中にひるがえしている。

一一　「夢の中で責任が始まる」

『オデュッセイア』から引いた「いかなる悪霊に……」というアイオロスの言葉は、ハメーンリンナでクロがシロの不慮の死について、「あの子には悪霊がとりついていた」と、つくるに語ったことを思い出させずにおかない、――「そいつはつかず離れずユズ〔シロの本名は白根柚木〕の背後にいて、その首筋に冷たい息を吐きかけながら、じわじわとあの子を追い詰めていった」。

ここでクロはシロの死因を悪霊に帰しているが、象徴的にいうなら、この悪霊をつくる本人に見立てる、そんな裏読みも可能だ。

いや、本篇には裏読みも表読みもない。表も裏もともに正解なのである。表裏一体の読書こそが望まれるのだ。

そう考えると、ハメーンリンナを舞台とする16章と17章のクロのパートと、東京を舞台とする18章と19章（終章）の沙羅のパートは、明暗の反転する構成になっていて、沙羅のパートを読み終えたあとでクロのパートを読み返すと、クロの夫のフィンランド人エドヴァルトの、いかにもヨーロッパ的なホスピタリティー溢れる応対から、つくるがクロとハグする感動的な慈愛と寛恕の場面までが、最初につくるを道案内した老人がいみじくも示したとおりの「冥界」における、黒々とした腹黒い駆引きの情景として、裏読みされるのを避けることはできないのである。

つくる自身も、「シロの言ったとおり、おれには表の顔からは想像もできないような裏の顔があるのかもしれない」と考え、「ひとつの真実の相にあっては、彼はシロに手を触れてもいない。しかしもうひとつの真実の中では、彼は卑劣に彼女を犯している」と、パラレル・ワールドの裏面にひそむ〈もう一人の自分〉を語り出す。

つくるは『海辺のカフカ』でイェーツから引いた命題、「夢の中で責任が始まる」を自分に引きよせる。田村カフカは言う、――「僕は夢をとおして父を殺したかもしれない。とくべつな夢の回路みたいなのをとおって、父を殺しにいったのかもしれない」。

カフカ少年の思考を受けるようにして、「いや、レイプの件だけじゃない」と、つくるは事件の核心部分へ入っていく。「彼女が殺されたことだってそうだ。その五月の雨の夜、自分の中の何かが、自分でも気づかないまま浜松まで赴き、そこで彼女の鳥のように細く、美しい首を絞めたのかもしれない」。

田村カフカと違うところは、カフカには父親殺害についてアリバイがあるが（彼は父が東京の中野で殺された頃に、四国の高松にいたことが証明できる)、多崎つくるにはアリバイがないことである。カフカが父を殺そうとすれば『源氏物語』の六条御息所のように生霊《いきりょう》になって幽体離脱するしかないが、つくるなら、現実に彼が浜松に赴き、シロを絞殺することは不可能ではない。

ここにもこの小説をリアリズムと称する理由がある。湯川豊による京都大学での公開インタビュー「魂を観る、魂を書く」(二〇一三年五月六日)における村上の発言にあるように、「非現実的なことを現実という舞台に全部乗せてやるとどうなるかというのをやってみた」のである(「文學界」二〇一三年八月号)。ハメーンリンナでクロと語らううちに、つくるは彼の犯行の現場をリアルに、ありありと再構築し始める、――「彼は自分がユズ〔シロ〕のマンションのドアをノックし、『開けてくれないか? 君に話があるんだ』と言っている光景が目に浮かんだ」。

一二　黒白の決着がつかない

これはしかし想像だろうか? それとも回想(実体験)か? 彼の思考は混乱し始める。ポーの「ベレニス」で、恋人の身体でもとりわけ歯を愛する、フェティシストの主人公が、ベレニスの遺骸(しかしまだ生きている)を墓から掘り起こし、その歯を持ち帰った書斎で、〈おれは何かをやってしまったのだ――しかし何をやったんだ?〉と大声で自問する瞬間がやって来る。

タイトルが村上の新作長篇を思わせる谷崎潤一郎の昭和三年(一九二八年)の長篇『黒白』では、主人公の水野は悪魔主義で名を売った小説家だが、彼は実在の人物をモデルにして、その男が殺される話を小説に書いて発表したところ、そのモデルの男が小説そのままに殺されてしまう。間の悪いことに、殺人の嫌疑をかけられた水野には自分のアリバイを証明することができない。

水野はポーの「ベレニス」の主人公のように、あるいは「色彩を持たない多崎つくる」のように、限りなく黒白のはっきりしないグレー・ゾーンに入って行く、——「水野はそれから四日間を全く上の空で暮らした」、「その四日間は言葉通り彼には『天地晦冥《かいめい》』であつた」。

村上の高く評価するカズオ・イシグロ（「カズオ・イシグロのような同時代作家を持つこと」）の『日の名残り』では、主人公の執事のスティーブンスが抱える歴史認識の欠如が、彼自身にも——したがって当然、読者にも——はっきりとは見えない仕掛けになっている。同僚のミス・ケントンはその点を衝いて、「ひょっとしたら、われらのミスター・スティーブンスもやはり生身の人間で、自分を完全には信頼できないということですかしら？」と皮肉るわけである。

ブレヒトの異化の方法に近いが、ブレヒトの場合、異化されるのが「肝っ玉おっ母」のように客観的な対象であるのに対して、村上の多崎つくるやイシグロのスティーブンスの場合、彼らの悪や愚かしさが主体のまなざしによって完全に曇らされていて、そのことがかえって主人公の測り知れない深みを生みだすのである。

村上は『海辺のカフカ』あたりからこういう手法を用いるようになった。『海辺……』の主人公のナカタさん（彼はヒロインの佐伯さんを死へいざなう。——第四章「村上春樹の四国、中国を行く——〈約束された場所〉へ」参照）や『1Q84』のアサシン青豆などでは、主人公の悪が主人公の目を通してしか判断できない仕組みになっているので、その最終的な黒白の決着はつかないことになる。

多崎つくるはそういう主人公のリミットに位置する、集大成的な人物なのである。

つくる自身、小説のごく少数の場面で、彼の犯行を——読者に——仄めかしている。それほどつくるの犯罪は厳重に暗号化《クリプト》（デリダ）されているのである、——作者によっても、つくる自身によっても。

残されたわずかな手がかりをとおして、われわれはこの暗号を解読しなくてはならない。

一三　意識のキャビネットの「未決」の抽斗に

一つは、ハメーンリンナでつくるがクロと話しながら、想像か回想にふける場面。五月のその夜にシロのマンションの部屋の前に立って、ドアを開けてほしい、と頼むとき、アポなしで押しかけたことの言い訳に、——「でももし前もって連絡したら、君はきっと最初から会ってくれなかっただろう」。

むろん、かつて仲違いした女性を訪れる男のせりふとして決して不自然ではないが、それにしても、一〇年前に自分を冤罪に陥れる讒言をした女性のもとを訪れた男としては、あまりにジェントルで弱気な口ぶりというほかない。

ここは裏読みして、つくるが本当にシロをレイプしていたとすれば、こういう礼儀正しい口の利き方も、ドアを開けさせる手口としてありうると解釈できるのである。

もっとも、これはつくるの頭の中の架空の設定にすぎないとも言えるが、じつは如上の裏読みにはかなり信憑性の高い傍証が存するのである。

先のせりふとほとんど同じせりふを、想像でも回想でもなく、小説のなかの現在時において、ハメーンリンナのサマーハウスで、クロに追放事件後初めて対面したときに、つくるは彼女に発しているのである、――「先に連絡したら、会ってくれないかもしれないと思ったんだ」。犯罪者が犯行の現場に知らずしらず戻っていくように、クロに言ったこのせりふは、つくるが問題の夜に、シロのマンションのドアの前で使ったせりふを、つい、うっかり――無意志的に――くり返してしまったものと考えられる。フロイトも言うように、人は言い間違いによって真実を洩らすのである。

さらによく調べてみると、つくるは同様の言い訳をオブセッションのように、何度もくり返していることがわかる。

名古屋のレクサスのディーラーにアオを訪ねて行ったときにも、――「仕事場に突然押しかけて悪かった。でもそれがいちばんいいような気がしたんだ」。

翌日にアカを訪ねたときにも、――「朝から突然押しかけて悪かった［……］そうしないと会ってもらえないかもしれないと思ったんだ」。

この場合、相手が男性だから礼儀を考慮する必要もそんなにないわけで、自分を死の淵にまで追いつめた旧友の真意を質すために、遠路はるばる訪ねて行った犠牲者の男が、当の加害者の男に、ここまでへりくだった社交辞令を使うだろうか、という疑問を禁じえないのである。

そこからこういう仮説が成立する。――つくるには精神医学で言う解離性障害があって、一六年前のレイプ事件と、六年前の浜松における絞殺事件の記憶を喪失している（あるいは抑圧している）。それはつくるにとって、彼のなかの見知らぬ他人が犯した犯行なのである。

しかし潜在的に強度な罪悪感だけは残されて、それが間歇的、無意志的につくるの意識の表層に戻って来る。その結果、浜松の夜以来、人を訪問するとき、その不意を襲うことが彼の習い性になった。常習的に不意を襲うばかりではない。そのときに使う言い訳までが同じものになった。それがこういう不気味なルフランになってあらわれたのだ。

つくるが残した二つめの犯行の傍証は、彼が六年前の三〇歳のとき父が肺ガンで亡くなり、葬式で名古屋に帰ったときのことである。

追放事件後一〇年たっているが、偏執的なつくるはシロのその後の消息を追いかけていて、名古屋に近い浜松にシロが移住したことも、その現住所も、調べあげてあったにちがいない（むろん沙羅をはじめとして、アオやアカやクロの旧友たち、そして自分自身にも、そうしたことはいっさい伏せているが）。

シロが浜松で絞殺されたのは、つくるが父の死で帰郷した、同じ六年前の五月のことだったのである。

それは次の二つの記述によって確かめられる。

アオによれば、「シロが死んでいるのが発見されたのは、六年前の五月十二日のことだ。［……］見つかったときには、死後三日が経過していた」。

父親が亡くなった月に関しても、これは名古屋につくるがアオやアカの元に「巡礼」をする、小説の現在時のことだが、「五月の終わり頃につくるは週末に繋げて休みを取り、三日間名古屋の実家に戻った。ちょうど父親の法事がその時期にあったので、……」とある。

父の死とシロの死の、この時期的な符合は、偶然とは考えにくい。作者が残した有力な手がかりと取れるだろう。

それ以上に、ここではむしろ、つくるが父の死とシロの死――彼にとって最重要な人の死である――の年月の一致に、いっさい言及しないことのほうがおかしいのである。

つくるのこの黙秘の具体的な例証を挙げると、――

沙羅の口から、「彼女［シロ］は今から六年前に亡くなった」と告げられたときには、「六年前？ 六年前といえば、彼女は三十歳だった［つくるの巧妙な自己欺瞞に注意。いうまでもなく彼自身も三〇歳である。しかしこれに触れると、当然、父の死の date が意識に上るので、彼はそこを回避するのである］。まだ三十歳だった」と、もっぱら死んだシロの年齢ばかりを問題にして、その年に父が亡くなったことにはまったく触れようとしない。

それはまだしもだが、次の例はもっと疑わしい。名古屋でアオに会って、シロは六年前の五月九日に浜松で何者かに絞殺された、と彼女の死の経緯と年月日まで教えられても、「つくるは息を呑んだ。絞殺？」と――白々しくか、記憶の喪失か――驚くだけで、殺人事件が起こったのが父の死と葬式のあったときで、今回はまさにその五月に父の法事で帰郷していることなど、おくびにも出さず黙過してしまう。

こうした不可解な言い落とし（あるいは擬態）が逆に、父の死のあった時期に、つくるがシロを殺害した疑いを強めずにおかないのである。

ここで小説では隠蔽された当日の光景を裏読みしてみよう、――

小説によれば、六年前の父の葬儀に、グループの四人が「弔問に訪れるのではないか」とつくるは思うが、「結局誰も姿を見せなかった」。つくるは「いくぶん淋しくも感じた」と、淡々とした筆致だが、ここにも主人公が作者と共謀して犯行を湮滅する意図をうかがうことができる。この小説ではつくると作者は共犯で、グルになっていると見なさなければならない。

「いくぶん淋しくも感じた」? いや、それどころではない。父の葬儀で名古屋に帰ったつくるは、ひょっとしたらシロに会えるかもしれない、と微かな望みを抱いたにちがいない。それだけにいっそうシロの不在を痛切に感じたはずである。一〇年前の秘密の恋とシロの裏切り、彼女の告発と彼の転落が、まざまざと浮かび出て来る。死に至る恋だったし、死に至る絶望だったのだ。突発的な狂気の愛に駆られて彼は浜松に走る。その振舞いが小説の行間にかいま見られるようだ。

「五月にしては冷たい雨が降っていた」と新聞の縮刷版か雑誌のバックナンバーで読んだと小説にはあるが、つくるには先刻承知の雨だろう。その雨でレインコートの肩を黒々と濡らした三〇歳の男は、父の死の哀しみを重く身にまとって、シロのマンションのドアの前に立つ。

一〇年ぶりの再会である。二人はものも言わずに抱きあう。シロの愛と父の死と。エロスとタナトスが激しくクロスする。彼はシロの美しい華奢な首を絞める、——おそらくはシロの慫慂の下、彼の両の手に差し出された、愛する人のほっそりとした首を。

三つめは、沙羅によってシロの死がつくるに知らされるとき、やはり自白に類する独白がなされている。

「ごめんなさい」と沙羅はつくるを慰めて言う、「こんな結果になってしまって[……]でもこれは、誰かがいつかはあなたに伝えなくてはならないことだった」。

それに対するつくるの返事と、それに続く地の文が問題である、——「『わかっているよ』とつくるは言った。彼にはもちろんそれはわかっていた」。

「わかっているよ」というせりふはむろん沙羅の言葉を受けて、「誰かがいつかは」シロの死をつくるに「伝えなくてはならないことだった」に対する、それを肯定する返事になっているが、独白に相当する「彼にはもちろんそれはわかっていた」は、裏読みを許容する一文である。

ここは「わかっているよ」というつくるの返事があれば、それで充分文意は尽くされている。二度目の「わかっていた」は冗語 redundancy である。村上のような簡潔をこととするスタイリストが、理由もなく冗語を使うことはない。

このリダンダンシーには別の含意があると考えることができる。すなわち、第二の「わかっていた」は、より直截に、シロが死んだということは、「もちろん」（自分が手を下したのだから）「彼には」「わかっていた」、と解することも可能だ。

四つめの自供は、先の沙羅とのやりとりのすぐ後でなされるもので、つくるの厳重に封じ込められた地獄の釜の蓋が、わずかに持ち上げられ、秘密が顔をのぞかせる、戦慄すべき瞬間である。

名古屋の四人の旧友の現在の情報を沙羅からもらったつくるは、「そのうちの一人はもうここには存在しない。彼女［シロ］は一握りの白い灰になってしまった。［……］残っているのは、彼女についての記憶だけだ。黒く長いまっすぐな髪、鍵盤の上に置かれたかたちの良い指、陶器のようにつるりとした、白くたおやかな（しかし不思議に雄弁な）ふくらはぎ」と、やはり黒白のテーマで死者を悼みながら、「白い灰」によってシロが彼女の幽体である灰田に化身したことを喚起し、もっぱら谷崎的な足のフェティシズム（「しかし不思議に雄弁な」）による、肉体的な記述ばかりが続くのが不謹慎というほかないが、注目すべきはその後である。

つくるはそこで「それ」、すなわちシロの「湿った陰毛と、硬くなった乳首」は「記憶ですらない」

と自白し、のみならず、その前に「違う」と傍点を振って、夢でも記憶でもない、リアルな体験であることを、みずから強調するのである、――

「彼女の弾くフランツ・リストの『ル・マル・デュ・ペイ』。彼女の湿った陰毛と、硬くなった乳首。違う、それは記憶ですらない。それは――いや、そのことについて考えるのはよそう」

つくるはそれまでも、――とくにシロに関係した――彼のセクシャルな記憶にまつわる後ろめたい事柄を、「いや、そのことについて考えるのはよそう」、と検討を後まわしにする習癖があった。

シロとクロがペアになって登場する性夢については、その問題を「彼の意識のキャビネットの『未決』の抽斗に深く」しまい込んでしまうし、その性夢でシロの体内に射精したのに、精液を口で受け止めたのが、友人の灰田であったという「奇妙なこと」も、『未決』という名札のついた抽斗のひとつに入れ、後日の検証にまわすことに」する、といった具合いに。

「彼の中にはそんな抽斗がいくつもあり、多くの疑問がそこに置き去りにされて」いたのである。

いや、彼の意識の暗部（村上の言う「地下二階」の部屋）には「そんな抽斗」がいっぱいあって、そこには無数の疑問符（『1Q84』のQだ）が詰め込まれて、「未決」のまま放置されていたのだ。

沙羅も指摘するとおり、それは「危険なこと」なのだ、――「記憶をどこかにうまく隠せたとしても、深いところにしっかり沈めたとしても、それがもたらした歴史を消すことはできない」。

そして沙羅は本篇のもっとも大切な命題を、次のシンプルな言葉で告げる、――「歴史は消すことも、作りかえることもできないの。それはあなたという存在を殺すのと同じだから」（傍点引用者）。われわれは沙羅のこの予言が、おなじ沙羅の手でつくるに下され、まさに実現しようとするのをやがて見ることになる。

そこまでノートして、ボートが突堤に当たるかたかた、という音がまだ続いているなかで、最後のシャッターを湖面に映る雲に向かって切ると、ハメーンリンナを後にすべく、僕は駅への道を歩き出した。

一四　嫉妬がエイリアンのように

それからつくるはどうしただろう？――僕は新宿駅の九番線ホームのベンチに座っていた。夜の八時三〇分。「9番線に停車中の列車は、21時ちょうど発、特急あずさ35号、松本行きです」というアナウンスが流れる。長篇のラストで、駅で時間を過ごすのが好きな多崎つくるが、松本行きの最終列車を見送るホームである。

ヘルシンキの中央駅からハメーンリンナの鄙びた小さな駅へ、東京駅から新宿駅へ、『色彩を持たない……』の紀行《オデッセー》は、駅を「つくる」多崎つくるの足跡を追って、駅から駅へポイントを移してゆくことになるのだった。

――当然、フィンランドから帰国したつくるは真っ先に沙羅に結果を報告すべきであるのに、なぜか彼は連絡を入れるのをためらっている。刑事の前に出頭するのを避ける犯罪者の心理である。やっと翌日の昼になって沙羅の住まいに電話をかける。電話は留守電モードになっていて、つくるがメッセージを残さないことが、沙羅によい印象を与えない。

その日の夜の九時前に沙羅から電話がかかってくる。久しぶりの恋人同士の会話にしては、そっけなく、ぎごちない話が交わされる。つくるは沙羅の電話に「含みのある沈黙」を聴き取る。

これ以前にもつくるは、沙羅と電話した後で、理由もなく「胸に微かな異物感」を覚えたことがある。彼もガールフレンドに自分の過去を探る刑事か探偵の気配を嗅ぎつけたのである。このソフィスティケイトされたカップルは、互いに暗黙の腹の探りあいをしているのだ。

帰国後最初の沙羅との電話で、つくるは決定的な失敗をする。フィンランドに旅立つ直前、東京のムラカミ・ロードといってよい青山通りから神宮前に向けて、沙羅が見知らぬ男と仲良く連れだって歩くのを目撃した。婉曲にではあるが、そのことに触れてしまうのである。しかもこれは、先にこちらからかけるべき、世話になった女性に対するお礼の電話であったのに、――

「うまく言えないんだけど、君には僕のほかに誰か、つきあっている男の人がいるような気がするんだ」

ハメーンリンナでクロにいさめられたように、これは決してガールフレンドに口にしてはならない禁句なのである。沙羅はつくるに〈つきまとわれている〉という悪い印象を抱くだろう。彼女は彼の嫉妬を警戒するだろう。悪くすれば、ストーカー行為を疑われかねない。もともとつくるは沙羅にとって白ではなく、限りなく黒に近い容疑者だったのである（谷崎『黒白』の主人公・水野のように）。

二人は三日後のデートを約して電話を切る。つくるの失策はしかしそれにとどまらない。

「彼は沙羅のことを思い、彼女が誰かの裸の腕に抱かれているかもしれないことを思った。いや、誰かじゃない。彼はその人物の姿を実際に目にしたのだ」

『パン屋再襲撃』所収の短篇「双子と沈んだ大陸」で、セックスの相手を探す「僕」の、「誰でもいいけれど、誰かでは困るのだ」を参照したい。嫉妬の相手は抽象的な誰かであることをやめて、いまや具体的な顔と身体をもったのである。

愛する人のディテールへの愛というのではなく、嫉妬の相手の細部への羨望という意味で、逆フェティシズムとでもいうべきものが作動する。つくるは、「こんな気持ちを抱えたまま生きていくわけにはいかない」とまで思いつめる（傍点引用者）。

ここで読者が考えることは、シロに対してもつくるは同様の思いを抱いたのではないか、ということだ。

いや、一六、一七歳の高校生の初恋であるだけに、もっと激しい、なまの恋情が作動したにちがいない。

長篇の最初のほうで、二〇歳のつくるは死の淵にさまよっているとき、「激しい嫉妬に苛《さいな》まれる夢」を見る。

この嫉妬の夢も、対象となる女性が「誰なのかは明らかにされていない」が、ここまで長篇の分析（裏読み）を進めてきたわれわれには、この女性がつくるを告発したシロであり、彼女の名を伏せているのは、他ならぬ夢を見る主体、多崎つくるその人であることが、それこそ明らかにされる。

注意したいのは、つくるの嫉妬の異常なまでの激しさである。「肺が一対の狂ったふいごとなり、心臓はアクセルを床まで踏み込まれたエンジンのように回転速度を上げた」と、まさに殺人的な暴力が起動する。

つくるは「自分でも知らなかった本来の自分が、殻を破って外にもがき出ようとしているのかもしれない」と思う。「何かの醜い生き物が孵化し、必死に外の空気に触れようとしているのかもしれない」と。

これがつくるの正体なのである。名指されていないけれど、これがシロを対象とするつくるの嫉妬の真相なのである。嫉妬がエイリアンのような幽体となって、つくるから躍り出し、シロを襲おうとしている。

『雨月物語』の一篇、『吉備津の釜』で、正太郎が妒婦の幽体に襲われる、こんな恐怖の情景が思い浮かぶ、――「其夜三更の比おそろしきこゑして『あなにくや。こゝにたふとき符文を設《まうけ》つるよ』とつぶやきて復《ふたゝ》び声なし」。いよいよ物忌の明けるさい、うかつにも戸外に出た正太郎は、次の酸鼻な姿を残すばかりである、――「明けたる戸脇《とわき》の壁に腥《なま》〳〵しき血灌《そゝ》ぎ流て地につたふ。されど屍も骨も見えず。月あかりに見れば、軒の端にものあり。ともし火を捧げて照し見るに、男の髻《もとゞり》ばかりかゝりて、外には露ばかりのものもなし」。

シロの名前をつくるが伏せているだけに、こういう嫉妬は対象を限らず、誰にでも発動することを危惧させる。

一五　巧妙なオデュッセウス、仮面をとらないタルチュフ

むろん、つくるのシロに対する嫉妬は、小説のどこにも書かれていない。しかし、これまでの裏読みで明らかなとおり、長篇の全ページがつくるの主観によって歪められ、改竄されていることを考慮に入れる必要がある。いうならば小説の全篇が、つくるの心の闇のブラックホールに嚥み込まれているのだ。

アカやアオとシロを争う密かな恋の鍔迫《つばぜ》り合いがあったかもしれない。シロ、アカ、アオ、クロに、つくるも交えて、「正五角形が長さの等しい五辺によって成立しているのと同じよう」な、対等な五人によって構成された、「乱れなく調和する共同体」などとはほど遠い、嫉妬と差別と排除の渦巻く地獄絵がくり広げられたのだ。

長篇の〈最後の言葉〉をもっと思われる——彼女は最後に登場するから——ヒロインの一人のクロでさえ、本当のことを隠している。「彼女〔シロ〕が僕に異性としての関心を持っていたということは?」という、つくるの(思い切った)質問に、クロは「それはない」と言下に否定するが、クロはこの場面でつくるが好きだったと告白しているのだから、シロ・クロ・つくるのトライアングルにあって、シロのライバル、クロの嫉妬が言わせた偽証としか解せまい。その証拠に、アカはつくるに、「シロは密かにおまえのことが好きだったのかもしれない」と、クロと反対の証言をする。クロもその名のとおり黒なのである。

それだけではない。「殺される半年ほど前」、浜松で「シロに電話をかけ、食事に誘った」とつくるに告白するアカは、シロを密かに愛していたにちがいない。アカはつくるにゲイをカミングアウトしたではないか、と反論があるかもしれないが、これは嫉妬深いつくるのためにアカの用意したカムフラージュにすぎない。アオはといえば、彼はクロへの愛をつくるに打ち明ける、——「今だから言うけど、おれはあいつのことが好きだった」。明らかになっただけでも、つくる→シロ、シロ→つくる、アカ→シロ、クロ→つくる、アオ→クロ、……と複雑に〈色彩〉の入り乱れた、五つ巴の怪異な愛憎図がくり広げられていたのである。

少年時のユートピア、親密な友愛のケミストリーなどというのは、真っ赤なフィクションだったのだ。

村上のヒーローやヒロインは感情移入したり、崇拝したりしてはいけない。彼らはブレヒト的な意味において異化されている。


ここ新宿駅で、ラッシュアワーの殺人的な混雑について、つくるは次の考察をする。——人の一生のうちでどれほどの時間が、通勤のために奪われ、消えていくのだろう？「それはどの程度人々を疲弊させ、すり減らしていくのだろう？」——

「しかしそれは鉄道会社に勤務し、主として駅舎の設計にあたっている多崎つくるが考慮すべき問題ではない。人々の人生は人々に任せておけばいい。それは彼らの人生であって、多崎つくるの人生ではない。我々が暮らしている社会がどの程度不幸であるのか、あるいは不幸ではないのか、人それぞれに判断すればいいことだ。彼が考えなくてはならないのは、そのようなすさまじい数の人々の流れをいかに適切に安全に導いていくかということだ。そこには省察は求められていない。求められているのは正しく検証された実効性だけだ」


この述懐は『海辺のカフカ』で主人公が、「アドルフ・アイヒマンの裁判について書かれた本」を読む件りと、微妙に反響しあっている、——

「僕はそこでその金属縁の眼鏡をかけた髪の薄い親衛隊中佐が、どれくらいすぐれた実務家であったかという事実を知ることになる。彼は戦争が始まって間もなく、ナチの幹部たちからユダヤ人の最終処理——要するに大量殺戮——という課題を与えられ、それをどのようにおこなえばいいかを具体的に検討する。そしてプランをつくる。そのおこないが正しいか正しくないかという疑問は、彼の意識にはほとんど浮かばない。彼の頭にあるのは、短期間にどれだけローコストでユダヤ人を処理できるかということだけだ」

アイヒマンを田村カフカが批判的に読むようには、多崎つくるを批判的に検証する必要はない。しかし、同じく『色彩を持たない……』のヒーローで、名古屋のクリエイティブ・ビジネスセミナーのリーダーであるアカが、次の巧妙な訓示を垂れるのを聞くとき、アカをナチスの指導者と比較するのをためらう者はいまい、――まず受講生に「良いニュース」と「悪いニュース」があることを告げる。悪いニュースは、これから君の手か足の指の爪をペンチで剝がすことになった。良いニュースは、「剝がされるのが手の爪か足の爪か、それを選ぶ自由が君に与えられている」。受講者は否応なしに、しかし選択の自由を与えられて、足の爪が剝がされることを選ぶ。「おれたちはみんなそれぞれ自由を手にしている」というのが、アカが訓話につけた落ちである。

この小説ではだれもが多かれ少なかれ悪人である。最後までタルチュフはマスクを脱がない。アポカリプスは、終末は、結末は、最後まで来ない。

多崎つくるに戻ろう。追放事件以前につくるはシロに切られることが何度もあっただろう。シロが他の男（たとえばアカ）を選ぶことがあっただろう。シロに対する嫉妬はいつでも発動するべく待機していただろう。追放処分を受けてからのつくるは、魂の中に死を抱いて、死者として生きながら、ただシロに対する嫉妬と怨恨と欲望と妄想と――シロとクロがペアになってあらわれる性夢。ここではクロはシロへの妄想を緩和するダミーに使われている――、とりわけ妄想を生の糧にして、一〇年ものあいだ、浜松の夜が来るのを虎視眈々と狙っていたのである。

おなじことが沙羅に対しても起ころうとしているのではないか。

しかも彼はこの期に及んでも、巧みな自己欺瞞の詐術をもちいて、沙羅に対して自分が抱く感情は嫉妬ではない、と自分を言いくるめるのである。「彼が感じている心の痛みは嫉妬のもたらすものではなかった。嫉妬がどういうものか、つくるは知っていた。夢の中で一度だけそれを生々しく体験したことがある。〔……〕しかし今感じているのは、そのような苦しみではなかった」。なんたる自己欺瞞、なんたる白々しさか。つくるは作者をも巻き込んで嘘をついているのだ。

しかし巧妙な多崎つくるも（巧妙な、というのは、『オデュッセイア』の主人公がしばしば「巧妙なオデュッセウス」と形容を冠される意味で解されたい。ラシーヌ『アンドロマック』の ingénieux Ulysse 参照。これは「エンジニア ingénieur」と語源を同じくし、駅を設計するつくるにふさわしい。松平訳ホメロスでは「智謀に富める」）、その智謀、その巧妙さを失って、大切な恋人の沙羅に対して最大の過ちを犯す。

一六　「誰もまだ死んでいない」——午前四時の電話

午前四時という常識では考えられない時間に電話をかけるのである、——しかも多忙なキャリアウーマンの沙羅に。まさに魔がさしたとしかいえない。つくる自身が魔《ジン》になったのか。彼は谷崎の『黒白』の主人公のように「天地晦冥」に落ちている。それゆえ彼には何もわからないのだ。

この電話のやりとりも、いままでのアオやアカのつくるとの対応と同様、礼儀正しい沙羅にふさわしく、つくるに対してきわめてディーセントな応接がなされるので、言うべきことが言われない、いわゆる黙説法 réticence による会話が進行するが、事実は、このとき沙羅の心のなかでつくるに対する判決は下されたのである。

「こんな時間に本当に申し訳ないと思う」「……」「こんな時間って、いったいどんな時間?」「午前四時前だよ」「やれやれ、そんな時間が実際にあったことすら知らなかったな」

このやりとりはムラカミ・テレフォンの傑作であるが(小著『テレフォン——村上春樹、デリダ、康成、プルースト』参照)、つくるに対する疑惑と恐怖を秘めたヒロインの、微かなユーモアすら感じられるところが鬼気迫るのである。

つくるは続ける、——

「君のことが本当に好きだし、心から君をほしいと思っている」——これだけを聞けば、真率な愛の告白として微笑ましい限りだが、沙羅にとっては、おぞましいストーカーの脅迫に聞こえたかもしれない。

ここで谷崎との関連をさし挟めば、『瘋癲老人日記』の「足気狂ヒノオ爺チャン」、卯木督助の颯子への恋着は、ラストで看護婦の日記によって「異常性慾」という病名で片づけられるが、『色彩を持たない……』では、多崎つくるのシロや沙羅への狂気の愛を裁く外部の視線がいっさい欠落していることが、長篇の秘める謎の底知れなさを浮き彫りにするのである。

あくまでも慎み深い沙羅は、午前四時に都合三度くり返される同工異曲のつくるの求愛には答えず、「電話の向こうで何かを探すごそごそという音がした。それから彼女は小さく咳払いをし、吐息のようなものを洩らした」。

沙羅の無言をつくるはこう愛らしく解釈したわけだ。受話器に耳を懸命に押しあてる男の、いちずな気持ちがよくあらわれているが、沙羅にしてみれば、思わずひるんで、引いてしまったかもしれない。「吐息」といえば聞こえがよいが、事実はうんざりした溜息だったのだ。「何かを探す」というのも、身の危険を察してナイフか何かを探したのではないか（電話では相手の姿は見えない。つくるはすぐそこのドアの向こうで携帯を使っているのかもしれない）。

次の沙羅のひと言は、深夜の電話は親しい人の死を報せることが多いことを踏まえて、冗談めかして軽く言われるが、沙羅の言葉遣いの高度なレベルを示すもので、この小説のポイントを衝く問いになる、――「それで、誰が死んだの？」。

つくるはシリアスに「誰も死んでいない」と答える、「誰もまだ死んじゃいない」。「まだ」に傍点を振りたいところだが、つくるのこの返答はもはやアイロニーとかユーモアのレベルを越えて、真剣な真実を吐露したものと考えられる。

もしシロに対するのと同じことが、沙羅に対しても進行しているとして、――シロに裏切られ告発されたことが、つくるを死の淵にさまよわせたように、――沙羅に拒絶された場合のつくるに死以外の選択肢がないとするなら、沙羅とつくるの前記のやりとりは、長篇の最後のページの後に起こることを、このうえなく残酷に指し示しているとみなさなくてはならない。

つくるはこう考えなかったか、――「いずれにせよもし明日、沙羅がおれを選ばなかったなら、おれは本当に死んでしまうだろう、と彼は思う。現実的に死ぬか、あるいは比喩的に死ぬか、どちらにしてもたいした変わりはない。でもたぶんおれは今度こそ、確実に息を引き取ることだろう。色彩を持たない多崎つくるは完全に色を失い、この世界から密やかに退場していくだろう」。

――そして沙羅がつくるを選ばないことは、もはや既定の事実といってよい。

一七　新宿駅九番線ホームから

しかし、と僕は新宿駅の九番線ホームで、夜の九時ちょうどに発つ松本行き最終列車の後尾をカメラで追いながら考える。たとえ「本当に」に傍点を振り、「今度こそ」と強調したとしても、多崎つくるが自殺するという解決を作者は用意しないだろう。村上春樹の主人公は、ヒーローもヒロインも、自殺という解決を選ばない。唯一の例外は直子。この観点からすれば、直子は村上の正統的なヒロインではない。村上のヒロインは緑である。

彼らの使命はサバイバルにある。つくるも冒頭で死地から生還した。『1Q84』BOOK2の結末で、拳銃を口に差し込んで引き金を引こうとした青豆も、BOOK3では、「遠い声」を耳にして思いとどまった、とあるではないか。オデュッセウスの帰郷にふれた先のインタビューで、村上はこう言っていた、――「ただ彼の帰郷は単純に『うちに帰る』ということではない。いずれにせよ、主人公はそのような体験を生き延びなくてはならない」。

ハメーンリンナのクロは、長篇の最後の貴重なメッセージをつくるに与える、――「私たちはこうして生き残ったんだよ。私も君も。そして生き残った人間には、生き残った人間が果たさなくちゃならない責務がある。それはね、できるだけこのまましっかりここに生き残り続けることだよ」。

できるだけこのまましっかりここに、――。〈巧妙なオデュッセウス〉ならざる〈巧妙な多崎つくる〉の延命を祈りつつ、ホームを発車していく「あずさ35号」の後を追って、僕は次々とシャッターを切り続けた。

第二章

地震の後、村上春樹の神戸を行く

僕は小説を書くことについていえば、かなりnomad（遊牧民）的な要素を持っているのかもしれない。だから僕の中では、ひとつひとつの作品が、それぞれの場所に結びついているという印象があります。

——『夢を見るために毎朝僕は目覚めるのです』

一 「めくらやなぎと眠る女」の舞台へ

伊勢湾岸自動車道にパジェロミニを走らせていると、カーラジオから地震関連のニュースが流れてきた。関東から関西へ、こうして震災から逃げていくようだが、そんなことはない。この村上春樹の〈故郷〉を訪ねる二回めの取材旅行（一回めは今年の一月に行った）は、もっと早く出発する予定であったのが、三月一一日、地震と原発事故があって、事態がすこし落ちついた昨夜七時、横浜を発ち、東名高速の浜松インターチェンジで車中泊、三月二八日早朝、一路、村上の〈故郷〉——西宮、芦屋、神戸を目ざしたのである。

西宮インターチェンジで名神高速を降りたのは、正午すこし前だった。

今津の信号を直進、国道43号に入った。染殿、西宮本町を経て、「戎前《えびす》」信号で右折。左手に西宮神社、通称「戎神社」の黒い門と瓦屋根、その奥に神社の森が見える。いま車を停めている通りが

「えべっさん筋」。この道を南へ、進行方向とは反対に二〇〇メートルほど戻れば、村上が香櫨園小学校に転入する前に通った最初の学校、西宮市立浜脇小学校がある。さらに南下すれば村上少年の遊んだ海、香櫨園（御前浜）にいたる。

村上は一九五五年、浜脇小学校に入学、二年後の一九五七年、新設の香櫨園小学校に転入学した。香櫨園小は浜脇小の西寄り一キロほどのところにあり、あと数百メートルで芦屋市に入る地点に位置する。

つまり僕は西宮ICで高速を降り、いきなりムラカミ・ワールドの起源《ジェネシス》の場所に来たのだ。西宮港に通じる大通りだけあって広々と開けたストリートだ。かたわらに神社の森をもちながら、なんとなく外国の匂いがする。もろに阪神間少年ムラカミの世界である。ルート193――この「えべっさん筋」をムラカミ・ロードと名づけよう。

自転車でゆく人が多い。三月末の春のやわらかい風が「えべっさん筋」を吹きすぎていく。村上が「僕のいちばん好きな自作短編小説のひとつ」に挙げる「めくらやなぎと眠る女」の冒頭で吹く風だ。さっそくリュックから本を取り出してノートに写す、――「背筋をまっすぐのばして目を閉じると、風のにおいがした。まるで果実のようなふくらみを持った風だった。そこにはざらりとした果皮があり、果肉のぬめりがあり、種子のつぶだちがあった。果肉が空中で砕けると、種子はやわらかな散弾となって、僕の裸の腕にのめりこんだ。そしてそのあとに微かな痛みが残った」。

その通りの風が今この文章を写すノートのページを通り過ぎていった。村上の文章と風がまじりあう。「めくらやなぎ」に吹く風とは、こんな風だったのだ。文字通り「風の歌」が聴こえた。

「風についてそんなふうに感じたのは久しぶりだった。長く東京にいるあいだに、僕は五月の風が持つ奇妙な生々しさのことをすっかり忘れてしまっていた」

　だからこの「僕」は、『風の歌を聴け』の「僕」と同様、東京在住者が関西の故郷に帰ったところなのだ。『風の歌』の「僕」が大学の夏休みに帰る「街」に名前がないように、「めくらやなぎ」の「僕」が会社を辞めて帰った「街」にも名前がない。その意味でムラカミ本来の〈どこでもないどこか〉（日野啓三）にちがいないが、「めくらやなぎ」に関しては、この作者としてはまれなことに、村上本人が舞台は「神戸の山の手あたりに設定」（自作「解題」）と明言しているので、作者の故郷である神戸、芦屋、西宮が舞台と言っていいと思う。

　この短篇は「文學界」一九八三年一二月号に発表され、『中国行きのスロウ・ボート』、『カンガルー日和』に続く三冊めの短篇集、『螢・納屋を焼く・その他の短編』に収められた。「螢」が『ノルウェイの森』の前身になったことはよく知られるが、「めくらやなぎ」も表題のエピソードが『ノルウェイ』に使われ、この名作長篇の起源《ジェネシス》に位置する作品なのである。

「起源《ジェネシス》」ということは、作者の故郷を舞台とすることからも言える。自伝的な語りや私小説から可能な限り距離をとる村上にとって、〈故郷〉というのは微妙な問題をはらむかもしれない。村上は一九四九年一月一二日、京都市伏見区に生まれたが、二歳で西宮市の夙川《しゅくがわ》に転居しているから、京都を故郷ということはできないだろう。村上自身も「僕の故郷は神戸ということになると思います」と言っている（『夢を見るために毎朝僕は目覚めるのです――村上春樹インタビュー集1997-2009』）。村上が海外のインタビューで自分の故郷を「神戸」と言うとき、芦屋や西宮も含む広い地域を指している。同じインタビューに「二歳のときに神戸に越してきました」とあるが、これは海外の人にもすぐ分かるように、西宮や芦屋を含めて「神戸」と総称したのである。

一九五四年、五歳のとき夙川の西側から東側（西宮市川添町）に引っ越し、一一歳になるまで住んだ。精道中学入学時に、芦屋市打出西蔵町（現・西蔵町）に転居した。一九六〇年、一九歳で早稲田大学入学とともに上京するまでここに住んだが、村上の住居は阪神大震災で被災、両親は京都に移住し、村上家を偲ぶものはなにもない（村上の旧住所については井上義夫『村上春樹と日本の「記憶」』を参照した）。

かなり転々としているが、ここでは神戸、芦屋、西宮をひっくるめて、阪神間少年ムラカミの〈故郷〉と呼んでおこう。

「めくらやなぎと眠る女」の舞台と作者は言うが、この点についても注が必要だ。というのは「めくらやなぎ」は入れ子式の小説で、一時的に会社を辞め故郷に帰った「僕」が、耳の障害をもつ「いとこ」をバスで「神戸の山の手あたり」の病院に連れて行く話と、その病院で「僕」が思い出す、友人とバイクに相乗りして友人のガールフレンドを海辺の病院に見舞う話の、二重構造になっているからだ（『ノルウェイの森』で用いられるのは後者）。「僕」が「いとこ」と乗るバスは、阪神御影駅前を発着するバスだという説がある（田中励儀「めくらやなぎと眠る女」、「國文學」一九九八年二月臨時増刊号）。とすると「神戸の山の手あたり」という作者の言そのままだが、もう一つのストーリー、友人のガールフレンドを見舞う海辺の病院に関しては、野坂昭如の『火垂るの墓』でも有名な西宮の回生病院とする、西宮研究家の小西巧治さんの説もある。友人のガールフレンドはこの海辺の病院で「めくらやなぎ」の詩の話をして、絵に描いてくれるのだ。

この「めくらやなぎ」の挿話が表題になっているのだから、もし海辺の病院が回生病院とすれば、短篇の主たる舞台は西宮ということになる。しかし友人のガールフレンドが描く「めくらやなぎ」の詩や絵の舞台となると、……「彼女は丘を描いた。こみいった形をした丘だった。古代史の挿画に出てきそうなかんじの丘だ。丘の上には小さな家があった。家の中には女が眠っていた。家のまわりにはめくらやなぎが茂っていた。めくらやなぎが女を眠りこませたのだ」。クリムトかデルヴォーの絵にありそうな情景で、話の中の話の中の話……と消えてゆく、ムラカミ仕掛け〈めくらやなぎ〉のヴァニシング・ポイント（消尽点）というほかない。

ところで「めくらやなぎと眠る女」はその後、いささか数奇な運命をたどる。初出から一二年後、一九九五年一一月号の「文學界」に、読点一個を加えて「めくらやなぎと、眠る女」と題した別ヴァージョンの作品が発表されたのである。これには、単行本『レキシントンの幽霊』（一九九六年）に収録されるに際して、〈めくらやなぎのためのイントロダクション〉と題した短文が付された。――

「この作品は一九八三年十二月号の『文學界』に掲載した『めくらやなぎと眠る女』にほぼ十年ぶりに手を入れたものです。オリジナルは四百字詰めにして約八十枚ばかりあり、これはいささか長すぎるので、もう少し短く縮めたいと以前から考えていたのですが、九五年の夏にたまたま神戸と芦屋で朗読会を催す機会があり、そのときにどうしてもこの作品を読みたいと思ったので（この作品はその地域を念頭に置いて書かれたものだからです）、大きく改訂してみることにしました。オリジナル『めくらやなぎと眠る女』と区別するために、便宜的に『めくらやなぎと、眠る女』という題に変えました。原稿量は約四割減らせて、四十五枚ほどにダイエットしたわけですが、［……］」（傍点引用者）

「九五年の夏」とは阪神大震災（一九九五年一月）の年であり、ここで「めくらやなぎ」は、読点一個を加えることによって、原稿量を「約四割」減らし、〈地震の後〉の作品としての性格を新たに有することになった。と同時に、震災で傷ついた〈故郷〉――神戸、芦屋、西宮――を描いた貴重な作品と考えることも可能になったのである。

ちなみに、後にふれる連作短篇集『神の子どもたちはみな踊る』は阪神大震災をテーマとすることで知られるが、神戸を舞台にしていない。これは最初「地震のあとで」という通しタイトルで雑誌に連載され、ジェイ・ルービンによる英訳のタイトルも『*after the quake*』である。自作「解題」によれば、「世界貿易センタービル事件のあとだっただけに、『カタストロフのあとに来るもの』という文脈で、アメリカの読者からの反応は驚くほど真剣なものだった」という。

阪神大震災の〈後〉、地下鉄サリン事件の〈後〉、九・一一アメリカ同時多発テロの〈後〉、三・一一東日本大震災の〈後〉、福島原発事故の〈後〉……、多くのカタストロフの〈後〉、その余韻が残り、余震が鳴るなかで、僕はこの村上紀行を続けているのだ。

そういえば『アフターダーク』の眠りつづけるヒロイン・エリは、「めくらやなぎ」の「眠る女」のアバターだ。ムラカミエスクな巫女の化身である。「女性は霊媒＝巫女的なのです」と『夢を見るために毎朝僕は目覚めるのです』にある。「やがて姿を見せるであろう世界の先触れなのです」。『アフターダーク』のラストを引く、――

「〔……〕今の震え［眠るエリの唇の震え］は、来るべき何かのささやかな胎動であるのかもしれない。あるいはささやかな胎動の、そのまたささやかな予兆であるのかもしれない。しかしいずれにせよ、意識の微かな隙間を抜けて、何かがこちら側にしるしを送ろうとしている。そういうたしかな印象を受ける」

村上の小説の時間は、カタストロフの〈後〉、「次の闇が訪れるまでに、まだ時間はある」（『アフターダーク』）という、その〈まだ〉と〈すでに〉の間隙の（小著『未だ／既に――村上春樹とハードボイルド・ワンダーランド』参照）、危うい束の間の希望のしるしによって支えられているのだ。

二　戎《えびす》神社の卜占空間で

日本では自作の朗読を滅多にしない村上が、九五年夏に〈故郷〉に帰って朗読するということは、阪神大震災によって傷ついた〈故郷〉を、そこを舞台とする自作の朗読によって癒やしたいという気持ちが動いたのかもしれない。「めくらやなぎと眠る女」の冒頭に吹く故郷の風、いとこを神戸の山の手の病院につれてゆくいたわりの情景、なによりも海辺の病院に友人のガールフレンドを見舞う――その病気というのが、胸部のずれた骨を手術で治療するという、地震が引き起こす断層とその修復のアレゴリーとも考えられるものなのだ――そういう物語に、ヒーリングのはたらきが期待されたのかもしれない。

あるいは村上の育った地域が、震災の傷を受けることによって、〈故郷〉として強く呼び覚まされたのか。いずれにせよ、〈地震の後〉二年たった一九九七年五月、今度は一つ一つの傷口に手をふれ、いたわるようにして、一人で西宮から神戸まで歩く作家の姿を、われわれは見出すことになる。『辺境・近境』のラストに置かれた紀行文「神戸まで歩く」である。ここに村上の〈故郷〉に関する、こんな重要な告白が聞かれる――「故郷について書くのはとてもむずかしい。傷を負った故郷について書くのは、もっとむずかしい。それ以上言うべき言葉もない」。さらに、――「世の中には故郷にたえず引き戻される人もいるし、逆にそこにはもう戻ることができないと感じ続ける人もいる。両者を隔てるのは、多くの場合一種の運命の力であって、それは故郷に対する想いの軽重とはまた少し違うものだ。どうやら、好むと好まざるとにかかわらず、僕は後者のグループに属しているらしい」。

そんな彼が故郷を訪れるということは——しかも故郷で自作を朗読し、帰郷を紀行文《オデッセー》に書くということは——、震災が彼の心に引き起こした傷の深さを物語るものだ。

故郷には「戻ることができない」が、「傷を負った故郷」になら戻ることができる。いや、「傷を負った故郷」であるからこそ、戻らなくてはならない、——。

そういえば僕がいま行ったり来たりしている「えべっさん筋」——ついさっきムラカミ・ロードと名づけた道——は、村上の「神戸まで歩く」の起点となる場所である。新・帰郷者《オデュッセウス》ムラカミは、まずここへ戻って来たのだ。「商店街を抜けて通りを渡ると」と本にある、——「そこには西宮の戎《えびす》神社がある」。

地震の前、今年（二〇一一年）一月に村上紀行をしたときにも、僕は阪急西宮北口近くの「旅館千八」（素泊まり共同風呂で一泊五五〇〇円）に泊まり、朝早く八時前に宿を出て、ここにやって来たのだった。神社の境内に入って、まだ開いていない甘酒茶屋の木のベンチに腰かけ、村上の言及する池のほとりで、『辺境・近境』のハードカバーをテーブル代わりに、ノートを取ったときのことを僕は思い出す。村上の本にはこうある、——「子供の頃よく小海老釣りをした池の古い石橋は……崩れ落ちたまま放置されている」。

村上が神戸まで歩いたのは、震災の二年後である。震災後一六年たって、二〇一一年一月現在、「崩れ落ちた」石橋は完全に修復されている。「その水はまるで時間をかけて煮詰めたみたいにどろどろに黒く濁り」とある池の水も——村上の紀行は初夏、僕は冬という違いもあるかもしれないが、——今は透明度を増し、水藻の揺らぐのまでくっきりと見ることができる。

白い作務衣《さむえ》を着た若者が境内の砂を掃き清めている。参拝する人の拍手《かしわで》を打つ音がひびく。カラスがやかましく鳴き騒いでいる。AM八時四五分。僕は「神戸まで歩く」の村上にならい、戎神社のひんやりとした朝の空気に体をなじませようとする。「僕は神社の境内に腰を下ろし、初夏の太陽の下でもう一度あたりを見まわし、そこにある風景に自分を馴染ませる。僕はその風景を自分の中に自然に受け入れようとする。意識の中に、皮膚の中に。『あるいは自分がこうあったかもしれないもの』として。でもそれには長い時間がかかる。言うまでもなく」。

ここで、この戎神社の境内で、村上は「傷を負った故郷」というものを巫女のようにして身に纏おうとしているのだが、よく読んでみると、この文章のリズム、この呼吸は、僕に同じ作者の他の本のページを思い出させる。――「僕はなんとか自分をもとどおりひとつにまとめようとする。そのためにはあちこちに行って、自分自身の破片を集めてこなくてはならない。ばらばらになったジグソーパズルのピースをひとつひとつ丹念に拾うみたいに。これは初めて体験することじゃないな、と僕は思う。前にもこれと同じような感覚をどこかで味わったことがあった。あれはいつのことだったっけ」。

二〇〇二年刊の『海辺のカフカ』である。ヒーローの田村カフカは四国の高松にやって来て、突然意識を失い、『源氏物語』宇治十帖のヒロイン、入水《じゅすい》した浮舟のように、見も知らぬところに昏倒していたのである。

まるでカフカ少年が『海辺のカフカ』のページから抜け出し、「神戸まで歩く」のページに飛びうつり、生霊《いきりょう》となって作者に憑依し、西宮は戎神社の境内に腰を下ろす作者――村上を思い出していい、るようではないか。

村上自身、『夢を見るために毎朝僕は目覚めるのです』で、この点についてこう言っている、――

「十五歳の少年［田村カフカ］について書こうと思うとき、僕はそのために必要なひとつの抽斗を開けます。そうすると僕が少年として神戸にいたときに目にした光景が、眼前にそのまま浮かび上がってきます。空気の匂いを嗅ぐことができるし、地面に手を触れることもできます。樹木の緑を鮮烈に目にすることもできる」（傍点引用者）。

これもまた作品のスルス（源泉）となる場所について、村上が具体的な地名をあげた貴重な証言だろう。アメリカで発表されたインタビューの発言だから、神戸というグローバルな知名度のある地名をあげているが、ここでも神戸には芦屋、西宮が含まれている。とりわけ「樹木の緑」では西宮の戎神社の森を村上は喚起しているようだ。

そのようにして、田村カフカは作者・村上に成り変わる。意識をとり戻した少年は、「［……］神社の境内らしきところに出る。神社の本殿の裏側にある小さな林の中で、僕は意識を失っていたのだ。／けっこう広い神社だ。境内には高い水銀灯が一本だけ立っていて、本殿や賽銭箱や絵馬にどことなく冷淡な光を投げかけている。僕の影が奇妙に長く砂利の上にのびている」。

時間こそ深夜と早朝で違うけれど、場所は僕——と、いまその足跡を僕が追う村上——が歩いている、戎神社の境内そのままである。「神戸まで歩く」だと、「とても大きな神社だ。境内には深い森がある」。季節も同じ五月（『海辺のカフカ』では「5月28日」と日付まで明記）。「奇妙に長」い影はだから、四国高松のカフカ少年から西宮の戎神社の村上のほうに伸びて、そこで重なりあうのである。だからカフカ少年が「掲示板の中に神社の名前をみつけて、それを記憶する」とある、空白になっている「神社の名前」のところには、「西宮戎神社」の文字が読まれたのだ。

——地震の後、三月二八日の午後、再びここを訪れた僕には、それ以上のことが分かる。カフカ少年には、「神戸まで歩く」の作者・村上に刻まれた地震の記憶が、サブリミナルに回帰して来ているのだ。「前にもこれと同じような感覚をどこかで味わったことがあった。あれはいつのことだったっけ」（引用前出）。アンドロイドが自分にインプットされた他人の記憶を回想するような、『海辺のカフカ』のハイライトとなるこの場面は、田村カフカが村上春樹を思い出す場面として、――「めくらやなぎと眠る女」と同じように〈地震の後〉の作品として、読み解くことができるのである。

高松の神社の田村カフカを西宮の戎神社の村上に重ねる、同じ巫女の振舞いが観察される。西宮の神社の村上は、なにものかにのりうつり、その傷を癒やそうとしている。その傷とは、地震という「あの巨大な暴力」（「神戸まで歩く」）によって、故郷の身体がこうむったものである。

同じ振舞いが高松の神社のカフカ少年に認められる。カフカ少年もまた、ある「巨大な暴力」の犠牲者である。単に犠牲者であるだけではない。加害者であり、被害者である。暴力を振るう者であり、振るわれる者である。カフカ少年の場合、彼が「こうあったかもしれないもの」（「神戸まで歩く」引用前出）とは、遠く離れた東京の中野区野方で父を惨殺するという暴力を振るった者を指すだろう。少年は『源氏』に出てくる六条御息所の生霊《いきりょう》のように、四国高松から東京の野方まで〈幽体離脱〉して、父親殺しをおこなったかもしれないのだ。少年は返り血を浴びている、――「白いTシャツの胸のあたりに、なにか黒いものがついていることに僕は気づく。そのなにかは羽をひろげた大きな蝶のようなかたちをしている」。彼は傷ついた自分の身体を修復するために、「あちこちに行って、自分自身の破片を集めてこなくてはならない」。

ここには阪神大震災の後、故郷に帰り、「ばらばらになったジグソーパズルのピース」（『海辺のカフカ』引用前出）のようなものと化した故郷の身体に身をかがめ、手でふれ、足で踏んで、元どおりに戻そうとする、神事に携わる巫女のような無意識の動作が認められる。

しかしカフカ少年が振るい、また身に受けた暴力を、西宮の村上が認めた戎神社の「激しい破壊の跡」(「神戸まで歩く」)になぞらえることは、正しいだろうか? ここで僕は、地震による破壊は人為的な暴力と連動するか、という問いと向かいあう。天災はどの程度まで人災なのか、と。そして僕は、これがすぐれてムラカミ的な〈卜占〉にかかわる問いであることに気づく。ことは神の怒りとか復讐にかかわることかもしれないのだ。地震の後、「神戸まで歩く」の村上がまず西宮の戎神社にやって来て――戻って来て――、巫女的な振舞いを体現したのは、理由のないことではなかったのである。

三　「街と、その不確かな壁」、あるいはランゲルハンス島の岸辺で

夙川のほとりに来た。夙川というのは、えべっさん筋(ムラカミ・ロード)から西へ三〇〇メートルほど行って、西宮市を南北に流れる川である。「神戸まで歩く」では、「西宮から、夙川まで歩く。正午までにはまだ間がある」。僕の場合、二時少し過ぎで、三月末の春の午後の日ざしがさんさんと降りそそいでいる。

夙川沿いのこの道は「夙川オアシスロード」と呼ばれるが、村上は「ランゲルハンス島の岸辺」と名づけている。「ランゲルハンス島」という膵臓の内分泌腺組織と、夙川のこの岸辺とはなんの関係もない。芦屋市の精道中学に入った春、と『ランゲルハンス島の午後』(安西水丸挿画の大判の本である)にある、――「……生物の最初の授業に教科書を忘れて、家まで取りに帰らされたことがあっ

た。僕の家は学校から歩いて十五分くらいのところにある……」。そのとき途中でひと休みしたのがこの川岸だった、というのだから、中学の生物の教科書に「ランゲルハンス島」が出ていて、その連想でつけた名前だろう。「僕の家と学校のあいだには」と、エッセイはつづける、――「川〔夙川〕が一本流れている。それほど深くない、水の綺麗な川で、そこに趣きのある古い石の橋がかかっている。バイクも通れないような狭い橋である。まわりは公園になっていて、キョウチクトウが目かくしのように並んで茂っている。橋のまん中に立ち、手すりにもたれて南の方に目をこらすと、海がきらきらと光を反射させているのが見える」。

そのとおりの光景だ。キョウチクトウの茂みから御前浜（香櫨園）の海の光がきらきら反射して目を射る。僕は古い小さな石造りの橋――葭原橋《あしはらばし》。松村英三の写真をメインにした『辺境・近境写真篇』のキャプションに、「この橋はよく渡った」。『ランゲルハンス島の午後』に出てくるのがこの橋」と、村上本人の〈お墨付き〉のある橋――を渡り、川岸の芝生に寝転んで空を眺める。松の葉のあいだに、これ以上望めないほどくっきりと晴れわたった空がのぞく。あたりの街や港の風景は一一歳の村上少年が見た、五〇年ほど前の夙川周辺と同じではないかもしれないが、この空の青と海から吹く風（「めくらやなぎ」の風）だけは変わらない。

ランゲルハンス島の岸に寝そべって、青空の下のノートにパーカーを走らせていると、村上の街というものがクリアに見えてくる。

デビュー作には作家のすべてがあるという意味で決定的に重要な――村上自身はあまり認めていなくて、海外での出版を許可していない――『風の歌を聴け』は、村上の育った街（西宮、芦屋、神戸）を舞台にすることは否定できないが、彼の故郷の街そのものかと言うと、そんなことはない。

『風の歌』、『1973年のピンボール』、『羊をめぐる冒険』——この三長篇は同一の「僕」と「鼠」が登場してくることから、〈鼠三部作〉と呼ばれる。ちなみに『羊』の続篇『ダンス・ダンス・ダンス』には、『羊』で死んだ鼠は登場しなくて、それとともに街も消える——これら鼠三部作からは、その舞台となる街が芦屋や西宮や神戸であることを示す地名は、いっさい消去されている。

強いてあげるなら、「小学生のころ、僕は図書館に行くのが何よりも好きだった。……学校が終わると、よく自転車に乗って市の図書館に行った」（『雑文集』）という芦屋の図書館（現「芦屋市立図書館打出分室」。「芦屋市立打出教育文化センター」に付属している。ここも一月の紀行で訪ねたところ、所長の中村整七さんに親切に案内していただいた）前にある公園だろう。『風の歌』で「僕」と「鼠」が泥酔して車を運転し、公園の垣根を突き破り、「突然眠りから叩き起こされた猿たちはひどく腹を立てていた」という、その「猿の檻」だけは、村上本人が、「そのことはたしか『風の歌を聴け』という小説にちょっと書きました」と『少年カフカ』で〈お墨付き〉を与えたことによって、小説のモデルであることが証明されている。

この「猿の檻」だけが、かろうじて『風の歌』という小説のリアリズムの尻尾として残されている。この尻尾を切り離せば、『風の歌』の舞台は、『ランゲルハンス島の午後』にあるように、空中庭園さながら「何もかもが地表から二、三センチぽっかりと浮かびあがっているみたいに見え」るはずだ。『風の歌』はこのランゲルハンス島効果というべき力によって非現実的な宙空に持ち上げられ、小説に出て来る架空の作家、デレク・ハートフィールドの小説『火星の井戸』に描かれる、こんな二重、三重にフィクション化された場所に移し変えられる、——「君の抜けてきた井戸は時の歪みに沿って掘られているんだ。つまり我々は時の間を彷徨っているわけさ。宇宙の創生から死までをね。だから我々には生もなければ死もない。風だ」。

この風こそが、「めくらやなぎと眠る女」の冒頭で吹いていた故郷の風の回帰する場所に吹く風だろう。あるいは「文學界」一九八〇年九月号に発表されたきり、単行本にも『全作品』にも収録されず、『世界の終りとハードボイルド・ワンダーランド』の「世界の終り」のパートの原型となっただけで、著者によっていわば封印された、とはいえ村上春樹の街の起源《ジェネシス》がもっともティピックにあらわれている、デビュー後一年の中篇、『街と、その不確かな壁』のこんな風景――「川はその流れに沿って数多くの美しい風景をちりばめていたけれど、なかでも旧橋の下をくぐるように東西にのびた中洲は、僕のいちばん好きな場所だった。僕は中洲のベンチに腰を下ろし、獣たちが並んで水を呑む姿を一日眺めていたものだ」。

ここ夙川のほとりに寝そべり、葭原橋を目の端に入れて、「めくらやなぎ」の風に吹かれながら、〈ランゲルハンス島の午後〉の青空を透かして見ると、『風の歌』の街はその非現実性を絞りこんでいき、『火星の井戸』の「宇宙の創生から死まで」を吹きわたる風や、『街と、その不確かな壁』の「どこかのすきまから、僕の耳に届いてくる」風、あるいは『街と、……』から生成した『世界の終りと……』の、「僕は図書館を出ると、旧橋の手すりにもたれて、川の水音に耳を澄ませながら、獣の消えてしまった街の姿を眺めた。時計塔や街を囲む壁や川沿いに並ぶ建物やのこぎりの歯のような形をした北の尾根の山なみは、夜の最初の淡い闇に青く染まっていた。水音の他には耳に届く音は何ひとつとしてなかった」という「静けさ」(「ここはとても静かな街よ」と「世界の終り」の図書館の女の子は言う)に、その実体をゆずりわたしていく。この川の水音、この日の光り、この風の歌が、芦屋や西宮の街に風穴をあけ、現実なるものを逃れる抽象的なラインからなる、『街と、その不確かな壁』

や、さらには「世界の終り」の街に変えるのである。

四　五〇メートルだけ残された海岸線

そんなことを考えながら僕は、「神戸まで歩く」の村上を追って、「夙川オアシスロード」（「ランゲルハンス島の岸辺」）を南下し、御前浜公園（香櫨園）の浜を見はるかすコンクリートの堤防の上に立った。村上から引くと、――「堤防を上ると、かつてはすぐ目の前に海が広がっていた。なにひとつ遮るものもなく。僕は子供の頃、夏になれば毎日のようにそこで泳いでいた」。

「でも今は」と「神戸まで歩く」は続く、――「そこにはもう海はない。人々は山を切り崩し、その大量の土をトラックやベルトコンベアで海辺まで運び、そこを埋めた。……それがおこなわれたのは、僕が東京に出てからしばらくあと、高度成長時代、列島改造ブームの最中のことである」。

同じエピソードを語った最初期の『カンガルー日和』所収の「5月の海岸線」となると、著者が「短かい小説――のようなもの――」（「あとがき」）と呼ぶように、フィクション化、僕が少し前に〈ランゲルハンス島効果〉と名づけた力が及んで、ある種の抽象化、非現実化が進む。つまり〈街〉と名づけられるだけで、そこから地名は消去されて、『街と、その不確かな壁』や「世界の終り」の街に近づいていく。

「友人からの一通の手紙、結婚式への招待状が僕を古い街へと引き戻す」と「5月の海岸線」は始まる。東京で暮らす「僕」は、朝いちばんの新幹線で街に着くと、ホテルで着替え、スポーツシャツとブルージーンズと新しい運動靴のムラカミ・スタイルになり、タクシーを拾って懐かしい海岸に出る（着替えは街の海――という女性――と二一年ぶりに再会するための礼儀《エチケット》だったのだ）。

しかし、――

「一時間後にタクシーを海岸に停めた時、海は消えていた。

いや、正確に表現するなら、海は何キロも彼方に押しやられていた。

古い防波堤の名残りだけが、かつての海岸道路に沿って何かの記念碑のように残されていた。もう何の役にも立たない、古びた低い壁だ。その向う側にあるものは波の打ち寄せる海岸ではなく、コンクリートを敷きつめた広大な荒野だった。そしてその荒野には何十棟もの高層アパートが、まるで巨大な墓標のように見渡す限りに立ち並んでいた」

この作品は「あとがき」にある通り、「長編のためのスケッチ風に書いて実際に組みこんだもの」だ。「長編」とは『羊をめぐる冒険』のこと。もともとこの長篇のための取材だったのか？　それとも、実際に友人の結婚式に出るために帰郷し、後からそのスケッチを長篇で使うことにしたのか？　紀行と小説（フィクション）の微妙な境界線で「5月の海岸線」は成立している。

さて、その長篇『羊をめぐる冒険』である。主人公の「僕」は「誰とでも寝ちゃう女の子」の葬式に出た後、新宿で飲んで、明け方にアパートに帰る。

『羊をめぐる冒険』のイントロの部分で、村上のベストシーンだ。村上の海のベストといっていい。この海がフィクションのヒーロー（「僕」）の記憶のなかに、非現実化、あの〈ランゲルハンス島効果〉を絞り込んだようにして、出現するのである。

「僕」は「もっとも礼儀正しい酔払い」として（ここでも海すなわち彼女と会うための「礼儀」が大

事なのだ、たとえ記憶のなかで会うにせよ)、アパートの廊下をドアに向かって歩く、――「八歩めで立ちどまって目を開け、深呼吸をする。軽い耳なりがした。錆びた鉄条網のあいだを抜けていく海の風のような耳なりだった。そういえばしばらく海を見ていないな。七月二十四日、午前六時三十分。海を見るには理想的な季節で、理想的な時刻だ。砂浜はまだ誰にも汚されてはいない。波打ちぎわには海鳥の足あとが、風にふるい落とされた針葉のようにちらばっている」

ここでもフィクションのなかに村上本人のエピソードが挿入されているが、これは「神戸まで歩く」に見た、「子供の頃、夏になれば毎日のようにそこで泳いでいた」香櫨園(御前浜)の海岸である。

当然、現在時――つねに既にずれていく現在――に戻ってみれば、「そこにはもう海はない」(「神戸まで歩く」)。

『羊をめぐる冒険』のヒーローも、だから――

「海、か。

僕は再び歩きはじめる。海のことはもう忘れよう。そんなものはとっくの昔に消えてしまったのだ」

消えたのは海だけではない。街も消える。渋谷の広告代理店の下請け会社でコピーライターをしている『羊』の主人公は、街を出奔して五年になる鼠から手紙をもらい、「もし君が街に帰ることがあったら、僕からのさよならを伝えてほしいんだ」という頼みに応じて、鼠の彼女に会うために街に帰る。すでにお気づきのように、この「彼女」は、街と海の化身《アバター》だったのである。

しかし「僕」には、「もう『街』はない」という意識がつきまとっている。「僕にとって帰るべき場所はどこにもない」(『羊』のこの「もう『街』はない」は、「神戸まで歩く」の「もう海はない」と正確にシンクロしている)。

「神戸まで歩く」で村上が自分を、その理由を示さずに、「そこ〔故郷〕にはもう戻ることができないと感じ続ける人」のカテゴリーに分類したことを想起しよう。小説のヒーローに作者が重ねられる部分だが、村上にとって、そして小説のヒーロー、「僕」にとっても、街あるいは故郷とは、癒やしがたく失われた場所、――〈マイ・ロスト・シティー〉(村上訳フィッツジェラルド作品集のタイトル)なのだ。『羊』では、「僕」が鼠の伝言をたずさえて彼女〈街／海〉に会いにいく〈帰郷〉は、こう語られる。この情景があの抽象の極限をゆく、神話的な『街と、その不確かな壁』に酷似することに注意したい、――「川沿いの道は僕の好きな道だった。水の流れとともに僕は歩く。そして歩きながら、川の息づかいを感じる。彼らは生きているのだ。彼らこそが街をつくったのだ。〔……〕そもそもの最初から街は彼らのものだったし、おそらくこれから先もずっとそうなのだろう」。

この川は、これを現実に返せば村上の〈故郷〉の夙川になり、〈ランゲルハンス島の岸辺〉に返せば、『街と、その不確かな壁』と「世界の終り」を流れる川になる。

村上が地震の後、九七年五月に神戸まで歩こうと考えたのは、八一年の「5月の海岸線」を同じ五月にたどりなおしてみようとしたのかもしれない。この「神戸まで歩く」の村上を『海辺のカフカ』のヒーローが思い出すのも五月だった。「5月28日――いつもと同じことがいつもと同じように繰りかえされた日だった」――なにげない田村カフカのこの感想が永劫回帰を思わせる響きをもつ。そういえば「めくらやなぎと眠る女」の故郷も、これは八三年の作品だが、「五月の風が持つ奇妙な生々しさ」から始まったのだった。そこには何年もの歳月をへだてて、二種の暴力――開発と地震――によって傷を受けた、同じ五月に回帰する失われた故郷があったのである。

　そこに壁があらわれる。『羊をめぐる冒険』という小説の主人公が見る嘱目の壁が、非現実のリミットに位置する神話的な『街と、その不確かな壁』と、ある程度まで現実の体験による「5月の海岸線」を縫い合わせ、接合させるのである。

　この壁が一九八〇年の『街と、その不確かな壁』の「壁」に起源《ジェネシス》をもち、二〇〇九年のエルサレム賞受賞の「壁と卵」のスピーチ（「どれほど壁が正しく、卵が間違っていたとしても、それでもなお私は卵の側に立ちます」。ここでは壁はシステムのこと）にまで繋がる、村上の最重要なテーマ系をかたちづくることはいうまでもない、――

「それは幅五十メートルばかりに切り取られた昔の海岸線の名残りだった。〔……〕五十メートルぶんだけ残されたなつかしい海岸線だった。しかしそれは高さ十メートルもある高いコンクリートの壁にしっかりとはさみ込まれていた。そして壁はその狭い海をはさんだまま何キロも彼方にまでまっすぐに伸びていた。そしてそこには高層住宅の群れが建ち並んでいた。海は五十メートルぶんだけを残して、完全に抹殺されていた」

「5月の海岸線」で、「荒野」に「まるで巨大な墓標のように見渡す限りに立ち並んでいた」と言われた「何十棟もの高層アパート」は、『羊』では、「海のかわりに埋立地と高層アパートが眼前に広がっていた。のっぺりとしたアパートの群れは空中都市を作ろうとして、そのままあきらめて放置された不幸な橋げたのようにも見えた」と、後に「神戸まで歩く」で、「……すぐ西側に見えるかつての芦屋の浜には、高層アパートがモノリスの群れのようにのっぺりと建ち並んでいる」と描写される、黙示録的近未来の風景に近接する兆を見せる。

とはいえ、『街と、その不確かな壁』から、「5月の海岸線」と『羊』を経て、「壁と卵」にいたる、この変幻するアバターとしての〈壁〉に対する反応は、フィクションに属する『羊』の「僕」と、現実に属する「5月の海岸線」の「僕」（や「壁と卵」のスピーチの「私」）とでは、相当ことなっている。

たえず「世界の終り」を生き延びていくことを使命とする、小説の主人公である『羊』の「僕」は、「物哀しい風景だった」と嘆きながら、「しかし僕にいったい何を言うことができるだろう？　ここでは既に新しいルールの新しいゲームが始まっているのだ。誰にもそれを止めることなんてできない」と、無力感を告白する。『羊』の続篇『ダンス・ダンス・ダンス』の「僕」が、圧倒的な「高度資本主義社会」を前にして、「踊るんだよ」と自分に「復唱」するのも同じ無力感である。

『羊』のヒーローは小説のヒーローである以上、「壁と卵」のスピーチのように明快な最後の言説を行使することは許されない。小説のヒーローであり、語り手である「僕」は、次作（『ダンス……』）へ、さらに次の作品へと、延命《サバイバル》していかなくてはならない。カタストロフの後まで生き延びて、その災厄を語り伝えなくてならない。それが（評論、エッセイ、紀行、自伝、スピーチなどとことなる）小説本来の徳であり、力である。

それゆえ、同じ壁、同じモノリス（「神戸まで歩く」）、同じ「墓石のような高層ビル」（『羊』）を前にした「僕」の感想は、「5月の海岸線」になると、――これは小説の人物ではないので――作者の本音に近いものになり、「巨大な火葬場のよう」な「高層住宅の群れ」を前に、次のように激しい、直截な（最終的な）断罪を下すにいたる、――「[……] 古い防波堤の上を歩きながら僕は預言する。君たちは崩れ去るだろう、と」。

それに対して、『羊』のラストはもっとソフトで多義的な、開かれたものになる（それは余情を残すといった問題ではない。小説本来の意味におけるオープン・エンディングなのだ）。小説の主人公が最後にもう一度街に帰り、「川に沿って河口まで歩き、最後に残された五十メートルの砂浜に腰を下ろし、二時間泣いた」後で、立ち上がり、そこを離れる最後の一行、「[……]歩き始めると背中に小さな波の音が聞こえた」は、チャンドラーのヒーロー、フィリップ・マーロウを〈引用〉する、センチメンタルでハードボイルドな主人公の、街との別れのセレモニーと考えるべきであろう。彼は死んだ鼠を悼んで泣くだけではない。街と海——両者を合体した彼女の喪失を悼んで泣くのである。

事実、それ以後、村上の小説の舞台になる故郷が街と呼ばれることはない。その証拠に、『ノルウェイの森』では、村上をモデルとする「僕」（ワタナベ）と直子が高校時代を送る「神戸の街」は、町と記され（「僕はただその町を離れたかっただけなのだ」）、『国境の南、太陽の西』でも、やはり村上をモデルとする「僕」（ハジメ）の故郷の港は、街ではなく町と記される（「僕はもうこれ以上このものしずかで上品な町に留まるつもりはなかった」）。〈街〉とともに、鼠三部作とアドレセンスの神話が終わり、新たな別の物語が始まったのである。

五　「暴力の残響」を耳に

僕はこうして五〇メートルだけ残された海岸線を後にして、前浜町を抜け、臨港線を歩いて、浜夙川橋に立つ。浜に向かって目を上げると、夙川の水のきらめきの上に、夕陽をあびた回生病院の建物がゴーストのように建つのが見える。一羽の鳥が翼をはげしく羽ばたかせて病院の上に飛んでいった。

今津港町から西浜町を経て今津灯台（西宮の村上愛好家のあいだでは『1973年のピンボール』で「鼠」の眺める灯台とされるが、僕にはどうもそうは見えなかった。今津灯台は江戸時代に建てられた高燈籠様式の古風な灯台で、ムラカミのヒーロー「鼠」には似合わない）のほうへパジェロミニを走らせながら——午後六時一五分前、フロントガラスに夕陽が落ちてゆく——カーラジオを入れると、震災で壊滅的被害を受けた東北の現状を語る人々の声が流れてくる。

——今までは街に人影がなかったんですよ、……

——今では少しずつ人の姿が見えるようになってきました、……

今津出在家町の日帰り温泉「やまとの湯」でひと風呂浴びて、浜夙川橋の下の路上で車中泊した。午前四時三〇分、まだ暗いうちに起床、カレー・パンとコーヒーで朝食。コンビニで入れてもらった魔法瓶のお湯で熱いおしぼりをつくって洗顔し、海からの風（回帰する「めくらやなぎ」の風）に吹かれて、道を歩きながらヒゲを剃る。まさにオン・ザ・ロードの境遇だ。

御前浜・香櫨園浜。払暁だ。東の空がうっすらと朱の色を帯びてきた。浜辺に降りる。二週間前に三陸海岸を襲った津波が信じられないほど静かな海である。汽笛が鳴り、街の騒音が低い唸りをたてている。対岸にはモノリスのような高層ビルの群れ。

モノリスの壁に朝の太陽が反射して、てかてかと赤銅色に光っている。それが何かの予兆のように不気味な色に見えてきた。

——でも、まだ始まったばかりなのよ。

阪神大震災から五年後の二〇〇〇年に刊行された『神の子どもたちはみな踊る』の巻頭作、

「UFOが釧路に降りる」の最後の一行である。「地震の影の中に歩を運びながら」と「神戸まで歩く」にある、――『地下鉄サリン事件とはいったい何だったのだろう?』と考え続けた。あるいは地下鉄サリン事件の影を引きずりながら、『阪神大震災とはいったい何だったのだろう?』と考え続けた」。

地震の後、この三月の紀行に出たときから、僕につきまとい続けた問いでもある。いったいどのようにして二つの災害、震災と原発事故のあいだに、「自分なりの回廊をつけ」(同)ることができるのだろう?

車の中でロードマップを拡げ、さあ、どこへ行こう?『1973年のピンボール』のラストシーンで街を出る決心をした鼠の心境である。僕の場合、まさにその街に入って二日めにしかならないのだが。

「純粋な好奇心から」、――新幹線の新神戸駅前の「新神戸オリエンタル・ホテルに入ってみる」。「神戸まで歩く」の終点である。ホテル4Fの喫茶室ザ・ラウンジの「ソファに沈み込み」、一杯九〇〇円のブレンドコーヒーを飲む。ここで「数カ月後に、まさにそのカフェ・ラウンジで暴力団員による拳銃の乱射事件があり、……」、村上は「もうひとつの『来るべき暴力』の影と、いくらかの時差をはさんで偶然すれ違っていた」(同)というのである。

新神戸オリエンタル・ホテルのザ・ラウンジで聞こえて来るのも、震災と原発の話題である。

――半径二〇キロ以内は、人が住めんようになってしまうわ。

――魚も獲れへんしなあ。

――きれいに、原爆でやられた跡みたいに、なんもあらへん……。

まさに村上が「神戸まで歩く」で書くとおり、暴力の「過去と現実と未来とが、立体交差のように行き来している」のだ。

少年カフカならぬ少年ムラカミが、「あちこちあてもなく散歩しているだけで、胸がわくわくして楽しかった」（『うずまき猫のみつけかた』）という、映画館やジャズ喫茶に通ったダウン・タウン、三宮に遊んでから、夜更けて神戸メリケンパークに来た。

パークの白色光に照らし出された波止場には、夜遅い何組かのカップルが行き来している。ポートタワーや観覧車、レストラン船が照明に浮かびあがる。三月末とはいっても、パジェロミニの外に出ると、かなり冷えこんでいる。海の風に吹かれながらドリップしたコーヒーをシェラカップで飲む。車に戻り、シートを倒し、仰向けになって、街の光の下で『神の子どもたちはみな踊る』を読む。

まずは村上本人の解題を、『夢を見るために毎朝僕は目覚めるのです』に――

「通しタイトルは『地震のあとで』〔雑誌連載時のタイトル〕。全部一九九五年の二月に起こった話で、一九九五年二月と言えば、一月の阪神大震災と三月の地下鉄サリン事件に挟まれた、空白の一カ月なんです。僕はこの一カ月に興味があったから、九五年二月に起きたことをフィクションで、全部違うキャラクターで、全部三人称で書こうと決心した」

だから短篇集の人物たちは、いまのこの僕と同じように地震の一か月ぐらい後の世界を生きているのだ。

とはいえこの短篇集で神戸の震災は、遠く離れた人々によって間接的に触れられるだけである。ましてや、一か月後に起こるオウム真理教による地下鉄サリン事件はまったく触れられない。

村上はここで〈地震の後〉と〈地下鉄サリン事件前夜〉という「空白の一カ月」に、「暴力の残響」

と、「来るべき暴力」の予感を聞きとろうとした。

表題作「神の子どもたちはみな踊る」は、東京の出版社に勤務する二五歳の善也が二日酔いで目覚めて、母親のことを考えるところからはじまる。息子と一緒に暮らす母親は新宗教の信者で、「三日前、ほかの信者さんたちと関西に出かけた」。その後も阪神大震災は、主として母親のボランティア活動に関連して触れられることになる。しかし「その場所は自分からも、……何光年も遠く離れたところにあるように善也には感じられた」。

地震とストーリーが触れたり、離れたりする。ショートする。そこに短篇集のポイントがある。そこに宗教的なテーマが挿入される。

新宗教というテーマによってこれは『1Q84』の前身と考えることができる。『1Q84』のヒロイン青豆の一家は「証人会」というカルト宗教の信者だが、彼女は一一歳のときに棄教する。善也も一三歳で棄教する。もっとも善也の（名は体を表す）人の良さはアサシン青豆には見られないものだ。むしろヒーローの天吾の善良さに近い。その意味で善也の善良さは天吾に、新宗教がらみの葛藤は青豆に（BOOK3第14章で唐突に「神を信じていることに気づく」青豆のように、善也の最後の言葉は「神様」である）、それぞれ引き継がれたといえる。

短篇のもう一人の主人公は、愛すべきモンスターぶりを発揮する母親である。彼女はその素直さゆえに若いころから次々と男性と関係をもち、何度も妊娠する。産婦人科で堕胎してもらうが、そのときの先生とも「まぐわう」ようになり、先生の指導の下に「文句のつけようのない見事な避妊」をしたにもかかわらず、彼女は「また孕んでしまった」。そこで誕生したのが善也である。しかし産婦人科の医師は子どもを認知しない。母親は先生と縁を切り、深い昏迷を抱えたまま、新宗教に走る。

ここで『１Ｑ８４』の天吾の場合と同様、父親という問題が浮上してくる。母親によれば、「善也のお父さんは『お方』なんだよ」。『１Ｑ８４』で青豆が、棄教した後でも「お方さま」と唱えるのと同じだ。「肉のまぐわいによってではなく、『お方』のご意志によって善也はこの世界に生まれたのよ」。母親は善也に「燃えるような目できっぱりと」、そう断言するのだが、むろん善也にそんなことは信じられず、自分の父親は「生物学的にいえば、その産婦人科のお医者さんということになる」と考えるのだ。

ところで――ここでようやくストーリーの現在時に入る――、ひどい二日酔いの日、午後一時頃に出社した善也は、帰りの夜の地下鉄のなかで、母親から聞かされた産婦人科の医者そっくりの人物に遭遇する。その医者は幼いころ犬に食いちぎられて、右の耳たぶが欠けていたのである。

六　巫女の振舞い、ふたたび

善也は父親と思われるその男の尾行をはじめる（ナスターシャ・キンスキーの娘ソニア・キンスキーが主人公の恋人役を演じる、ロサンゼルスを舞台にした同題のアメリカ映画では、この尾行の場面が秀逸だ）。男が千葉県の手前の駅で降りると、善也も降りる。タクシーで後を追ううちに工場地帯に入り、車を降りた後、男は狭い路地に歩み入り、暗闇で突然、姿を消す。袋小路だが、突き当たりに穴があいている。穴をくぐって外に出ると、野球場だった。すでに真夜中である。途方に暮れた善也は、「僕が追い回していたのはたぶん」と考える、――「僕自身が抱えている暗闇の尻尾のようなものだったんだ」。

「神戸まで歩く」の村上も、地震の「暴力」について同様に考える、――「その暴力性の一部は僕らの足下に潜んでいるし、べつの一部は僕ら自身の内側に潜んでいる。ひとつは、もうひとつのメタファーでもある。あるいはそれらは互いに交換可能なものである」。

ここで善也は、「神戸まで歩く」の村上と同様、大きな悪、あるいは暴力と思われるものを追求していくと、その悪、あるいは暴力は、自分自身のうちに見出される、というウロボロスの蛇の真実に突き当たるのだ。

このとき善也は明らかに地震という自然の「暴力の残響」と、地下鉄サリン事件という「来るべき「人工の」暴力」の予感の狭間にいる。その間隙に捉えられて、もがいている。もがきながら、「踊るのも悪くないな」と思う。「目を閉じ、白い月の光を肌に感じながら、善也は一人で踊り始めた。深く息を吸い、息を吐いた」。

この「神のこども」のとる振舞いは、「神戸まで歩く」の村上が、西宮の戎神社でとった巫女の振舞いと同形のものになる。あるいは『ダンス・ダンス・ダンス』の語り手の「僕」が、高度資本主義の暴力を前に、踊ることによって体現する延命《サバイバル》の振舞いと同じものになる。

それは一種の共生感のようなものだ。

ここ、神戸のメリケンパークまで離れても、地震から二週間ほどたつのに、人々は共通の恐怖と戦慄のなかに生きている。地震からひと月後の善也も、そういう恐怖を足もとの地下に感じる、――「そこには深い闇の不吉な底鳴りがあり、欲望を運ぶ人知れぬ暗流があり、ぬるぬるとした虫たちの蠢きがあり、都市を瓦礫の山に変えてしまう地震の巣がある」。

喫茶店でも、日帰り温泉の休憩所でも、道を歩いていても、どこでも、だれでも、震災のしるしを帯びているように見える。

新神戸オリエンタル・ホテルのザ・ラウンジでふと小耳にはさんだ、「きれいに、原爆でやられた跡みたいに、なんもあらへん……」という言葉は、震災の惨状を的確に捉えていたのだ。

こう言った人は、津波で家も車も、なにもかも薙ぎ倒されたように持っていかれ、無人の野原のようになった街の光景をテレビで見てそう言ったのだろうが、今度の震災の場合、地震とか津波とかの自然による災害の他に、それと対になるようにして、原発事故という人災がある——あったと過去形で書くことができない、——まだ。

一方（地震）は天災、他方（原発）は人災。しかしこの人災は天災がなければ起こりようがなかった。メビウスの輪のように、二つの災害はからまりあっている。「回廊」は通じていたのだ。「5月の海岸線」の村上の預言——「君たちは崩れ去るだろう」が、文字通り実現していることに驚かずにいられない。阪神大震災と地下鉄サリン事件のあいだには、「いくらかの時差をはさんで偶然すれ違っていた」（「神戸まで歩く」）ということが言えたかもしれないが、今回の震災と原発事故のあいだには時差はない。二つの災害は文字通り同時に起こった。一方が他方に襲いかかり、それを廃墟に変えたのだ。

ただの廃墟ではない。たえず放射能を放ちつづける妖怪、モンスターに変えたのだ。

メリケンパークの人影が消えた。午前一時三〇分。パトカーのサイレンが流れ、その下に波の音が小さく聞こえた。海から吹く風——「めくらやなぎ」の風——が、スナックの空き袋を「どこでもない場所」（「神の子ども……」と『ノルウェイの森』ラスト）に運んでいった。汽笛がなにかの警報のように遠くで鳴っている。

僕も車を降りて踊りはじめた。月の光を肌に感じながら、両手を拡げ、コンクリートの地面を踏みしめた。大きく息を吸い、息を吐いた。「神の子どもたちはみな踊る」しかないのだ。

第三章

村上春樹の札幌、ハワイを行く
——ハナレイまで

……路上に出る。そして走り始める。貿易風をまっすぐ顔に受け、……

――『走ることについて語るときに僕の語ること』

「いらっしゃい」と彼女は言う。

――『海辺のカフカ』

一　〈北〉の都市から

――村上春樹の暴力は北の都市からやって来る。

札幌の二条市場を歩いていて、そんなフレーズが閃いた。

そのことを端的に示すエピソードとして、『ねじまき鳥クロニクル』で妻のクミコに去られた主人公の岡田亨が、涸れ井戸の底に降り、今までの妻との関係を振り返るパートがある。

結婚して三年目にクミコが妊娠した。若い共働きの夫婦には子どもを育ててゆく余裕がない。「まあ、今回はパスするしかないでしょうね」というのが、妻の感想だった。夫のほうは、「正直にいうと、僕はクミコに堕胎手術を受けてほしくなかった」。そんなとき主人公が札幌に出張する。クミコは一人で病院に行き、堕胎手術を受けた。そして夜、札幌のホテルに電話をかけてきて、「今日の午後に手術を済ませたの」と告げた。

僕がいま宿泊している、狸小路五丁目のアーケード街に裏口をあけるウォーターマークホテル札幌は、亨が泊まった札幌のビジネス・ホテルではないが、まあそれに毛の生えた程度のものだろう。

その夜、亨はホテルの部屋を出て、札幌の街をあてもなく歩く。村上恒例の〈ぶらぶら歩き〉にしたがって、僕もホテルを出て、台風一二号の雨の下、狸小路のぶらぶら歩きに出る。亨はバーをはしごして、二軒目に入った店で奇怪な経験をする。そこで僕も南四条西四丁目の「らー麺とぐち」で「あっさり鶏ガラ」仕立ての赤味噌ラーメンで腹ごしらえしてから、『羊をめぐる冒険』の縁で、というわけでもないが、南五条西四丁目の「めんよう亭」に入り、生ラム肉の炭火焼で一杯やり、すすきのビル8FにあるバーKOHに入った。

『ねじまき鳥』のヒーローが札幌出張中に、妻の手術を電話で知ってふらっと入ったバーで、ギター弾きの男が余興と称して、ローソクの火で自分のてのひらを焼く奇怪なショーを披露したのは、こんなバーだったかもしれない。

この暴力の光景には例によってその後日譚がある。

三年ほどしたある日、失踪した妻をとり戻すこともできず、勤めていた法律事務所も辞めて、八方塞がりの亨は、叔父のアドバイス――「例えて言うなら、じっとどこか街角に立って毎日毎日人の顔を見ていることだろうね」――にしたがって、新宿西口に出かけ、何日も何日も人の顔を眺めつづけた。新宿は村上にとって暴力のトポスである（短篇「かえるくん、東京を救う」に、「新宿歌舞伎町は暴力の迷宮のような場所だ」とあるように）。

一一日目の夕方、黒いギターケースを下げた男を見かける。札幌のバーで不気味な芸を見せた男にちがいない。「僕」は男のあとをつけはじめる。「今になって考えてみれば、あの堕胎手術は僕ら二人にとって、非常に重要な意味を持つ出来事だったのだ」。「僕」は暴力へのやみがたい衝動に駆られ、どこまでも男をつけまわすうちに、とあるビルのなかに入ると、突然、物影に潜んだ男にバットで殴りかかられる。

亨は男のバットを奪い取り、逆上したように男を殴りに殴る。バットを手にしたまま放心状態でバスに乗る。家に帰ると、バットは押入れに放り込んでおいた。

その夜、亨はムラカミ・ホラーの極致の夢を見る。札幌のギター弾きの男が出てきて、その日あったことがそのままくり返される。それだけではない。亨が殴りやめると、男は涎をたらし、笑いながらポケットからナイフを取り出して、服を脱ぎ、「林檎の皮でも剝《む》くように、自分の皮膚をするすると剝きはじめた」。真っ赤な肉の塊だけになっても、暗黒の穴のような口を開けて笑っている。やがて剝かれた皮膚が床を這って、こちらに近づいてくる。「皮膚は薄い膜のように僕の脚を覆い、体を覆い、顔を覆った。やがて目の前が暗くなり、笑い声だけがその暗黒の中に虚ろに響いていた」。

この恐怖の悪夢の根もとには、妻の堕胎手術と札幌のバーで手を焼く男という、相互に無関係な二つの出来事があったのである。

それだけでも怖い話だが、村上の因縁話はそれで終わらない。

皮膚だけになって「僕」の全身を覆う札幌のギター弾きの笑い声は、『海辺のカフカ』のラストに近い一シーンを僕に思い出させる。〈猫殺し〉のジョニー・ウォーカーと称する男が、ヒーローの田村カフカの守護神《ジン》「カラスと呼ばれる少年」に襲われ（この本によれば、「カフカというのはチェコ語でカラスのことです」）、皮膚を裂かれ、真っ赤な肉のかたまりになって、舌も抜かれて、それでも笑いつづける。「カラスと呼ばれる少年はその音のない笑いを耳にした。遠い乾いた砂漠を吹き渡る風のような不吉でうつろな笑い声は、いつまでたってもやまなかった」。

『ねじまき鳥』に戻ると、皮剝ぎの夢は、間宮中尉と名乗る男が亨に語った戦前の満蒙国境地帯における、ロシア人将校、のちの〈皮剝ぎボリス〉による日本兵の酸鼻な皮剝ぎの話が混入しているだろうし、ギター弾きの男から奪い取って亨が殴打するバットは、赤坂ナツメグと名乗るパトロンの女の息子シナモンが、コンピュータに入力して「僕」に読ませる話――やはり戦前の中国北部・満州国の首都、新京（現・長春）の動物園における、バットによる惨《むご》たらしく不条理な中国人虐殺に繫がる。

バットの因縁はまだまだつづく。『ねじまき鳥』第3部では、井戸の底に降りた「僕」は「いつものように手探りで、壁に立てかけておいた野球のバットを捜し求める。僕があのギターケースの男のところからほとんど無意識に持って帰ってきたバットだ」とあるように、一本のバットが主人公の手元にいつも介在する。それは転々として、ついには井戸からホテルへ〈壁抜け〉した二〇八号室にも出現し、妻を亨から引き離した宿敵の綿谷ノボルを「完璧なスイング」で殴打し、とどめの一撃を加えるのに使われる。

戦前の満州国・新京の動物園から現代の北海道・札幌へ、一九八四年の新宿へ、世田谷の井戸の底へ、ホテルの二〇八号室へと、バットを兇器にして、次々と暴力が連鎖していく。その手始めとして、ここ札幌のバーにおけるギター弾きの男のホラーじみた手品があったのである。

渦を巻く暴力の因縁、それがこの狸小路に裏口をあけるウォーターマークホテルにも潜んでいるのかもしれない。

二 「ただ羊がいると感じるだけだ」

今日は朝早くから、札幌駅で特急スーパー宗谷一号に乗り約二時間、村上が『羊をめぐる冒険』の取材をした士別《しべつ》という街に着いて、「羊と雲の丘」や「しずお農場」に羊の牧舎を訪ねた。

何百頭というサフォーク種の羊の群れと接してきた僕には、黒くて長い鼻づらをカメラのレンズに触れんばかりに近づけてくるのもいれば、腕や脚に荒い鼻息を吐きかけたり、ズボンにぐいぐいと鼻を押しあてたり、鼻汁をくっつけたり、シャツを牧草とまちがえたのか、噛んで引っ張ろうとするやつもいるので、羊の体臭がすっかりしみついてしまい、夜更けて札幌に帰り、ホテルで風呂に入って、頭も洗ったのに、なんだか体のなかにへんてこな羊が入り込んだ気もするのだ、……。

「それが1981年のことだ」と、『走ることについて語るときに僕の語ること』の「2005年8月14日　ハワイ州カウアイ島」と日付をつけた章にある。村上の「語ること」は——僕の紀行とは逆に——ハワイから北海道へ飛ぶのである。その年、村上は東京千駄ヶ谷のジャズ・バー「ピーター・キャット」の権利を売って、専業作家に転身する。それと同時に、千葉県の習志野に引っ越し、早寝早起きに生活を改め、煙草をやめ、ランニングをはじめる。生活の大改造をおこなって、いよいよ三作目、正念場の長篇に着手したのである。「腰を据えて長編小説の執筆にかかり」と先の引用はつづく、——「その年の秋には小説の取材のために一週間ほど北海道を旅行した。そして翌年の4月までに長編小説『羊をめぐる冒険』を書きあげた」。

八一年秋、『羊』の取材で北海道にやって来た村上は、札幌のホテルの部屋で、舞台となる「十二滝町」という架空の町を着想したのである。

同年四月から連載を開始した『カンガルー日和』の「彼女の町と、彼女の緬羊」と題した一文によると、彼はホテルの部屋のテレビで北海道R町の広報番組を観たという。女性広報係の話を聞きながら「僕」は「彼女の町」を想像する。「一日に八回しか列車の停まらない駅、ストーヴのある待合室、寒々とした小さなロータリー、字が消えて半分も読めなくなってしまった町の案内図、マリーゴールドの花壇となないかまどの並木……」。

これはもうほとんどそのまま『羊をめぐる冒険』の十二滝町の駅前の光景である。村上はR町の広報係がテレビで話す町の紹介から、十二滝町を構想したのだ。つまり札幌のこんなホテルの一室で、『羊』に関する重要なエピソードのいくつかを手に入れたのだ。「札幌のホテルの小さな一室で、僕と彼女の人生はふと触れあっている」。そう、ウォーターマークホテルの小さな一室で、僕と村上と『羊をめぐる冒険』が交錯している。

「しかし結局のところ、僕は彼女の町を訪れはしないだろう」と短文はしめくくられる。村上が実際に訪れるのは、僕が今日訪れたばかりの士別である。そのことは『羊』の「自作を語る」に、「士別というところの牧場に行って、羊の飼育を研究されている先生にいろいろとお話を伺ったりした」と明記してあるとおりだ。

士別からR町へ、そして十二滝町へ。ここ札幌のウォーターマークホテルの一室で、体に入った羊の体臭に悩まされていると、村上の創作の秘法がまざまざと目に見えるようだ。

士別の「羊と雲の丘」にいた羊たちの目が、ホテルの部屋のベッドで眠ろうとすると、闇のなかで

「義眼のようにきらりと光」る。耳が「蛾の羽のように真横につき出」されている。「かたかた」と枯草を噛む音がする。窓を打つ台風の雨の音。それ以外にとくに変わったことはない。「ただ羊がいると感じるだけだ」(『羊をめぐる冒険』「羊博士」の話)。

なぜ羊か?

ここでもやはり戦前の中国北部・満蒙国境地帯がかかわってくる。

昭和の初年、傀儡国家の満州国を建国した日本の帝国陸軍は、兵隊の防寒具として大量の緬羊を必要としていた。一九三六(昭和一一)年、「羊博士」と呼ばれる一人の学究が満州方面に緬羊の視察に出かけ、一頭の羊を体内に入れて帰国する。その羊は背中に星の斑紋をもつ特殊な羊で、宿主になった者を超人に変える。ところが帰国後、羊は博士を抜け出し、そのころ獄中にあった右翼の青年を新たな宿主に選ぶ。羊博士は「輸送機関として利用」されただけなのである。

〈羊憑き〉の右翼の青年は、戦後、日本の政治・経済・情報を束ねた実権を握る影の大立者に豹変する。しかし『羊をめぐる冒険』が始まった一九七八年、羊は右翼の大物の先生を見限り、別の宿主を求めて逃げだした。この超能力をもつ羊が、北海道・十二滝町の父親の別荘で暮らす、主人公の無二の親友「鼠」を新たなターゲットに狙い定めたところで、『羊をめぐる冒険』の幕は切って落とされたのである。

つまり問題の羊は戦前の満州に出自をもち、すべての〈地獄の黙示録〉(ベトナム戦争を描いたコッポラの同題の映画は村上に多大な影響を与えた)は、中国北部、戦前の「北支」に端を発したのだ。これはノモンハン戦争を遠因とする『ねじまき鳥クロニクル』に直結する主題であり、主人公の亨が考えるように、「すべては輪のように繋がり、その輪の中心にあるのは戦前の満州であり、中国大陸であり、昭和十四年のノモンハンでの戦争だった」。『羊をめぐる冒険』でいえば、満蒙国境地帯に生息する一頭の羊が、黙示録的な暴力の因縁の「輪の中心」にいた、ということになる。

三 〈ぶらぶら歩き〉の効用

一転して、『羊』の続篇『ダンス・ダンス・ダンス』は、昭和の戦争の歴史とは切れたかたちで、一九八〇年代、高度成長経済下の札幌を舞台として幕開けする（太平洋戦争が再びとりあげられるのは、『ねじまき鳥』に次ぐ長篇大作、二〇〇二年の『海辺のカフカ』である。この上下二巻本の「ナカタさん」のパートの発端には、第二次大戦末期の日本の戦禍が影を落としており、「カフカ少年」のパートの結末には、大戦下に帝国陸軍の兵隊だった男の亡霊が二人、四国の森の奥深くに完全軍装で登場する）。

さて『ダンス……』の冒頭、『羊をめぐる冒険』の起点となった「いるかホテル」の呼び声を聞いて、ヒーローは札幌を再訪する。しかしときあたかもバブルの絶頂期、肝心の「いるかホテル」は消滅してしまい、その跡地には二六階建のポスト・モダンな「ドルフィン・ホテル」が聳えていた。茫然とした主人公はくり返し、なにもすることがない、と嘆息するばかりだ。

ここで新たにストーリーを起動させるのが、主人公の中学時代の級友で、いまは映画俳優として活躍する、このうえなくチャーミングな五反田君なのである。

五反田君こそ村上のヒーローのうちでも、綿谷ノボル（『ねじまき鳥』）や、ジョニー・ウォーカー（『海辺のカフカ』）や、白川（『アフターダーク』）や、牛河（『1Q84』）と同じ、善悪どちらにも転ぶトリックスターの最たるものだ。

そもそも主人公が札幌でこの人物と会う経緯がふるっている。

五反田君はまず主人公の妄想のなかに登場してくる。

なにもすることのない主人公は、夜遅くドルフィン・ホテル最上階のバーに行く。『風の歌を聴け』、『1973年のピンボール』、『羊』、『ダンス……』の四部作を通して同一の主人公の「僕」は、ある程度、作者・村上をモデルとする人物だから（「僕だった。『僕だ、それは』と僕は言った」と、四部作を通して名前のない主人公がわざわざ自分のことを「僕」と念を押す場面が『ダンス……』にある）、もともとミトマニアックといってよいほど物語にはまりやすいタイプなのだが、バーを出てエレベーターに乗るあいだも、ドルフィン・ホテルのフロント嬢（のちのヒロイン、ユミヨシさん）を対象にする荒唐無稽な妄想にふけりつづけ、気がつくと完全な暗闇のなかに入り込んでいる。

この暗闇が、超モダンな「ドルフィン・ホテル」を懐かしい四年前の「いるかホテル」に繋ぐ、秘密の抜け穴になるのだ。

その日たまたま新聞の映画案内欄に五反田君という中学の同級生の出る映画「片想い」をみつけ、この級友の回想にふけったこともあって、暗闇のなかで途方に暮れる「僕」の妄想に五反田君が出てくる。五反田君だけではない。彼が探し求めている――『羊』の後半で消えた――ガールフレンドのキキも出てくるのだ（もっとも、これはそんなに驚くべきことではない。単なる空想にすぎないから）。

次にキキが出てくるのは、もうすこし現実味を増した時空においてだが、やはり虚構の世界、この級友が出る映画「片想い」のなかである。

妄想から映画へ。とはいえ妄想と映画では非現実のレベルを異にすることに注意すべきだ。映画は写真と同様に、アニメやCGでない限り、〈それ―が―あった〉（バルト『明るい部屋』）という事実を否定することはできない。映画のなかで接吻する二人は、過去のある時点において実際に接吻したのである。「僕」が札幌の映画館の座席で「凍りついた」としても無理はないのだ。

このヒーローが五反田君とキキの出る映画に出くわすプロセスがまたおもしろい。ニーチェのいわゆる〈偶然〉という歓ばしい神慮――『海辺のカフカ』でカフカ少年と並ぶ主人公のナカタ老人が、小説の舞台となる四国高松の甲村記念図書館をみつけるのと同じ、相棒のホシノ青年が「犬も歩けば棒にあたるってやつだ」と感心する、〈ぶらぶら歩き〉の効用によるのである。

主人公はドルフィン・ホテルで「他にやることも思いつかないのでまたしばらく外を歩いてみることに」する。このあたりの主人公の札幌における行動は、現在の僕の行動とぴったり同じである。「十二時半にマクドナルドに入ってチーズバーガーとフライド・ポテトを食べ、コカコーラを飲んだ」というところなど、台風の雨の降りしきるすすきの交差点のマクドナルド二階に上がり、チーズバーガーとフライド・ポテトを食べ、コカコーラを飲みながら、このノートをとっている僕そっくりだ。「マクドナルドを出てまた三十分歩いた」？　なんだ、逆じゃないか。『ダンス……』の主人公が僕の足跡を追っている？　「ひどく小便がしたくなった」というのまで、まったく同じだ。おれの真似すんなよ、ったく。

もっとも、それからが違う。僕は『羊』と『ダンス……』の二大長篇でいまや神話的なオーラを放つ存在になった「ドルフィン・ホテル」のモデルをさがして、オークラ、ニューオータニイン、グランドホテルと、どしゃ降りの雨のなか、札幌のめぼしいホテルをわたり歩くのだが、『ダンス……』の主人公は雪の降りしきるなか、小便をするために映画館に入り、そこで五反田君だけではなく、問題のキキの出る映画「片想い」を観るのだ。

降りしきる雪と雨、ユキとアメ、……そういえば、主人公がドルフィン・ホテルで会うユキという一三歳の女の子の母親は、アメという名前の著名な写真家だったな……。これは一刻も早く「ドルフィン・ホテル」のモデルになった超高層のハイテク・ホテルをみつけて、ユミヨシさんのように素敵なフロント嬢と関係をつけ、ユキのように魔的な美少女とめぐり会う必要がある……。

いや、待て待て、あらたにヒーローとなる五反田君が問題なのだ。なんといっても五反田君が『ダンス……』のストーリーを立ち上げるのだ。彼がここ札幌で、予知、あるいは透視のようにして、まず「僕」の妄想のなかにあらわれ、ついで同じ場面が映画のなかで再現されるという、まさに「時空が混乱している」としかいいようのない奇怪なプロセスを経て登場してくることは、五反田君という滅法おもしろいキャラクターのパーソナリティーを考えるうえで、きわめて示唆的ではないか。

この怪人、五反田君の正体を見抜くのも、東京に同行するユキの、やはり予知か透視の能力によるのである。

ユキがあるとき主人公と一緒に「片想い」を観る。五反田君とキキが出るベッド・シーンになると、「例の、ア、レ、が、来、た、の、よ」と、彼女は苦しそうに語りはじめる、——「わかるの、は、っ、き、り、と。あなたのお友だちがあの女の人を殺したのよ、嘘じゃないわ。本当よ」。

まさかと思う大逆転である。初期三部作を通じての親友「鼠」が、『羊をめぐる冒険』のラストで超能力の「羊」を飲み込んだまま自殺してしまった後、たった一人の友人になった五反田君が、こともあろうに恋人のキキを殺害していたとは……。この不意打ちの効果は、作者自身にとっても想定外のことであるだけに、圧倒的なものになる。

長篇を書くさい、村上は綿密なプランを立てない。『ダンス……』についても、「初稿の段階では彼が犯人であることは、僕にはわからなかった」と、驚くべき発言をしている（『夢を見るために毎朝僕は目覚めるのです――村上春樹インタビュー集 1997-2009』）。プランも計画もなく、手さぐりでストーリーの行方をさぐるのである。「結末近くになって――三分の二くらいだったかな――それがはっとわかったのです」というのは、ユキが犯人を当てるのと同じ、あるいは主人公が「片想い」という映画にゆき当たるのと同じ、〈ぶらぶら歩き〉の〈無意志的〉（プルースト）な行動に身をゆだねた結果なのだ。「だから第二稿の段階で、五反田君の出てくるそれまでのシーンを、その結末に沿って念入りに書き直していったのです」。

ここには村上の創作にかかわる重要な秘密が明かされている。プルーストがバルザックの『人間喜劇』の成立を考察して述べた、〈後からの構成〉である。村上の場合、書き直しによって小説を（再）構成していくわけだ。

無意識の核《コア》を意識が後から追いかけて構成する。同じインタビューで、「精神を麻痺させて、意識を深いところに運んでいくわけです」と言うように、まず最初は、小説を意識の表層部分から解放して、無意識の流れにゆだねる。『世界の終りとハードボイルド・ワンダーランド』で「シャフリング」について言われるように、「君はそれをコールして呼びだすことができる。……しかし君はそれを知ることはできない」というわけだ。だから、「初稿はだいたいにおいて混乱しています」（同インタビュー）。この混乱、このカオスこそ、作者にとって命綱となる、もっとも大切な生命線なのである。

作者も読者といっしょにこのカオスのなかに投げ込まれ、〈無意志〉という名の洞窟（迷宮）に入り、出口をさがして彷徨する。五反田君がキキを殺した、といういんでん返しは、計算や計画による帰結ではないので――意志的なもの、意識的なものの干渉を受けていないので――シュルレアリストのいわゆる客観的偶然の美を帯びる。

そこには犯罪を犯した当人にさえ手のつけられない無意識の領域がある。騒がしいシェーキーズでピッツァを食べながら、五反田君と対決する「僕」も、そうした夢遊状態に入る。そして「どうしてキキを殺したの？」とたずねる。

五反田君の意識も彼から離れたところにある。彼が精巧なマスクを顔につける瞬間である。村上が書いたもっとも不気味な一行、――「それから彼は微笑んだ。とても静かな微笑みだった」。ついで、「僕がキキを殺したのか？」

自分で自分に向かって恐るべき犯罪の有無を問う。ポーの「ベレニス」や、ドストエフスキー『白痴』のロゴージンによるナスターシャ・フィリポヴナ殺しを思わせる。それは内部が空洞になった問いである。五反田君も内部が空洞の人間になっている。人間というより人形といったほうがいい。『海辺のカフカ』でジョニー・ウォーカーなる五反田君の後身というべき人物が言うように、「君はもう君ではない［……］それはとても大事なことだよ」。そこでは五反田君がキキを殺したかどうか、ということの真実性は問われない。五反田君自身にも、真実は無意識のうちに失われている。

こうした物語の生成を、村上は『ダンス……』の「自作を語る」でマジックと呼ぶ。

「そのマジックこそは、太古の時代の洞窟の奥に初めて仄かな輝きを発し、そしてそれ以降何千年にもわたって、無数の作家たちの手によって脈々と受け継がれてきた、物語という名の想像力の炎が作りだす影なのだ」

　この物語の「洞窟」に読者はその後、村上の長篇のさまざまな場面で出会うことができる。もっとも新しいところでは『1Q84』BOOK2の大団円で、東京のホテル・オークラの場（やはりホテルである。村上の異界はホテルで出現する）、ヒロインの青豆がカルト教団「さきがけ」のリーダーを暗殺する瞬間、――「そのとき彼らは太古の洞窟にいた。暗く湿った、天井の低い洞窟だ。暗い獣たちと精霊がその入り口を囲んでいた」。

「彼ら」とは、「リトル・ピープル」と呼ばれる物語のトリックスターである。『羊をめぐる冒険』以後の長篇の物語は、ことごとくこのリトル・ピープルが挑発し、起動させたといえる。

　善悪の彼岸に住まうニーチェの超人（ツァラトストラ）的存在。『羊をめぐる冒険』なら〈羊憑き〉の右翼の黒幕の先生や「耳のガールフレンド」のキキ、『ダンス……』なら五反田君やユキや羊男、『ねじまき鳥』なら綿谷ノボルや加納マルタ・クレタ姉妹、赤坂ナツメグ・シナモン母子、『海辺のカフカ』ならジョニー・ウォーカーや「カラスと呼ばれる少年」（前者は後者に自分の力を誇示して、「善とか悪とか、情とか憎しみとか、そういう世俗の基準を超えた〔……〕ひとつのシステムになることができる」と放言する）、田村カフカや佐伯さん、ナカタさんも、リトル・ピープルの一員だろう。

　あの愉快なカーネル・サンダーズの登場しない『海辺のカフカ』を想像してみるとよい。ケンタッキー・フライド・チキンの看板から抜け出てきたこの怪人物こそ、星野青年を窮地から救い、放っておけば停滞しがちな物語に活を入れる、ジョニー・ウォーカーと並ぶ現代のイコン、愛すべき名キャラクターなのだ。

　彼が高松のいかがわしい界隈で「ホシノちゃん」と声をかけるや、物語は俄然、色めき立つではないか。まさに『アラビアン・ナイト』の魔人《ジン》である。その意味で、ラストで星野青年を助ける黒猫のトロも逸しがたい。もっと大物では、姿は見せないが、息子のカフカに〈汝は父を殺し、母と姉と交わるであろう〉というオイディプス王に下されたと同種の予言をプログラムとしてセットし、中野は野方の自宅で惨殺されてしまう、ヒーローの父の著名な彫刻家がいる。この謎の父親はジョニー・ウォーカーのアバターといってよい超人で、「善とか悪とかという峻別を超えたものなんだろう。力の源泉と言えばいいのかもしれない」とニーチェの「力の意志」を思わせる言葉で評される。

そして『1Q84』なら、むろん危険で強大なカルト「さきがけ」のリーダー深田保と、その娘ふかえり、青豆や探偵の牛河もリトル・ピープルの一族だ。牛河がいみじくも「偉大なる引用源」と呼ぶジョージ・オーウェル『一九八四年』の独裁者、「ビッグ・ブラザー」現代版の鬼子たち——これらすべての村上の物語を駆動させるに与って力のある魔物《ジン》たち、それがリトル・ピープルだ。

『ダンス……』のエピローグでは、すべてが終わったあと、主人公が札幌に戻り、〈ドルフィン・ホテル／いるかホテル〉の「ホテルの精」、フロントのユミヨシさんに再会して、ホテルで夜をともにしたとき、同じ洞窟が出現する。洞窟だけではない。羊が出現する。

「太古の記憶が時の深淵の中から蒸気のように立ちあがっているのが感じられた。それは僕の遺伝子なのだ。僕は自分の肉の中に進化のたかぶりを感じた。僕はその複雑に絡み合った巨大な自分自身のDNAを越えた。地球が膨らみ、そして冷えて縮んだ。洞窟の中に羊が潜んでいた」

これが「ドルフィン・ホテル」に〈入れ子〉になった「いるかホテル」の洞窟——物語とリトル・ピープルの発生する場所において起こったことである。

四　アリアドネの糸

究極のムラカミ・ホテルともいうべき「ドルフィン・ホテル」を探して、札幌プリンスホテル二八階のトップオブプリンスに来た。

フロアを歩いているときから、ここが『羊』と『ダンス……』の〈ドルフィン・ホテル／いるかホテル〉のモデルにちがいない、という確信に近い感情が僕に生まれるのに、そんなに長い時間はかからなかった。

廊下には昔の「いるかホテル」に通じる暗闇が口をあけているようだ。その奥に洞窟があり、羊が潜んでいるようだ。ひんやりとして黴臭い匂いが流れてくる。「ほうほう」とリトル・ピープルのはやす声も聞こえる。

トップオブプリンスにはグラスのふれあう音がひびき、ポール・モーリアの「恋は水色」が小さく流れていた。

ダイキリのグラスのきらめきを入れて、札幌の夜景をバックに写真を撮った。

きりっと冷えたダイキリの淡いグリーンの色合いが、プリンスホテル最上階の窓の雨滴に滲んでいる。

『ダンス……』では、「バーの壁は全部ガラス窓になっていて、そこから札幌の夜景が見えた。ここにある何もかもが僕に『スター・ウォーズ』の宇宙都市を思い起させた」。たしかにこのトップオブプリンスの窓から眺める札幌の夜景は、「スター・ウォーズ」の宇宙都市を思わせる。一階のフロントから見上げると、核弾頭のようなエレベーターが上下する様子が素通しに見えて、ホテルそのものがSFの近未来都市のようだった。何人ものダークスーツの男たちがテーブルでウィスキーを飲みながら低い声で談笑している。「あるいはダースヴェーダーの暗殺計画を練っているのかもしれない」。そして『ダンス……』のドルフィン・ホテル二六階では、ここに妖精のような美少女があらわれるのだ。

小説におけるユキの役割とはなんだろう?

映画にキキが五反田君と出ているのを見て、主人公が東京に帰ることに決めると、フロントのユミヨシさんがこの少女を東京に連れていってやってくれと頼む。ユキの母のアメという名の天才写真家は、仕事に没入すると娘のことなどほったらかして、カトマンズに雲隠れしてしまい、ユキ一人ではどうにもならないから、というのだ。

かくして「僕」はユキと一緒に東京に戻り、さらにカトマンズからハワイに移動した母親のアメのもとに、やはりユキと連れだってハワイへ飛ぶ。ホノルルのダウンタウンで彼は探し求めるキキの幻影と会う。そのときもユキと一緒だ。キキ殺しの犯人は五反田君、という仰天の結末を引き出すのも、ユキだ。

つまりユキこそは主人公の迷宮《ラビリンス》からの脱出を可能にし、導きの糸を与えてくれるアリアドネにも匹敵する少女なのだ。

彼女が「GENESIS」というレタリングの入ったトレーナーシャツを着ていることに注目しよう。主人公はこう考える、「でも彼女がそのネーム入りのシャツを着ていると、それはひどく象徴的な言葉であるように思えてきた。**起源**」。

そうなのだ。ユキとキキ、名前が似ているからといって、ユキはキキの代役になるような身代わりの女性ではないのだ。ユキはゴチックで記される「起源」の女なのだ。

何の?——物語の。

ユキは物語のトリックスター、リトル・ピープルの総元締めなのだ。

東京へ、ハワイへと、場所を移していく『ダンス……』の物語は、もっぱらユキに始まり、ユキに導かれ、ユキとともに回転していく。

五 〈南〉の島へ、あるいは奇妙な創作秘話

「彼女はタラップを降りると立ち止まって眩しくてたまらないというように目を閉じ、深呼吸し、それから目を開けて僕を見た。そしてそのときにはもう、彼女の顔をそれまで薄い膜のように覆っていた緊張感は消滅していた」

ホノルル国際空港にヒーローとともに降り立ったときのユキの顔の変化である。

これは北の暴力・戦争に起源をもつ『羊をめぐる冒険』から、時期的にはずっと後のことになるが『ねじまき鳥クロニクル』に至る黙示録《アポカリプス》の物語を——『羊』の一九八二年と『ねじまき鳥』の一九九四年のちょうど中核に当たる一九八八年という時点において、——南の物語に大きく転回させる『ダンス・ダンス・ダンス』の変容に、正確に対応したヒロインの変化といってよい。

われわれ――というのは、「ハワイに一人で行く人間なんていない」という『ダンス……』の忠告にしたがって、僕と同行の妻のことだが――は、オハナ・ワイキキ・マリアにチェック・インした。一一〇九号室の総ガラス張りの窓からは、『ダンス……』のハワイのパートにくり返し出てくる、「猿人の頭骨のような白い雲」が蒼穹の不動の一点に浮かんでいる。ベッドに射す日の光のなかに寝そべると、ハワイの午後が深々と呼吸されて、ユキならずとも体がゆったりとほどけていくようだ。

『ダンス……』は札幌から東京（渋谷、青山、赤坂）、ユキの父親で冒険作家の牧村拓の住む湘南の辻堂を経由して、舞台をハワイに移すころから、不思議なテイク・オフの運動を示しはじめる。たとえば、――「同じような形の黒い小さな水着をつけた女の子が二人並んで、椰子の木の下をゆっくりと歩いて行った。〔……〕二人は抑圧された夢みたいに妙にリアルな非現実性を漂わせながら、僕の視界を右から左へとゆっくりと横断して消えていった」。

この「妙にリアルな非現実性」はユキの母のアメのコテージがあるオアフ島西海岸マカハのビーチがもたらしたものだが、それだけではない。

村上は一九八六年一〇月からローマを拠点にイタリア・ギリシャを転々として、一九八七年、『ノルウェイの森』刊行後、一九九〇年まで主にローマに滞在した。

『ダンス……』はそのローマ滞在の産物。この小説のことを思うたびに、とギリシャ・ローマ紀行『遠い太鼓』にある、――「ローマのあのマローネさんの寒い家のことを思い出す」。あまり寒いのでオーバーコートを着て机に向かい、ぱたぱたとワープロのキーを叩きつづけたというのである。

そしてまた次の意外な創作秘話、――「『ダンス・ダンス・ダンス』の中にハワイのシーンが出てくるのはそのせいである。僕は小説を書きながら、ハワイに行きたくて行きたくてしようがなかったのだ」。

『ダンス……』から引用した「抑圧された夢」というのはメタファーでも何でもない、文字通りの意味にとるべきで、ローマの厳冬に震えながらハワイの太陽やトロピカル・カクテルを夢みていれば、どうしたって熱帯の楽園も「抑圧された夢みたいに妙にリアルな非現実性」（傍点引用者）を帯びざるをえないではないか。

むろん、これは村上一流の〈すかした〉物言いに即した解釈である。本音は別のところにあるとみてよい。

「僕」とユキはハワイで確かに、「頭のねじがゆるんでいる。ゆるみきっている。サーフィンとピナ・コラーダの日々」とリラックスして、『地球のはぐれ方』ハワイ篇のタイトル、「このゆるさがとってもたまらない」を地でいっているようだが、ここで小説の舞台となったハワイをいったん離れ、長篇を執筆したローマという場所を振り返ってみると、「このゆるさ」の底には『遠い太鼓』の次の決定的な一行が響いていることが分かる、――「ローマは無数の死を吸いこんだ都市だ」。

「死のたかまりが遠い海鳴りのように、僕の身体を震わせるのだ。長い小説を書いていると、よくそういうことが起こる。僕は小説を書くことによって、少しずつ生の深みへと降りていく。小さな梯子をつたって、僕は一歩、また一歩と下降していく。でもそのようにして生の中心に近づけば近づくほど、僕ははっきりと感じることになる。そのほんのわずか先の暗闇の中で、死もまた同時に激しいたかまりを見せていることを」

村上は『遠い太鼓』のこの箇所で問題の核心にズバリと踏み込み、バタイユがエロティシズムについて述べた、〈死にいたるまで高められた生の昂揚〉という定義を彼自身の文脈でとりあげている。

前記の一文には「一九八七年三月十八日の水曜日。時刻は朝の三時五十分だ」と日時まで詳細な日付がつけられていて、これは『ノルウェイの森』の最終稿が書かれた時期である。上巻は赤、下巻は緑（赤は死を、緑は生を暗示する、まことにローマ的な著者自装本）の単行本「あとがき」には、この小説は「一九八七年三月二十七日にローマ郊外のアパートメント・ホテルで完成された」とある。

だから『遠い太鼓』に言う「死のたかまり」は『ノルウェイ』完成の九日前に生起したわけだが、『ノルウェイ』の九か月後に地続きのようにして同じローマで起筆された『ダンス……』にも――いや、ハワイを舞台とする『ダンス……』の「ゆるさ」の「中心に近づけば近づくほど」、――「そのほんのわずか先の暗闇の中で、死もまた同時に激しいたかまりを見せていることを」看取せずにいられないのだ。

その証拠に『ダンス……』を脱稿したあと（単行本「あとがき」には「この小説は一九八七年十二月十七日に書き始められ、一九八八年の三月二十四日に書き上げられた」と明記）、『ノルウェイ』の超ベストセラー現象もあって、「ランナーズ・ブルー」（『走ることについて語るときに僕の語ること』）ならざる〈ベストセラーズ・ブルー〉とでもいうべき強度の落ち込みを経験した村上は、やはり『遠い太鼓』に次の重要な〈告白〉をするのである、――

「［一九八八年］四月に僕は日本に戻り、既に印刷所から届けられていた『ダンス・ダンス・ダンス』のゲラをチェックした。［……］それだけの用事を片づけると、やっとという感じで念願のハワイに行った。一ヵ月ばかりそこでぼんやりとしていた。体を休め、文字どおり『温まる』という感じの旅だった。それくらい体の髄までローマの冬の寒さがしみついていたのだ。［……］／でも、どれだけ体を温めても、ある種の冷気は去らなかった」

奇怪な『ダンス……』創作余話である。

ここにはローマ（執筆の場所）とハワイ（小説の舞台）にかかわる、村上に特有な奇妙に時間錯誤的《アナクロニック》な〈もつれ〉、あるいは〈ねじれ〉が認められる。

『ダンス……』の作者はローマの冬の寒さをやり過ごすために小説の舞台をハワイに移したと言う。これもにわかに信じがたい話だが、ハワイを舞台にした小説を書きあげた後で、「念願のハワイに行った」というのも、うなずけない話だ。

『海辺のカフカ』に関しても、村上はこうした〈後追い取材〉というべき不思議な旅をしている。作者は長篇を書きあげた後で、主人公のカフカの足跡を追うようにして、カフカの乗った夜行の長距離バスで四国の高松まで〈取材旅行〉したというのである（読者のメールに村上が答えた『少年カフカ』による）。

最近の「ａｎａｎ」の『村上ラヂオ』（「想像の中で見るもの」）でも、ランボーの詩（「酔いどれボート」）にふれて、「本を書き終えてから、実際のその場所に足を運ぶことがある」と言っている。ランボーもまた「酔いどれボート」を、実際に海を見ることなく書いたのである。村上にあっても、多くの場合、「なんだ、僕が書いたとおりの場所じゃないか」ということになるそうだ。

普通ならしかし逆ではないか。『ダンス……』を書くに際して、避寒と取材を兼ねて「ハワイに行った」というのなら、一石二鳥を狙ったわけで、よく納得できる。村上の場合、そうではない。小説の後を作者が、想像の後を事実が、書いた後を取材が、追いかける。彼の言う「ローマの冬の寒さ」には、裏があると見なければならない。

村上の創作秘話はパランプセストになっているのだ。ここに言われる「ローマの冬の寒さ」、その

「冷気」は、単に気候のことを言っているのではない。『ノルウェイ』がバカ売れしたことで落ちこんだ「ブルー」な心境を指しているだけでもない。熱帯のハワイの「ゆるさ」の裏に、作者がローマで「体の髄まで」しみとおらせた死の冷気の浸透を透かし見るべきなのである。さらに言うなら、これはローマや、ローマから転移したハワイの死の冷気だけではなく、ハワイを舞台にした小説を書く作者が、書くことによって身にしみとおらせた冷気と考えるべきなのである。

六　死のたかまり、死のかたまり

書くことで村上は異界へ降りていく。それが彼の真に体験の名に値する体験である。

そうした異次元の体験を彼は小説に書く。『1973年のピンボール』のヒーローは、彼の探し求めるピンボール・マシーンと再会した養鶏場の冷凍倉庫（といっても今は冷凍していないただの倉庫で、特別寒いわけではない）からアパートに戻ると、熱い風呂につかるのだが、「それでも体の芯まで滲み込んだ冷気は落ちなかった」。

『ダンス……』のヒーローも、ドルフィン・ホテルの暗闇で羊男と会ったあと、部屋に戻ると熱い湯をはったバスタブにつかるのだが、「体は簡単には温まらなかった。体の芯が凍えきっていて、……」と、同じ言葉（「体の芯」）を使って、異次元世界の冷気を強調する。

あまつさえ、「この寒さには覚えがある」と、『ダンス……』の「僕」が『ピンボール』の「僕」を思い出すような独白をして、アナザー・ワールドの異常な寒さを強調するのだ。

そう思って読み返すと、『ダンス……』には死という異界のメタファーがあふれている。いや、メタファーではない。実際、この小説では多くの人がバタバタと死ぬ。

同様にローマを出自にもち、ローマの死の影の下にある前作『ノルウェイ』でさえ、死ぬのはキズキと、その幼なじみの恋人で、後に主人公ワタナベの恋人になる直子、友人のガールフレンドのハツミさん、の三人ぐらいだが（三人とも自殺である）、『ダンス……』になると、〈非常に、完全に、死んでいる〉というリフレインのもとに、次々と人が死んでゆく。

ホノルルのダウンタウンの「死体を集めた部屋」（後述）で六体の白骨を見た主人公は、キキ殺しを「僕」に告白した五反田君がマセラティもろとも芝浦の海に突っ込んで死んでしまうと、「何はともあれ死体がまたひとつ増えた」と死人の数を勘定する。――「鼠、キキ、メイ〔コールガール、後述〕、ディック・ノース〔アメの愛人、後述〕、そして五反田君。全部で五つだ。残りはひとつ」。「僕」がユキに「時々死の影のようなものを感じることがある」と嘆くと、ユキは「あなたは死というものを通して世界と繋がっているのよ、きっと」と答えて、「すごく僕を落ち込ませる」。

『ダンス……』はダンス・マカーブル（死の舞踏）の様相を呈しはじめる。

ユキの同類、「お化け組」の一員の笠原メイという一六歳の女の子が、『ねじまき鳥』第1部の冒頭で主人公の亨に語る、「ボールベアリングのボールみたいに小さくて、すごく硬い」「死のかたまり」。そんなものが、「このゆるさがとってもたまらない」楽園ハワイのトロピカルな空に、『ダンス……』で死の通奏低音を奏する猿人の「頭骨雲」さながら、ぽっかりと出現したかのようである。

この「死のかたまり」は『遠い太鼓』の死都ローマで体感した「死のたかまり」とアナグラムをなしており、『ダンス……』を『ねじまき鳥』につなぐ死の靭帯を感じさせずにおかない。

その意味で、『ダンス……』の〈ドルフィン・ホテル／いるかホテル〉の主《ぬし》、羊男のアドバイス――「踊るんだ。踊り続けるんだ」は、反復するダンス・マカーブルによって硬く凝固していく「死のかたまり」を、「少しずつでもいいからほぐしていくんだよ」という羊男による生への促しと聞くことができる。

『ダンス……』ではシンコペーションのように死のリズムが刻まれる。死のリズムと競合する生のリズム。死と生、赤と緑のせりあう〈ローマ〉という共通の徴の下、『ノルウェイ』第2章のラストの一行で言われるように、『ダンス……』のハワイでも「生のまっただ中で、何もかもが死を中心にして回転していたのだ」。

七　江の島→ホノルル、カルト巡礼

ホノルルの目抜き通り、カラカウア・アヴェニュをぶらぶら歩き、ワイキキ・ビーチに出た。アランチーノ・ディ・マーレで昼食にする。

街の雑踏と海の波の音が混ざって聞こえる。やわらかい風が吹いて来る。「めくらやなぎ」の風だ。本書でライトモティーフを奏する短篇、「めくらやなぎと眠る女」の冒頭で吹く、「めくらやなぎ」というなめらかな語感にふさわしい風。村上の故郷、西宮のえべっさん筋――僕が第二章「地震の後、村上春樹の神戸を行く」で〈ムラカミ・ロード〉と名づけた、戎《えびす》神社前の大通りで体感した海からの風が、ここでは熱い貿易風にホノルルの街のざわめきを乗せて吹き抜けていく。

波打ち際にノートを置いて写真を撮ろうとしたときに、そのことは起こった。ちょっとしたアクシデント、トラブルは起こった。

静かに打ち寄せるワイキキの波が、静かに、そっとノートに打ち寄せたのだ。シャッターを押そうとしていた僕は、急いで駆け寄って、そっとノートを拾い上げた。水のしたたるノートを手にして、ページをめくると、パーカーのブルーブラックのインクで書いた文章はインクが流れて、ほとんど判読不能になっている。完全に文字の消えたページもある。ボールペンで書いたところは無事だ。

ロイヤル・ハワイアン・ホテルのマイタイ・バーに移って、「ハワイの波は乾いているのかな」。マイタイを飲みながら僕はつぶやいた。

「ずぶ濡れのノートがもう乾いてしまった」

妻もマイタイを飲みながら、「乾いた水なのね」。

マイタイ・バーのテラスからは、白いレースのような泡をたててワイキキの海の波が打ち寄せるのが眺められる。

考えてみれば村上春樹の原風景《ジェネシス》は、いつでもこんな街と海の重なりあうところにあるのだった。『ノルウェイ』と『ダンス……』執筆の過程を解き明かす『遠い太鼓』には、「僕は神戸で育ったせいで、こういう地形の場所にくると、なんとなくほっとする。港があって、それを取り囲むようにダウンタウンがあって、それからすぐに山の斜面がはじまり、家々が港を見下ろすように山の上まで並んでいる——そういう場所だ」。

『走ることについて語るときに僕の語ること』には、彼が水辺を好む理由として、「僕が海岸のすぐ近くで生まれて育ったということも、いくらか関係しているかもしれない」。

村上その人がまさに〈海辺のカフカ〉だったのである。

そのせいかこの阪神間キッズの日本での住まいは、関西から関東に移ってからも、藤沢市鵠沼（一九八四～六年）、大磯（一九八六年～）と、湘南の海辺の街であることが多い。さらにつけ加えると、僕がこうして村上のハワイ紀行をしているのも、横浜は磯子区の磯子に三〇年余り住むことが、「いくらか関係しているかもしれない」。

ちなみに村上がハワイの土地を初めて踏むのは一九八三年のことで、『走ることについて語るときに僕の語ること』には、「その年の7月に僕はギリシャに行って、アテネからマラトンまでを一人で走ることになった」とあり、これが村上の最初の海外旅行になり、さらに「その年の12月にはホノルル・マラソンをまずまずのタイムで完走した。［……］というわけでホノルルが僕にとっての正式のフル・マラソン・レースのデビューになる」と、「走ること」に即したハワイ紀行の幕開けとなる。

その後、ハワイは村上の定番の仕事場になり、一例だけ挙げると、二〇〇五年刊の音楽エッセイの名著『意味がなければスイングはない』を読むと、ハワイは書くこと、走ることとともに、音楽によっても、特権的な〈村上春樹の場所〉になることがわかる。「〈ワイキキ・シェル〉でのこのブライアン・ウィルソン［ビーチ・ボーイズのリーダー］の野外コンサートは、ホノルル・マラソンの前夜祭《ルアウ》として催された。レースに参加するランナーは誰でも、十五ドルさえ払えばこのルアウに参加することができる」と、村上本人が親切にハワイをガイドしてくれるのだ。

最初のハワイ旅行に材をとったと思われる短篇に「ハンティング・ナイフ」（一九八四年初出、『回転木馬のデッド・ヒート』所収）がある。ハワイという地名こそ出てこないが、明らかにここを舞台にした作品で、ビーチのコテージで知り合った車椅子の青年がドビュッシーから引く、「私は彼女の創りだす無《リャン》を追いかけて明けくれていた」というフレーズを中心に、青年が「僕」に見せるハンティング・ナイフも、「どことなく絵葉書みたい」な海岸も、椰子の木も、米軍基地に向かう軍用ヘリコプターも、沖合いのブイも、「ミシュラン・タイヤの看板のタイヤ男みたい」に太ったビキニのアメリカ女も、「一切はまぼろしで」、「何もかもが消滅しているのではないかという気がする」という作品。まさにハワイのぎらつく海と陽光のなかに〈死〉ならざる〈無《リャン》〉の「かたまり」が触知される。『ダンス……』の暗転するハワイを予告する短篇だ。

さて、今度は『ダンス……』が北海道の札幌から南下して、東京経由、ハワイのビーチに移っていくプロセスを簡単にたどってみよう。

それは『羊をめぐる冒険』のラストで阪神間の海と街に訣別を告げた村上のヒーロー——『海辺のカフカ』にならって「放浪のプリンス」と名づけてもよい——が、東京を舞台とする『アフターダーク』と『1Q84』の東京サーガで上がりになるまでのあいだ、どんな〈海辺のオデッセー〉をたどったかを検証する試みともなるだろう（『海辺のカフカ』で甲村図書館の司書の大島さんはカフカに、「君もけっこうな有名人になっている」と、中野の野方における父の殺害の嫌疑にひっかけたジョークを飛ばす、「事件の鍵を握る放浪のプリンスというわけだ」）。

ここでも『ダンス……』の三四歳の〈放浪のプリンス〉のよきメンターとなるのは、一三歳の少女ユキである。ムラカミ・ワールドは徹底して女の子がリードするワンダー・ランドなのだ。

「僕」は一夜、五反田君の発案で、コールガールとゴージャスなセックスを楽しむ。何日かして、メイというそのコールガールが赤坂のホテルで惨殺される。彼女に名刺を渡してあったため、「僕」は重要参考人として取り調べを受け、さんざん油をしぼられる。そこでユキが物語の定石どおり「僕」にアリアドネの糸をさしのべる。父親の冒険作家、牧村拓の力をかりて、赤坂署から「僕」を解放してくれるのだ。

そこで「僕」がユキと交わすこんな会話、――「さて、これから何処に行こうか?」「辻堂」「いいよ……辻堂に行こう。でもどうして辻堂なんだろう?」「パパの家があるから〔……〕あなたに会いたいんだって」。

この対話にも二重の読解が必要だ。

辻堂といえばムラカミ・ランドの湘南である。村上は鵠沼や大磯を住まいとするし、『地球のはぐれ方』では辻堂の隣りの江の島にディープな「カルト系観光地」を探訪して、『1Q84』のカルト教団「さきがけ」への布石を打っている。『はぐれ方』には江の島について、「まあ歴史をひもといてみれば、スピリチュアルな環境として特殊な進化を遂げた場所だから」という村上の紹介がある。江の島がスピリチュアルなパワースポットなら、ハワイこそはその祖型となるカルトの聖地だ。『ねじまき鳥』の霊能者・加納マルタが霊能力を身につけるのが、ハワイはカウアイ島の水の霊験によるのである。それかあらぬか、『はぐれ方』でも、一九八四年(カルトを主題とする『1Q84』の年だ)、鵠沼に住んでいたころ、『世界の終りとハードボイルド・ワンダーランド』執筆のかたわら、江の島に足を伸ばし、その名もホノルル食堂という食堂で、「さよりとエビのかき揚げ丼」を「食べたんだけど、おいしかったよ」と、さりげなく江の島→ホノルルのカルト巡礼を示唆しているのだ。

だから『ダンス……』のユキが「パパの家があるから」と辻堂に誘うのも、作者の裏事情からすれば、物語の舞台をハワイに移すための伏線として、ここはどうしてもこのカップルに湘南にステージを移してもらう必要があったのである。

辻堂で牧村は、「ユキの面倒を見てもらえないだろうかな」と「僕」にもちかける。これもユキのパパの発言というより、パパの口をかりた小説のコードの発言と考えるべきだ、――「それについてはアメにも電話して話した。あれは今ハワイにいるんだ。ハワイで写真を撮ってる」。この二流の冒険作家は一貫して、ユキと「僕」をハワイに案内するガイド役に使われるのである。

だから、あれほど自立心旺盛でおませなユキも（これは実は、おませとか早熟などというレベルの事柄ではない。村上のヒロインである女の子の核心にふれる問題なのだ。ムラカミ・ワールドでは男性／女性、大人／子供は、まったく対等で水平な位置関係にある。ユキが一三歳とは思えない大人びた口をきくのも、この意味で解するべきだろう）、ここは素直にパパのせりふを受け売りして、「ママが電話してきて、私にハワイに来ればばっていうの。あの人いま、ハワイにいるの。ハワイで写真とってるの。……」と、かわいらしく誘うのである。

ハワイへの伏線はまだある。

超多忙な映画俳優の五反田君のために、コールガールのメイ殺人事件について、横浜（ここにすでに〈海〉の予感がある）のニュー・グランド（ムラカミ・ホテルの一）まで走る車中で情報を交換するとき、ビーチ・ボーイズのテープ（テープというのは一九八三年の話である）を流すと、五反田君は「懐かしいね」と感激する。「いつも太陽が輝いていて、海の香りがして、となりに綺麗な女の子が寝転んでいるような音だ」。

第三京浜を横浜に走るこの車中で呼び出されているのは、だからもうすでに紛れもないハワイのワイキキ・ビーチであり、作者（とユキの父・牧村）の住む湘南（大磯、辻堂、鵠沼、江の島）の海であり、その起源《ジェネシス》となる阪神間（神戸、芦屋、西宮）の海なのである。

もうひとつ、伏線といえば、こんなエピソードはどうか？

辻堂から東京に帰り、赤坂のユキのアパートの前で車を停めた「僕」が、「着いたよ、お姫様」と言う場面がある。彼女は「けだるそうにドアを開けて車から降り、そのまま行ってしまった」。このシーンはこれで終わるが、これはおよそ五〇ページもあとで、ハワイはホノルル近郊マカハのアメのコテージに舞台を移し、母親のアメがユキに言う次のせりふに、こだまのように反響しているのだ、——「ねえ、そうでしょう、お姫様？」

ユキにしてみればダブル・パンチだが、その反応は、いかにもムラカミ流の間歇的、無意志的なプルーストの流儀にしたがって、てきめんにはあらわれない。マカハからホノルルに車で帰る途中（ここでも辻堂↓赤坂がマカハ↓ホノルルとパラレルになっている）、ユキは突然、「僕の肩に顔をつけて泣き始め」る。ひとしきり泣いたあと、——「ねえ、私のこと二度とお姫様って呼ばないでね」「呼んだっけ？」「呼んだわよ」「覚えてない」「辻堂から帰った時よ」。

この「覚えてない」は村上の小説における伏線ということを考えるさい、きわめて示唆的である。これは本稿のテーマにかかわる問題で、村上の長篇小説の執筆の仕方、ストーリーを無意識の領域に追い込んでシャッフルする書き方がそうだった。知らないこと、忘れることが、村上の小説では肝心の位置を占める。『アフターダーク』のエリート・サラリーマン白川は、ラブホテルでの中国人娼婦への暴行を覚えていないし、『ダンス……』の五反田君にしてからが、問題のキキ殺しの記憶を喪失していたのである。

「僕」（とアメ）がうっかり口にして、ユキの気持ちを逆なでにした「お姫様」は、「僕」にも、（おそらく〉読者にも、記憶にとどまることのない、その意味で二重に迂闊なせりふである。当該のユキを除くと、〈おそらく〉作者だけが、このせりふを記憶にとどめている。こうしたサブリミナルな、〈無意志的〉で「覚えてない」記憶の回路を通して、辻堂→赤坂のラインはマカハ→ホノルルのラインと、かたみに応えあい、『ダンス……』は迷宮のステップを踏みつつハワイへと移行していくのだ。

奇妙な伏線である。村上の小説には、〈後追い構成〉、〈後追い取材〉があるように、〈後追い伏線〉がある。すべてが事後的なのだ。そんな事後の伏線の網の目のなかに、『ダンス……』の「祝祭《フェト》」(『ノルウェイ』のエピグラフ)――ビーチとサーフィンとピナ・コラーダの日々、――ハワイは呼びだされて来るのである。

八　「マカハ・ビーチの氷河期」

フォート・デラシーの近く、ディスカバリー・ベイのアラモ・レンタカーで借りたダッジ・キャリバーで、フリーウェイH1に入り、そのままファリントン・ハイウェイを西海岸に走って、しばらくすると左手に、「片腕の詩人」ディック・ノースお勧めのマカハのビーチが見えてきた。

ディック・ノースはユキの母親アメのボーイフレンドである。主人公はユキを連れてマカハにアメのコテージを訪ね、そこで「片腕の詩人」に紹介されるのだ。彼はベトナムで地雷によって片腕を失った。しばらく二人で話したいというアメとともにユキをコテージに残し、ディックと主人公は、と『ダンス……』のベストの一行が来る、――「ドアを開けてむせかえるような午後の光の中に出ていった」。

この「むせかえるような午後の光の中」にも、しかし「死のかたまり」を透視できる。そこにディック・ノースの来たるべき死が宙吊りになっているのだ。

「片腕の詩人」はこの後、アメとともにハワイから箱根に移住し（小田原の海を見下ろす箱根も、湘南と並ぶムラカミ・ランド。『国境の南、太陽の西』の主人公が、ファム・ファタール［死をもたらす女］のヒロイン、島本さんと運命の一夜をともにするのも、箱根である）、そこで愛人というより主夫業にいそしんでいたディックは、「箱根の町に買い物に出て、スーパーマーケットの袋を抱えて外に出たところをトラックにはねられて死んだ」。

ところで、『ダンス……』のディックと「僕」が「むせかえるような午後の光の中に出ていった」マカハの海で、ぜひとも紹介したい本がある。一九八四年（最初のハワイ行の翌年、鵠沼で『世界の終りと……』を書いた年、また『1Q84』の年）刊の大判の写真文集、『波の絵、波の話』（写真・稲越功一）である。

ここにディック・ノース（の死）によって記憶されるマカハが出てくるのだ。

題して「マカハ・ビーチの氷河期」。

その書き出しに、こうある――「バス停のわきにあるマーケットでよく冷えた缶ビールの6本パックとパストラミのサンドウィッチを買い、それから砂浜に寝転んですいぶん長いあいだ波を眺めていた」。

驚くべきことに、『波の絵……』から四年後の『ダンス……』のマカハのシーンに、ほとんど同形の文が見出されるのだ、――「僕ら［アメのコテージを後にした「僕」とディック］は海岸沿いのハイウェイをしばらく進んだところで車を停めて冷えたビールを六本買い〔……〕、少し離れたあまり人気のないビーチまで歩き、そこに寝転んでビールを飲んだ」。

買ったビールの本数（6本、六本）も同じなら、ビーチに寝転ぶところも同じだ。

作者は「覚えてない」と言うかもしれないが、そういう無意識の回路を通して、『波の絵……』のマカハ・ビーチが『ダンス……』のマカハ・ビーチに打ち寄せ、『ダンス……』の「僕」が『波の絵……』の「僕」を思い出すということが起こるのである。

そこに「冷凍したオレンジ」さながらの〈黒い太陽〉（ネルヴァル）が輝く、――「僕のかけたサングラスのレンズはおそろしいほど濃い緑で、太陽をじっと見上げていても、冷凍したオレンジくらいにしか感じられなかった」。

むろん『波の絵……』の〈黒い太陽〉には、『ダンス……』のディックの死は投影していない。「冷凍したオレンジ」というのは、「おそろしいほど濃い緑」のサングラスが生みだした映像にすぎない。

しかし『波の絵……』をここまで読みすすむと、「おそろしいほど濃い緑」のサングラスをかけた『波の絵……』の「僕」がマカハの青空に見ているのが、SF的近未来『ダンス……』のマカハの青空であり、既視感《デジャ・ヴュ》のなかで思い出される記憶のマカハであるという錯覚が生じてくる。『波の絵……』は一九八四年刊、『ダンス……』は一九八八年刊、しかし『ダンス……』のマカハは小説では『波の絵……』の一年前、一九八三年のマカハなのである……。

時が還流している、――。

そんなわけで、『波の絵……』の「僕」が濃い緑のサングラスを透して眺めているマカハは、次第に「非現実的で、なんだか季節はずれの善意みたい」な雰囲気を帯びてきて、「僕のまわりにある何もかもが、ゆっくりとしかし確実に遠近感を失っていくような気がしはじめる」のだ。

するとこの『波の絵……』のページはずれていき、いつの間にか『ダンス……』の「僕」とディックが出ていった「むせかえるような午後の光の中に」薄れていって、そこにディックの死の〈黒い太陽〉が懸かっていて、本稿のハワイのパートの冒頭で引用した死の冷気、ローマの厳寒のなかで夢みられたハワイの、「抑圧された夢みたいに妙にリアルな非現実性」が支配的になって、「同じような形の黒い小さな水着をつけた女の子が二人並んで、椰子の木の下をゆっくりと歩いて」行くということが起こるのだ（この再引用の場面は、「僕」とユキがアメやディックと別れ、マカハからホノルルに戻る途中のビーチのことだったのである）。

いまはそのマカハのビーチにカメラバッグを枕に寝そべっている。ひろびろと拡がる蒼穹にまた、あの猿人の頭骨雲が不動の一点に不思議な図形を浮かばせるのが見える。

レイン・ツリーに似た巨木の葉叢越しに、銀を溶かして沸騰させたように青黒く渦巻く光の坩堝がのぞく。僕は「緑色のサングラスをかける」。

するとその瞬間、太陽は「冷凍したオレンジくらいにしか」見えず、「宇宙は再び氷河期を迎えることになるのである」（『波の絵……』）。

九　ムラカミ・ホテルの精髄

マカハからホノルルに戻り、ハレクラニ・ホテル二階のレストラン、ラ・メールに行く。

「[……]しばらく街を散歩し、ハレクラニ・ホテルの優雅なプールサイド・バーに行った。そして僕はまたピナ・コラーダを飲み、[……]」

『ダンス……』のカップルはホテルからホテルへ、ピナ・コラーダを飲み歩く。『ダンス……』はドルフィン・ホテルに始まり、ドルフィン・ホテルに終わる、村上の究極のホテル小説だ。「ホテルの精」、ユミヨシさんとの出会いから始まる『ダンス……』は、横浜のニュー・グランドやホノルルのロイヤル・ハワイアン、ハレクラニをあいだに挟んで、ラストで円環を描くようにして札幌のドルフィン・ホテルに回帰する。そしてそこでユミヨシさんの「ふたりでこのホテルの中で暮らしましょう」という、スコット、ゼルダのフィッツジェラルド夫妻もまっさおの絶好のせりふで決めるのだ。

ノマド、というより永遠のツーリストの村上に、ホテルは恰好の住まいなのだ。ローマやロンドンを転々とするホテル暮らしから生まれた『ダンス……』には、村上のホテルというアイテムがぎっしりつまっている。村上は『ダンス……』でホテルを発見したのだ。『ダンス…』でコールガールのメイが殺されるのは赤坂のホテルだし、『ねじまき鳥』でヒーローが井戸の底から〈壁抜け〉していくのは、奇妙なホテルの二〇八号室だった。

ホテルはセックスと犯罪を誘発する。「息をのむばかりに圧倒的な互換性」(『ねじまき鳥』)の支配するホテルの密室は、痕跡(証拠)が残らない匿名の都市空間なのだ。ベンヤミンは写真というメディアの発明とともに、アウラが消滅したということを語ったが(『写真小史』)、ホテルの密室も顔や肩書や係累を消すには最適のスペースだ。

犯罪者や恋人たち、有名人は大都会に逃れ、ホテルに逃れる。そこで人は固有の人格、固有の顔、個性というものをなくして、無名の存在に変わることができる。

それは『1Q84』までつづく顕著なトレンドで、アサシン青豆の暗躍するホテル・オークラは言うにおよばず、青豆の友人の女性警官が全裸のまま手錠で両手をベッドに縛られ殺害されるのも、渋谷のいかがわしいホテルだった。ラストでカルト教団「さきがけ」の追跡を逃れる天吾と青豆が結ばれるのも、『ダンス……』のラスト、「僕」とユミヨシさんの札幌ドルフィン・ホテルにおけるヒーメン（婚姻、結合）にならって、赤坂にある高層ホテルだった。

であるからこそ「僕」はユミヨシさんに、「たとえばホテルだ」と長篇の主題を直截に名ざしてみせるのである、――「あそこは君の場所であり、また僕の場所である」。

するとラストの札幌ドルフィン・ホテルの場でユミヨシさんが、「私はこの場所が好きなの。ここはあなたの場所であると同時に私の場所でもあるの」と、木霊のような応答を返して、長篇のテーマに二人して署名を与えるのだ。

ホテルとはムラカミ・ブランドがアポテオーズ（頂点）を迎える、すぐれてムラカミエスクな特権的な場所だったのである。

ハレクラニで飲むピナ・コラーダ。はなやかな蘭のようだ。ピナ・コラーダはハワイのカクテルの花だ。微かに苦みの混じった仄かな甘味に、ハレクラニの粋が集められている。ハレクラニはムラカミ・ホテルの精髄だ。

一〇　迷宮の問題点

ダウンタウンのアロハ・タワーに来た。『ダンス……』で主人公がユキとドライブしていて、キキと思われる女を見かけ、その後を追ったのは、このあたりだろうか。

もっとも、小説のハイライトのあのパートは、札幌の〈ドルフィン・ホテル／いるかホテル〉の暗闇の奥の洞窟に通じる、〈どこでもないどこか〉（日野啓三）にちがいなくて、この雑然として殺風景なダウンタウンの一角に、そんな場所をみつけようとしても、まず無理な話だろう。

ダウンタウンを外れて港のほうに歩いていく。次第に人影がまばらになり、倉庫街に入っていった。なんとなく物騒な雰囲気だ。「街角のところどころに、とろんとした目をした男が何をするともなく立っていた。面白い街だ」という感想を「僕」は抱く。たしかに女性のひとり歩きには適さない。

『ダンス……』のダウンタウンの呪いがかかるかもしれないよ」、僕は妻の耳にささやいた、――「このへんのビルの一室で、白骨たちのパーティが開かれている」。

「突然自分が、大昔に死んで風化し、ひからびてしまった巨大生物の迷宮のごとき体内を彷徨っているような気がした。僕は何かの加減で時の穴を抜けて、その空洞にすっぽりとはまりこんでしまったのだ」（『ダンス……』）

これこそ『遠い太鼓』の村上がローマ郊外のヴィラ・トレコリというレジデンシャル・ホテルで体験した「午前三時五十分の小さな死」、「スコット・フィッツジェラルドが『魂の暗闇』と呼んだ時刻」に見た夢の光景の、ホノルルのダウンタウンに転移したものである。

「僕」が追いかけるキキとおぼしき女は、『国境の南、太陽の西』の島本さん、あのファム・ファタールの前身である。

キキも島本さんも、ボードレールやプルーストが創出した〈逃げ去る女〉のステップを踏んで、主人公から遠ざかりつづける。彼女らの逃れ去る先には死が待っている、——あの『ねじまき鳥』の硬く凝固した「死のかたまり」が。

プルーストのヒロイン、アルベルチーヌが死の都、ヴェネツィアで彼女の忘却を全うするように、たまたま見かけた島本さんが、渋谷から青山通りを上っていき、「僕」の前から忽然と姿を消すように、村上のアルベルチーヌであるキキも、「札幌の映画館からホノルルのダウンタウンに到るまで、[……]影のように僕の前をさっと横切って」(『ダンス…』)、〈死が集められた部屋〉に消えていく。

それはローマ／ハワイの死の冷気をぎりぎりまで絞り込んだ『ダンス……』の臨界だ。そこで「僕」は白骨化した死者たちのパーティに立ち会うのだ。

そんな目に遭わないうちに、と気ばかり焦るのだが、いつの間にかアロハ・タワー前の広場を離れて、積み重ねたコンテナが並ぶ突堤に出てしまった。人気のない船が何隻かドックに係留されている。すでに日はとっぷり暮れて、店はシャッターを下ろしはじめた。名も知れない熱帯の大きな鳥が何羽も、ガジュマルの木陰でけたたましく鳴き騒いでいる。路地を熱風が吹き抜け、砂塵や紙屑が舞う。甘い果実と潮の匂いの混じった腐臭が鼻を撲った。「ほうほう」とはやすリトル・ピープルの影が見え隠れする。とあるオフィス・ビルに入っていくと、「仄かな街灯の明かりが屈折に屈折を重ねた末にほんの少しだけその天窓から忍びこんでいたが、殆ど何の助けにもならなかった」(『ダンス……』)。

僕と妻は手をとりあって、死の気配のするビルのあいだを、あちこち駆けまわった。白髪頭のサモアンに突き当たりそうになったので、アロハ・タワーに戻る道を聞いてみると、『ダンス……』にある通り「あとで」と言って走り去ってしまった。

抜けられない迷路はない。迷宮については村上はエキスパートで、『海辺のカフカ』の司書の大島さんがカフカ少年にする、こんな講釈が思い浮かぶ、――「迷宮というものの原理は君自身の内側にある。そしてそれは君の外側にある迷宮性と呼応している」。

あるいは短篇「図書館奇譚」（『カンガルー日和』所収）の次のマキシム、――「迷路の問題点はとことん進んでみないことにはその選択の成否がわからないという点にある。そしてとことん進んでそれが間違っていたとわかった時にはもう既に手遅れなのだ。それが迷路の問題点である」。

これ以上簡にして要を得た迷路の問題点にかんするマキシムはない。この箴言の問題点はしかし、その言葉通り忠実に行動しても、つねに既に手遅れになり、いかなる問題の解決にも到達しない、どころか、ますます深い昏迷のなかに入り込んでいくということである。

そんなムラカミふうの思考をそれこそ迷宮のようにたどっているうちに、やっと見覚えのある大通りに出た。

ダウンタウン探索は早々と切りあげ、今夜のお目当てのチキ・バーのラ・マリアナが開いているかどうか、携帯で聞いてみようと思うのだが、早口のメッセージになっていて、長らく英語教師をして、英語には強いはずの妻にもよく聞きとれない。

村上も、「まだそこにあるうちに行ってみてください」と『地球のはぐれ方』ハワイ篇の「（ほぼ）最後のチキ・バー」で助言しているくらいだから、もう閉業してしまったのかもしれない。「でも保証するけど、入口はわかりにくいですよお」と、「（ほぼ）最後のチキ・バー」は最後に「保証」してくれている。「そんなこと保証されたって困るんだけどな」、僕がぼやくと、妻が「まあ行ってみるより仕方ないいんじゃない」ということでタクシーを拾った。

タクシーの運転手は愛想のいい中年の女性ドライバーだった。店のアドレスを書いた紙を見せると、なんとラッキーなことに、彼女はラ・マリアナを知っていた！

一一　カウアイ島の魔法

メサ・エアラインは滑走路を走りはじめた。乗客二〇人くらいの小型機である。昔、ランボー紀行でジブチからエチオピアのジレダワ（ランボーが長く住んだハラルへの空の便には、ここの空港を使う）に飛んだときのことを思い出す。

空を飛んでいるとは思えないほど静かな飛行である。

オアフ島からカウアイ島へ三五分、ほんのひとっ飛びである。

リフエ空港着、午前九時三〇分。こんな静かなランディング——ランディングとも思えないランディング——は、経験したことがない。カウアイ島の魔法だろうか。

カウアイ島ノースショアのハナレイ入口にある「ハナレイ・ドルフィン」に着いた。

正午七分前。空港を出て、アラモ・レンタカーのオフィスでフォードのフォーカスをレンタルし、一路、クヒオ・ハイウェイを北上、予定では一一時にハナレイ着のはずだったのだが、ほとんどの車が制限速度の四〇マイルを守っているので（パトカーの取締まりが厳しいらしい。僕も制限速度を守った）、意外と時間がかかったのである。

「ハナレイ・ドルフィン」は緑の水をたたえた川のほとりにある。野外のオープンな庭で食事ができる。芝生に置かれた石のテーブルにつくと、瑠璃色の羽をした鳥の鳴き声、クヒオ通りを走る車の音、小声で話す客たちの声、店内から流れてくるハードロックの音楽などが、涼しく乾燥した風と混じって耳元を通りすぎていく。

サーフボードを小舟のようにあやつり、その上に立ってオールで漕いでいく男女のカラフルなスイムスーツが、道化師のまぼろしのように視界をよぎる。

ハナレイのドルフィン・レストラン。ふしぎな場所へ運ばれてきたものだ。

それはもっぱら村上の『走ることについて語るときに僕の語ること』の一章、「2005年8月14日、ハワイ州カウアイ島」という日付をもつ、「ハナレイの町の入り口近くにある『ドルフィン・レストラン』でビールを飲み、魚料理を食べる」という一文による。

『走ることについて……』で村上がカウアイ島ハナレイの唯一の固有名詞として、「ドルフィン・レストラン」の名をあげたのは、理由のないことではない。

ハナレイの「ドルフィン・レストラン」は（僕がつい数日前にいた）札幌の「ドルフィン・ホテル」を呼び起こし、「ドルフィン・ホテル」は同じ札幌の同じ場所に、かつて在り、いまはない「いるかホテル」を呼び起こし、「いるかホテル」は『羊』のキキや羊男や羊博士、その他〈村上組〉のふしぎな人物たち、『ダンス……』のユキが「お化け組」と呼んだ、一群の「ピントの外れた人たち」（『ねじまき島』笠原メイの評）を呼び起こす。

つまりこのハナレイの川沿いのレストランには、〈ドルフィン〉という魔法の一語によって、村上組、お化け組の面々が続々と集まって来るのだ。

「そして僕は――そんな様々なありきたりの出来事の堆積の末に――今ここにいる。カウアイのノースショアに。人生について考えると、ときどき自分が浜に打ち上げられた一本の流木に過ぎないような気がしてくる。灯台の方向から吹いてくる貿易風が、ユーカリの樹を頭上でさわさわと揺らせる」

(『走ることについて……』)

そう、「ありきたりの出来事」が紆余曲折して、彼ら、彼女らを、奇妙な「時の穴」、「リアルな夢」、「時の溺れ谷」のなかに連れ去っていく、――『ダンス……』のヒーローが、霊媒的美少女ユキだとか、天才女流写真家アメだとか、片腕の詩人ディック・ノースだとか、ゲイの書生だとかといった、チャンドラーのミステリーにでも登場して来そうな「サイケデリックな拡大家族」に巻き込まれていくように。それと同じように、ドルフィン・レストランの芝生の庭の石のテーブルでノート――数日前、ワイキキの海に浸かったノート――をつける僕を、だれかが見ている夢の世界の端っこのような場所へ運んでいく。

――おばさんもしょっちゅうビーチに座ってますよね。いつも同じ場所に。そこからちょっと離れたところに、そいつは片脚で立ってました。そして俺たちのことを見ていました。木の幹にもたれるようにして。ピクニック・テーブルがあって、アイアン・ツリーが何本かかたまってあるかげのあたり。

今度は二〇〇七年刊の『走ることについて……』ではなく、二〇〇五年刊の『東京奇譚集』の一篇「ハナレイ・ベイ」から。

『走ることについて……』に、［［二〇〇五年］9月10日に、カウアイ島をあとにして日本に戻り、二週間ばかり滞在するあいだに、新しい短編小説集『東京奇譚集』が発売される］とあり、その「日本に滞在しているあいだに、新しい短編小説集『東京奇譚集』が発売される」と制作の背景が明記されている。

つまりこれはハワイのカウアイ島におけるニューヨーク・シティー・マラソン（同年一一月）のための「走り込み」と並行して生まれたような本なのである。

『東京奇譚集』というタイトルの下に集められた短篇集では一篇だけ異質な外国を舞台にして、異質なタイトルを有する「ハナレイ・ベイ」はだから、『東京奇譚集』と題した本に村上が捺した、〈ハナレイ・ベイ〉という土地の名のサインにほかならない。

「おばさん」というのは短篇のヒロイン、六本木でピアノ・バーを経営するサチ（一九七四年から一九八一年まで、国分寺と千駄ヶ谷でジャズ・バー「ピーター・キャット」を経営した村上自身の経歴が反映している。サチの年齢は不詳だが、「団塊の世代」とあるから、年齢的にも一九四九年生まれの作者と同じ設定である）。彼女はサーフィンに熱中する一九歳の息子を亡くした。ハナレイ・ベイで鮫に襲われ、片脚を食いちぎられたのである。毎年、秋の終わりになると、カウアイ島のノースショアにやって来て、そこで親しくなった若いサーファー二人組が、あるときサチに先に引用したことを告げるのである。

死んだ息子が幽霊（という言葉は使ってないが）になって、自分の死んだ場所にあらわれるというのは、話としてはめずらしくない。謡曲にもあるし、デリダにもある。

『海辺のカフカ』のヒロイン、〈生霊《いきりょう》〉の佐伯さんがそうするように、幽霊の習性とは戻って来ることだ。［「カフカは」15歳の佐伯さんがこの部屋［甲村図書館の死んだ恋人の部屋］に戻ってくるのを待つ」と、

「戻ってくる」に作者は傍点を振り、「彼女はまた戻ってくるかもしれない」と全文に傍点を振る。フランス語でも幽霊のことをrevenant（戻って来る者）というのである。

『海辺のカフカ』の佐伯さんは〈生霊〉になるが、村上の小説には本物の——というのも、おかしな言い方だが——幽霊もよく出てくる。『レキシントンの幽霊』所収の表題作における、スティーブン・キング原作・キューブリック監督の映画『シャイニング』を思わせる死者たちのパーティのように、幽霊というのは、怖いけれどどこか懐かしい、村上好みのクールでセンチメンタルな幻像なのだ（『羊をめぐる冒険』のラスト、「鼠」の幽霊を参照）。

幽霊はいたるところに出没する。いろんな場所、人に憑いてまわる。幽体離脱とか村上流〈壁抜け〉、憑依なんぞは、お手のもの。ホテルと電話（とりわけ電話だ）を利用して、現代の都市のノマドたちはみな、多かれ少なかれゴースト化している。

『ダンス……』のラストでは、キキの夢を見ている「僕」は、ホノルルのダウンタウンの部屋で見つけた電話番号を回す。電話が通じると同時に、「僕」はあの部屋にいる、——ホノルルのダウンタウンの「死の部屋」に。そこにキキが出て来る。やはり幽霊のように。

『ねじまき鳥』では、夢のなかで「僕」は加納マルタと話している。「気がつくと僕はいつのまにか受話器を持って耳にあてていた。そして加納マルタもテーブルの向かいで受話器を持っていた。電話の声はまるで具合のよくない国際電話みたいに遠くに聞こえた」。

電話による距離の消失——電話ではその場で一瞬のうちに相手とつながる——ということが、アレゴリカルにあらわされている。電話とメールの時代のヒーローたちは、田村カフカの守護神《ジン》「カラスと呼ばれる少年」が言うように、「距離みたいなものにはあまり期待しないほうがいい」のである。

同じことは村上の場所にかんしてもいえる。『走ることについて……』では、ハワイ州カウアイ島からマサチューセッツ州ケンブリッジへ、ニューヨークへ、東京（神宮外苑）へ、北海道サロマ湖へ、大磯の太平洋岸自転車道へ、新潟県村上市（『遠い太鼓』のギリシャの小さな島、「ハルキ」島と同様、「村上」という土地の名に注意）へと、カウアイ島を起点として、まるで電話かメールが飛び交うように、マラソンを通じて次々と他の場所へ〈飛び地〉（プルースト）していく。

そんなふうにして次第に村上の場所は幽体化して、融通無碍の〈どこでもない場所〉に移されていく。

札幌のドルフィン・ホテルの暗闇がそうであるし、ホノルルのダウンタウンのキキの幻影が姿を見せた一角がそうである。『スプートニクの恋人』でヒロインが姿を消すギリシャの小さな島（ハルキ島がモデルか）、『海辺のカフカ』の架空の甲村記念図書館、『アフターダーク』の夜の街にしても、渋谷をモデルにしながら、都市の名は消されている。

一二 〈トイレット・ボウル〉の魔界へ

そのいい例が『海辺のカフカ』である。この長篇は四国の高松を舞台とするが、そこが次第に――間歇的に――ハワイに重ねあわされていく過程を追ってみよう。

田村カフカのパートでは、まず甲村図書館の大島さんの「僕の兄［サダさん］はサーファーで、高知の海岸に住んでいるんだ。そこでサーフショップを持って、［……］」という紹介でハワイのモティーフが導入され、ナカタさんのパートでは、ペアになる星野青年登場の段で、彼はのっけからハワイの護符のようにして「派手な模様のアロハシャツを着て」あらわれる。

青年はナカタさんとすっかり意気投合し東名高速を一路西下、神戸で高速を降りると、「ナカタさんはベンチに座って、海から吹いてくる風の匂いを嗅ぎ、［……］」と、村上の故郷・神戸の海がチェックされ、高松の駅前でうどんを食べるときにも、「うどん屋の窓からは港の大きなクレーンが何本か見えた」と、神戸→高松→ハワイのラインが引かれる。

その後も、「俺っちがアロハシャツのファンだってくらいは、一目見ればわかるだろうに」と、星野青年の着るアロハによって、ハワイのテーマが間歇的に鳴らされる、――たとえば「［高松の観光案内所の女性は、青年の］緑色のサングラスと、ピアスと、レーヨンのアロハシャツをおそるおそるひととおり観察した」といった具合いに、「おそるおそる」「観察」されることによって、青年の緑色のサングラスとアロハシャツは――あの「マカハ・ビーチの氷河期」の「おそろしいほど濃い緑」のサングラス同様――ハワイのブランドとしてマークされるのである。

一方、田村カフカのパートでは、意外なことに同じ東名高速を夜行バスで走っても、この「放浪のプリンス」は、作者・村上の故郷の神戸を素通りしてしまう。高松駅前で同じようにうどんを食べるのだが、港は片鱗も姿を見せない。

ナカタさんのパートでは、「ホシノさん」「なんだい？」「海の匂いがします」とか、「ホシノさん、海まで歩いて行ってみませんか？」と、海（→ハワイ）の誘惑が語られ、まるでしがないナカタ老人が〈海辺のカフカ〉のオハコを奪ったようであるのに、どう見てもナカタさんやホシノさんよりロマンティックなヒーローであるはずのカフカ少年となると、デリダ流の〈差延 différance〉のうちにみずからを持するためか、タイトル・ロールの「海辺のカフカ」になるのを遅らせに遅らせて、海や港から目を逸らしつづけるかのようなのだ。

ここにはむろん作者の意図が反映している。例の〈無意志的〉な伏線である。「空気を吸いこむとかすかに海の匂いがする」とか、「風にはやはり海岸の匂いがする」とかと、少しずつ、本当に少しずつ海の気配を予感させながら、上巻も末尾に近い第19章で、長篇のタイトルになっている「海辺のカフカ」の絵を見せ、上巻終章の第23章で、佐伯さん作詞・作曲で大ヒットした同題の音楽を鳴らすなどして、ハイライトの場面に来て、まったき〈海辺のカフカ〉が姿をあらわすよう、周到に仕組んであるのだ。

だから「いらっしゃい」と佐伯さんがカフカを誘い、近くの——実際の——海岸に出て、「あそこよ……この角度から、あの場所を描いたの」と指さすところには、『海辺のカフカ』の絵が描かれた高松の海岸が示されると同時に、〈村上春樹の海〉が、阪神間の海や、湘南の海、そしてハワイの海が、遠望されていたのである。

そしていよいよ終章。『海辺のカフカ』の——目立たないけれど決定的な——もう一つのクライマックスで、高知でサーフショップを経営する大島さんの兄、サダさんの話が導入される。

この話ではムラカミ流の不意打ちの効果が巧みに生かされている。これはサーフィンというスポーツの奥の深さを説明するために、たまたま出た話題としてカムフラージュされているのだ。

『海辺のカフカ』のハワイという主題は、そんなふうに見え隠れして、「いったん底に引きこまれると、なかなか浮きあがってこられない」から、注意深く見守っていく必要がある。

サダさんの話す「トイレット・ボウル」と呼ばれるハワイのサーフ・スポットで、四国にいながらハワイのモティーフは最高潮に達するのだ、――「そこでは引き波と寄せ波がぶつかって大きな渦ができているんだ。便器の水の渦みたいにぐるぐるとまわっている。だからワイプアウトしていったん底に引きこまれると、なかなか浮きあがってこられない」。

『ダンス……』がハワイのテーマでステップを踏んで、――四国からハワイへ飛び地して――『海辺のカフカ』の最後の章で、ぽっかりと「トイレット・ボウル」の穴をあけたようだ。

一三　クールなハナレイ

『ダンス……』におけるハワイのパートの意味するところは、なんだろう？　それは高度資本主義のスピードと競合するヒーローのダンスが、クールの臨界に達したことを示している。『ダンス……』ではホノルルのダウンタウンのパートに見た白骨たちのパーティのクールさ。名は体をあらわすユキ（雪）のクールさ。ユミヨシさんが札幌の〈ドルフィン・ホテルの精〉であったとすれば、ユキは札幌の〈雪の精〉であったのだ。

その深層において同じハワイのテーマで『ダンス……』と結ばれる『海辺のカフカ』では、「キュウリのごとくクール」、「リュックとオブセッションを背負ったクールな少年」と評される、カフカ少年のクール。

カフカ少年が「濃いスカイブルーのレヴォのサングラス」――「マカハ・ビーチの氷河期」で「僕」がかける「おそろしいほど濃い緑」のサングラスのレミニセンスだろうか――をかけると、甲村図書館の大島さんは、一八年前のその『波の絵……』のエッセイをメタフィクショナルに思い出したかのように、少年を見てズバリ、「クールだ」と感心する。「筋肉は金属を混ぜこんだみたいに強くなり」、「ますます無口になって」いき、「思い出せないくらい昔から一度も笑っていなかった」という田村カフカは、『1Q84』のアサシン青豆の、「表情が極端に乏し」く、「よほどの必要がなければ微笑みひとつ浮かべな」い、「クールな顔立ち」に継承されていくだろう。

　そしてこのクールさは、具体的な場所としては、『ダンス……』の場合、北海道の札幌へ、――死と暴力の渦巻く北の都市へと引き絞られていくものだったのだ。

札幌とローマ――二種類のクールな世界が、『ダンス……』のハワイを囲繞している……。熱帯の炎暑の下に黒々と「死のかたまり」をのぞかせるハワイのクールさは、一方では長篇が執筆されたローマの冬の寒さをさし示すと同時に、長篇の冒頭に埋め込まれた札幌の寒さによって、鏡の裏泊のように裏打ちされていた、それゆえのクールだったのである。

　ムラカミ・クールの極北の境地の一例を「氷男」（『レキシントンの幽霊』所収）に見ることができる。村上のトレードマークとなったクールをイタロ・カルヴィーノ風のアレゴリーに仕立てたこの短篇は、「指には決して溶けることのない白い霜」が浮き、話す言葉は「漫画の吹き出しのように空中で白い雲」となる「氷男」と結婚する女性の話である。

　二人は南極に新婚旅行に出かけるが、彼女はそこから「外に出ることはもう二度とないのだということ」に気づく。そして「今の私にはほとんど心というものが残されていない」と、救いのない結末を迎える。

「ハナレイ・ベイ」でも、サチの死んだ息子はムラカミ・クールの極致を体現する。幽霊ほどクールな存在があるだろうか？

彼は母親がビーチのすぐそばにいても彼女の存在に気づかない。それは母親に気づくだけの心が彼に欠けているからである。この心の欠如はしかし——「氷男」のラストシーンと同様——すこしも心理的なものではない。息子に母への愛がないからではない。ここには一般のドラマにおけるようなすれ違いは微塵も描かれていない。

サチの死んだ息子には母親が見えない。母親にも息子の姿が目に入らない。ここには『風の歌を聴け』以来、村上が描いてきたクールの極点がある。それをハワイのハナレイに持ってきたところに、村上の深い含意がある。

サチの息子のサーファーは、ハナレイのビーチに読者の注意をさし向けようと、くり返し同じ場所、「ピクニック・テーブルがあって、アイアン・ツリーが何本かかたまってあるかげのあたり」に戻って来るのかもしれない。ここへおいで、と誘っているのかもしれない。それが死者という絶対にクールな者に作者が振った役割なのかもしれない。

そのピクニック・テーブルのあたりに来た。遠くを透かしみると、向こうのテーブルのそば、椰子の木のかたまってあるかげのところに、一人の上半身裸の男が立つのが見える。心なしか、その右脚が薄れているように見える。

砂浜に停まった何台ものピックアップトラックの向こう、はるか彼方の沖合いに、白い波が砕け、サーファーたちの姿が空と海のあいだに一瞬、宙吊りになったように見える。白く砕ける波に嚙まれて、サーファーの体も砕け散って見える。

あのあたりにトイレット・ボウルが渦巻く深い穴をあけているのだろう。『ダンス……』と『海辺のカフカ』のカップルたちの姿が、あそこにちりぢりになって透かし見られるのだろう。

——クールなやつだった。

サチの死んだ息子のことをサーファー仲間の一人はこう評する。

実際、「ハナレイ・ベイ」における村上のクールはアイロニーの極みに達しているが、これは最初期の「マカハ・ビーチの氷河期」にこのうえなくポエティックに示されていたものなのだ。

もっともそれはアイロニーと言う必要もないことで、ハナレイ・ベイでは炎天下の浜辺でじかに、リアルなクールにふれることができる。『走ることについて……』に言う、「アボカドのクールな樹陰」で時を過ごすことができる。

村上のクールの秘密がハナレイ・ベイに見出されるのだ。

一方ではしかし、ここカウアイ島のノースショアは、村上の執筆の場所でもある。『夢を見るために毎朝僕は目覚めるのです』によれば、彼は『スプートニク』全篇をここで書き、「『海辺のカフカ』は前半部をカウアイ島、後半部を日本（神奈川県の小さな海辺の町）で」書いたのである。

だから『海辺のカフカ』の「海辺」とは、このカウアイ島のノースショアでもあるのだ。

ヒロインの佐伯さんはカフカに——カフカか、カフカのアバターの死んだ恋人に、——こうくり返す。「だってあなたはそこにいたのよ。そして私はそのとなりにいて、あなたを見ていた。ずっと昔、海辺で。風が吹いていて、真っ白な雲が浮かんでいて、季節はいつも夏だった」。

そして『走ることについて……』の大半のページはこの島のここで書かれたのだ。その本に、「いつものようにここでコンドミニアムを借り、朝の涼しいうちに机に向かって仕事をする。たとえば今はこの文章を書いている」とあるとおり。

季節はいつも夏で、そしてここにはいつでも、あの回帰する「めくらやなぎ」の海からの風が吹いているのだ。

ハナレイという美しい地名、そこに吹く貿易風のなかに、ムラカミ・オデッセーの響きを聴くことができるのだ。

第四章

村上春樹の四国、中国を行く

――〈約束された場所〉へ

［……］どこかで致命的な「ボタンの掛け違え」が始まる。現実の相が少しずつ歪みはじめる。
そして彼［牛河］の魂の一部はこれから空気さなぎに変わろうとしていた。

——『約束された場所で』

——『1Q84』BOOK3

一　「これは戦争なんだよ」

「富士川サービスエリアで一時間ばかり運転手に聞いてまわったが、ナカタさんを乗せてくれる運転手はやはりなかなかみつからなかった。しかしそれでもナカタさんは焦らなかったし、べつに落ち込んだりもしなかった。彼の意識の中では時間はとてもゆっくりと流れていた。あるいはほとんど流れていなかった」

『海辺のカフカ』のヒーローの一人、ナカタさんの旅——東京・中野の野方を起点に、ヒッチハイクのようなことをして、ひたすら、とはいえ「とてもゆっくりと」、〈西〉をめざす六〇代半ばの老人の奇妙な冒険の幕は、ここ東名高速の富士川SAで切って落とされる。

ここで彼はまず駐車場の集団リンチ事件に遭遇する。バイクの若い男たちが一人の若者に殴る蹴るの暴行をはたらくのを目撃するのである。

ナカタさんの身辺にはいつでも暴力の気配が漂っている。

そもそも彼が識字能力を失い、〈半分しか影のない〉、まさに影の薄い存在になったのは、第二次大戦末期の一九四四年、九歳のときに、疎開先の山梨県の山中で起こった集団昏睡事件が原因だった。野外実習の児童を引率していた女性教師の証言では、「16人の子どもたちが全員、ひとり残らずそこに倒れて意識を失っていました。〔……〕それはまるで……戦場のようでした」。現場に駆けつけた医師の証言では、何人かの子どもは意識を回復して起きあがっていたが、「まるで大きな虫のように身体をゆっくりとうねらせて動き始めていました。ずいぶん異様な光景でした」。

この黙示録的光景から、村上春樹の読者ならすぐに地下鉄サリン事件の被害者のインタビュー集、『アンダーグラウンド』の惨状を思い出すだろう。地下鉄の階段を上がって地上に出ると、「そこはもうものすごい光景です。まわりに人がばたばたと倒れちゃっていて」。「病院はまさに野戦病院みたいな雰囲気でした」。

サリン・ガスを吸った被害者の多くは記憶障害を訴える。一方、サリン事件を起こしたオウム真理教の信者たちにインタビューした『約束された場所で』でも、記憶喪失の経験が語られる。麻原彰晃の「お気に入り」だった出家信者の女性は、「麻原と肉体関係を持つことを拒否したことで、何かリアクションみたいなのはなかったんですか？」という村上の問いに、「それがわからないんです。そのあと記憶を消されちゃったから。電気ショックを受けて。ここにまだそのときの電気の跡が残っています（髪をあげて首筋を見せてくれる。白い跡のようなものが列になって残っている）」。

ナカタさんに戻ると、彼の場合、記憶喪失はいっそう徹底していて、「彼は文字通り頭をすっからかんにして、白紙の状態でこの世界に戻ってきたのです」。

ここからナカタさんが、地下鉄サリン事件の被害者とオウムの信者の記憶喪失を、どこかで共有していることが明らかになる。

事故当時、ナカタさんを診察した大学教授はこう分析する、――「妙な表現かもしれませんが、入れ物としての肉体だけがとりあえずそこに残されて、留守を預かり、様々な生体レベルを少しずつ下げて、生存に最低限必要な機能を維持し、そのあいだ本人はどこかべつのところに出かけて、何かべつのことをしているみたいに見えました。〈幽体離脱〉という言葉が私の頭に浮かびました」。

ナカタさんだけではない。『海辺のカフカ』のもう一人のヒーローの田村カフカやヒロインの佐伯さんに関しても、『源氏物語』の生霊《いきりょう》を参照しながら、同様の体験が語られ、『海辺のカフカ』が〈幽体離脱〉の物語であることを証している。

『約束された場所で』にも〈幽体離脱〉にふれた個所がある。「実を言いますと、私の前生は男性だったんです」と題した女性オウム信者の話である、――「私は小さい頃から、神秘体験をたくさんしていました。たとえば夢とかを見ても、それが現実とまったく変わらないんです。夢というよりは一種の物語といいますか、長くて、ものすごくくっきりとしていて、目が覚めても細かいところまで全部記憶しています」と、まるで村上の小説の登場人物、たとえば『ねじまき鳥クロニクル』に出てくる霊能者・加納クレタそっくりのことを語り、「その夢の中で私はいろんな世界に行ったり、幽体離脱みたいなこともやっていました」と、これはもう『海辺のカフカ』のページから抜け出した人の話である。

ナカタさんはボケ老人然としていながら自己の症例に関して、「ナカタは出入りをした人間だからです」という自覚をもつ、「ナカタは一度ここから出ていって、また戻ってきたのです。日本が大きな戦争をしておりました頃のことです。そのときに何かの拍子で蓋があいて、ナカタはここから出ていきました。そしてまた何かの拍子に、ここに戻ってきました」。

ナカタさんのこの証言を通して、『海辺のカフカ』の歴史と戦争にかかわる主題が浮き彫りになる。彼は「何かの拍子」という微妙な言い方をするが、山梨の山中で集団昏睡に陥る前に児童たちがアメリカのB29らしい機影を見ていて、米軍が毒ガス爆弾を落としていったのではないか、との説もあり、また日本の帝国陸軍が開発した生物・化学兵器によるものではないか、との憶測も流れる。真因は不明だが、この集団昏睡事件に第二次世界大戦が介在することは否定できないのである。

ナカタさんは戦争という巨大な暴力によって〈幽体離脱〉して、「ここに戻ってきた」人間なのだ、——『アンダーグラウンド』でインタビューになった被害者たちが、オウムのテロに遭い、サリン・ガスを吸って、一時的な記憶喪失に陥り、ある人はそのまま命を落とし、ある人は重篤なPTSD（心的外傷後ストレス障害）を患い、こちら側の世界に生還してきたように。

同様の幽体離脱をナカタさんは旅に出る直前に体験する。

猫と会話ができる特技をもつナカタさんは中野区野方で〈猫さがし〉を仕事にしている。そこにジョニー・ウォーカーと名乗る怪人があらわれ、ナカタさんの目の前で次々と猫を虐殺する。

注意すべきはジョニー・ウォーカーが自分の残虐な行為を「これは戦争なんだよ」と明言することである。猫殺しは地下鉄サリン事件と同様、戦争のメタファなのだ。当然これは戦時下における小学生の奇妙な集団昏睡の集合的な記憶に呼びかける。

むごたらしい虐殺を見せつけられたナカタさんは、「お願いです」と哀願する、「こんなことはもうよしてください。これ以上続けば、ナカタはおかしくなってしまいそうです。ナカタはもうナカタではないような気がするのです」。これを受けたジョニー・ウォーカーの「君はもう君ではない」は、幽体離脱の真実を衝く言葉だ、「それはとても大事なことだよ、ナカタさん。人が人ではなくなるということはね」。

正気をなくしたナカタさんはジョニー・ウォーカーを刺し殺し、意識を失う。ちょうどおなじころ、おなじ中野区野方で、『海辺のカフカ』のヒーローである一五歳の少年・田村カフカの父親が惨殺され、血まみれになって自宅で倒れているのが発見される。ちょうどおなじころ、東京から遠く離れた四国・高松の神社の境内で、田村カフカが衣服に返り血をあびて昏倒している。

これらの連鎖する血まみれの事件が、ジョニー・ウォーカーの「これは戦争なんだよ」という命題の下にあることは明らかだ。

二　変容する「空気さなぎ」と、この「小さなもの《リトル・ピープル》」

ジョニー・ウォーカーを刺殺する場面とおなじように、富士川サービスエリアでも、バイクの若者たちの集団暴行を目撃すると、ナカタさんは「ナカタはもうナカタではないような」状態に陥り、空からヒルを降らせる超常現象を起こして、暴漢たちを退散させてしまう。

この場面は超能力を振るうという意味で、『1Q84』のホテル・オークラの場で、カルト教団「さきがけ」のリーダーが、彼を暗殺しにやってきたヒロイン青豆を前に、大理石の置時計を空中に浮遊させて見せる場面を思わせる。

カルト宗教が成立する動機には、なんらかの奇蹟が必要なのだ。その意味でナカタさんはリーダー同様、宗教的人間なのである。〈影の薄い〉ナカタ老人が有するカリスマの資質に注意したい。リーダーがオウム真理教の教祖・麻原をモデルにするとすれば、ナカタさんは地下鉄サリン事件の被害者の立場にある弱者の代表である。リーダーが自分の娘を巫女と称してレイプする悪人であるとすれば、ナカタさんは猫とも言葉を交わす心やさしい善人である。

ところが、そうした善悪の反転するときがくる。どちらが悪で、どちらが善かの区別がつかなくなる。

『ねじまき鳥』でいえば、ヒーローの岡田亨と、その不俱戴天の敵・綿谷ノボル。失踪した妻のクミコをめぐって、亨はノボルと必死の綱引きのような闘争をくり拡げるわけだが、ここには敵・味方の対立はあっても、善悪の別はそんなに自明ではない。

長篇『第3部』が『鳥刺し男編』と題される理由は、そこにある。「鳥刺し男」というのはモーツァルトの歌劇『魔笛』に出てくるパパゲーノのことで、彼は最初は悪玉の「夜の女王」に使われる「鳥刺し男」だったのに、いつの間にかヒーローの王子タミーノ（もちろん善玉である）の側について、その従者になっている。綿谷ノボルにしても、善玉、悪玉どちらにでも転ぶところがあって、その証拠に、岡田夫婦が飼っている愛猫には、当のワタヤ・ノボルという敵役の名前がついているのだ。『ねじまき鳥』と『1Q84』の両世界に出没する探偵の牛河の場合、『ねじまき鳥』では自分で卑下して言うように「お化けでいえば下級霊っていうやつ」だったのが、『1Q84』BOOK3になると堂々と主役を張って登場する。『海辺のカフカ』で高松の歓楽街に姿をあらわし、ポンビキまがいの口上でホシノ青年を窮地から救うカーネル・サンダーズが、上田秋成の『雨月物語』を引用して

「我もと神にあらず仏にあらず、只これ非情なり。非情のものとして人の善悪を糺《ただ》し、それにしたがふべきいはれなし」と自己弁護するとおりである。

これら〈善悪の彼岸〉にある超人（ニーチェ）を体現するのが、『1Q84』で暗躍するリトル・ピープルである。

ここにムラカミ・ワールドの力の源泉がある。

この謎の存在「リトル・ピープル」が実際に姿をあらわす二つの場面を読みくらべてみると、村上の小説の反転の構造がはっきりする。

一つは、カルト教団「さきがけ」の巫女で、いまは「柳屋敷」の女主人が所有するセーフハウスに保護されている、つばさという少女が眠っているとき、彼女の口からリトル・ピープルが次々に出てくる場面。

二つは、「さきがけ」の探偵・牛河が、敵対する緑屋敷の用心棒・タマルに惨殺されて、山梨にある「さきがけ」の本部に運ばれ、その遺体が教団の一室に安置されているとき、――牛河の大きく開かれた口から出てきたのは「六人の小さな人々だった。背の高さはせいぜい五センチほどだ。彼らは小さな身体に小さな服を着て、緑色の苔のはえた舌を踏みしめ、汚れた乱杭歯をまたぎ、順番に外に出てきた」。

つばさはカルト教団の犠牲者であり、牛河は教団の手先、いうならば加害者である。この善悪ふたりの存在からリトル・ピープルは出現する。だから「さきがけ」のリーダーも、「リトル・ピープルと呼ばれるものが善であるのか悪であるのか、それはわからない」と言うのである。

『1Q84』ラストの青豆に、こうした反転の典型を見る。

彼女が愛する天吾と手をたずさえて「1Q84年」の魔界を脱出し、赤坂のホテルで結ばれるのは、ハリウッド映画を〈引用〉したハッピーエンドとも受けとられるが、兇悪なテロの実行犯（青豆はDVの常習者を何人も暗殺している）の逃亡と勝利を告げる、勧善懲悪ならざる勧悪懲善の場面でもあったのである。

そもそもこのハッピーエンドが反転する仕組みになっている。死んだ牛河の口からは恐るべきリトル・ピープルが次々と飛び出してきたし、その牛河にしてからが、「彼の魂の一部はこれから空気さなぎに変わろうとしていた」というのだから、エンディングのあとでまだ何が起こるかわからないという怖さがある。

「空気さなぎ」なる謎の物体についても、おなじことがいえる。もともと「空気さなぎ」とは、リーダーの娘のふかえりが語る物語（『空気さなぎ』）に出てくる不可思議な物で、「集まり」と呼ばれるカルト団体のリトル・ピープルが空中の糸から紡ぐ繭のような物体である。それが――ふかえりの物語のなかではなく、『1Q84』の現実世界のなかで、――天吾の前に現われる場合には、そのなかに少女の青豆が眠る美しい天与の賜物と見え、怨みを呑んで惨殺された牛河の「魂の一部」が変容する場合には、兇暴な殺人マシーンになる危険性をはらんでいるのだ。

青豆が懐胎した天吾の子どもにしても、彼女はこれを「小さなもの」と（わざわざ傍点を振って）呼ぶのだから、文字どおりリトル・ピープルになりますよ、と強調しているようなものだ。

加えて青豆が「1Q84年」を脱出する首都高速3号線の待避スペースでは、エッソの広告看板のタイガーが反転していて、それ以後の展開に予断を許さぬものを示唆しているのである。

だから三部からなる長篇の最終結末の一行にある通り、赤坂の高層ホテルの一七階で天吾と青豆が手を結びあわせて眺める夜明けの月（「１Ｑ８４年」の二つある異常な月ではなく、「１９８４年」の一つしかない正常な月）は、「それが昇ったばかりの新しい太陽に照らされて、夜の深い輝きを急速に失い、空にかかったただの灰色の切り抜きに変わってしまうまで」、注意深く見守る必要があるのだ。

その「灰色の切り抜き」に変わった月の下で、青豆はどんな「非情のもの」（秋成）の顔を見せることになるか。彼女の「小さなもの《リトル・ピープル》」はどんな怪物に成長するか――。

三　山梨というトポス

東名高速の富士川ＳＡで集団リンチ事件を見て、こうもり傘を夜空にかかげ、ヒルを大量に降らせるという奇蹟を起こすナカタさんも、危険なカルトの顔をもつことがありうるのである。

ナカタさんのパーソナリティや話し方には、教祖を思わせるふしぎな説得力がある。『１Ｑ８４』のヒロイン・ふかえりのディスレクシア（読字障害）や、ヒーロー・天吾の父親の認知症の話し方に似ている。あるいは『ねじまき鳥』におけるノモンハン戦争の体験者、占い師の本田さん。

本田さん、ナカタさん、ふかえり、天吾の父と、村上の長篇に登場する神がかりな人物の系譜がある。

『１Ｑ８４』の「さきがけ」のリーダーこそ、その総帥かもしれない。しがないＮＨＫの集金人の天吾の父もなかなかの曲者で、「説明しなくてはそれがわからんというのは、つまり、どれだけ説明してもわからんということだ」と、禅の公案のような箴言とも、ボケ老人のうわ言ともつかぬ言葉を口にするし、『ノルウェイの森』のヒロイン・緑の父も、死期を間近に控えて、「切符・緑・頼む・上野駅」という、長篇の結末――愛する直子の死後、魂に死を抱いた主人公が上野駅から緑に電話し、緑が「あなた、今どこにいるの？」と問い返す、人口に膾炙したラストシーン――を予言する謎の言葉を残して死ぬ。

ナカタさんと長い道中をともにして、数多くの危難に遭遇するホシノ青年は、最後にこんな感想を抱くが、これはオウムの教祖や大師に説伏され、カルトに入信する信徒の心情に近いのではないか――「お釈迦様かイエス・キリストの弟子になった連中も、あるいはこんな具合だったのかもしれないな」。

ヒルの雨を降らせる超常現象を起こした、「その少しあとで、ナカタさんは神戸まで乗せていってくれるというトラック運転手をみつけることができた」というのは、だから人のいい運転手のホシノさんが、ナカタの魔手に捕まった転落の瞬間をも意味していたのである。

富士川SAはこのように『海辺のカフカ』の名キャラクターが二人、揃い踏みする場であったのだが、その転落の場面をもう少しくわしく分析すると、興味深いことがわかってくる。

なにかのついでのようにして、ホシノ青年はナカタさんに、何年か前、山梨にいたことを話す。

――

山梨の自衛隊駐屯地にいたというのである。山梨という地名は当然、小学生のナカタさんが戦時下で集団昏睡に陥った山梨の山中を喚起する。

それだけではない。山梨にはまた『1Q84』のカルト教団「さきがけ」の本部があり、「さきがけ」の分派の過激派「あけぼの」が警官隊と銃撃戦をくり広げたのも、山梨県の本栖湖近くの山中だった（もっとも、浅間山荘事件をモデルとするこの銃撃戦は、「1Q84年」という月が二つある異次元世界に移行した人にしか記憶されないのだが）。

いや、それ以上に、こちらは現実の話だが、「さきがけ」のモデルとされるオウム真理教団のサティアンという施設が点在し、猛毒のサリンが製造されたのも、山梨県の上九一色村（現・富士河口湖町）だったのである。

そういえば、東名高速で走っていると地理感覚がそんなにはっきりしないが、ホシノさんが言及する山梨の自衛隊駐屯地方面に行くには、（ナカタさんやホシノさんや僕が今いる）富士川SAに近い富士ICで降りればよいのだ。

この地区は遡ればもっと意味深い歴史的〈因縁〉がある。終戦直後の一九四五年（ナカタさんが山梨山中で事故に遭った年）、中国東北部の満州——『ねじまき鳥』はここを舞台とする——からの引き揚げ者が、富士ヶ峰開拓団として入植したのが、本栖三ヶ水と呼ばれるこの周辺の土地だったのである。

村上が『海辺のカフカ』の両ヒーロー、ナカタさんとホシノさんのスタートラインに、この富士川SAを位置させたのには、これだけの深い動機づけがあったのである。

そんなわけでホシノさんが山梨のことを口にすると、ナカタさんが、——

「ナカタも昔、山梨にいたことがあります。戦争中のことですが」

「へえ、どの戦争？」

第20章のラストで掛けあい漫才のようにして示されるのが、『海辺のカフカ』の——というより、

『ねじまき鳥』（と地下鉄サリン事件）以後『1Q84』にいたる、〈後期村上〉を貫く――戦争とカルトという主題であったことが判明するのである。

四　深い森の奥で

ＰＭ五時、名神高速を京都南で降りて、いったん『海辺のカフカ』の行程から逸れ（主人公たちは神戸までホシノ青年のトラックで行き、それからバスに乗り換えて四国に向かった）、京都市内に入る。

京都市伏見区。生後間もなく西宮、芦屋に転居するが、村上春樹生誕の地である。しばらく伏見の街を車でクルージング。

車中泊して、翌朝、七時に出発。京都は鞍馬街道の花背をめざす。

それにしても、京都生まれ、「百パーセントの関西種」（『村上朝日堂の逆襲』）と自認する村上が、なんの思い出もないとはいえ、京都にかんしてはきわめて寡黙で、わずかに『ノルウェイの森』の直子が滞在する山奥の療養所「阿美寮」（と、その周辺の草原や雑木林）しか小説の舞台にしていないのは、奇異といえば奇異な話である。西宮研究家の小西巧治さんにいただいた雑誌「神戸からの手紙」（一九八二年）に、〈京都より神戸が好き〉という村上のこんな談話が載っている、――「神戸にはクリエイティブな動きってないですね。でも僕は、京都よりも大阪よりも神戸、阪神間が好き」。

鞍馬方面に向かう。前方に「花背・貴船・鞍馬」の標識が見える。分岐路に出た。右へ行くと、花背方面である。道端でノートを取り、写真を撮る。渓流の音がかなり激しい。名も知らぬ鳥が鳴きしきっている。

篠突く雨がフロントガラスを叩いている。道路工事の人に、「このままで花背に行けますか」と聞くと、「行ける、行ける。だいぶあるわ。どんづまりやわ。ガードレールもなくなるから、気いつけて行けや。谷に落ちんようにな」。

次第に〈ノルウェイの森〉の奥深く入って行く。とはいえ古い人家と手入れのゆきとどいた杉の林がつづき、決して人跡未踏の山中ではない。むしろ森が深くなるほど文明の度合いが深まっていく感じだ。

〈ノルウェイの森〉という言葉には、すごく洗練された響きがある。この鞍馬街道の杉の林にぴったりである。

ビートルズの「ノルウェイの森」について村上は、『雑文集』に収められたエッセイ「ノルウェイの木を見て森を見ず」で面白いことを言っている。

原題の Norwegian Wood は「ノルウェイの森」なのか、それとも「ノルウェイ製の家具」なのか？結論からいえば、村上の言うように、これはジョン・レノンの頭にふっと浮かんだイメージなりノーションなりであって、翻訳不可能な言葉だろう。

ビートルズの曲名についてはそれでよいとして、村上のエッセイの眼目は（そうは書いてないけれど）、むしろ彼自身の小説『ノルウェイの森』というタイトルにある。

このタイトルは一般にビートルズの曲名に関連づけられて、どこかの森に関連づけられることはない。

小説のクライマックスになる京都の阿美寮のシーンにも、森という言葉は出てこない。直子とワタナベがさまようのは、どこまでいっても草原であり、雑木林であり、せいぜい林なのだ。

二箇所だけ森が出てくる。いずれもメタファとしてだが、一つは直子のせりふに、――「ノルウェイの森」を聴くと、「自分が深い森の中で迷っているような気になるの」。もう一つは、長篇のラスト近く、直子が自殺してしまった後、――「彼女自身の心みたいに暗い森の奥で直子は首をくったんだ」。ともに直子の暗い心を指すものとして、二度だけ森という言葉を使っている。

これは作者の仕掛けた罠だろう。長篇のいちばん大事なシーンで、作者は森という言葉を使うのを避けたのだ。

タイトルが『ノルウェイの森』で、ハイライトの阿美寮のパートで森が出てくれば、作者がこれをリアリズム小説と明言している以上、〈ノルウェイの森〉とは阿美寮の森のことで**ある**、と短絡するのは目に見えている。この短絡を避けるために、作者はあえて阿美寮周辺から森の一語を消したのだ。阿美寮のシーンから森を消すことによって、『ノルウェイの森』は「捕まえようとすれば、逃げてしまう」タイトル（同）、第3章のラストで飛ぶ螢のようなものに変わったのだ。まさに〈逃げ去る女〉（プルースト）ならざる〈逃げ去るタイトル〉である。

その結果、『ノルウェイの森』というタイトルはビートルズのNorwegian Woodに由来する、ということで片づいてしまった。ことタイトルにかんする限り、ビートルズのNorwegian Woodによって『ノルウェイの森』は覆われ、隠されてしまった。だれもが「ノルウェイの木を見て森を見ず」の罠にはまった。

村上はそこで先のエッセイを使って、文字どおり、リアルに、「この森を見よ」と、黙説法《レティサンス》によるアドバイスをして、ビートルズの圧倒的な名声から『ノルウェイの森』の森を救い出したのである。

帰路、京都バス「花背峠」停留所のあたりでは、濃い霧がたちこめていた。

森の中に入っていくと、ほの白い杉の林にしらじらと浮かぶ樹木の肌がたいそうなまめかしく見えた。直子の幻影がちらつき、森から草原へ、〈ノルウェイの森〉へ、すばやくテイク・オフする霧の微細な粒子が、あたりに千の高原《ミル・プラトー》（ドゥルーズ）をくりひろげていた。

五　〈ナカタ教〉の信徒

名神高速から村上の〈故郷〉、西宮・芦屋・神戸を経て、淡路島をめざしていると、〈西へ向かう〉というナカタさんの気持ちがのりうつったように、旅心がふつふつと僕のうちに湧いてきた。

神戸の港湾に近い食堂で、ナカタさんとホシノさんはこんな会話を交わす、――「で、これからどこに行くんだい?」「ナカタにはまだよくわかりません。しかしここに着いてわかったのですが、ここからさらに橋を越えていくことになります。近くにある大きな橋です」「つまり、四国に行くってことかい」などと話しているうちに、それで四国が目的地と決まり、四国の入口の徳島に着いてからは、今度は旅館の女中に、「ところで今日一日何をなさるんですかね」と聞かれると、ナカタさんは「西に向かいます」と「きっぱりと宣言」して、女中が「はあ、西にねえ」「こっから西というと、高松の方になるかね」。するとホシノさんが、「とにかく高松まで行ってみようや、おじさん」。そんなふうに、「あんたがた、わりにユニークな旅行しているみたいだねえ」と宿の女中も感心する、世にも不思議な珍道中をつづけるのである。

しかしこの「ユニークな」ナカタさんの旅には、人を旅にいざなう魅力というか、魔力があることも、また確かなのである。

ナカタさんには人を〈追っかけ〉にする力がある。

この魅力はどこに由来するのだろう？

ここで旅を三段階に分けて考えるなら、旅行代理店が企画するパック旅行、それに準ずる〈地球の歩き方〉などを片手にする個人旅行を第一段階の旅とすると、足の向くまま、気の向くままの放浪旅行が第二段階の旅で、これには金子光晴の『マレー蘭印紀行』などが入るだろう。そして最後の第三段階の旅として、ナカタさんのように〈神のお告げ〉に導かれる旅がある（ホシノ青年が冗談めかして、「それで、これからどこに行って何をするか、お告げみたいなのはあったのかい」と聞くのは、〈瓢箪から駒〉の真実を衝いたのである）。

であるからナカタさんはしだいに導師の風貌を帯びるようになり、ホシノ青年はナカタさんの感化を受けて、いままで聴いたこともないベートーベンに感動し、観たこともないトリュフォーの映画に魅力を発見するようになって、心がすっかり入れ変わってしまい（これが極端に進み、〈悪〉の側に転換されると、洗脳あるいはマインド・コントロールになる。『1Q84』の戎野先生によれば「脳味噌の纏足」である）、ついには人の好いホシノ青年は、「俺はとにかくいけるところまでナカタさんについていこう。仕事なんて知ったことか」と、ナカタ教の信徒みたいな心境になるのである。

村上の小説の主人公にはこうした隠者志向のタイプが多い。涸れ井戸に降りて行って瞑想にふける『ねじまき鳥』の岡田亨はその極端なケースだろう。

デビュー二年後の一九八一年という最初期に雑誌「太陽」に書いた「八月の庵――僕の『方丈記』体験」には、村上のエッセイとしてはめずらしく国文教師の父にふれた個所がある。小学生の頃、父親に連れられて琵琶湖の近くにある芭蕉の庵を訪れたというのである。

「その庵にあっては、死は確実に存在していた」とか「死とは変形された生に過ぎないのだ」といった、後の『ノルウェイの森』の思想につながる死生観が述べられ、そのなかで「現代における遁世は意外にスーパー・シティーの中にこそ存在しているのではないか」と問い、「徹底したリアリストのみが真の隠者になり得る」と結論して、作者自身にも出家・遁世の志向が早くからあったことを教えてくれる。

村上の最大のヒロイン、『ノルウェイの森』の直子もまた、作者のそうした側面を体現した隠遁者の一人だったのであり、彼女がひきこもる京都・阿美寮の森も、あのムラカミエスクな〈向こう側〉にほかならなかったのだ。

これがオウムの出家信者の心境に近いものであることはいうまでもない。

『約束された場所で』には、そうした回心と遁世の体験が多く語られる。――「現世に何か素晴らしい、自分が向上できるようなものがあれば、また変わっていくかもしれないですけれど、そういうものは今のところありません。そういうものはオウム真理教の中でしか見いだせませんでした」。

村上自身もこうした考えに同調するところがあって、『約束された場所で』の村上の文章には、「何もみんながみんな、『現世』の中で肩をすり合わせてひしひしと生きて行かなくてはいけないというものではないだろう」という感慨が聞かれる、――「世の中の直接の役に立たないようなものごとについて、身を削って真剣に考える人たちが少しくらいはいてもいいはずだ。問題は、こういう人たちを受けとめるための有効なネットが、麻原彰晃率いるオウム真理教団の他には、ほとんど見あたらなかったということにある」。

この深刻な危機の状況は今日でも変わっていないといえる。ということは現在でもオウムのようなカルト宗教は存在し得るし、第二、第三の地下鉄サリン事件は起こり得るということである。『1Q84』はエピグラフに引いたように、「どこかで致命的な『ボタンの掛け違え』が始まる。現実の相が少しずつ歪みはじめる」という『約束された場所で』の警告する事態が焦眉の現実となった「1Q84年」の世界を描くのだが、それは二一世紀の今日ただ今のことでもあるのだ。

青豆が女友だちのあゆみと交わす、「でも、いいじゃない。こんな世界なんてあっという間に終わっちゃうよ」「そういうの、とても楽しそう」「そして王国がやってくるの」「待ちきれない」――こんな会話がいまもどこかで交わされているのではないか。そしてそのたびに「ほうほう」とはやすリトル・ピープルの声が聞こえるのではないか。「誰もが心の奥底では世の終末の到来を待ち受けて(青豆)いるのだとすれば。

その意味で、ナカタさんの言う「橋を渡る」は、導師によるホシノ青年のイニシエーションと考えてよい。「はい。橋を渡るのはなんといってもとても大事なことです」とナカタが諭《さと》すと、星野さんが返す「参ったな」は字義どおりに解してよいのである。

六 〈眠る人〉の系譜

月見山で第二神明道路に入り、名谷《みょうだに》で山陽道・徳島方面へ。垂水ＩＣで徳島方面に向かい、明石海峡大橋を渡る。

なるほど巨大な橋である。すばらしく大きな白鳥が海上で羽根を拡げたようなスマートな橋だ。

いまはその橋を渡ってすぐのところにある、淡路ハイウェイオアシスというサービスエリアで「スタミナうどん」をいただいている。

牛肉と半熟卵と天カスとワカメが入って、六〇〇円とは、これは安い。思わず唸ってしまう。ここはまだ淡路島なのに、うどんはもう四国である。

京都の山奥の〈ノルウェイの森〉から一路、夜の祇園・先斗町界隈をパスして、まっしぐらに明石海峡大橋をめざしたのは、正解だったのだ。

今夜は淡路ＳＡで車中泊する。

この高速は距離の割には高額（垂水ＩＣから淡路ＩＣまでで二三〇〇円）だが、ホテルに泊まったと思えば安いものである。

なによりも、海と橋をかたわらに抱いて眠ることができるというのが嬉しい。

旅寝の楽しさを満喫できるのが、この淡路ハイウェイオアシスである。

しかもここはまた、ナカタさんやホシノさんにとって異界への入口でもあるのだ。

『海辺のカフカ』の異界は何重もの〈入れ子〉の構造をなしている。

橋を渡ることによって入ることを得た四国は最初の異界であるが、この異界の中にさらに高松という異界が存し、高松という異界の中にさらに甲村図書館という異界が存し、甲村図書館という異界の奥に高知の山奥の森が拡がるといった具合いに。

今朝はAM五時に起き出すなり、瀬戸内の朝の風に吹かれて、広々とした駐車場をぶらぶら歩きつつヒゲを剃った。

奈良、姫路、京都、堺、大阪、広島、三重、神戸、徳島、名古屋、なにわ、……淡路SAの駐車場にならぶ車のナンバープレートをノートしていく。目にした限りでは、東日本からやって来たのは僕一人であるようだ。ロラン・バルトは、都市は西に向かって発展する、と言った。西方浄土という言葉もある。『1Q84』には、ふかえりが『平家物語』の「西にむかはせ給ひて御念仏さぶらふべし」を暗唱するところがある。『ノルウェイの森』のヒーローは直子の死後、旅に出て「西へ西へと歩いた」。『国境の南、太陽の西』によると、シベリアの農夫はあるときすべてを棄てて「太陽の西」に向かって歩きだすという。

ナカタさんが徳島の旅館に着くなり眠りに入り、目を覚ますと、「西に向かいます」と宣言するのも理由がないわけではないのだ。

AM一一時。鳴門インターチェンジで高速を下り、徳島市内に入った。

繁華街に車を流し、大道《おうみち》という通りの目についたうどん屋ののれんをくぐる。「昭和十一年創業・徳島県の老舗」という看板が掲げてある。大道福助食堂という店である。

福助という名前は、『1Q84』のBOOK3で、教団「さきがけ」の探偵・牛河のいびつな頭を揶揄して、柳屋敷の用心棒タマルや青豆が福助頭とあだ名するシーンを思い出させる。

むっつりとした年寄りの女が一人でぽつねんと新聞を読んでいる。お客はだれもいないし、「福助」なんて名前だし、心配になったが、山かけうどんを頼んだ。

これが当たりである。透明感のあるうどんが沈むどんぶりに、山芋、おかか、刻みネギ、生卵がのせてある。これこそ最後の一滴まで汁を飲みほす一杯である。値段は六五〇円だった。

徳島の福助食堂で空のどんぶりを前に、ナカタさんの眠りについて考える。

村上の小説には何人か〈眠る人〉が出てくる。

『アフターダーク』のヒロイン・浅井マリの姉のエリはその典型で、彼女は長篇の最初から最後まで眠りつづけている。そのエリについて、ヒーローに相当する高橋という青年が、「君のお姉さんはどこだかわからないけど、べつの『アルファヴィル』みたいなところにいて、誰かから意味のない暴力を受けている。そして無言の悲鳴を上げ、見えない血を流している」とマリに語る場面がある。

ラブホテル「アルファヴィル」で、その夜、中国人の娼婦が客に暴行を受け、中国語の話せるマリが通訳に呼ばれたのである。だから、高橋がマリの姉のエリはどこかで暴行を受け、見えない血を流している、と言うとき、「アルファヴィル」で暴行された中国人女性に、この眠りつづけるエリが重ねられていることは明らかだ。

女性の〈眠る人〉といえば当然、タイトルに「眠り」と冠した短篇が思い浮かぶ。ヒロインは「眠れなくなってもう十七日めになる」と語り出す、驚異の〈眠らない人〉で、〈眠り〉の不在をテーマにした作品だ。ラストで主人公は夜更けて横浜港に車を走らせる。埠頭に駐車していると、何人もの暴漢に襲われる。逃げようにも、エンジンがかからない。男たちは車を揺さぶりつづける。〈眠り〉

の裏側でザラっとした暴力が吹き荒れる短篇だ。『TVピープル』所収。カット・メンシックのイラストの入った別ヴァージョン『ねむり』もある。

これは短篇のヒロインの話に出てくる「眠る女」だが、「めくら柳と眠る女」もここに加えるべきだろう。この「眠る女」は『アフターダーク』のエリのように、物語の脈絡から切れたところで眠っていて、いうならばポエティックなオブジェみたいな女性だ。

そういえば、もう一人の〈眠る人〉に、『1Q84』の天吾の父がいる。この人もナカタさん同様、認知症でボケ老人と化しているが、やがて昏睡に陥り、眠るがごとく息をひきとる。満州からの引き揚げ者で、苛酷な人生を送った人である。

最後にもう一人の〈眠る人〉に『ねじまき鳥』の赤坂ナツメグがいる。彼女は少女のころ、満州から引き揚げてくる船上で、アメリカ軍の潜水艦に砲撃の警告を受けたとき（一九四五年八月一四日のことで、この日、日本はポツダム宣言を受諾、そのために砲撃は中止され、ナツメグは日本に生還する）、「二十時間以上一度の中断もなく、意識を失ったように眠り続けた」。

『ねじまき鳥』の赤坂ナツメグ、『アフターダーク』のエリ、『1Q84』の天吾の父とつづく、村上の〈眠る人〉の系譜をたどると、どの人も戦争と暴力の主題と結ばれることがわかる。

徳島に着くなり眠りこけるナカタさんも、いわれのない戦争の強大な暴力を被るうちに、霊視や予言の能力を身につけたのかもしれない。

それゆえ、眠るナカタさんを旅館に置いて、あてもなく徳島の街を散歩したり、寿司屋に入ったり、パチンコをしたりするホシノ青年の行動は、ひたすら眠りつづけるナカタさんによって導かれている、という解釈も成り立つ。

いや、ひょっとすると、ではなく、まちがいなく、この僕も（この僕こそ）、眠るナカタさんの使嗾するがままに、この四国は徳島の大道福助食堂に、いつまでもぐずぐずしているのかもしれない。

七　忍び込む〈あっち側〉

二日間眠ったあと、目をさましたナカタさんはホシノ青年に指圧のような治療をする。ところがそれがとんでもない荒療治で、非力なボケ老人のナカタさんがどうして、と驚くほどのサディズムの行使なのである。まず――

「ナカタさんは目を細め、意識を集中し、星野さんの腰骨にあてた二本の親指の位置を注意深く確かめた」というところは、『1Q84』の青豆がホテル・オークラで「リーダー」を特殊なアイスピックで暗殺する場面そのままだ――「青豆は男の太い首筋に手を当て、そこにある特別なポイントを探った。それには特殊な集中力が必要とされる。彼女は目を閉じ、息を止め、そこにある血液の流れに耳を澄ませた」、――

「それからはっと息を吸い、冬の鳥のような短い声をあげ、満身の力を込めて、骨と筋肉のあいだに思い切り指を押し込んだ。そのとき青年を襲った痛みは、道理を超えてすさまじいものだった。頭の中を巨大な閃光が走り、意識がそのまま真っ白になった。息が止まった。高い塔のてっぺんから地獄の奈落に向けて一挙に投げ落とされたような気分だった。［……］うつぶせになったまま、なす術もなく畳の上によだれを垂らした」

『ねじまき鳥』で加納クレタが娼婦をしていたとき、客として取った綿谷ノボルの不思議な施術を受ける話を主人公の亨にするが、ナカタさんはホシノさんの体にそのクレタの話を再現したかのようである、——「私はからだを痙攣させながら、枕の上によだれを垂らしつづけていました。失禁もしていました」。

ナカタさんに悪意はないだろう。しかしナカタは〈見者《ヴォワイヤン》〉だから、眠りながらホシノさんの心を読んでいたはずである。たとえ心の内であっても、「ナカタさんのしゃべり方はたしかにかなりずれていたし、しゃべる内容はそれ以上にずれていた。しかしそのずれ方には、何かしら人の心を引きつけるものがあった」と、三度まで自分のことを〈ずれている〉と青年がくり返すのを知ってカチンときたナカタさんが、ホシノさんの骨の「ずれ」に——ユーモアにも欠けてはいない——残酷な報復を加えてもおかしくないのである。

ここで『アフターダーク』の高橋の言を引こう。モラトリアム人間の典型のようなトロンボーン吹きの青年が、刑事事件の裁判を傍聴しているうちに、こう考えるようになった、——「二つの世界〔犯罪者と一般市民〕を隔てる壁なんてものは、実際には存在しないのかもしれないぞって。もしあったとしても、はりぼてのぺらぺらの壁かもしれない。ひょいともたれかかったとたんに、突き抜けて向こう側に落っこちてしまうようなものかもしれない。僕ら自身の中にあっち側がすでにこっそりと忍び込んできているのに、そのことに気づいていないだけなのかもしれない」

ここには『約束された場所で』の執筆にさいして、地下鉄サリン事件の裁判を傍聴した経験が反映している。「あとがき」に「この本のための取材を続けているあいだ、時間の都合のつくときには、東京地方裁判所で行われている地下鉄サリン事件実行犯たちの公判に顔をだすようにつとめた」。

『1Q84』でいえば、カルト教団の傭兵・牛河の運命の暗転を思いあわせてもよい。この醜い小男の「福助頭」は、司法試験に合格して弁護士になったエリートだったのに、ひょんなことから「あっち側」に転げ落ちて、妻も娘も家も失い、裏社会に生息する探偵に落ちぶれ、最後は緑屋敷の用心棒タマルの手にかかって、非業の死を遂げるのである。『約束された場所で』の「あとがき」はこうしめくくられる、――「私たちの日常生活と、危険性をはらんだカルト宗教を隔てている一枚の壁は、我々が想像しているよりも遥かに薄っぺらなものであるかもしれないのだ」。

緑したたる瑞巌寺の門をくぐり、その庭園に場所を移して、いまは沛然たる雨の下、傘をさして僕は、ナカタさんの底知れぬパーソナリティについて、こんなことを考えるのだった。

横なぐりの雨のなかで、もはや傘も役に立たず、新町川にかかる「かちどき橋」の上から、徳島の灰色にけぶる街の光景を写真に撮った、――いうならばナカタさんの心境で、何が写っているかも知らず、当たるも八卦当たらぬも八卦で。

ますます吹きつのる豪雨のなか、吉野川にかかる吉野大橋を車で渡る。中国の長江（揚子江）にも匹敵する大河である。国道11号を走り、電話で何度聞いてもその場所の要領を得ない「日帰り温泉あいあい」にようやくたどり着き、美容風呂やらミルキー泉やら打たれの湯やらを大いに満喫して、国道沿いのマクドナルドでキャラメル・ラテを飲んでいると、ホシノさんならずとも、「自分という存在に、だんだん確信がもてなくなって」くる。これはナカタさんの感化というより、――なんといっても僕はホシノ青年と違い、ナカタ老人と個人的につきあっているわけではないので――徳島という土地の感化と考えるべきだろう。

ましてや、いまは車の窓外に黒々とした嵐の咆哮する夜となってみれば、――。

八　クロスする二本のライン

昨夜の嵐はうそのようにあがり、雲一つないピーカンの快晴である。絶好の〈海辺のカフカ日和〉というべきか。

突堤を歩みつつ、〈コーンたっぷりサラダ〉をつまみ、北濱恵美須神社で道中の無事を祈願した。ついで神社内の公衆トイレで今日一日分のナカタさん流〈ウンコ〉をして、堤防の鉄の繋留杭に腰を下ろし、この一文をしたためている。

「ことぶき丸」とか「栄進号」とか「甲陽丸」とか「讃州隼」とかいった名前のボートが、静かな波に揺れている。

東浜港に面した駐車場にパジェロミニを停めて、高松市北浜町という標識のある古い街並みをぶらぶら歩きする。

お掃除おばさんやおじさんが、いろんな門口から姿を見せ、ちりとりとほうきで道路のゴミを取っている。

東浜港から恵美須神社の脇道を通り、フェリー通りに出る。

このあたりの風景が僕に思い起こさせるのは、必ずしも『海辺のカフカ』の主舞台となる高松ではない。むしろ、ここには色濃く村上の〈故郷〉、芦屋や西宮の風景が投影していると感じる。

村上は『海辺のカフカ』で四国の高松を描きながら、彼の深層意識の迷宮へ降りてゆき、記憶の底の阪神間の光景と出会ったのである。

このことにかんして『夢を見るために毎朝僕は目覚めるのです——村上春樹インタビュー集1997-2009』に、作者によるカフカ少年の舞台についての証言がある。一度引いた文章だが（第二章「地震の後、村上春樹の神戸を行く」）、もう一度引こう。

「十五歳の少年について書こうと思うとき、僕はそのために必要なひとつの抽斗を開けます。そうすると僕が少年として神戸にいたときに目にした光景が、眼前にそのまま浮かび上がってきます。空気の匂いを嗅ぐことができるし、地面に手を触れることもできます。樹木の緑を鮮烈に目にすることもできる」

『海辺のカフカ』の高松のモデルになっているのは、いま僕が紀行しているこの高松ではなくて、村上の〈故郷〉の神戸だというのである。

このインタビューを読むと、一五歳の誕生日を迎えて家出をする田村カフカが、「まるでなにかの運命にひきつけられるように」、「中野区から高松まで、ほとんど一直線に」やって来た、そのモティベーションが手にとるようにわかる。

カフカ自身は「その場所は僕をひきつける。東京よりずっと南にあり、本土から海によって隔てられ、気候も温暖だ」という動機、それと雑誌「太陽」で高松の〈甲村記念図書館〉のことを知ったという程度の知識しかないのだが。

ただし「太陽」は実在するが、〈甲村記念図書館〉は実在しない。村上紀行をするさい、この虚実皮膜に足をすくわれないように注意したい。

カフカ少年は作者・村上が「少年として神戸にいたときに目にした光景」に向かって、一直線に移動したのである。むろん、小説の舞台となる場所は神戸からさらに〈西〉の高松にずらしてあるが、小説の高松には村上の〈故郷〉の原風景が重ねられていたのだ。

ふしぎな帰郷であり、家出である。田村カフカは家出をするが、作者ムラカミは帰郷する。家出と帰郷の二本のラインが交叉している、――ここ、高松の架空の図書館、「甲村記念図書館」の近辺で。

そう考えると、カフカ少年が高松のこの図書館で、彼のオイディプス・コンプレックスの対象となる中年の女性と会い、彼女が自分の母親であるという仮説のなかへ、運命の導く卜占の夢でも見るように入っていくのが、ごく自然に理解される（カフカの母は、彼が四歳のときに、姉だけを連れて失踪したのだった）。

――そこにもう一本のラインが延びて来る。ナカタさんとホシノさんのラインである。

甲村図書館の司書の大島さんはカフカに言う、――「君のラインと、その謎の老人のラインが、このあたりのどこかでクロスしようとしている」。

その「クロス」の仕方がおもしろい。

同行のホシノさんならずとも、「探し物はなんですかあ――」と「やけっぱちで井上陽水の歌を」歌いたくなるような、普通なら徘徊と呼んでいい認知症老人の行動をナカタさんは取るのだが、この徘徊、あるいは彷徨を通じて、二人はどんぴしゃり、お目当ての「甲村記念図書館」に行き着くのである。

そのさわりとなる、これは村上のベスト・シーン。レンタカーを借りて、高松市内を当てもなくぐるぐるまわっている、その二日目のこと、――

「二人はあきらめて高松市内を離れ、国道をとおってマンションに戻ろうとした。しかし青年は考え事をしていたので、左に曲がる地点を間違えてしまった。なんとかもとの国道に復帰しようと試みたのだが、道路は奇妙な角度に曲がりくねり、おまけに一方通行が多くて、そのうちに方向がわからなくなってしまった。気がついたときには、見覚えのない住宅地域に二人は入り込んでいた。まわりには高い塀に囲まれた古い上品な町並みがつづいていた。通りは不思議なほど静まり返って人の姿も見えない」

こうして高松の平板な一画が、キリコの絵を思わせるムラカミエスクな〈どこでもないどこか〉に切り替わる。ところがナカタさんは驚きもせず、こう断言する、――「ナカタがこれまでずっと探しておりましたのは、あの場所であります」。

そんなふうに『海辺のカフカ』のメイン・ステージになる場所が、甲村記念図書館という名前をもって、初めてナカタ老人とホシノ青年の前に姿を現わすのである。

九　デウス・エクス・マキナ

ここでこの怪異にもつれたストーリーを整理しよう。

カフカ少年にはオイディプス王の運命が刻まれている。「お前はいつかその手で父親を殺し、いつか母親と交わることになる」――この「予言というよりは、呪いに近い」ものを、著名な彫刻家の父親・田村浩一が、息子にプログラムとしてインプットしたのだ。「その予言は時限装置みたいに僕の遺伝子の中に埋めこまれていて、なにをしようとそれを変更することはできない」。

だから彼が何かに引き寄せられるようにこの甲村図書館にやって来たのは、オイディプスとしてのみずからの運命を完遂し、「母親と交わる」ためであるとしかいえない。

そうすることによって彼は父の仕掛けた「装置を破壊」するのだ。

一方、甲村図書館では、佐伯さんという五〇代の女性が管理責任の仕事に就いている。この女性がカフカ少年の母親の役を演じることになるのは、ソフォクレスの『オイディプス王』に範をとったこの小説のギリシャ悲劇的ドラマツルギーの当然の帰結である。

佐伯さんはカフカ少年の母親の仮面《ペルソナ》をつけて少年と交わるのだ。

彼女はしかしカフカ少年にとってオイディプス的欲望の対象となるだけではない。カフカという名の少年は彼女にとってアドレセンスの恋の対象であったのである。

『ノルウェイの森』の直子とキズキのように、佐伯さんには幼なじみの相思相愛の恋人（甲村家の長男）がいた。彼女は一九歳のとき彼を主題として作詞、作曲した音楽を発表した。奇しくも「海辺のカフカ」と題されたその曲は大ヒットする。田村少年はそれとは知らず、カフカという佐伯さんの恋人と同じ仮名を自分につけていたのである。

「海辺のカフカ」が大ヒットしている最中に、佐伯さんの恋人はストライキで封鎖中の大学の構内で――一九七〇年前後のことである、――対立するセクトの幹部と人違いされ、鉄パイプや角棒で殴られ死亡する（『ノルウェイ』のキズキと同じ夭折である）。佐伯さんは歌を止め、高松の町から姿を消す。

それから二五年後、彼女は突然、高松に戻って来て、甲村図書館で仕事をするようになる。そこへ死んだ恋人と同じ仮名をもつカフカ少年がやって来たのだった、——。

　おなじペルソナの劇をより端的に示すのが、甲村図書館における佐伯さんとナカタさんの出会いである。

　ここには小説がかつて描いたことのないヒーローとヒロインの出会いが描かれている。それは心理的なものを厳密に排除した出会いであり、語のもっとも純粋な意味における運命的な出会いである。

　ナカタさんと佐伯さんの振舞いは、ギリシャ悲劇のエウリピデスが愛用した〈機械仕掛けの神《デウス・エクス・マキナ》〉のように無意志的なものだ。あるいは面をつけて演じる能の役者たち。心の欠落した出会いであり、その意味で幽霊の振舞いに似ているといえる。

　二人はお互いにまったく面識がない。アポイントメントもなければ、だれかの紹介があるわけでもない。だからといって、ゆきずりの出会いでもない。二人は旧知の人のように、出会うなりいきなり親しく話しだす。まるで会うことを互いに待っていたかのように。

　ナカタさんが「お待たせしすぎたのではないでしょうか?」とたずねると、——「いいえ、そんなことはありません。[……]私にとっては、今がいちばん正しい時間です」。

　二人は「いちばん正しい時間」にしか出会うことはない。朔太郎風の「あなた　いつも遅いのね」(「猫の死骸」)という嘆きは聞かれない。『ノルウェイの森』のロマンティックな恋物語はお呼びではないのだ。

　ここにはナカタさんが甲村図書館をみつけるのと同じ正確さがある。二人は出会っているか、出会っていないかのどちらかであって、中間の状態というものはない。『国境の南、太陽の西』の島本さんはハジメに言う、――「私はここに来るか、あるいはここに来ないかなの。ここに来るときには私はここに来る。ここに来ないときには――、私は余所《よそ》にいるの」「中間はないんだね?」「中間はないの」。

一〇　カルトの使者

島本さんが〈ファム・ファタール〉(死をもたらす女)であるように、ナカタさんは〈死をもたらす者〉である。とはいえ、ここでは『国境の南、……』の恋愛心理は微塵もはたらかない。奇怪なトリスタンとイゾルデである。〈恋のない心中〉というものがありうるとすれば、ナカタさんと佐伯さんの死がそうだろう。

「私たちはそろそろここを去らなくてはなりません」とナカタがうながし、佐伯さんは「わかっています」と応じる。

ナカタは佐伯さんを拉致する者である――彼のいわゆる「私たち」の世界、〈死の共同体〉へ。このときナカタは佐伯さんを〈約束された場所〉へ連れていくカルトの導師《グル》に近い存在と化している。「『これからもう行きます』と言われました。それが最後の会話でした。そして出家して、どこかわからないところに行ってしまったわけです」というオウムの出家信者と同じことが起こっている(『約束された場所で』)。

この出会いの後、佐伯さんは眠るがごとき死を迎える。ナカタさんが忌まわしいカルトの死の遺いであることを免れるのは、ナカタさんもまた文字どおり眠りながら大往生をとげるからである。両者の死に時間的、空間的なずれがあることを別にすれば、――しかしあらゆる心中はこのずれをはらむのではないか。このずれがあるがゆえの心中ではないか――二人は一種の心中を果たしたといえる。

すこし極端な例になるが、三島由紀夫の『憂国』を参考にしてもいい。二・二六事件の後、割腹自殺する将校と、後追い自殺するその妻。むろん村上は『憂国』を完膚なきまでに脱構築している。三島のロマン主義はすみずみまで骨抜きにされている。しかしナカタが佐伯さんを――『憂国』の中尉が妻をそうしたように――死の共同体へいざなうことには変わりがない。

『海辺のカフカ』で村上はこの構造、――「クローズドシステム」に批判の刃を入れたのである。ロングインタビュー『『海辺のカフカ』を語る』で村上はこう言う、――「オウム真理教というのは完全にクローズドシステム〔閉鎖系〕で、外なる社会というのはオープンシステム〔開放系〕ですね」。三島が讃美した殉死とは「クローズドシステム」の最たるもので、村上はこれをいささかも美化しない。どころか完全にオープンなものに変える。「ただ僕は、やはり、オープンシステムというものを信じているんです」、と村上はこのインタビューで表明する、――『『アンダーグラウンド』を書いてみて僕は、被害を受けた人々、何時間もかけて満員電車で通勤している人々の社会というのを根源的には信じていると思う」。

この発言はきわめて貴重である。村上によるオウム的、三島的な「クローズドシステム」の脱構築は、普通の人々が営む日常社会の「オープンシステム」への根源的な信頼によってのみ実行されるのである。

ナカタさんと佐伯さんの二人が〈この世〉を出ていって、〈あの世〉で出会うための動機はある。

両者ともに、いわれのない暴力の犠牲者だ――ナカタさんは一九四五年の戦争という暴力の、佐伯さんは一九七〇年の全共闘という暴力の。図書館の大島さんは、こう断罪する、――「佐伯さんの幼なじみの恋人を殺してしまったのも、そういった連中なんだ。想像力を欠いた狭量さ、非寛容さ。ひとり歩きするテーゼ、空疎な用語、簒奪された理想、硬直したシステム。僕にとってほんとうに怖いのはそういうものだ。僕はそういうものを心から恐れ憎む」。

『1Q84』では文化人類学者の戎野先生が、カルト教団「さきがけ」の前身となる全共闘の集団をこう批判する、――「彼［後の「さきがけ」のリーダー・深田保］は当時毛沢東の革命思想を信奉しており、中国の文化大革命を支持していた。文化大革命がどれほど酷い、非人間的な側面をもっていたか、そんな情報は当時ほとんど我々の耳には入ってこなかったからね。毛沢東語録を掲げることは一部のインテリにとって、一種の知的ファッションにさえなっていた。彼は一部の学生を組織し、紅衛兵もどきの先鋭的な部隊を学内に作り上げ、大学ストライキに参加した。彼を信奉し、よその大学から彼の組織に加わるものもいた。そして彼の率いるセクトは一時けっこうな規模になった」。

一九四五年の太平洋戦争（の敗戦）、一九六九―七〇年の全共闘運動、一九九五年の地下鉄サリン事件における「オウム」の暴走――『ねじまき鳥』から『海辺のカフカ』をへて『1Q84』にいたる〈後期村上〉が追尋する暴力の淵源は、スケールこそ大きくことなるが、この三つの歴史的カタストロフィにそれぞれ対応している。

佐伯さんは言う、「そのような様々なことは、私が遠い昔にあの入り口の石を開けてしまったから起こったことなのですか？　それがまだ尾を引いて、今でもあちこちに歪みのようなものを作り出しているのですか？」。

「入り口の石」は巨大な暴力が発動すると、その蓋を開ける。一九四五年（敗戦）と一九七〇年（全共闘運動）——四半世紀の時間をおいて、二人は「入り口の石」が開いているあいだに、時空間の幽体離脱を起こし、生霊《いきりょう》になって、この世ならざるどこかで会っていたのである。

「ずいぶん昔からあなたを知っているような気がするんです」、と佐伯さんがナカタさんに言うのは、その意味に解される。さらに佐伯さんは、——「外なるものに私たちの世界を損なわせないために、何があろうと石を開かなくてはならないと私は心を決めたのです」。

「外なる世界」とは、戦争に類する強大な暴力の吹き荒れる世界である。「私はそのような侵入や流出を防ぐために入り口の石を開きました」。

一一　黙示録の騎士

ここで佐伯さんにムラカミ的な反転の契機がおとずれる。彼女はアプリオリに善の側の人であることを止める。村上の主人公（たとえば青豆や牛河）には、こうしたブレヒト的な異化がほどこされることがある。異化とは、その内面に入ると善であるものが、外部から見ると悪に見えることをいう。村上のヒーローやヒロインは内と外のこの両サイドから読みとらなくてはならない。

先の佐伯さんの言葉が、オウム真理教に入信出家する人たちの回心の信条に近いものであることに注意しよう。オウムにおいても、〈この世〉による汚染を免れるためには、サリンのような毒ガスで〈世界の終り〉をもたらさなくてはならない、とする黙示録的な促しが招来される。

『1Q84』のカルト教団「さきがけ」のミニチュアといってよい、ふかえりが物語る『空気さなぎ』の「集まり」でも、原理主義のカルト教団（輸血を罪とする「エホバの証人」など）の童話的な萌芽がみとめられる、――「自分の身体や考え方をきれいに保つために、外の世界とできるだけかかわってはならないと少女［『空気さなぎ』の主人公］は教えられる。そうしないと心がオセンされていくことになる」。

メルヘン・タッチの語りだが、じつは恐るべき「空気さなぎ」の核心を衝く言葉である。これは『約束された場所で』に収録されたオウム信者の「こんな世の中、いつまでもつづかないよ」という現世否定の終末論に近いものであり、これを尖鋭化すれば、『1Q84』の青豆のテロリズムは至近だろう、――「あの男［DVの常習犯］には制裁を加えなくてはならない、青豆はそのときにそう心を決めた。何があろうと世の終わりを確実に与えなくてはならない」。

こう決意したとき、青豆は〈神々の黄昏〉を予言する黙示録の騎士に生まれ変わったのである。ナカタさんや佐伯さんには青豆や牛河に通じるものがあったのである。

その証拠に、人畜無害で、虫も、いや猫も殺さぬ、ナカタの最期をみてみよう。ホシノ青年の力で「入り口の石」を開け、佐伯さんとの出会いも果たしたナカタさんは、「あとは入り口をもとのようにふさぐだけであります」という遺言を残して、死んでしまう。残されたホシノ青年は、ナカタの遺骸をかたわらにして、老人の最後の使命をなし遂げるべく、「入り口の石」をふさぐための「千載一遇の好機」（青年を助けた黒猫トロの言）を待っている。

夜がふけると、トロのいわゆる「あいつ」が姿をあらわす。それはナカタさんの口のなかから出てくる。「ナカタさんの口は、そいつを通すために、まるで蛇の口のようにかっと大きく開けられていた」。

ナカタが邪悪な魔人《ジン》へと変貌する瞬間である。

『1Q84』の青豆にもこれと似た変容がある、――彼女が顔をしかめると、「鼻と口が暴力的に歪み、顎がよじれ、唇がまくれあがって白い大きな歯がむき出しになった」。

そして牛河、――彼が鏡の前で舌を出して見ると、「そこには苔のようなものが厚く生えていた。［……］それは舌全面にしっかりと固着し、もうどうやっても落とせそうになかった。このままいけば俺はそのうち苔人間になってしまうかもしれない、と牛河は思った」。

カルト教団「さきがけ」の手下の牛河の場合、もともと悪役だから驚くことはないが、死んだ牛河を弔う『1Q84』のラストに近い場面と、おなじく死んだナカタを弔う『海辺のカフカ』のラストに近い場面が、パラレルになっていることを指摘しておこう。

牛河の口からリトル・ピープルが出てくるように、ナカタの口から「あいつ」が出てくるのである。この「あいつ」はリトル・ピープルの変幻した、そのもっとも邪悪な化身だろう。

『海辺のカフカ』のラストでは、ホシノ青年は渾身の力を振り絞って「入り口の石」を閉め、「あいつ」の退路を断って、この怪物を退治することに成功するが、『1Q84』のラストで牛河の口から出たリトル・ピープルのその後の行方は杳として知れない。黙示録の女騎士・青豆のおなかにも、〈小さなもの《リトル・ピープル》〉が宿っていることを忘れてはならない。

その意味で、ハッピーエンドと思われる『1Q84』の結末は、『海辺のカフカ』のそれよりハッピーであるとはいえない。

無垢なヒーローと思われたナカタの体内に潜んでいた怪物の存在は、ナカタがおぞましいリトル・

ピープルを吐き出す牛河と同じ穴の狢《むじな》であることを、土壇場で暴露したといえる。

一二　高知の森深く潜行する兵隊たち

「入り口の石」の開口部からナカタさんと佐伯さんが〈あっち側〔約束された場所〕〉へと出て行く頃、田村カフカは高知の森へ入って行く。

ともに「入り口の石」が開いているあいだだけ可能な行動である。

カフカ少年が甲村図書館を去って、高知の森の山小屋へ行くのは、表向きの事情は、少年に父親殺しの共犯の嫌疑がかかり、警察の手が図書館に伸びてきたからであるが、裏の事情は、カフカ少年が図書館に留まっていると、少年がナカタさんに代わって、佐伯さんの〈あっち側〉への移行に同伴することになりかねないからだ。

『海辺のカフカ』を語る」では、こういう警告が発せられる、――「たとえば彼〔カフカ〕が最後に佐伯さん――お母さんかどうか分からないけど〔ここで作者自身が〈佐伯さんはお母さんかどうか分からない〉と言明するのは要チェックである〕――の世界に入っていきますね。あれも要するに、渾沌を排除したところにあるクローズドシステムなんですね。そこに行けば彼は永遠に止まった時間の中で自分の求めるものと一緒に居られるわけです」。

ここに言う「クローズドシステム」とは端的には死のシステムである。〈トリスタンとイゾルデ〉の、『憂国』の、〈心中〉の完結した宇宙。「空気さなぎ」の、「オウム」の、カルトの制覇する〈約束された〉世界。「でも、結局、出てくる」とインタビューはつづく、「それを出て行かせるのは、佐伯さんが『出て行きなさい』と言うからです」。

出て行かせるのは、カフカの母の仮面をつけた佐伯さん自身であるが、佐伯さんの意を体した図書館の司書の大島さんでもある。大島さんは美貌の男性の仮面をつけて登場する、性同一性障害の〈女性〉である点に留意。

大島さんは言う、——「彼女［佐伯さん］はただ率直に静かに死に向かっているんだ。あるいは死が彼女に向かっている」。

それに対してカフカは言う、「列車が駅に向かっているみたいに?」そして、「それで、僕は思うんだけど、大島さんはたぶんこう考えている——僕がその列車なんだって」。

大島さんはカフカがナカタの同類として〈死をもたらす者〉になることから免れさせるために、少年を高知の森のキャビンへ送り出したのである。

死の支配するクローズドシステムから逃がして、生命の活動する森に解き放ったのである。

大島さんは言う、「僕は緑色が好きなんだ。たとえ危険でも緑がいい。緑は森の色だ」。

『1Q84』で看護婦の安達クミは言う、「フクロウくんは森の守護神で、物知りだから、夜の智慧を私たちに与えてくれる」。

天吾自身は、「暗い森の奥はリトル・ピープルの領域だ。しかしそこにはまたフクロウもいる」。

森はそんなふうに生と死が臨界で膚接する他界であり、すぐれて両義的な場所なのである（本章「四深い森の奥で」を参照）。

高松自動車道から高知自動車道に入り、高知県に入ると、雨がにわかに激しくなった。「立川《たじかわ》そば」のスタンド前の窓からは、雨にけむる高知の森がその深々とした片鱗をのぞかせている。すさまじい豪雨である。視界は白く煙っている。周囲はまさに深山幽谷だ。

「南国」インターチェンジで高速を降りる。すぐに道が左右に分岐する。右へ行けば南国市と高知市、左へ行けば大豊市である。迷わず左折する。数分で「奈路分岐」に出た。地図で見ると、『海辺のカフカ』の高知の森は――カフカ少年を乗せた大島さんのロードスターが「南国」ＩＣで高速を降りたとすれば、――奈路のあたりではないかと目星をつけておいたので、左に折れて奈路方面への細い道を選ぶ。

次第に『海辺のカフカ』の高知の森が車の進行方向に拡がって来た。

この黒い森、この渓流の響き、この崖に沿って走る曲がりくねった道、どれをとっても『海辺のカフカ』の森と符合しないところはない。

カフカは高知の山中の「森の中核へと足を踏み入れて」行き、二人の兵隊と遭遇する。あらかじめその出現は大島さんによって予告されている。第二次大戦のはじまる少し前に、シベリアの森林でのソビエト軍との戦闘を想定して、この高知の森で帝国陸軍の大がかりな演習がおこなわれた。数日にわたる演習が終わってみると、二人の兵隊がいなくなっていた。「彼らは森の中で展開しているとき、完全軍装のまま消えてしまったんだ」。

カフカ少年は、戦前から現代へ〈壁抜け〉して来た二人の「完全軍装」の日本兵の出現に、たいして驚きもみせず、その案内でさらに森の奥の〈町〉へ入って行く。

高知の山中の森に忽然と出現する〈町〉は、初期の大作『世界の終りとハードボイルド・ワンダーランド』の「世界の終り」の〈街〉に酷似する。ということは、その前身、最初期の『街と、その不確かな壁』の〈街〉に酷似する。

「世界の終り」と『街と、その不確かな壁』には共通のアイコンが多く登場する、――図書館と、その女の子、「古い夢」、「僕」の分身の〈影〉、年老いた大佐、そして〈壁〉、森と〈たまり〉、冬になると金色の毛に変わる獣たち（「世界の終り」では一角獣）、〈夢読み〉であり〈予言者〉の「僕」……。

しかし『街と、……』に登場して、「世界の終り」で消されている重要なエレメントに、『海辺のカフカ』の高知の森に登場する兵隊たちがいる。

『街と、……』の「僕」は、〈首のない兵隊〉の行軍を見るのだ。

「湖を隔てた対岸の道を終りのない兵隊の列が、僕と反対方向に行進しつづけているのが見えた。彼らの肩の上には首がなかった。そしてぽっかりと黒い穴があいた肩のまん中から、彼らは呼吸するかのように白い息を断続的に吐き出していた」

ここでは兵隊たちは首のない亡霊の様子をしているが、『街と、……』から二一年たった『海辺のカフカ』では「完全軍装」をして、「あたり前のことのように」カフカ少年の前にあらわれる。

「二人とも旧帝国陸軍の野戦用軍服を着ている。半袖の夏用のものだ。ゲートルを巻き、背嚢を背負っている。［……］彼らはとても自然に、あたり前のことのようにそこにいる。そして迷いのない穏やかな目で近づいてくる僕を見ている」

村上の小説ではこのように多くの登場人物にその前身《ジェネシス》がいる。〈図書館の女の子〉がその典型だ。

そのもっとも近い現われは、『海辺のカフカ』の少年が、高知の森の中の町で会う少女。「僕は以前君に会ったことがある」とカフカは言う、「べつの土地で、べつの図書館で」。

それは直接的には、甲村図書館にあらわれた一五歳の佐伯さんのことを言っているのだが、しかしそれだけではない。

一五歳の佐伯さんに重ねるようにして、「世界の終り」の〈図書館の女の子〉がメタレベルを通して思い出されている。

しかし「世界の終り」で〈図書館の女の子〉と会ったときにも、「僕」はすでにふしぎな既視感にとらえられ、「たしかに彼女の顔は僕の心の中の何かと強く結びついているような気がした。そしてその何かが微かに僕の心を打つのだ」という印象を抱くのである。

「世界の終り」の「僕」はここで、その前身《ジェネシス》となる『街と、……』の〈図書館の女の子〉を思い出しているのだ。

しかも奇妙なことに、この最古のジェネシスに相当する『街と、……』の「君」にも、SF映画『ブレードランナー』のレプリカントのように「僕」は懐かしい感情にとらえられ、「どこかであなたに会ったことはなかったかな?」と問いかけるのである。

ジェネシスの前にジェネシスがいて、そのジェネシスの前は……不在になっている。根源が不在で、そこから数多くの「演者」が出現してくる。

『『海辺のカフカ』を語る』で村上はこう言う、「これはやっぱり暗闇の世界からのものですよね。異界に生きてるものですね。ジョニー・ウォーカーもカーネル・サンダーズも、やはり同じで、暗闇の中から現れる『演者』なんですね」。

「もりのなかではきをつけるように」と『1Q84』のふかえりは警告する、「だいじなものはもりのなかにありもりにはリトル・ピープルがいる」。

そう、森の奥はリトル・ピープルの生息するアナザー・ワールドなのだ。そこでは何が起こっても驚くことはない。眼下に黒々と拡がる森のへりのところ、割れた鏡のように鈍く光る水辺に、〈街と、その不確かな壁〉が姿を見せても不思議ではない。そこにカフカ少年を案内する「完全軍装」の兵隊たちや『街と、……』の〈首のない兵隊たち〉、〈世界の終り〉の図書館の女の子、そのアバターである甲村図書館の一五歳の少女、佐伯さんその人、これら森を住みかとする「演者」たちが現われても、異とするにはあたらない。

やがて車は未舗装の道に入った。大量の雨のために地盤がゆるんでいる。車体がぐらぐらと横揺れするほど横殴りの風雨が吹きつけて来る。真っ黒な上空で風が唸っている。視界はゼロに近い。遠くでサイレンが警報を鳴らしている。

こんな凄い豪雨は金子光晴紀行で行ったマレー半島のバトパハでも遭遇したことはない。バトパハのスコールはたしかに猛烈なもので、〈世界の終り〉とはこのことかと思ったが、この高知の山中の大雨は熱帯アジアのスコールと違って、いつ止むとも見当がつかない。長雨と豪雨が一緒に来たようなものである。一過性のスコールとはわけが違うのだ。

もはやすれ違う車もない。道なき道をパジェロミニは行く。何者かに呼ばれているような気持ちがする。白くけむる道がところどころで穴をあけ、そこをスーッスーッと人影が走り抜けて行く。ときどき小枝がフロントガラスにぶつかり、鞭のしなうような音をたてる。風の唸りの下で、ほうほうほうとリトル・ピープルがはやしている。

一三　『ねじまき鳥クロニクル』第3部の成立

「『ねじまき鳥クロニクル』第2部でノモンハン［中国東北部、モンゴル国との国境地帯］と満州のことを書いたら、雑誌『マルコポーロ』から、実際にそこに行ってみませんかという話が来た。僕もかねがね行きたいと思っていたところだったので、すぐに引き受けた」、――『辺境・近境』「ノモンハンの鉄の墓場」冒頭のこの付記は、『ねじまき鳥』成立に関する貴重な情報を提供してくれる。

まず年代を整理したい。

一九九四年四月『ねじまき鳥』第1部、第2部刊行。同年六月、満州とノモンハンに取材旅行。「ノモンハンの鉄の墓場」を「マルコポーロ」同年九～一一月号に掲載。翌一九九五年一月、阪神大震災。同年三月、地下鉄サリン事件。同年八月、『ねじまき鳥』第3部『鳥刺し男編』刊行。めまぐるしく重要な出来事が生起している。一九九五年は村上の最大の転機となる年である。

『ねじまき鳥』は第1部と第2部が刊行されたとき、この大作は完結したものと思われた。大方の読者はそう考えた。

ちょうどその頃、「マルコポーロ」から中国・モンゴル紀行の話があり、村上は「すぐに引き受けた」というのである。

だからこれは、当初の段階では、本を書いた後でその舞台を訪れる、『海辺のカフカ』のケースとよく似た〈後追い取材〉になるはずだった。

ところが結果的には、この中国とモンゴルの取材旅行が活かされて、『ねじまき鳥』は第3部をもつことになった。

これは作者にとっても想定外の出来事だったという。

しかし『ねじまき鳥』第3部は単に想定外の番外篇ではない。どころか、1部、2部を凌駕する、圧倒的なパワーをもつ傑作が誕生したのである。

もうひとつの問題は、九五年三月の地下鉄サリン事件が、八月刊の『ねじまき鳥』第3部に影響を与えたかどうか、ということだ。

微妙な問題だが、リライトしているか（村上は『1Q84』の天吾のように入念に推敲する作家である）、ゲラを見ている段階でその報に接したとしても、直接の影響はないと見るべきだろう。

それよりもむしろ、アメリカのマサチューセッツ州ケンブリッジで執筆された『第3部』と、オウムによる日本の地下鉄のサリン・テロが同時進行していることに、作家の驚くべき透視《ヴォワイヤンス》力を感受しないではいられない。

村上は深く強く時代と共振している。

でなければ、一例が『第3部』冒頭の週刊誌の記事にみられる「仮縫い部屋」で、あやしげな「オカルト的治療」をほどこす、赤坂ナツメグなる霊能者の主宰する宗教組織が題材になるはずがない。

村上が直接カルト（オウム）を主題とする長篇を書くのは二〇〇九、一〇年の『1Q84』三分冊を待たねばならないが（ノンフィクションなら『アンダーグラウンド』と『約束された場所で』がある）、一九九四、五年の『ねじまき鳥』三部作の時代背景となるのは、『1Q84』と同じ一九八四年であり、事実関係でいうと、後に「オウム真理教」となるヨーガ道場「オウムの会」の設立された年だったのである。

『ねじまき鳥』第3部はまさに、オウムが引き起こした地下鉄サリン事件と競合して刊行されたのである。

一四　大連へ——漱石と村上

日本時間の午後四時一五分、中国時間だと午後三時一五分になるが、鼓膜に気圧の変化を感じはじめた。中国語と英語でアナウンスがある。僕はノートパソコンを閉じて、電源を切った。中国国際航空九五二便は、大連周水子国際空港に向かってゆるやかに下降を開始した。

大連の中山広場に来た。午後七時。まだ夕暮の明るさが残っている。広場の写真を撮り、大連賓館(旧「ヤマト・ホテル」)で各階の写真を撮った。僕は宿泊客ではないが、フロントの人も、二階で事務を執っている女性も、撮っていいかと身振りでたずねると、かまわない、と鷹揚にうなづいてみせる。

ヨーロッパ風の建築だが、廊下や階段の幅がこぢんまりとして、いかにも日本人の手になる、レースのように繊細な建物である。中山広場(旧「大広場」)にしても、北京の天安門広場などと較べると、まるきりスケールが違う。

村上は『辺境・近境』の取材で大連を訪れても、ここはほとんど素通りしたようなもので、この大連賓館、かつての「ヤマト・ホテル」についてはなんの言及もない。

村上の補助線として、ここは夏目漱石に登場してもらおう。

というのは、漱石は村上の『辺境・近境』の紀行「ノモンハンの鉄の墓場」を遡ること八五年前の一九〇九年（明治四二）、『満韓ところ〲』という満州紀行でここ大連を訪れているし、村上の側からいうと、『ねじまき鳥』第3部刊行直後の『村上春樹、河合隼雄に会いにいく』（対談は一九九五年一一月に実施）には、「ぼくが『ねじまき鳥クロニクル』を書くときにふとイメージがあったのは、やはり漱石の『門』の夫婦ですね」とあるからである。

ここで『ねじまき鳥』と『門』（一九一一年、明治四四年）の相似点をピックアップしよう。

ひとつには主人公が特異な運命論者であること。

『ねじまき鳥』第3部には「運命は獣医［赤坂ナツメグの父］の宿業の病だった」という言葉がある。そもそも作中で、ギイイイイッとねじを巻くような音をたてて鳴く、正体不明のタイトル・ロールの鳥だが、これが「その鳥の声の聞こえる範囲にいたほとんどの人々が激しく損なわれ、失われた。多くの人々が死んでいった。彼らはそのままテーブルの縁から下にこぼれ落ちていった」といわれるほど、すさまじい破壊力を発揮する宿命の殺戮マシーンなのだ。

『門』にも主人公の宗助が、そのころ友人の妻だった御米とちょっとした挨拶を交わすうちに、あっという間に罪に落ちてしまう転落の瞬間について、「平凡な出来事を重大に変化させる運命の力を恐ろしがつた」とある。

この運命の力に脅かされて、『ねじまき鳥』の亨は路地にある涸れ井戸にこもってしまうし、『門』の宗助は鎌倉の寺の山門をくぐるのである。

井戸と寺——これが両人の隠棲の場所になる。

両人ともに出家遁世の志向が強い。村上の場合、「あっち側」への移行、いわゆる壁抜けである。

『約束された場所で』のオウムの信者なら、「『そっちの方』に行ってしまう」だ。「そっちの方」とは〈約束された場所〉のこと。「考える人」のロングインタビューにも、「夫婦における宗教性と聞いて思い浮かべるのは、夏目漱石の小説の夫婦像ですね」との発言がある。

この宗教性は後期村上で大きく浮上したもので、『1Q84』のカルト宗教や青豆の信仰の問題にも通じる。『ねじまき鳥』と『門』を結ぶ重要な共通点である。

一五 「満州国」の呪い

『ねじまき鳥』の本田さんという老人は、ノモンハン戦争（一九三九〔昭和一四〕年。日本の関東軍とソ連・モンゴル軍が交戦）の生き残りで、『ねじまき鳥』に何人も登場する霊能者（加納マルタ、クレタ姉妹、赤坂ナツメグ、シナモン母子）の一人である。

彼が残した言葉や形見の品は、ふしぎなパワーをもって全篇を支配する。

亨がクミコと結婚するとき、二人の結婚に反対するクミコの父親を説きつけて、「娘さんがこの人と結婚したいと言うのなら絶対に反対してはいけない」と「断言」し、二人の仲を取りもってくれたのが、この本田さんなのだ。

この占い師は未来を予知する超能力の持ち主で、「水には気をつけた方がいいな」というノモンハン戦争の体験から得た予言をして、長篇のラストで涸れ井戸の底にこもる亨が、突如噴き出してきた水に襲われ、やはり霊能力をもつシナモンの霊視によって救われるエンディングを用意する。

本田さんはそれゆえ岡田夫妻の福の神であり、ノモンハン戦争の呪いをもたらす疫病神である。物語がはじまって間もなく、間宮中尉の手紙で本田さんの死が知らされる。この間宮中尉が本田さんの形見の品を持参する。そして間宮中尉の来訪と入れ代わるようにして、同じ日に妻のクミコがいなくなる。

間宮が託された本田さんの形見の品というのが、「空っぽの箱」であることが後に判明するのだから、間宮は形見の品というより、「長い話」を持参して岡田の家を訪れたようなものだ。

つまり、妻のクミコがいなくなった代わりに、呪いのようにして「間宮中尉の長い話」が亨に届けられたのである。そしてその「長い話」というのが、禍《わざわい》のつまった（福袋ならざる）厄袋《やくぶくろ》のようなものなのだ。

クミコの失踪とノモンハン戦争が長篇の二本の柱だ。

両者が対になって亨の不幸を補完する構造が指摘できるのである。

あるいは満州で日本が起こした戦争の暴力が、因果の歯車をまわして、――「ねじまき鳥」が「ねじ」をまわすような声で鳴くのは、そのメタファである――クミコを亨のもとから去らせたのかもしれない。

というのも、妻を失踪させた直接の原因となったのが、彼女の兄の綿谷ノボルという政治家で、彼がその政治的地盤を引き継ぐことになる代議士の伯父が、戦前の「陸軍参謀本部に勤務したテクノクラートであり、満州国やノモンハンでの戦争に関係していた」からである。

綿谷ノボルの伯父だけではない。

週刊誌によって「首吊り屋敷」と名づけられた世田谷の土地、赤坂ナツメグ・シナモン母子と岡田亨がオカルト的な心霊治療を施す「仮縫い部屋」のある屋敷、亨がそこにこもり、〈壁抜け〉して綿谷ノボルと暗闘をくりひろげる井戸のある路地裏、——そこがそもそも因縁のある呪われた場所で、週刊誌の「調査によれば、昭和に入ってからこの土地を買って住んだ人々のうち、なんとこれまでに全部で七人が自殺を遂げており、その大半は縊死あるいは窒息死を自ら選んでいる」のである。

戦前に〈北支〉をあらしまわった陸軍のエリート大佐がピストル自殺しているし、その近所の滝谷さんも、やはり戦前の中国と因縁のある人物だった。

亨が路地で親しくなる笠原メイによれば、「滝谷さんって、有名なイラストレーターなのよ。トニー滝谷っていうの。知ってる？」。

亨は知らないが、村上の読者なら知らぬ者のいない名短篇、宮沢りえ主演で映画化された「トニー滝谷」（『レキシントンの幽霊』所収）から〈引用〉された有名人なのである。

「非常に克明なメカニズムのイラストレーションを専門とする人物であり、先日交通事故で奥さんをなくして、一人でその大きな家に住んでいる」と笠原メイが亨に説明するのは、短篇「トニー滝谷」にあるとおりの気の毒な境遇だ。

中国との因縁というのは、これは短篇によると、トニーの父親が戦前から上海で鳴らしたジャズのトロンボーン吹きで、戦後は中国軍に投獄され、九死に一生を得て帰国したという数奇な人生を送った人物だからである。

こんなふうに、亨とナツメグの「仮縫い部屋」は「首吊り屋敷」と呼ばれるだけあって、〈中国大陸の呪い〉とでもいうべき悪縁がらみの土地に建っているのだ。

一方、『門』の場合、呪い、あるいは予言の力は『ねじまき鳥』ほど大がかりなものではないが、やはり決定的なものだ。

何度も子どもを流産、死産してしまう御米は、「とう〱ある易者の門を潜つた」。すると易者は御米の顔をつくづく眺めた末、「貴方には子供は出来ません」と「宣告」する。「何故でせう」と聞き返すと、「貴方は人に対して済まない事をした覚がある。其罪が祟つてゐるから、子供は決して育たない」。

そして次のおそろしい情景がくる、――「御米は此一言に心臓を射抜かれる思があつた。くしやりと首を折つたなり家へ帰つて、其夜は夫の顔さへ碌々見上げなかつた」。

一六 「其因果の尽くる所迄」

さて、『ねじまき鳥』における満州というテーマは、戦争体験者が話す物語によってもたらされたわけだが、『門』における満州というテーマは、『ねじまき鳥』のように長い歴史のトンネルを抜けて物語られる過去の出来事ではない。もっぱら同時代の――現在進行形の――出来事に直接関係してくる。

『門』の時代、日露戦争の戦勝（一九〇五年、明治三八年）後数年ということもあって、中国東北部の満州に渡る移住者や大陸放浪者の後は絶たなかった。

宗助によって妻の御米を奪われた安井もその一人。

やがて消息を絶つこの男のことは、風の便りで宗助と御米の夫婦にもたらされるだけであったが、

「最後に安井が満洲に行つたと云ふ音信《たより》が来た」と、安井が落ちて行ったところに、満州が出てくるのである。

　昭和初年になると、金子光晴の『どくろ杯』に描かれるように、「満州は妻子を引きつれて松杉を植えにゆくところであり」、野心家が一旗上げる新天地に格上げされるのであるが、『門』が出版された一九一一年前後にあっては、満州は食いつめ者や敗残者が流れていく僻陬の地というイメージが強かった。

　だから満州に行ったという噂に、「まあ可からう」「病気よりはね」と安堵の胸を撫で下ろした『門』の夫婦の前に、その安井が姿をあらわすかもしれないと知ると、——

「坂井〔宗助の家主〕が一昨日の晩、〔満州に渡った〕自分の弟を評して、一口に『冒険者《アドヱンチユアラー》』と云つた、その音《おん》が今宗助の耳に高く響き渡つた。宗助は此一語の中に、あらゆる自暴と自棄と、不平と憎悪と、乱倫と悖徳と、盲断と決行とを想像して、是等の一角に触れなければならない程の坂井の弟と、それと利害を共にすべく満洲から一所に出て来た安井が、如何なる程度の人物になつたかを、頭の中で描いて見た。描かれた畫は無論、冒険者《アドヱンチユアラー》の字面の許す範囲内で、尤も強い色彩を帯びたものであつた」

と戦慄するのである。

　この「アドヱンチユアラー」の安井が帯びる満州のおどろおどろしいイメージは、『ねじまき鳥』における間宮中尉や本田さんの語るノモンハン戦争の酸鼻なイメージと同じもので、これが主人公夫婦に呪いとしてのしかかる。

『ねじまき鳥』と『門』——両長篇の構造の相似性は明らかだろう。

注意したいのは、日露戦争の戦勝気分がまだ残っている状況で、大陸へ乗り出していく者を「冒険者《アドヹンチユアラー》」と否定的にとらえるということは、漱石が冷静に、明晰に満州という日本の〈外地〉の在り方を見通していた証左である。

日露戦争の翌年、一九〇六年（明治三九年）に発表された『草枕』のラストは、ヒロインの従弟の久一と、彼女の「離縁された亭主」が、「戦地へ行く」のを船で見送る場面だが、とくに後者について、語り手は「野武士」とか「物騒な男」と評し、「それで、何所へ行くんですか」「何でも満洲へ行くさうですが」「何しに行くんですか」「何しに行くんですか。御金を拾ひに行くんだか、死にゝ行くんだか、分りません」と冷たい言葉がヒロインの口から出るように、満州へ行く元亭主はまるきり乞食扱いされている。

そこには、「舳《へさき》では戦争談が酣《たけなは》である」と、さめた目で戦争（日露戦争）を見つめる漱石がいて、戦場に行く若者たちを乗せる汽車について、「――あぶない、あぶない。気を付けねばあぶないと思ふ」、と満州行きを危惧する炯眼の漱石がいる。

満州の戦地に出征する久一についての『草枕』の次の一文は、そのまま『ねじまき鳥』の運命論者の感慨と取ってもおかしくない、――

「運命の縄は此青年を遠き、暗き、物凄き北の国迄引くが故に、ある日、ある月、ある年の因果に、此青年と絡み付けられたる吾等は、其因果の尽くる所迄此青年に引かれて行かねばならぬ」（傍点引用者）

まさに『ねじまき鳥』の岡田夫妻は、満州の「因果の尽くる所迄」「引かれて行かねばならぬ」のである。

一七　「廃墟《ルインス》」――「淋しいなあ」

『草枕』を書いたころは、漱石はまだ満州の地を踏んでいない。彼がここに来たのは一九〇九年（明治四二年）だった。『門』執筆はその翌年のことで、そこに『満韓ところ〲』の紀行がある程度反映されるのは当然だったのである。

漱石の学生時代の旧友、満鉄総裁・中村是公の招きだが、その南満州鉄道が創設されてからわずか三年のことだった。

中山広場のヤマト・ホテルもまだ普請中だった。漱石は『満韓ところ〲』にそのあたりの様子を書いている、――

「［ヤマト・ホテルの］表へ出るとアカシヤの葉が朗らかな夜の空気の中にしんと落ち付て、人道を行く靴の音が向ふから響いて来る。暗い所から白服を着た西洋人が馬車で現れた。ホテルへ帰つて行くのだらう。馬の蹄は玄関の前で留まつたらしい。是公の家の屋根から突出した細長い塔が、瑠璃色の大空の一部分を黒く染抜いて、大連の初秋が、内地では見る事の出来ない深い色の奥に、数へる程の星を輝《きら》つかせてゐた」

時移り、事去って、八五年後の一九九四年、平成六年の村上は、大連を『辺境・近境』の「ノモンハンの鉄の墓場」にこう記す、――

「車はあたりが暗くなってもライトをつけないし［……］、横断歩道があっても警告的にクラクションを鳴らすだけでまったくスピードは落とさないし、あまりにも怖いので日が暮れたあとは僕はホテルから一歩も外に出なかった。そして太陽が出ているあいだは、街の至るところでメルセデス・ベンツと自転車の接触事故と、それに付随する群衆を巻き込んだ大がかりな口論を目にすることになった」

それでは今日、二〇一二年の大連は、というと、むろん漱石の「朗らかな夜の空気」の浄《きよ》らかさは望むべくもないが、村上が腐すほどの「ケイオティックな」車の騒乱があるわけでもない。アフリカでもそうだが、アジアでも、いわゆる新興国――とはじつに便宜的な呼称だ、――における変化のスピードにはすさまじいものがある。

いまではメルセデス・ベンツなど一台もお目にかからない。目にする車のほとんどはワーゲンである。それにヴェトナムはホーチミン市（サイゴン）におけるオートバイの騒擾と狂奔をかいくぐってきた僕にしてみれば、大連の交通事情など怖れるに足りない。

いや、中山広場まで民意路を五分も歩けば行き着く、わが「大連船舶麗湾大酒店」二二階の窓から見下ろせば、大連市街と大連港が一望の下に見渡されて、はるばる島国から大陸に渡って来たものだなあ、と漱石の時代の大陸浪人の感慨にしみじみと浸ることができるのである。

長江路を東へ。人民路と交叉するところで大連港に入り、候船庁（PASSENGER WAITING HALL）の二階に上がる。

漱石が神戸港から大連港に入ったとき、桟橋の上から港の労働者たちを見下ろして、「鳴動連」と称したのは、このあたりのことだったろう。

「［……］船は鷹揚にかの汚ならしいクーリー団の前に横付になつて止まつた。止まるや否や、クーリー団は、怒つた蜂の巣の様に、急に鳴動し始めた。其鳴動の突然なのには、一寸胆力を奪はれたが、

［……］」

それから四半世紀たった一九三四年（昭和九年）、村上が『ねじまき鳥』の参考文献にあげた『私と満州国』（一九八八年）の武藤富男は大連港に着いたとき、漱石の『満韓ところ〴〵』を写したような印象を述べている、――

「船が埠頭に横づけになった時、甲板から見下して、アッと叫ぶほどの衝撃を私に与えたのは、舷側に沿ってうごめく、どす黒い苦力《クーリー》の大群であった。彼らは積荷下しと運搬のため蝟集している中国人で、絶えざる動乱の中にある河北、山東から満州の地に職を求めて来ている人々であった」

片や、平成の世の『辺境・近境』で村上をもっぱら驚倒させるのは、中国全土を埋めつくす公害の惨状である、――

「［……］このままいけば遠からずして中国全土が、ヴェトナム国境から万里の長城にいたるまで、交通渋滞と大気汚染と煙草の吸いがらとベネトンの看板で埋めつくされてしまうのは、大いなる歴史的必然というか、まず間違いのないところではないか」

この予言は、今日の北京に恐るべき大気汚染をもたらした惨状を言い当てていることを、われわれは知る。

大連港七号門を抜けて突堤のいちばん先まで行く。「CONRAD」、「海景」、「豪宅」と赤い文字でてっぺんに記された高層建築が四基（とても数えるしかない）、大空を摩している。赤い英語と漢字を並べて読むと、「CONRAD 海景 豪宅」という巨大マンション群の広告が読みとられる仕掛けである。

村上は中国人のやることはなんでも「桁違い」と腐しているが、これもまた「桁違い」なマンション群というほかない。しかもその右手を見やると、大小とりどりの高層建築群が犇めくように群がり立ち、建設途上の威容を見せはじめている（と思う間もなく不動産バブルは崩壊し、幽霊ビルと化するのだが）。

魯迅路をしばらく行くと、右手に旧「満鉄本社」の古色蒼然たる石造建築が目に入った。

ガイドブックによると「見学自由」とあるが、これは一〇年ほど前のガイドなので、中国の現状には通用しない。いまは扉はコンクリートで塗り込められ、「〝満鉄〟旧址」と記した小さな碑を残すのみ。アプローチ脇の塀の中は塵芥捨て場になり、思わず「廃墟《ルインス》」という言葉が口を突いて出た。

また漱石だが、『満韓ところ〴〵』で作家は——すこし別の意味において——この言葉を使っている。大連ではなく、旅順のヤマト・ホテルに着いたときのことである。

「［……］しばらく休息のため安楽椅子に腰を卸して見ると、急に気が付いた様に四辺《あたり》が森閑としてゐる。ホテルの中には一人も客がゐない様に見える。ホテルの外にも一切人が住んでゐる様には思はれない。［……］淋しい事には、工事を中止してから何年になるか知らないが、何年になつても此儘の姿で、到底変る事はあるまいと云ふ感じが起る。さうして其感じが家にも往来にも、美しい空にも、一面に充ちてゐる。余は開廊《ヴエランダ》の手摺を掌で抑へながら、奥にゐる橋本［橋本左五郎。漱石の学友。「満鉄の依頼に応じて、蒙古の畜産事状を調査に来て」いた］に、淋しいなあと云つた」

まるで〈地上げ屋〉が横行したバブル崩壊後の日本の光景のようだが、ここでも漱石は大連や旅順のような新しく建設された都会をめぐりながら、「森閑」とした静けさにばかり耳をそばだてているようである。おなじ一九〇九年九月一〇日の「日記」には、旅順のヤマト・ホテルに着いたときのことが、「新市街は廃墟の感あり。宿の前にて虫しきりに鳴く。港は暗緑にて鏡の如し」云々とある。漱石はこの「日記」をメモに『満韓ところ〴〵』の次の文を書いたのだろう、——

「丸で廃墟《ルインス》だと思ひながら、又室の中に這入ると、寝床には雪の様な敷布《シート》が掛つてゐる。床には柔かい絨毯が敷いてある。豊かな安楽椅子が据ゑてある。器物は悉く新式である。一切が整つてゐる。外と内とは全く反対である。満鉄の経営にかゝる此ホテルは、固《もと》より算盤を取つての儲け仕事でないと云ふ事を思ひ出すまでは、どうしても矛盾の念が頭を離れなかつた」

漱石の千里眼《ヴォワイヤンス》は満州の一世紀後の行く末を見透しているようである。彼は急ピッチに建設が進む満州の新都会を見て、すでにそこに「廃墟《ルインス》」を見出している。「算盤を取つての儲け仕事でない」と満鉄の仕事を認めつつも（それは満鉄総裁の招待によるのだから、当然の社交辞令だろう）、「どうしても矛盾の念が頭を離れなかつた」と本音をもらしている。

むろん漱石の言う矛盾とは、ホテルの内と外の落差、内部は完璧な comfort に整えられていながら、一歩屋外に出ると、まだ一面の草茫々の満州平原が広がる奇怪さを衝いているのだが、同時に満鉄の「儲け仕事ではない」という美名を掲げた殿様業の危うさも明らかに指摘しているのだ。

僕も大連は魯迅路の、廃墟《ルインス》と化した満鉄本社の扉の前に腰を下ろし、漱石の千里眼《ヴォワイヤンス》の声に唱和して、一世紀遅れの「淋しいなあ」を口にするのだった。

一八　「満州は王道楽土で……」

村上は大連から長春に移動するのに相当苦労したようである。

『辺境・近境』に、――「大連から便所にも立てないくらい満席の、まさに中国的混乱の極致とでもいうべき『硬座』（三等車）に詰め込まれ（本当は長春までは飛行機で行く予定だったのだが、とくに理由もなくフライトがキャンセルされ、突如汽車に乗ることになったのだ）、一晩十二時間揺られてくたくたになって長春駅に到着する頃には、脳味噌の組織がまわりのダイナミックな情景にあわせてずいぶん大幅に組み換えられてしまったような気がした」。

この一文をしっかり肝に銘じた僕は、自分の経験からいっても中国の飛行機が突如キャンセルになることが多いのを知っていたので、大連から長春、長春からハルピンへは汽車を使うことに決めていた。それに時間に余裕がある限り、中国旅行は汽車に限るというのは、これはもう常識である。

ただ問題はチケットで、中国では列車の切符の入手が難しいといわれている。村上も「硬座」（三等車）の切符しか手に入らなかったという。しかし案ずるより産むは易し、日本から中国の旅行代理店に電話とメールとファクスで購入を申し込み、僕の宿泊する大連船舶麗湾大酒店のフロントに届けてもらうよう手配しておいたところ、ホテルにチェックインするさい、大連→長春の一等席と長春→ハルピンの二等席のチケットが簡単に手に入った。二枚の切符の代金はホテルまでのデリバリー料金一五〇元を加算して、トータルで五七三元、約七四〇〇円と安いものである。これは日本でカード決済した。

村上の『辺境・近境』の旅から二〇年近くたって、中国の列車事情もいちじるしく改善されたと見えて、村上が夜行列車で一二時間かかったところが、現在は大連を一四時三五分に発てば、二二時一一分には長春に着くわけで、わずか七時間半ほどしかかからない。

「中国的混乱の極致」と村上が嘆いた混雑もまったくなく、僕の場合、村上がハルピンからハイラルへの夜行列車で利用したような「寝台」ではないから、村上が「あえて問題といえば」と断わった、

「若い人妻」と「同じコンパートメントで一夜を共に」するということにはならなかったが、隣りは若い女子大生、向かいは若い人妻、その隣りはちあきなおみ風の中年女性と一緒になったとはいえ、村上にならって「これはまあたいしたことではない」とするべきだ。

T5301列車は遼寧省から吉林省へ夜の闇を引き裂いて、いまは長春という旧名に復した満州国のかつての帝都「新京」に向けて、旧・南満州鉄道をひた走りに走っている。

村上の小説には戦前の満州に出かけた人たちが何人か出てくる。『ねじまき鳥』の間宮中尉と本田さんはすでにふれたので措くとして、まず思い浮かぶのは『羊をめぐる冒険』の「羊博士」や右翼の「先生」。ここで村上は初めて「満州」に言及した。

ついで『1Q84』の天吾の父。以下は息子による父の伝記の一齣である、——

「天吾の父親は終戦の年に、満州から無一文で引き揚げてきた。東北の農家の三男に生まれ、同郷の仲間たちとともに満蒙開拓団に入り満州に渡った。満州は王道楽土で、土地は広く肥沃で、そこに行けば豊かな暮らしを送れるという政府の宣伝を鵜呑みにしたわけではない。〔……〕万歳三唱に送られて故郷をあとにし、大連から汽車で満蒙国境近くに連れていかれた」

この人も敗戦後は〈国破れて山河なし〉の転落組だが、もう一人、『1Q84』には赤坂のホテルのバーで、王国の夢を見ている女がいる。青豆である、——

「ショルダーバッグから本を出して読んだ。一九三〇年代の満州鉄道についての本だ。満州鉄道〈南満州鉄道株式会社〉は日露戦争が終結した翌年、ロシアから鉄道路線とその権益を譲渡されるかたちで誕生し、急速にその規模を拡大していった。大日本帝国の中国侵略の尖兵となり、一九四五年にソビエト軍によって解体された」

赤坂のホテルのバーと満州鉄道とはシュールなとりあわせだが、彼女が六本木の「バーのカウンターでトム・コリンズを小さく一口ずつ」飲みながら思いを巡らせる「王国の到来」とは、「満州へ、満蒙へ、の鬨《とき》の声」が「日増しに高調し」、「満州に、景気と熱気がみなぎりはじめた」と、村上が『ねじまき鳥』の参考文献にあげた児島襄の『満州帝国』（一九八三年）に言う「王道楽土」なるものと、そんなにへだたったものではなかっただろう。

特急列車はほぼ定刻の二二時一五分に長春駅のホームに滑り込んだ。夜の駅前広場は荒涼として人気がない。長春でのホテルは駅前の「春誼賓館」に予約が入れてある。駅や空港、観光地には雲助タクシーがたむろしているので、タクシーを使わずにすむこのホテルを選んだ。一泊三七八元（約四九〇〇円、朝食つき）で三泊する。老舗の名門ホテルにしてはずいぶん廉価だが、円高と日中の物価の差額の恩恵をこうむっている。

長春の「春誼賓館」は、大連、旅順、秦天（現・瀋陽）、ハルピンとともに、南満州鉄道が開業した旧ヤマト・ホテルである。

駅からスーツケースを転がして五分という至便のロケーションにありながら、おそろしく静かである。寂寞をきわめている。

大連のヤマト・ホテルと同じアールヌーヴォー様式の建物で、フロント前のロビーも、二階に上がる階段も、ウィーン・セセッション風のクラシックなたたずまいだが、かの甘粕正彦大尉をはじめとして関東軍司令部の高級幕僚も宿泊したという、かつての満州国の帝都「新京特別市」のヤマト・ホテルでは、フロントの対応にも、ピカピカに磨き抜かれたフロアの清潔さにも（四六時中、掃除する人の姿が見え隠れする）、簡略なホテルの歴史を記した日本語の掲示にも、何かを感じる。

それが何であるかは不明ながら、何かを感じないわけにはいかない。

村上が「新京」を『ねじまき鳥』の舞台にした時機は、この帝都が陥落する一九四五年八月である。そのひと月前の七月某日、と前掲『私と満州国』にある、――「甘粕正彦氏をその部屋に訪れて別れの挨拶をした。彼はヤマト・ホテルの玄関に立ち、ハイヤーで去る私を見送ってくれた」。やがて自決する甘粕と、「生きのびようとする私との間には、結びが切れていた」と武藤は書いている。

一九　〈霊能者〉赤坂ナツメグの登場

「長春動植物公園」（入場料三〇元。春誼賓館から人民大街をまっすぐ南にタクシーを飛ばして二〇元で行ける）の「虎山」にある、東北虎《シベリアン・タイガー》の檻の前の草むらで、カメラバッグを枕に寝そべって考えたこと、――。

そうなのだ、僕はいま『ねじまき鳥』第3部に登場する、頬に青黒いあざのある獣医と同じ動物園で、同じ恰好をしているのだ、――「獣医は林のなかに入り、人目につかない草の上に仰向けに寝ころんだ。陰のなかの草の葉はひやりとしてここちよかった。草叢には子供の頃にかいだ懐かしい匂いがした。大きな満州のばったが何匹か、ぶんぶんと威勢のいい音を立てながら顔の上を飛び越えていった」。

そして主人公の亨と同じあざを頬にもつこの運命論者は、午睡に落ちる前に次のボルヘス的考察に耽る、――「あるいは世界というのは、回転扉みたいにただそこをくるくるとまわるだけのものではないのだろうか、と薄れかける意識のなかで彼はふと思った。〔……〕ある仕切りの中には虎が存在しているし、別の仕切りの中には虎は存在していない——要するにそれだけのことではあるまいか」。あるいはひょっとすると、一九九四年六月、雑誌「マルコポーロ」の企画でここにやって来た村上も、この動物園の「虎山」前の林のなかの草むらに同じように寝そべって、午睡に落ちる前の薄れかける意識のなかで、「ある仕切りの中には虎が存在しているし、……」とノートしたかもしれない。

それにしても奇妙な取材紀行である。

「この街では僕はちょっとわけあって」と村上は書いている、「動物園の取材をすることになった。この動物園は『新京動物園』（日偽時期称）として一九四一年に開設されたのだが、四五年のソビエト軍の侵攻とともに閉鎖された。そしてそのまま廃墟同然の公園になっていたのだが、一九八七年に長春市当局の手によってまた動物園として復興することになった」（『辺境・近境』）。

奇妙というのは、紀行文を読む限りでは村上は、長春ではこの動植物公園以外には目もくれていないのである。

いくら「僕は動物園が好きなので、旅行のついでに世界中のいろんな動物園を訪れた」（同、傍点引用者）という村上、最新の『村上ラヂオ3』によれば、「ドイツに行ったついでにウィーンに寄り、ほかに何をするでもなく日がな動物園見物をして」（傍点引用者）、「つかつかとやって」来た一頭の雌ライオンと「透明な壁をはさんで文字通り額をつきあわせ」、その「物腰」に「猫科の動物が時折見せる純粋な好奇心」を認めて、「長いあいだ無言のままお互いを直視」した経験を有する、無類の〈動物園フリーク〉の村上であっても、硬座の夜行列車で遠路はるばる大連から長春まで難行苦行してやって来て、なにかの「ついで」ならともかく、ひたすら動植物公園を目的として、そこしか訪れないという、そんなことはまずありえない。

長春の動物園訪問は「ついで」ではなかったのである。動物園が本命だったのである。村上が「わけあって」と書いている、その「わけ」とは『第3部』の取材のことで、最初から彼はこの街では動物園を取材すると決めていたのだ。

『第3部』の舞台を「新京」の動物園にしよう。そういう構想が村上に芽生えたのだ。

時は？

時は一九四五年八月、日本が敗戦を迎える歴史的瞬間だ。

ソビエト軍の侵攻を前に「満州国の崩壊は目前に」迫り、「日本が面目をかけて荒野の中に作り上げた満州国の首都、新京特別市は不思議な政治的空白の中にとり残されることになった」(『ねじまき鳥第3部』)。これ以上スリリングな危機的状況というのは、どんな日本史の教科書をひっくり返しても他にみつかるまい。

次は登場人物。

「新京」の動物園にどんな人物を配するか？

獣医というアイディアが閃く。

ここには村上の父のイメージがあったかもしれない。『壁と卵』——エルサレム賞・受賞のあいさつ」にこうある、——

「私の父は昨年［二〇〇八年］の夏に九十歳で亡くなりました。彼は引退した教師であり、パートタイムの仏教の僧侶でもありました。大学院在学中に徴兵され、中国大陸の戦闘に参加しました。私が子供の頃、彼は毎朝、朝食をとるまえに、仏壇に向かって長く深い祈りを捧げておりました。一度父に訊いたことがあります。何のために祈っているのかと。『戦地で死んでいった人々のためだ』と彼は答えました。味方と敵の区別なく、そこで命を落とした人々のために祈っているのだと」

さて、この「運命論者」をモデルとする獣医を、長篇の主人公の岡田亨とどう結びつけるか？「あざ」だ。「あざ」が決め手だ。亨は第2部で井戸から〈壁抜け〉してホテルに潜入するさい、いわば異界の徴として、頬に青黒いあざをつけなかったか。この同じスティグマ（聖痕）を「新京動物園」の獣医の頬につけよう。

次に獣医と亨の出会いのセッティングだが、間宮中尉のように亨の家を訪問させるのではなく、獣医の登場には、ワン・クッションおくために別の人物を介在させたほうがいい。その人が亨に獣医の話をするという展開である。

いや、介在ではなく〈引用〉だ。第1部、第2部の登場人物で、ブリコラージュ的に、つまりありあわせのもので、再活用できる人はいないか。

そのとき作者の耳元で「村上さん、私を使ってちょうだい」とささやく声がしたのだ。ちょうど『ねじまき鳥』の牛河という狂言回しの道化が、『1Q84』にみずから再登場を願い出て、BOOK3では主人公の一人として、しゃしゃり出てきたように。

『ねじまき鳥』第2部の終わりのあたりで、妻のクミコをとり戻す手立てもみつからず途方に暮れた亨が、叔父のアドバイスにしたがって、新宿西口の広場で人の流れを何日も見ているうちに、「一度だけ、僕に話しかけてきた」女性がいる。

身なりのいい中年の夫人で、ヴァージニア・スリムに金のライターで火をつけて吸っていたっけ。この金《かね》の匂いのぷんぷんする女を亨の金蔓にしよう。「彼女は僕のあざを見ていた」とあるから、亨のあざのことはよく覚えているだろう。

彼女を〈頬にあざのある獣医〉の娘にしよう。獣医が作者の父であるなら、この「娘」は（性転換した）作者に相当する。それなら、父と同じあざのある「僕」に彼女が興味を抱いてもおかしくない。ナツメグと亨は、獣医／父との関係において、いわば同一人物であり、父の息子／娘である「僕」と、作者を通して関連づけられるわけだ。亨の――すぐ後で見るような――男女両性具有的な在り方は、これによって説明される。

ナツメグの父は戦前の満州・新京の動物園で獣医をしていて、敗戦のどさくさで行方知れずになってしまった。彼は抑留されたシベリア収容所の炭坑で出水に遭って死ぬ。長篇のラスト、井戸で水に溺れて死にかける亨は、この獣医／父の運命を反復するのである。占い師の本田さんの予言、「水には気をつけた方がいいな」は、獣医と亨、父と息子の二代にわたって当たったのだ。父が息子の身代りになって、運命を甘受してくれたといってもよい。

娘のナツメグはといえば、彼女は母と一緒に釜山から引き揚げ船で命からがら帰国したけれど（彼女もまた本田さんの予言した〈水難〉に遭ったわけだが、亨の場合と同様、父がこの運命を代わって引き受けてくれたのである）、……それからデザイナーとして大成功をおさめ、いまはオカルト療法を片手間にやって、これまた大成功している。

彼女は新宿西口の広場で初めて亨に会ったとき、「あなた、お金はあるの？」（『第2部』）と訊かなかったか。自分の霊能力の衰えを自覚して、彼女は後継者を探していたのである。父と同じ頬にあざのある若者なら、まちがいなく自分の〈同類〉であり、というより、実をいえば自分の〈異性〉にほかならないのだから、霊験あらたかなパワーが発揮できるにちがいない。

だったら今度もおなじ新宿で二人を出会わせて、例の井戸を手に入れるために多額の金を必要とする亭に、濡れ手に粟の霊能商法をオファーすることにしよう。

「結局またここに戻ってきたわけね」、――そのようにして八方塞がりの亭は、『第3部』のヒロイン、ヴァージニア・スリムに金のライターというライト・モティーフを身につけた赤坂ナツメグの知遇を得ることになる。

二〇 オカルト的療法

ここで彼女のオカルト療法なるものについて若干の説明を加えよう。

ナツメグが自分のセラピストとしてのスピリチュアルな能力にめざめるのは、売れっ子のデザイナーをしていた頃、ある大手デパートの経営者の夫人の相手をしたときのことだった、――「仮縫いを待ちながらナツメグと世間話をしているときに、その夫人は何の前触れもなく両手で頭を抱え、よろよろと床にしゃがみこんだ。ナツメグは驚いて彼女の身体を抱きかかえ、右側のこめかみを手でさすった。何も考えず反射的にそうしたのだが、彼女はそこに何かの存在を感じることができた。まるで布袋の上から中身を触るみたいに、彼女は手のひらにその形や感触を感じた」

霊能者ナツメグ誕生の瞬間である。

そのときナツメグは「新京の動物園」のことを思い浮かべるのだ、――「彼女は一人で檻から檻へと歩いていった。季節は秋で、空はあくまで高く、満州の鳥たちが群れをなして林から林へと飛んでいった。それが本来の彼女の世界であり、そしていろんな意味で永遠に失われてしまった世界だった」。

このあたりは先の獣医が動物園の林で寝ころぶシーンにつづいて、村上が『辺境・近境』で行った長春動植物公園の取材が活かされている。

たしかにナツメグが思い出すままの光景が、いま僕が『ねじまき鳥』第3部〈満州篇〉の取材をする「虎山」前の林にひろがっている。空はあくまでも高く、草原はひろびろとして、おなじ大陸の風が吹き、おなじ満州の光が降りそそいでいる。ギイイイイッと鳴く「ねじまき鳥」の声こそ聞こえないが。

ナツメグの治療はつづく、――「ナツメグはただ思い出しさえすればよかったのだ。彼女がかつてシナモンのために語った物語とその光景を。彼女の意識は肉体を離れ、記憶と物語の狭間を彷徨い、そして戻ってきた。気がついたとき、夫人〔クライアント〕は彼女の手をとって礼を言っていた」。

戦前の満州は新京の動物園の記憶が、現代の心を病む女たちの魂のヒーリングになる……。ナツメグが「仮縫い」と名づける不気味なセラピーがこうして実現する。

これがカルト宗教における教祖と信徒の関係に酷似していることに気づかれるだろう。

「仮縫い部屋」はオウム真理教の「シールドルーム」(『約束された場所で』)に似ている。あるいは『1Q84』の小説内小説である『空気さなぎ』に出てくる、リトル・ピープルが「空気さなぎ」をこしらえる土蔵に似ている。それとも柳屋敷の女主人が青豆と秘密の盟約を交わす麻布の屋敷に。さもなければ、女主人が肩にめずらしい蝶をとまらせて青豆と密談する温室に。どれも謎めいていて、暗示と啓示に富み、危険なカルトの誘惑に満ちている。

ここにナツメグの「後継者」になる亨が、女性クライアントにほどこす〈仮縫い〉を重ねてみよう。

『ねじまき鳥』全篇を通じてピークの場面である、――

亨はナツメグの息子のエレガントなシナモンの手引きで（シナモンは『海辺のカフカ』のカーネル・サンダーズと同じ娼家の取り持ちで、ポスト・モダンな女衒の役を演じている）、ナツメグの用意した〈仮縫い部屋〉に入る。彼は完全になにも見えないゴーグルで目隠しされている（このゴーグルは『世界の終りと……』の冒頭でヒーローがゴーグルをつける有名な場面からの自作引用である）。微かな香水で女性と知れる人が近づいて来て、彼の頬のあざをじっと見つめる。青いあざはかすかに発熱し、色も鮮やかになっている。それから女はあざを舌でなめはじめる。気がつくと亨は射精している。

後になって彼は「この僕が娼婦になるなんてな」と思う。自分のやったことは「加納クレタの話してくれたコールガールの仕事に不思議なくらいよく似ている」。加納クレタ＝亨＝赤坂ナツメグという『ねじまき鳥』の三大霊能者の等号が引かれるのである。

そこで成立するのは言葉の真の意味における art であり、『パリの憂鬱』の一篇「群集」でボードレールが述べる「芸術とは淫売である」の現代版である。

詩人によれば雑踏の「湯浴み」をする「群集の人」（ポー）は、見知らぬ人との交感を通じて「魂の聖なる淫売」をしているのである。そういえば村上のヒーローもしばしば大都市の「群集の人」になる（第三章「村上春樹の札幌、ハワイを行く」の「三〈ぶらぶら歩き〉の効用」を参照）。

「仮縫い部屋」の亨は男／女の淫売であり、オカルト治療の施術師であり、新宗教の教祖であり、いくぶんかはカルト作家や人気アーティストの資質を帯びている。

『海辺のカフカ』の司書、大島さんの話に出てくるアリストパネスの「男男と男女と女女」の世界である。性同一性障害の大島さんは外見は男だが、「生物学的に言っても、戸籍から言っても、紛れもない女性」であり、彼（彼女）の告白によれば、「性的嗜好でいえば、僕は男が好きです。つまり女性でありながらゲイです。ヴァギナは一度も使ったことがなくて、性行為には肛門を使います」。「仮縫い部屋」でセラピーをおこなう亨はその逆で、「性的嗜好でいえば、僕は男性でありながらレズです。ペニスは一度も使ったことがなくて、性行為にはあざを使います」と告白してもいいだろう。

　青豆のなかにもホモセクシャルな「男女」がいて、マーシャルアーツのスペシャリストとして〈睾丸蹴り〉を実践する青豆はアマゾネスそのままだ。女性警官のあゆみとの関係では限りなく男性に近づいている。そんな男紛いの彼女が、天吾の書いた『空気さなぎ』に読み耽ると、限りなく女性的なペルソナを身にまとう。

　青豆はナツメグの治療を受けたクライアントのような感謝の気持ちを作者に抱き、「私は今、天吾くんの中にいる」と恍惚となる。「なんと素晴らしいことだろう。彼の中にこうして含まれているということは」。そして殉教の聖女に似た天にも昇る心地で、「これが王国なのだ、と彼女は思う。／私には死ぬ用意ができている。いつでも」。

　そこでは作者の天吾がカルトの導師であり、読者の青豆がその信徒である。これは世の一般の（ヘテロな）恋人たちの関係に敷衍できる。そのいい例が「隷属状態の幸福」の『O嬢の物語』。

　もう一度ナツメグの治療を思い出してみよう、——

「そして彼女はそこ［クライアントのこめかみ］にまた同じ何かを感じることができた。彼女は意識を集中しそのかたちをもっと具体的に探ってみようとした。しかし彼女が意識を集中すると。その何かは身をよじるようにするりとかたちを変えた。これは生きているのだ。ナツメグは微かな恐怖を感じた。

彼女は目を閉じて新京の動物園のことを考えた」

クライアントが抱える「何か」と、ナツメグの思い出す「新京の動物園」（の記憶、あるいは物語）が対応している。ナツメグは「記憶と物語の狭間を彷徨い、……」とあった。彼女の記憶、彼女の物語が、クライアントの「何か」を癒やすのである。そして彼女の失われた楽園へ連れていくのである。

二　満州とオウム、この強大な秘密結社

そうである。この楽園はいまの文脈でいえば満州国の王道楽土であってもいいのである。村上の小説でおなじみの〈あっち側〉である。ナツメグはこの王国を思い出し、物語ることによって、クライアントを「私には死ぬ用意ができている。いつでも」という至福の境地に至らせることができるのだ。

これは満州に王道楽土を夢みた戦前の日本人の心情であり、オウムにハルマゲドン（世界最終戦争）の夢を託す今日のカルトの信徒たちの心境でもあるだろう。

『約束された場所で』で村上はこう言っている、――「唐突なたとえだけれど、現代におけるオウム真理教団という存在は、戦前の『満州国』の存在に似ているかもしれない。一九三二年に満州国が建国されたときにも、ちょうど同じように若手の新進気鋭のテクノクラートや専門技術者、学者たちが日本での約束された地位を捨て、新しい可能性の大地を求めて大陸に渡った」。

考えてみれば、そもそも本紀行の出発点の東名高速の富士川サービスエリアで、『海辺のカフカ』のホシノ青年が山梨の自衛隊駐屯地に言及したのが、すべての始まりだった。

ナカタさんが小学生の疎開時に集団昏睡に陥った山梨の山中や、ホシノ青年が勤務した駐屯地の近くには、上九一色村があり、そこにはサリン・テロの拠点となったオウム真理教団のサティアンがあったのである。また歴史を遡れば、一九四五年、『ねじまき鳥』第3部に描かれる日本の敗戦時に、満州から引き揚げた富士ヶ峰開拓団が入植したのも、山梨県本栖三ヶ水、すなわち上九一色村があったところなのだ。

それゆえ満州国の王道楽土の夢が破れた引き揚げ者たちが落ちあったその同じ場所に、オウム真理教団の黙示録が夢みられたことには、満州とオウム、この二つの秘密結社を繋ぐ、隠された因縁を見出すことができるのだ。

ナツメグもまた、満州国の〈約束された場所〉の夢をクライアントに吹き込んだのである。

彼女の場合、満州国とは父の獣医とともに幸せな少女時代を送った新京の動物園に限られている。そこには、『辺境・近境』の村上が〈父〉の足跡を追ってやって来て、記念撮影用の虎の子を抱いて顔をこわばらせた、「抱虎照像」のほほえましい「虎山」前の情景だとか、いままた村上の足跡を追う僕が寝そべっていて、すぐ目の前を先生に引率された小学生の一団が通っていく、同じ「虎山」前ののどかな風景と同じように、爆撃や空襲や銃殺の渦巻く酸鼻な戦場の忍び込む余地はなかったかもしれないけれど、しかしナツメグの物語には虎や豹を銃殺する残酷な場面も含まれていて（ただしこれは史実とはことなり、『ねじまき鳥』で村上が参考文献にあげた越沢明『満州国の首都計画』によると、「一九四五年八月、ソ連軍の満州侵入により敗戦が確かになったため動物園の猛獣はすべて薬殺された」［傍点引用者］という）、さらにその母親の話を受け継いだシナモンのヴァージョンを異にする物語では、おなじ動物園で三人の中国人が銃剣で虐殺され、一人の中国人がバットで惨殺されたのである。

村上の〈約束された場所〉は二重になっているのだ、——祝福された場所と呪われた場所と。王道楽土の満州が一転して悲惨きわまりない戦場に変わることがあるように。

新京の動物園、あるいは現在この僕がいる長春動植物公園には、ナツメグ（と亨）の秘密のセラピーの根を探っていけば、オウムと満州国とオカルトを結ぶ、〈約束された場所〉の血塗られた戦争の幻が顕現するのだ。

二二　高知の森の日本兵ふたたび

ナツメグの「動物園襲撃（あるいは要領の悪い虐殺）」の物語は、村上の多くの小説がそうであるように、後日譚（続篇）をもつ。

それは息子のシナモンにインプットされ、シナモンによって語られる（語り直される）。彼はコンピュータに「ねじまき鳥クロニクル#8（あるいは二度目の要領の悪い虐殺）」と題した物語を入力し、それを亨に読ませる。

ここでは「#8」という数字はランダムなもので、その前後の膨大な物語群の存在を読者に想像させるけれども、それを読ませることはない。

読者というのは、第一義的には亨、しかしむろんわれわれを含む。あるいはシナモンの物語は、われわれが現にいま手にし、読みつつある『ねじまき鳥クロニクル』にジャンプし、生成変化するのかもしれない。

その物語ではナツメグの語った新京の動物園は、おそるべき地獄の黙示録に変容する、――「兵隊はバックスイングし、大きく息を吸い込み、そのバットを力まかせに中国人の後頭部に叩きつけた。驚くほど見事なスイングだった。中尉［指揮官］が教えたとおり下半身がくるりと回転し、バットの焼き印の部分が耳の後ろを直撃した。バットは最後までしっかりと振り抜かれた。頭蓋骨が砕けるぐしゃりという鈍い音が聞こえた」

これは三部からなる大長篇の一挿話だが、シナモンがこの挿話を長篇と同じタイトルをもつ物語として長篇に〈入れ子〉にした結果、内と外の入れ替わる迷宮の運動を開始して、この断章fragmentは長篇のさまざまな場面に転移し、漂流するようになる。メルロ＝ポンティ風にいえば〈相互貫入《キアスム》〉であり、長篇の表現をかりれば「浸食」である。

新京の動物園で中国人を「驚くほど見事なスイング」で惨殺したバットは――時間の迷路《ラビリンス》を彷徨って――新宿西口の亭の手に渡り、井戸から〈壁抜け〉したホテルの二〇八号室では、宿敵・綿谷ノボルを「完璧なスイング」で倒すのに使われる。

そのとき亭が握る「バットの焼き印の少し上のあたり」に、「ごみのようなもの」が付着していて、それは「人間の髪の毛」のように見える。一九四五年八月の新京の動物園でバットで虐殺された中国人の髪の毛が、一九八四年の東京のホテルの二〇八号室のバットにトランスファーしたのである。

さらにこのバットは、『二〇〇一年宇宙の旅』の謎の物体である〈石板〉のように、異次元空間を移動しつづけ、『1Q84』では高円寺のセーフハウスに潜む青豆の手に握られ、ソフトボールの金属バットに変容する。

「その懐かしい重みは、青豆の気持ちを落ち着かせてくれる」。むろんこの〈懐かしさ〉は彼女が一〇代の頃、ソフトボールに熱中したことを指すのだが、他のムラカミ的な〈懐かしさ〉同様、メタフィクショナルな性質を帯びている。

そういう異次元移動（壁抜け）の極端な例が、田村カフカが「白と黒のぶちの猫」を撫でて感じる「なつかしい感触」である（第11章）。これは『海辺のカフカ』のどこにもその〈懐かしさ〉の由来をみつけることのできないもので、一面識もないナカタさんが撫でた猫の感触がカフカに転移したものとしか考えられない。

そんなふうに青豆の高円寺のセーフハウスでは、ソフトボールの金属バットのかたわらにヘックラー&コッホHK4という拳銃があって、「その暴力性や静けさ」は「彼女の身体の一部」になっていたのである。

ヘックラー&コッホから金属バットへ。おなじ暴力的なるものが青豆の身体を貫いている。しかもこの銃を彼女に融通した用心棒のタマルは「樺太引き上げ朝鮮人」で、「カーストのいちばん底辺」のハードボイルドな人生を送ってきたのではなかったか。

——そうだった。「暴力的な意志に含まれることに耐えられなかった」と告白する日本兵が二人、『海辺のカフカ』では完全軍装で高知の森の奥に出現したのである。

この兵隊には村上の多くの登場人物と同じように前身《ジェネシス》がいて、遡れば『羊をめぐる冒険』のラストで「戦争に行きたくなかった」と打ちあける羊男（親友「鼠」の亡霊）にゆきつき、さらにそのプロトタイプとして、あの『街と、その不確かな壁』に見た〈首のない兵隊〉に合流する。

『ねじまき鳥』で新京の動物園の中尉が兵隊に教える銃剣術、——「内臓をひっかきまわすように深く大きくえぐり、それから心臓に向けて突き上げるんです」は、『海辺のカフカ』にくると、高知の森の奥深く脱走をつづける日本兵の、――「まず銃剣をぐさっと相手の腹に突き刺しておいてからだね、それを横にねじるんだ。そしてはらわたをずたずたに裂いてしまう」に、口うつしされる。『ねじまき鳥』から『海辺のカフカ』へ。満州は新京の動物園から、日本の四国は高知の森へ。ひそかに潜行する日本兵の〈逃走のライン〉（ドゥルーズ）が引かれている。

　そしてそれらの連鎖する暴力の場面では、「ねじまき鳥」のねじを巻く音が響き、リトル・ピープルの「ほうほう」とはやす声がどよめくのだ。

二三　かくもセレブなラストエンペラー

ハルピン駅頭に立った。ずいぶん北の駅に来たな、という感慨がある。駅前の広場からして、外国に開かれた解放感がある。満州国の呪縛は解けたのだ。

たしかに呪縛だった。とりわけ長春の春誼賓館、旧ヤマト・ホテルには、愛新覚羅溥儀とその一党の亡霊が、いまでもそこいらにうろついているようだ。まったくリトル・ピープルの巣窟のようなホテルだった。

　ここでも長春の春誼賓館とおなじように、駅前広場にスーツケースを転がして、歩いてホテルにチェックインできるという便利さだが、今回のホテルはおなじヤマト・ホテルの系列でも、新館で高層の龍門大厦である。僕の通された一六階の部屋からはハルピン駅と駅前の広場が一望の下に見下ろされる。一泊朝食つき四四ドル（なぜかハルピンに来るとホテル代がドルで計算されるのである）という手ごろな値段もうれしい。

ハルピンの街はどことなくモンゴルのウランバートルを思わせる。アジアとロシアのブレンドされた薫りがする。異郷という言葉がふさわしい。歩いている人たちがどこかストレンジャーに見える。僕のようなストレンジャーでも、すっと溶けこんでいけそうだ。

たしかにモンゴルの草原やロシアの原野が近づいている。そのことをつくづく感じる。アジアにいながらすでにユーラシアであり、ハルピンはそんな砂漠のオアシスの街で、シシカバブを焼く香ばしい匂いや煙が流れ、耳をすませば騎馬民族である満州族——愛新覚羅溥儀もその一族で、長春で見学した「偽満皇宮博物館」には競馬場があり、美しい満州の馬が何頭も遊んでいた——の騎行する蹄の音も聞こえてきそうだ。

ハルピン随一の繁華街である中央大街に出るためには、ハルピン駅の北口にまわらなければならない。駅前広場を西に折れ、ごみごみした陋街を抜けると、螺旋階段があったので、それを上り、ハイウェイの脇の歩道をえんえんと北に向かう。右手下方にハルピン駅と鉄路が見下ろされる。さらに行くと右に降りる階段がある。小路が霽虹街と交叉するところに出た。

この道をまっすぐ行けば尚志大街に出るのである。えんえんと歩いて中央大街に行き着く。ともかく中国はだだっ広いから、えんえんと歩くことになるのだ。途中「雪花啤酒」の看板のある店で休む。冰紅茶を飲む。読んで字のごとくアイスティーである。茶店に涼んでいると、吹く風はもう、黒龍江省は満州の刃物のように冷んやりとした風だった。

ここは一九世紀末に帝政ロシアが建設に着手した街である。いまは中国人の街だ。ロシア人の姿はほとんど見られない。日本人もまず見かけない。物売りたちの呼ぶ声がする。アジアの茶店のゆったり感が流れている。マレー半島は東海岸の華人の茶店にみうけられるような。

中央大街を抜けて、斯大林《スターリン》公園に出た。『辺境・近境』写真篇に、ここの石の階段に憩う人たちを撮った松村映三の写真がある。村上がつけたキャプションによると、「ハルピンはなかなか魅力的な街だ。通りは広く、人々はどことなくイージーである。建物にはロシア風の味わいがある」。

ハルピン生まれの楊逸も、『おいしい中国――「酸甜苦辣」の大陸』に、「ロシア情緒が漂う中央大街《キタイスカヤ》を通って、松花江《スンガリ》へとよく散歩していた」と書いている。

長春からやって来ると、なるほど村上の書くとおり、ハルピンがイージーな街であることが実感できる。そもそも漢字で「新京」と書くと、歴史的な因縁のせいか、おっかない感じがする。その点、「哈爾濱」とか「ハルピン」というのは、やわらかくて、あったかい語感がある。

しかし一方ではハルピンには荒っぽさがある。村上が『辺境・近境』で内モンゴル自治区ハイラルについて語る、「ワイルドな風情」がハルピンまで来ると、もうすでにうっすらと漂っているのだ。

地下街の紅博商貿城では、マネキンの写真を撮っていたら、大柄な女店主に胸ぐらをつかまれ、あわや！という事態になった。しばらく僕を小突きまわし、揉みあっているうちに、あっさり無罪放免してくれたのだが。

引け際を心得ている、というか、ちゃんと計算している。かっとなって自制心を失うことはないようだ。尖閣諸島をめぐる反日デモのあっけない終息の仕方を思わせる。

管理されたデモといえば、中国の戦略そのものだが、暴力が暴走しない。上から強力に管理されているのである。

おなじヤマト・ホテルでも、ハルピンのヤマト・ホテル（僕が泊まった龍門大厦は「主楼」といって高層ホテルだが、その後ろに「貴賓楼」と称する旧ヤマト・ホテルの低層の建物が控えている）では、フロントやロビーの写真を撮ろうとすると、けんもほろろに拒絶された。玄関だとか屋内の柱の陰には、ヤクザ風の黒服、長身の男が隠見していた。

〈反日〉とはまたひと味ちがう暴力の気配が動いているようだ。

その点、大連の旧ヤマト・ホテルが一番開けている感じだ。始終外国人が出入りする港湾都市のせいもあるだろう。ホスピタリティーにあふれている。反日的な粗暴な行動にも滅多に出くわさなかった。

中国は広いから、都市ごとにカラーがことなり、上海と北京、大連と長春では、別の国みたいなのである。

ハルピンでは尚志大街と石頭道街の交差点で行き倒れの人を見た。ボロを着て、はだしで、髪はぼうぼうだが、真っ黒に日焼けした手足を見ると、屈強な中年男である。

道行く人がだれもこの乞食にかまわないのは、頭陀袋を枕に道路に寝る男が、満州の荒野からやって来たようなふてぶてしい風体で、チャリティーに値しないと見たからかもしれない。見るからに全身から黒々と暴力的なものが発散しているようだった。

ともあれハルピンでは、こんな極貧の行き倒れでも、繁華街のど真ん中に存在を許容するところがある。どん底の貧困はあっても、それが周囲に滲みだし、溶け込んでいる。そして街ぜんたいが適度に古びて、まんべんなく薄汚れているのだ。

長春だと、そうはいかない。

メインストリートの人民大街を南湖公園から長春駅まで、南北に五キロほど歩いたことがあるが、この大通りは夜ともなると、パリのシャンゼリゼかと見紛うばかりの燦然たる光耀につつまれる。ブールヴァールを睥睨するのは〈庁〉と名のつく建物の多い官庁街で、人を寄せつけない厳《いか》めしさに鎧われている。

こういう街では普通の市民はどうやって暮らせばいいのだろう？　普段の買物とか散歩とか、楽しみというものがない。息がつけない。ゴチャゴチャした市場のような界隈が大好きな僕としては、これはとても困ったことなのである。

ひと休みしたくても、茶店もなければ、レストランもない。スーパーどころか、コンビニもない。かつての満州国帝都の威光がいまも幅を利かせているというのであろうか、ともかく表玄関はピカピカに磨きあげられている。

ところが、一歩そうした光り輝く街を離れて、都市の東北部の東四条街や珠江路などに足を踏み込むと、そこはとことん荒れ果てた貧民街なのである。

『辺境・近境』で村上の言う「中国人の建築家には、建てたばかりのビルをあたかも廃墟のように見せる特異な才能がある」どころの話ではない。廃墟というもおろかな、ゴーストの住まうゴミ溜めである。なんとも名づけようのないガラクタの山があり、化け物のような廃品を店先に置いた「便民超市」があり（大八車に大人二人分ぐらいの超巨大なペットボトルの廃物が載せてあったが、あれはすごかった）、崩れかけた陋屋が細々と互いに身を寄せあっている。

長春ではそんな貧民窟が、威風堂々たる長春駅のすぐそばの一画に隔離され、押し込められているのだ。

驚くべきことには、こういう悪臭芬々たるスラム街を抜けて行かないことには（むろん、そうした細民街とは広大な広場によって隔てられているが）、長春随一の観光のメッカである壮麗な「偽満皇宮博物院」には行き着けないのである。

満州国皇帝の愛新覚羅溥儀が、在位期間の一九三四年から一九四五年までを過ごした仮宮殿である。戦前の大日本帝国の気前のよい椀飯振舞《おうばんぶるまい》の出資と設計・建築になるものだが、これで仮宮殿であるから、ついに完成しなかった本宮殿はいかばかりかと思われる。至れり尽くせりの宮廷である。

皇帝溥儀の仏堂や書斎や映画ホール、理髪室、寝室（その隣りには后妃・婉容の寝室もあった。日本語の案内文には、ママで「偽満州国皇后の婉容は溥儀と結婚した後、一度も夫婦としてベッドを共にしたことがない。正常な女性として長期的な空虚と寂しさなので溥儀の侍従と私通し、そのため、溥儀に寂しい宮殿にされる」）、トイレ（「溥儀は毎日起床後、便器に座って当日新聞を読み、［……］上奏文の裁可もする」）、勤民楼、西便殿（学問所）、東御苑（和中折衷の庭園）等々が、入場料八〇元で江湖の観覧に供されているのである（僕の見たところ観客は中国人だけであった）。

これもまた〈約束された場所〉の一つの顔にちがいない。

懐遠楼に陳列された溥儀の遺品を見てまわって気づいたことがある。

それはこの清朝のラストエンペラーが、いまで言うセレブ、一昔前のスターとかアイドルにほかならないということだ。

でなければ、帝位に就いているあいだにこれだけ神格化され、満州帝国が崩壊し、王道楽土、五族協和（日・満・鮮・漢・蒙の五族協和）も遠い夢になった、この二一世紀の長春においても、妃の孤閨や帝のトイレまでが公開され、化石のような遺愛の品々、豪華な黒塗りのロールスロイスだとか、トレードマークの金縁の丸メガネだとか、軍服に威儀を正し、勲章で胸を飾った等身大の写真だとか、日夜礼拝した仏像だとか、鳥籠だの蓄音器だの映写機だのといったフェティッシュが、大勢の中国人客を今なお引きも切らず呼び寄せる、たいへんな人気ぶりを説明できないではないか。

長春駅前の春誼賓館（旧ヤマト・ホテル）に投宿した夜、「何か」を感じた、その「何か」とは、その由来が、いまにして腑に落ちたと思った。

茫洋として捉えどころのない満州国皇帝・溥儀が放つオーラは、オウム真理教団の教祖・麻原彰晃をほうふつとさせる。あるいはこの麻原をモデルにした、『1Q84』のカルト教団「さきがけ」のリーダーを。『ねじまき鳥』が主題とする暴力の淵源は、こんなところに見出されるのだ。

長春では官と民、強大なカリスマとその支配下にある民衆、富裕層と貧困層が、当局の強権によって截然と仕切られ、その格差はまことに目を覆うばかりである。

「公安」とボディに記したパトカーを頻繁に見かける。辻ごとに「公安」のパトカーが潜んで、目を光らせ、警戒に当たっている感じだ。

夜はライトアップされる長春駅にしても、その扇を開いたような白亜の建築は、いかにも中国的な権威と伝統、ものものしい格式を感じさせる。

それがハルピン駅となると、がらりと違う。

ハルピン駅はぜんぜん中国的じゃない。ヨーロッパ的でもない。

ロシア的？　いや、ただたんに風変わりというべきだ。

僕は個人的には、長春駅の権柄づくの中国っぽさより、ハルピン駅のストレンジな感じが好きである。ハルピンはある意味では中国のすでに辺境なのかもしれない。

ただし中国ではこの辺境がたえまなく膨張をつづけているのだ。

さしも躍進する中国経済も失速をはじめたというが、あい変らず海外に進出しつづけているのが実状である。

そもそも華僑というのが巧妙な中国化の先鋒で、民族ごと、家族ごと海外に移住して、いつの間にかそこにいついて、自分たちのテリトリーにしてしまう。マレー半島などいまでは中国人の土地みたいなものである。

ハルピンにはそうした拡張する中国の辺境性がいまでもわずかに残っている。

村上の言うハルピンの「イージー」さは、『地球のはぐれ方』ハワイ篇に言う「ゆるさ」に通じるだろう。長春のように武張っていない。〈固まって prendre〉いない（ロラン・バルト）。その「ゆるさ」が僕には心地よい。中華文化に対して、満州的なもの、モンゴル的なもの、ロシア的なものが揺さぶりをかけ、ゆるくてイージーなハルピンの街が生まれたといえばよいか。

ともあれ松花江は文句なしに中国の河である。どこまでもゆるやかになまぬるく、しょんべん色をして流れて行く。

第五章

『1Q84』の東京サーガを行く

私は移動する。ゆえに私はある──青豆
今こそ《アサシン》の時──ランボー

ホテル・オークラの亡霊たち

村上春樹はホテルに恐怖と暴力の渦巻く場面を設定する。『ねじまき鳥クロニクル』なら赤坂ナツメグ──名前からしてダイレクトに赤坂を喚起する──の天才的なデザイナーの夫は、「赤坂にあるホテルの部屋で、刃物で切り刻まれて」死に、「首は胴体から切断されて、便器の蓋の上に正面を向けて載せられていた」。主人公の亨が世田谷の自宅近くにある井戸から〈壁抜け〉してゆくホテルでも、亨は仇敵、義兄の綿谷ノボルの分身と思われる者と凄惨な暗闘をくりひろげる。『1Q84』BOOK2第5章でアサシンの青豆に、DVの犠牲者のためのセーフハウス「柳屋敷」の用心棒、タマルから呼び出しがかかる──「用意はできてるか?」。「もちろん」と青豆は答える。『1Q84』のもっとも緊迫した場面だ。友だちの女性警官のあゆみが、渋谷のホテル(やはりホテルである)で全裸のまま両手をベッドヘッドに手錠で固定されて死んでいるのが発見されて、五日後のことである。牛河というカルト教団「さきがけ」のまわし者と思われる男の言う「とても長い腕」

が延びてきて、周辺の人たちに脅威が及んでいる。事態は切迫しているのだ。

「マダムからの伝言だ。今夜の七時にホテル・オークラの本館のロビー。……」

『1Q84』のハイライトの場面はこう設定される。青豆はいつでも用意ができている。彼女は迅速に行動する。その影を追うようにして、僕は虎ノ門のホテル・オークラ本館一階のテラス・レストランに来た。

パリのリッツ、アテネのグランド・ブルターニュ、バンコクのジ・オリエンタル、シンガポールのラッフルズ、世界の名門ホテルをわたり歩いてきたが、一流のホテルには特有のざわめきがある。都市生活のエッセンスをブレンドしたざわめきだ。『1Q84』のホテル・オークラの場も、この大都会特有の物音《ノイズ》から始まる。

「ホテル・オークラ本館のロビーは広々として天井が高く、ほの暗く、巨大で上品な洞窟を思わせた。ソファに腰をおろして何ごとかを語り合う人々の声は、臓腑を抜かれた生き物のため息のようにうつろに響いた」

これから青豆が暗殺する「さきがけ」のリーダーの、ベッドに横たわる巨体を連想させる描写である。それはまた東京というメガロポリスに村上がさぐり当てた吐息であり、物音であり、ざわめきであっただろう。青豆はそれを幽霊の吐く呼吸の音のように聞く、――「ロビーの幽霊たちは休むことなく、うつろな響きを口から吐き続けていた。人々は行き場を模索する魂のように、分厚いカーペットの上を無音で移ろっていた」。

『海辺のカフカ』の大島さんなら、「T・S・エリオットの言う〈うつろな人間たち〉だ」と吐きすてたかもしれない。だが『1Q84』では、オークラに足を踏み入れた、こういう世界にとってはストレンジャーの青豆は、自身も「うつろな人間」の意識をもち、同じ幽霊に自分をなぞらえる。「これをうまくやり遂げて」と彼女はオークラの洗面所の鏡に向かって、――「私は消えるのだ。ふっと、幽霊みたいに。今私はここにいる。明日私はもうここにはいない。数日後、私はもう別の名前を持ち、別の顔を持っている」。

今夏(二〇一〇年)の刊行が予告されているBOOK3で、青豆が――首都高速3号線上でピストルを口に突っ込んで自殺することなく――「別の名前を持ち、別の顔を持って」、サイボーグさながらサーバイブするのではないかと思わせる件りだが、『1Q84』の東京ではこんなふうにあらゆる対立が解消される。オークラのロビーを遊歩する人々が幽霊なら、青豆も幽霊なのだ。いや、彼女こそ幽霊の最たるものかもしれない。鏡の前で彼女が面相を一変させる様子からすると、むしろゾンビか。東京、ニューヨーク、上海、――グローバル・シティに住むすべての人々が「うつろな人間」なのだ。

だからオークラ七階のスイートでリーダーと向かいあう青豆は、どこまでいってもリーダーと対決するには至らない。どこにも争点を見出すことはない。どころか青豆はリーダーに同類を見てしまうのである。

二者は語りあえば語りあうほど似通ってゆき、ついには合体してしまう。愛しあうとさえいってよい。

というのも、この二人の擬似的な対決の場とパラレルなかたちで、『1Q84』のもう一人の主人公・天吾のパートにおける、天吾とふかえりの交わりの場が設定され、青豆とリーダーの交渉がそのアレゴリーとなっていることは明らかだからだ。

表の職業としてはスポーツ・インストラクターをしている青豆は、オークラのスイートでリーダーに筋肉ストレッチングを施すという名目で二人きりになる。その間に特殊なアイスピックで首筋を刺し相手を暗殺するのだ。ストレッチングが終わった後、「二人はそれぞれに汗をかき、激しく息をついていた」。注意してほしい、天吾とふかえりのクールの極みの交合より、青豆とリーダーのほうが激しく愛しあっているかのごとくなのである。「まるで奇跡的なまでに深い性行為を成し遂げた恋人たちのように、男はしばらくのあいだ口をきかなかったし、青豆も言うべき言葉を持たなかった」。

青豆はリーダーと交わり、天吾はふかえりと交わる。この愛のゲームにおける賭け金は、天吾がリーダー亡き後、その身代わり――後継者になる、というものだろう。おそらくBOOK3で天吾はこの任命に逆らい、二〇年来の恋人・青豆の探索と救出に奔走するだろう。ホテル・オークラの場のラストは、そんなふうにすべての対立が解消し、二者の擬似的な対立が一つの混沌《カオス》のうちに溶解することを表わしている。

青豆とリーダーの――対決ではない。対話でさえない。語らい――のうちに微妙な、奥深いユーモアを聞きとらなくてはならない。一つの大きな物語が大団円を迎え、緊張がぎりぎりまで高まったときでも、アナログな（ホットな）衝突は起こらない。青豆がリーダーの首筋の特別なポイントに、尖端を鋭く尖らせたアイスピックを「すとんと」落とす、その程度の抵抗しか生じない。そこでは血も流れないし、悲鳴も上がらない。銃声も鳴らない。チェーホフの小説作法に言及されるにもかかわらず、たとえピストルが小説に持ち出されても、火を噴くことはないのだ。

それが東京という都市のホテルで演じられる死闘なのだ。「すとんと」たなごころをアイスピックに落とすだけで、人は〈向こう側〉に移行する。ホテル・オークラの暗殺空間とは、「うつろな人間たち」が互いに刺し違え続けても、どんな障碍にも突き当たらない、そんなアサシンの暗躍するハイパーシティー空間なのだ。

一　青豆の渋谷、青山、赤坂

——村上は『1Q84』の舞台に東京を選んだ。さて、青豆の舞台は？
——青豆は村上の東京サーガの後期を体現する。彼女は玉川・青山通り（国道246）、あるいは首都高速3号線の女だ。

上馬陸橋前、首都高速3号線の真下である。左折すれば環状7号線、その先を大原交差点で右にゆけば甲州街道に入り、直進して新宿西口だ。246の上下線を分かつガードレールにスパイダーみたいにへばりついて写真を撮る。体すれすれにトラックが疾駆してゆく。かなり危ない。見上げると、首都高速の高架の裏側がのぞかれ、エイリアン東京のはらわたを目の当たりにしているようだ。三軒茶屋に向かう途中で渋滞に遭う。車を仕事場にする都市のノマドにとって、これは物怪《もっけ》の幸いというものである。思考と執筆の時間を与えられたと思えばよい。歩きながら書くことが僕のトレードマークだが、車を運転しながら書くというのは、まだ試みたことがない。わがヒロインである青豆も、——彼女の場合、首都高速3号線上のことだが——ここ三軒茶屋に向かうあたりで、「いったんこうがちがちになっちまうと、首都高は地獄です」とタクシーの運転手も嘆く、「悲劇的」な渋滞に巻き込まれたのではなかったか。

中央分離帯に走り、高架の背面をファインダーに入れて、246を連写。路肩に停めたワーゲン・ポロに目をやると、もう放置車両取締りのシニア二人組「駐車監視員」がわがポロに接近中である。急ぎ駆け戻り、タッチの差で難を逃れる。

高速で用賀から三軒茶屋に向かう。『1Q84』冒頭、「最初のうち車の流れはスムーズだった。しかし三軒茶屋の手前から急に渋滞が始まり……」。こちらの場合、車はスムーズに流れている。スムーズすぎるくらいだ。渋滞というのは呼び出せば始まるというわけではないのだ（と、いささかムラカミ調になった）。「駒沢」の表示を過ぎて、また緊急避難帯に駐車。「非常の場合以外駐車すると処罰の対象になります」と掲示が出ている。疾走するトラックに乗っているように、駐車中のポロの車体が激しく揺れる。ノートにペンを走らせるのも容易ではない。パーカーの文字が右に左にはねる。エチオピアの荒野をランドクルーザーで走ったときのことを思い出す。日が落ちた後、手さぐりでノートに判読不明の文字を書きなぐったものだ。いまは新宿西口の青梅街道に面したエクセルシオールカフェのテラスのテーブルにノートPC・ビブロを開いて書いている。パーカーで書いたノートをコンピュータに入力するのである。午後の四時半。パロマ・ガス器具やパチンコ・エスパスの広告塔に赤い灯が入った。青梅街道を渡る風がかなり冷たい。ここでも道路を走る車の走行音が絶えない。東京の耳鳴りみたいなものだ。こんなふうに僕の記述にはいくつかの場所のノートがパランプセストのように重ね合わせられている。首都高速3号線上の駒沢の緊急避難帯で書いたノートを新宿西口の青梅街道沿いのカフェでデータに打ち込む。以下、その元になったノート――『1Q84』の青豆が1984年から1Q84年に〈変更〉されるには、このくらい激しく地面が上下左右に揺れ動く必要があるのだ。アスファルトの路面を擦過するタイヤのシューシューいう音が絶えない。たしかに東京でこれほど都市のノイズを圧縮した地域は、首都高速3号線の三軒茶屋近辺をおいてほかにあるまい。その意味でここはすぐれてムラカミ的な東京サーガのポイントといえる」。

三軒茶屋へ。『1Q84』の最初の山場となる場所に来た。本にはこうある。「青豆は無言の観衆に背を向け、足の裏に鉄の無骨な冷たさを感じながら、緊急避難用の階段を慎重な足取りで降り始めた」。首都高速でひどい渋滞に遭った青豆は、渋谷のシティー・ホテルに急ぐ必要があったので、タクシーの運転手のアドバイスで車を降り、非常階段を使って玉川通り（246）に抜け出したのである。むろん緊急避難用の階段などありはしない。BOOK2の青豆のパートのラスト（現段階における『1Q84』のラスト）で彼女が確認する通りだ。一九八四年には存在した非常階段は、1Q84年に移行すると消滅する。「青豆は鉄柵から身を乗り出すようにして非常階段を探した。しかしそこに非常階段はなかった」。非常階段は消えている。村上が傍点を打って注意してくれた通り。ということは僕はいま1Q84年に入り込んだのか？

そのようにして青豆は存在しない非常階段を降りて、ここ三軒茶屋の首都高速の高架下に姿をあらわす。怪人百面相のヒロイン青豆がもっとも不気味な相貌を見せる場面である、――「四月を迎えたばかりの冷ややかな風が彼女の髪を揺らし、いびつなかたちの左側の耳をときおりむきだしにした」。

僕はそんな耳をむきだしにした青豆の影を見つけようと、三軒茶屋の地下鉄入口近くで首都高のコンクリートの鉄骨を見上げる。非常階段を降りて来るジュンコ・シマダのグリーンのスーツを着た青豆の、シャルル・ジョルダンの栗色のヒールか、「いびつなかたちの」耳が、どこかに見えるのではないか、そう思って視線を凝らす。しかし無駄である。首都高を蜘蛛のように這い降りる青豆の姿が見えるわけがない。ただ殺風景な巨大な灰色のコンクリートの柱が目の前にそびえ立つだけだ。

後になって、BOOK2のピークをなす第13章のホテル・オークラの場で、カルト教団「さきがけ」のリーダーと対決した青豆は、一九八四年が1Q84年に移行したことについて、「首都高速道路の非常階段を降りたときに、それが起こったのね」と尋ねる、――「三軒茶屋のあたりで」と。リーダーの答えは「場所はどこでもかまわない」とカテゴリックなものだ。「君にとってはそれは三軒茶屋だった。でも具体的な場所が問題になっているのではない。ここではあくまで時間が問題なんだ。言うなれば線路のポイントがそこで切り替えられ、世界は1Q84年に変更された」。

その三軒茶屋に夜が降りる。地下鉄の入口に急ぐ人影がひっきりなしに続いた。僕はポロを走らせ、246を東へ、渋谷、青山、赤坂へと、青豆の影を追い求める。

渋谷駅正面口を出て、ハチ公前広場に降りる階段の上から、東急東横店の化粧品売場の下に浮かぶ人々の写真を撮ってから、宮益坂のカフェでノートを取る。『国境の南、太陽の西』で主人公のハジメにとってのファム・ファタール（魔性の女）になる島本さんが――あるいは島本さんとおぼしき女性が、――「渋谷駅の雑踏を通り抜け、坂道を青山方向に向けてどんどん歩いて登っていった」、その宮益坂である。

青豆もそうだが、村上のヒロインは東京の街をよく歩く。その意味で東京サーガの女だ。村上の足跡を（ということは村上の小説の主人公の足跡を）追う僕も、同じように東京を歩きまわることになる。『ノルウェイの森』の直子が中央線の四谷駅を降りて駒込までえんえんと「僕」を引き連れて歩くシーンは印象的だ。「四ツ谷の駅の前を通りすぎるとき」、と『ノルウェイ』の「僕」は後になって振り返る、「僕はふと直子と、その果てしない歩行のことを思いだした。そういえばすべてはこの場所から始まったのだ」。そう、『ノルウェイ』は直子の東京の街の果てしない歩行から始まったのだ。『国境の南、太陽の西』が、島本さんと思われる女性の渋谷駅から青山方面への果てしない歩行から始まったように。『1Q84』が青豆がDVの常習犯を暗殺する渋谷のシティー・ホテルから、好みの男をハントする赤坂のホテルのバーへの移動から始まるように。僕が青豆の後を追って今こうして東京を移動するように。

宮益坂は村上の東京サーガの檜舞台になる青山通りに通じる玄関だ。と、ここまでノートPCに入力して、新宿西口の青梅通りに面したエクセルシオールカフェのテラスが冷え込んできたので、室内に移り、スパゲッティとコーヒーを新たに注文する。渋谷のシティー・ホテルで「ネズミ野郎」を「あ、あ、あちら側に送り込んできた」青豆が、と入力しようとして、「AO」と打つと「青山」と予測変換されるのに気づいた。青豆は青山に変換される。村上が青山に事務所をもつ作家であるように、青豆は青山の女であるのかもしれない。その青山ならざる青豆がたどるのも、渋谷から青山、赤坂にいたる東京の〈ムラカミ・ロード〉だった。

青山通りに並ぶ店のウィンドーに青豆か島本さんの人影を写真に撮った。

地下鉄の排気孔の上に立って、熱風に顔を煽られながら、青山紀伊國屋の看板の写真を撮った、――村上か、青豆か、島本さんのシルエットをファインダーに入れて。

外苑前で銀座線に乗り、青山一丁目へ。『世界の終りとハードボイルド・ワンダーランド』で計算士の「私」が地下の「やみくろ」の跳梁する暗黒世界から地上に這い上がってくるところだ。「我々はビルの軒先に立ってアクロポリスの遺蹟でも眺めるみたいに長いあいだ街の風景を茫然と眺めていた」。村上がここまで黙示録的な視線で東京の街を眺めたことはない。

青山一丁目の路上に出た『世界の終りと……』の「私」は、スポーツ新聞で神宮球場のヤクルト対中日の最終ゲームの記事を読む。「神宮球場の真下にやみくろの大きな巣があるとは誰も知らないのだ」。

とはいえ神宮球場が村上の巡礼に欠かせない聖地であることも忘れてはならない。球場は青山から歩いて一五分ほどのところにあり、村上のもう一つの聖地、千駄ヶ谷の二代目ピーター・キャットもすぐ近くだ。こう考えると、村上の東京サーガはかなり限定された地域で展開することが分かる。

和敬塾と椿山荘のあいだの坂道――胸突坂――を降りて、早稲田大学の文学部のある戸山キャンパスへ。村上の母校である。その中庭に天使の羽根が『風の歌を聴け』のティッシュ・ペーパーのように降りてくるのを見てから、地下鉄副都心線に乗り、北参宮で下車。千駄ヶ谷のジャズ喫茶ピーター・キャット跡をたずねる。鳩森八幡神社から歩くこと数分で現在はモダン食堂「東京厨房」になっている跡地に行き着く。村上はここで、一九七七年から一九八一年、『羊をめぐる冒険』でフルタイムの作家になるまで、三年半ほどジャズ喫茶のマスターをしたのだ。クリームコロッケ弁当を買い、神宮球場へ。ヤクルト対巨人の最終戦をやっている。ヤクルト側の外野席に陣取る。

「二十九歳の四月の午後だった」と『村上朝日堂はいかにして鍛えられたか』にある。村上龍との対談『ウォーク・ドント・ラン』で、「オーバーにいうと、神の恩寵みたいなものを感じるんですね」と言う、村上の東京サーガ第一章である。「僕はまさにこの日に、神宮球場の外野席で、既に作家になっていたのだ」。その神宮球場の外野席で風に吹かれていると、ここで「小説を書こう」と決意する「神の恩寵みたいなもの」を村上が感じたのも、さもありなんと思わせる。

僕はかつてこの信仰告白を読んで、これは村上流のジョークだろうと思った。僕は間違っていたのだ。これは村上にとってジョークでもアイロニーでもない。それは字句通りに解されなければならなかったのだ。スポーツと等価な「書くこと」。村上にとって書くことは体を動かすことなのだ。野球の試合を見て書くことの啓示を得た村上が、ずっとのちになって三〇年後の『1Q84』に、――「しかしその一瞬、暴力的な思念が強烈な電流のように青豆の肌を貫いた。ポニーテイルの手がさっと伸びて、彼女の右腕をつかもうとした。それはきわめて迅速で的確な動作であるはずだった。空中の蠅をつかめそうなくらいの速さだ」

こういう文章――「さきがけ」のリーダーを殺した青豆がオークラを去るとき、リーダーの用心棒に察知した暴力の気配――に至り着くのは、自然なことなのだ。

ヤクルト・スワローズのファンたちの淡々とした応援の様子を写真に撮る。淡々と応援し、ヤクルトが得点したりすると、透明なピンクの小さな傘をひろげて東京音頭を歌う。淡々と。

熱狂はない。フィーヴァーはない。

村上がなぜヤクルト・ファンなのか、つねづね僕は不思議に思ってきたのだが(「阪神間キッズ」を自称する村上なら阪神ファンのはず)、今日、ヤクルト・巨人戦を観戦して分かったことがある。阪神ファンはトラキチと言われる通りファナティックだ。村上はファナティックなものに拒否反応を示す。『1Q84』は端的にはファナティシズム批判の書だ。オウム真理教の信者、柳屋敷の女主人、全共闘の過激派、イスラムの自爆テロリスト、これら原理主義的な思想の信奉者は、村上の好むところではない。

神宮球場におけるヤクルト・ファンは、ファンという呼称が不似合いなほど淡々としている。傘をさして飄々と東京音頭を歌い、飄々と踊る。『1Q84』の青豆のパートのラストで、青豆——彼女にも原理主義的なところがある。「宗教がらみの原理主義者たちに対しては一貫して強い嫌悪感を抱いていた」とあるが、少女の頃、新宗教の家庭で育ったトラウマのある青豆にとって、これは近親憎悪に他ならない——その青豆が首都高速3号線の非常用駐車スペースで見るエッソの看板には、熱しやすいタイガーズ・ファンへのユーモラスな目配せがあるのかもしれない。

「青豆は歪めた顔をもとに戻してから、注意深くあたりを見回し、もう一度エッソの広告看板を見上げた。虎も給油ホースを手に、尻尾をくるりと上にあげ、こちらに流し目を送りながら、楽しげに微笑んでいた」

かっかとなるタイガーは、青豆の目には「楽しげに」、読者の目には剣呑に見える。そういう双面神の虎なのだ。

ドトール・コーヒーの店内。正面に「東京厨房」が見える。あの建物の二階に二代目ピーター・キャットがあって、『風の歌を聴け』のいくつかの断章はあそこの台所で真夜中から明け方のあいだに書かれたのだ。村上によれば「キッチン・テーブル小説」である（『村上朝日堂の逆襲』）。「都会でサーバイブする人間の時間性のすきまからしぼり出された小説である」と。ジャズ喫茶のマスターとして客にサーヴィスする合い間の、細切れの時間の隙間で書いたために、『風の歌』はあんなふうの断片fragmentsの集積になったのだと。

鳩森八幡神社近くの「東京厨房」、すなわちピーター・キャット跡を通り、外苑西通りに出る。右手に村上の嫌うラーメン屋の匂いのするホープ軒、数多の戦後文学の神話を創った河出書房新社を見ながら南下、キラー通りに入り、神宮前三丁目から青山通りに下っていくと、ここが何度も通った道であるにもかかわらず、村上の伝記のページから、あるいは彼の小説のページから、町角や道行く人が浮かび上がってくるような気がする。『世界の終りと……』に、――主人公の「私」はピンクのスーツの女の子と地下の暗黒をさまよっている、――「この上あたりに二軒並んだラーメン屋と河出書房とビクター・スタジオがあるはずだった」。ここで村上は「ハードボイルド・ワンダーランド」の「私」に彼自身の「伝記素」（ロラン・バルト）というべきものを付与する。村上の常套である、――「私の通っている床屋もその近くにある。私はもう十年もその床屋に通っているのだ」と。この「私」など、小説の主人公なのか、村上自身なのか、区別がつかない。ピンクのスーツこそ着ていないが、ムラカミふう女の子たちも何人か歩いている。彼女たちがみんな村上の本から出て来たように見える。村上が書いた東京サーガの一ページを行く。ここで書き、ここを書いた、という二重の意味で。

そして元のノートに戻って、渋谷。２４６を走っている。まっすぐ行けば六本木通り、斜め左に行けば青山通り。右手に東急ホテルの高層ビルの窓の光が夜空に伸びている。青豆は渋谷のシティー・ホテルの一室で、ＤＶをくり返す「ネズミ野郎」の首筋に尖端を尖らせたアイスピックを刺して死にいたらしめる。「いったん位置を定め、心を決めると、彼女は右手のたなごころを空中に浮かべ、……」。

あの渋谷の夜に無数の光の穴を穿つ窓の一つに、一人の女が右手をふりかざし、それを「すとんと」落とす光景が見られるのかもしれない。仕事を済ませた青豆はタクシーを拾い、「赤坂のホテル」に向かう。赤坂ナツメグの夫が首を切断され惨殺された「赤坂にあるホテル」かもしれない。青豆の

「手には生命が消滅していくときの感触がまだ残っている。最後の息が吐かれ、魂が身体を離れていく」。渋谷から赤坂に向かうタクシーの一台に、そういう最後の息の感触を手に残したアサシンの女が乗っているのだろうか。

赤坂見附、エクセル・ホテル東急の前。タクシーが停まり、青豆に似たグリーンのスーツの女が足早に玄関に消える。このホテルの最上階、一四階のスーパーダイニング〝ジパング〟のバーで、赤坂の夜景を眺めながら、その夜初めて会った中年の男に、青豆は「あなたのおちんちんは大きい方?」とささやくのだろうか? たぶんハスキーなそんな青豆の声が聞こえたような気がした。もうここは『1Q84』の大団円の舞台、虎ノ門のホテル・オークラも目と鼻の先である。

その「赤坂のホテル」というのはどのホテルだろう、という好奇心からグランドプリンスホテル赤坂に来た。冷え込んだ雨の日だ。旧館二階の「五色の間」では石原伸晃の会が開かれ、受付に黒服の男たちがたむろしていた。エレベーターで新館四〇階のトップオブアカサカに上る。雨の赤坂が一望された。フロアの半分ちかくを占める広いラウンジである。照明を落とした室内に白いテーブルが点在する。青豆が男をハントする雰囲気ではない。政界や財界の人が談合でもしていそうなカクテルラウンジだ。むろん村上が小説の舞台にする「赤坂のホテル」は、いくつかある赤坂のホテルの集合から村上が創造した虚構のホテルだが、この赤坂プリンスは青豆に似合わないと思った。

客はまばらで閑散としている。女性が一人ピアノを弾いている。『1Q84』にある「ピアノとギターの若いデュオ」ではない。ダイキリを注文した。夜景はさすがに美しく、眼下に延びる青山通り(246)や外堀通り、首都高速を走行する車のライトが、蛇行する光の川をうねらせ、無数の夜光虫がうごめいているようだ。

この光のるつぼのどこかに「無名のままひっそり移動」する青豆が潜んで、次の暗殺をたくらんでいるのだろうか。

二　天吾の新宿

——すると天吾は？　天吾が体現するのは村上の原《ウル》東京なのか？
——初期であり前期、東京サーガの起源《ジェネシス》だろう。つまり新宿。

青山通りを表参道で左折、村上が東京の「バミューダ魔の海域」（『村上朝日堂はいかにして鍛えられたか』）と呼ぶ交差点を過ぎて、神宮前で右折、明治通りに入る。ジャズ喫茶二代目ピーター・キャットがあった千駄ヶ谷の鳩森八幡神社を右手にのぞみながら、明治通りを北上、甲州街道と交わる新宿四丁目交差点の手前に駐車した。豆を挽き、ジャーの熱湯を注ぎ、香ばしいコーヒーを喫する。ノートPCでこの文章の添削と推敲を少し。まるで道路に手を入れているようだ。書いては車を走らせ、駐車しては上書きする。明治通りをスタート、新宿通りへ左折、紀伊國屋書店の前にポロを停めた。

PC・ビブロを開くと、青い待ち受け画面に新宿通りをゆく人波が映る。マスクをした人もいる。新型インフルエンザは警戒レベルに達しているのだ。シートに仰向けになって、膝にコンピュータをのせ、この文章を入力する。目をつむると、タイヤが道路を擦過する音が振動とともに伝わってくる。呼び込みの声、交通整理の合図、工事のドリルの音。パトカーのサイレン。新宿の街のこのざわめきは村上の本に流れる通奏低音だ。

僕がいま車窓に見る紀伊國屋書店は村上のヒーローのお気に入りのスポットである。ざっと思いだしただけでも、『ねじまき鳥クロニクル』の亨は加納クレタという娘にクレタ島への移住を誘われると、新宿に出かけ「紀伊國屋書店でギリシャの旅行案内書を二冊買い」、『スプートニクの恋人』の「ぼく」（K）は恋人のすみれから消印がローマの手紙を受け取った日、新宿の街に出て「紀伊國屋書店で新刊書を何冊か」買う。『ノルウェイの森』の「僕」（ワタナベ）は、「新宿に出て街を歩いて時間をつぶす」とき、「紀伊國屋書店でフォークナーの『八月の光』を」買う。

僕は紀伊國屋書店でチェーホフの『サハリン島』を買う。『１Ｑ８４』で天吾がふかえりに朗読する本である。一番目立つ棚に今も『１Ｑ８４』が何十冊と平積みになっている。その『１Ｑ８４』の東京紀行をする僕が紀伊國屋で『１Ｑ８４』を手にとって見る。その『１Ｑ８４』には紀伊國屋書店が出てくる。その紀伊國屋には『１Ｑ８４』が何十冊と……。そんなメビウスの環に僕は巻き込まれてゆく。

紀伊國屋の裏にはかつてＤＵＧというジャズ喫茶があり、六〇年代末に村上が頻繁に通った。『ノルウェイの森』では「ドイツ語の授業が終ると」と小説の場面に移し換えて、「我々［ワタナベと緑］はバスに乗って新宿の町に出て、紀伊國屋の裏手の地下にあるＤＵＧに入ってウォッカ・トニックを二杯ずつ飲んだ」。その後もＤＵＧは出てくるが、そのときに緑が飲むのは、『１Ｑ８４』の青豆と同じトム・コリンズである、――『何飲んでるの?』と僕は訊いた。／『トム・コリンズ』と緑は言った」。緑と青豆、似ている。二人ともあけすけで、ストレートで、ワイセツ感あふれる。

村上の東京サーガの出発点は新宿にある。『１Ｑ８４』では、ＢＯＯＫ１第２章、天吾のパートの冒頭は、ここ「新宿駅近くの喫茶店」である。そこで天吾は編集者の小松——たくさんの人が消える『1Q84』にあって、彼も行方が分からなくなる一人だ。「さきがけ」の手にかかって殺されたのかもしれない、「なにしろ小松さんは『空気さなぎ』の担当編集者になって、あの本に関することは一人で仕切ってきた」のだから。——と会い、ふかえりという一七歳の少女が新人賞に応募した小説『空気さなぎ』について話しあう。応募作の下読みをした天吾に、小松は半強制的にリライトを命じるのだ。『空気さなぎ』はベストセラーになり、その結果、小松も天吾もふかえりも、強大で危険なカルト教団「さきがけ」を敵にまわすことになる。一〇歳になるまで「さきがけ」の一員だったふかえりは教団の内情に深く通じており、小説「空気さなぎ」は「さきがけ」の内部告発の書でもあるからだ。

その後も天吾が初めてふかえりと会うのは、僕が今——また別の「今」。そんなふうに「今」が次々とずれていく——その前にポロを停めているカレーの中村屋である。彼女を新宿駅まで送る途中、天吾にこんな幸福感がやってくるのも、この新宿通りでのこと、——

「天吾はふかえりを新宿駅まで送った。多くの人は上着を脱いで通りを歩いていた。ノースリーブ姿の女性さえ見受けられた。人々のざわめきや、車の音がひとつに入り混じって、都会特有の開放的な音を作り上げていた。爽やかな初夏の微風が通りを吹き抜けていた。いったいどこから、こんな素敵な匂いのする風が新宿の街に吹いてくるのだろう。天吾は不思議に思った」

むろんこの抒情的な気分には、天吾のふかえりへの無意識の恋愛感情が混じっているのだろうが、ここには作者による読者への〈新宿〉に関する目配せがあるようだ。村上はやはり新宿大好きの、新宿キッズだったのだ。ふかえりと別れた後、天吾は「紀伊國屋書店の近くにある小さなバーに入ってジン・トニックを」飲む。たぶん一九歳の村上は東京に出て来た頃、六〇年代初頭の僕がそうであったように、どこよりもまず新宿紀伊國屋書店に足を運んだのだろう。

青豆のパートは用賀、三軒茶屋の246ラインで始まり、渋谷、青山、赤坂へとムラカミ・ロードを東上する。一方、天吾のパートは新宿に始まり、中央線ラインを高円寺、立川、さらに青梅線の二俣尾（ふかえりが身を寄せている後見人役の戎野《えびすの》方）へ西下する。

この西に下る移動には村上自身の東京体験が反映していそうだ。一九六八年、早稲田に入学した村上は、「とりあえず目白にある学生寮に入った」と『村上朝日堂』にある。和敬塾だが、「この寮は椿山荘の隣りに今でもあるから、目白通りを通った時はちらっと見ておいて下さい」。これは村上の最初期のエッセイで、一九八二年の記述。二〇一〇年の今も和敬塾はあり、つい先日僕は探訪したばかりだ。「目白の寮を追い出されてから」と『村上朝日堂』は続く、――「練馬の下宿に移った。早稲田の学生課で見つけたいちばん安い部屋である。三畳で四千五百円……」というあたり、一九六二年に東京の大学に入った僕が下宿した四谷三丁目の三畳の下宿と同じである。「下宿は西武新宿線の都立家政の駅から歩いて十五分くらいの距離にあった」。その次にアンダーラインしよう、――「ほとんど学校にも行かずに、新宿でオールナイトのアルバイトをして、そのあいまに歌舞伎町のジャズ喫茶に入りびたっていた」。ここも僕の学生時代と大差ない。一八歳の僕は夜通し黄色い表紙のガルニエ版のランボーを読んで、夜明け前の歌舞伎町をほっつき歩いた。「ジャズ喫茶といえば、……『ダグ』とか『オールド・ブラインド・キャット』なんかがよかった」。ジャズ喫茶というと、僕の場合、渋谷のDIGだ。村上の通った「ダグ」は今はないが、近くの靖国通りに移転した「ニュー・ダグ」で僕はいま、このノートにPCでデータの上書きをしている。ダークブラウンの薄暗い室内は六〇年代の雰囲気をとどめる。地下に降りてゆく木の階段が鈍く飴色に光っている。店のマダムは細身の美人である。

同じ『引っ越し』グラフィティ」に、――「僕はもうかれこれ十年近く西武新宿線に乗っていないけど、あの歌舞伎町→西武線→都立家政の生活は今でも僕の体の中にザラッとした感じですごくリアルに残っている。ここには一九六八年の秋から翌年の春まで住んだ」――村上が語る一九六八年の歌舞伎町の「ザラッとした感じ」は、『風の歌』から『1Q84』にいたる村上の全作品に確実に――「すごくリアルに」――痕跡を残している。

みずから「シックスティーズ・キッズ（六〇年代の子供たち）」と名乗る村上の東京サーガは、ここ新宿歌舞伎町で立ち上がったのだ。このころ歌舞伎町のジャズ喫茶に入りびたり、オールナイトのアルバイトした、村上の体に残る「ザラッとした感じ」は、『ノルウェイの森』では、「映画館を出て午前四時前のひやりとした新宿の町を考えごとをしながらあてもなくぶらぶらと歩いた」とか、「寮に着いたのが四時半で、僕は部屋に荷物を置くとすぐに服を着がえてアルバイト先の新宿のレコード屋に出かけた」というところに反映している（後者は京都の阿美寮に心を患う直子を訪ねた主人公のワタナベが東京の寮に戻ったときのこと）。

歌舞伎町といえば短篇「かえるくん、東京を救う」（『神の子どもたちはみな踊る』所収）に「新宿歌舞伎町は暴力の迷宮のような場所だ」とある。青豆を村上タイプの〈東京の女〉というなら、彼女の核に潜在する「暴力の迷宮」は、村上が六〇年代末に入りびたった歌舞伎町のジャズ喫茶やオールナイトのアルバイト生活に流れる「ザラッとした感じ」、「ひやりとした」街の感触に、その淵源を求めることができる。

文書を保存し、PCをシャットダウンして、ニュー・ダグを出た。DUGの看板のネオンを背景に、靖国通りを行く人波を写真に撮った。歌舞伎町一番街の雑踏を写真に撮った。

歌舞伎町に流れてゆく人波を見ていると、記憶のコアを刺激するザワザワしたものを感じる。都市のへそであり、原点だ。一番街に入りコマ劇場を過ぎて右の角にあるラーメン二郎では、いかにも歌舞伎町の胃袋といった活力のある麺が食べられる。この部分は「マクドナルド新宿西口駅前店」のレシートにパーカーで書いたメモを、「マクドナルドコマ劇場前店」二階のテーブルで歌舞伎町一番街の深夜の雑踏を見下ろしながらビブロに入力した。

天吾にとってと同様、青豆にとっても新宿は大事な街だ。彼女はオークラで「さきがけ」のリーダーを殺害した後、教団「さきがけ」のリトル・ピープルに追われる身になるわけだが、真っ先に新宿駅に駆けつけコインロッカーで所持品の整理をする。「青豆はようやくコインロッカーにたどり着き、ショルダーバッグと人造革の黒い旅行バッグを取り出した」。青豆に出発と逃亡の気配が寄り添う瞬間である。

新宿はアウトローの逃げ込み先なのだ。コインロッカーではないが、『世界の終りとハードボイルド・ワンダーランド』でも、「組織《システム》」に追われる「私」は新宿駅の荷物一時預り所に頭骨とデータを預けるだろう。『ノルウェイ』のワタナベは直子の自殺を知ると、「リュックに荷物をつめ、銀行預金を残らずおろし、新宿駅に行って……」と、青豆同様、すべてをチャラにして新宿駅経由、「西へ西へと」放浪に出る。

村上の主人公は、こんなふうに人生をタブラ・ラサして村上のヒーロー、ヒロインになる。『羊をめぐる冒険』の「僕」も、そうだ。「右翼の大物」の「黒服の秘書」に理不尽な任務——特殊な能力をもった「羊」を探せという――を負わされた「僕」は、車の運転手に、会社に戻るか、それともどちらかに？　と聞かれると、「新宿の西口に」と簡潔に答える。

大ガードを抜けて東口から西口へ。靖国通りから青梅街道へ。甲州街道をクルージングしてゆく。青梅街道沿いの ampm で、東南アジア系のレジの女性からハヤシライスを買い、レンジで温めてもらって、ガードレールに寄りかかり、熱々のを立ったまま食べる。たしかにこのあたりにはまだ新宿西口が広っぱだったころの記憶が残っている。吹きっさらしの荒野でものを食っている気分だ。西口では僕にとってはやはり甲州街道と青梅街道がいい。『村上ラヂオ』に、――「新宿の西口に出るたびに『昔〔「時刻は午前三時で、たぶん一九六八年の夏だった」〕ここにはただ広い原っぱがあったんだよな』と思う。思ってどうなるというものでもないんだけど」。『ノルウェイの森』にも、一九六九年当時のこととして、「西口の原っぱに行き、そこで即席の宴会のようなものを開いた」。

村上の小説ではめずらしく小田急沿線の世田谷に住む『ねじまき鳥』の亨は、失踪した妻のクミコを探す方策が尽きたとき、叔父のアドバイスに従い、新宿西口に出てぼんやりと群集の顔を眺めて時を過ごす。『海辺のカフカ』のナカタさんも、新宿西口の広場から四国への旅に出発する。

村上の東京サーガ起源《ジェネシス》の場所――新宿。それも西口。その高層ビルの前の「小さな広場」で出会った女に、亨は再会する。「結局またここに戻ってきたわけね」。後に赤坂ナツメグと名乗る女がそう亨に話しかける。そう、村上のヒーローは何度でも「ここに戻って」くるのだ、――このまだ「ザラッとした感じ」を残す新宿西口の広場に。

新宿西口にあらわれた赤坂ナツメグは、その名の通り亨を赤坂方面に導く女である、――『1Q8

4』の青豆が渋谷から青山通りを通って赤坂、六本木、虎ノ門〈ホテル・オークラ〉へ東上する〈ムラカミ・ロード〉の女であるように。

もう一つ別のルートが『1Q84』には引かれている。やはり新宿駅を起点とし、主として中央線、青梅街道に沿って西に延びるルートである。この西下するルートは『1Q84』では、もっぱら天吾によって辿られることになる。

三　二俣尾／千倉まで

――問題の1984年、あるいは1Q84年に、村上はどこで何をしていたか？

――村上は1984年、あるいは1Q84年に、千葉で『世界の終りとハードボイルド・ワンダーランド』を書いていた。


「間もなく吉祥寺……」

快晴の日曜日である。『1Q84』で天吾がふかえりと青梅線の二俣尾に文化人類学者の戎野先生――この人物も『空気さなぎ』の担当編集者小松や天吾の愛人の安田恭子と同様に、BOOK2の途中で出てこなくなる。「さきがけ」に消されたのか？――を訪問するのも、今日と同じよく晴れた日曜日だ。

ただし天吾には日曜日にまつわるいまわしい思い出があって、子どもの頃、日曜にはいつもNHK

の集金人の父親に連れられて戸別訪問のお供をしなくてはならなかった。天吾はこの中央線の車中で、子供時代の日曜日の体験がトラウマになっていることを苦々しく思い起こすのだ。

「次は武蔵境……」

『ノルウェイの森』で吉祥寺に住むワタナベを訪ねて、レイコさんが武蔵野の風景に見入る場面がある。京都の阿美寮で直子の仲のよい友だちだったレイコさんは、直子が自殺した後、阿美寮を去り、上京して来たのである。

六〇年代にはこのあたりにはまだ武蔵野の雰囲気が色濃く残っていたのだ。村上はその頃、三鷹や国分寺に住んで、中央線はなじみ深い電車だっただろう。「国分寺・下高井戸コネクションの謎」という文章もあって（『村上朝日堂の逆襲』）、夢の話だが、「国分寺に行こうと電車に乗るんだけど、……下りてみると、そこが下高井戸なんですね」という奇妙な中央線「コネクション」を語っている。

「次は立川……」

ここで天吾とふかえりは青梅線に乗り換える。なるほど外の空気や光線の具合いが少し変わったようだ。「小作《おざく》」、「河辺《かべ》」……おかしな読みの地名が続く。なんとなくムラカミふう異界に近づいてゆく気分だ。そういえば「青梅《おうめ》」だって、けっこう変な読みだ。次がその青梅である。

右手に「思い出横丁」、左手に「パチンコ・ジャンボ」の大イリュミネーションの輝く一角にポロを停めている。天候が不順なのか、よく大雨が降る。『海辺のカフカ』の星野青年を四国の高松市で迎えるカーネル・サンダーズのメガネと白いヒゲが軒下にのぞく。『カフカ』を読んだ後では、あの笑顔がシュールに見えるから不思議なものだ。日没後のことで、パチンコ店の滅法明るい照明がありがたい。漂流する都市のノマドの僕がポロで仕事をするようになって何日にもなるが、ノートPCのキーボードがこんなにはっきりと見えたことはない。

大ガードと青梅街道を行き来する車が目の前を切れ目なしに通る。午後六時、ポロの車窓の右手に帰宅を急ぐ人波が繁くなった。パチンコ・ジャンボの店先では、「月の雫」と記した広告板を胸の前につけた女の子が、ビニールの雨合羽を着てチラシを片手に道行く人に声をかけている。「月の雫」が何を意味するのか、僕はつまびらかにしない。カラフルな傘をさした人々が絶え間なく地表を動いている。

「青梅」という地名は青豆と関係があるのだろうか、というのが、そのとき僕を捉えた疑問だ。青梅街道を目の端に入れていたからか。

青豆は青山通りの女だ。彼女は渋谷、青山、赤坂のムラカミ・ロードを東上する。一方、天吾は中央線ラインを西下し、青梅線に乗り換え、二俣尾にいたる。しかし、天吾を青梅線の二俣尾に導くふかえりには、青豆と気脈を通じるところがある。青豆とふかえり——動の青豆、静のふかえり、陽の青豆、陰のふかえりと、対照的な女性だが、この二人は肝胆相照らすといってよい。青豆、青山、青梅のラインがあるのかもしれない。天吾を青梅線へ導くふかえりの共謀者の青豆を僕は想像する。——そういえば僕がいまポロのフロントガラスに見る西新宿の雨に煙る青梅街道は、青梅を経由してまさにその二俣尾まで延びているのだ。

青梅で同じ二番線から出る電車に乗り換える。車内にはハイキングの服装の人が多くなった。『1Q84』にあるとおりだ。

二俣尾駅に降り立つ。なかなか風合いのある駅舎だ。走行する車やオートバイの騒音が止むと、ひっそりとした静寂がおとずれる。僕は『羊をめぐる冒険』の主人公がガールフレンドと一緒に、北海道の十二滝町に足を踏み入れてゆくときの感覚を味わっている。冷んやりとしたアナザー・ワールド――僕の二俣尾の印象である。

帰路、中央線で村上の「ピルグリメイジ（巡礼）」をする。村上も似たことをしている。「一カ月ばかりアメリカに滞在してスコット・フィッツジェラルドゆかりの地を巡った」（『ザ・スコット・フィッツジェラルド・ブック』）。スコットの巡礼をする村上の巡礼をする僕というふうに、紀行あるいは巡礼は連鎖、伝染するものであるらしい（後に『色彩を持たない多崎つくると、彼の巡礼の年』を書く布石は、こんなところに打たれていたのか）。

最初に立川。『スプートニクの恋人』で主人公のKが愛人の息子の「にんじん」の万引事件で呼び出されるのが、立川のスーパーだった。「にんじん」は小学校教師のKの教え子で、愛人はその母親という、かなり危険な設定だ。

危険な設定といえば、天吾と年上の人妻との関係だって、そうだ。ある夜、安田と名乗る男から電話がかかってきて、「家内はもうお宅にお邪魔することはできないと思います」と告げる。慇懃であるだけに不気味な電話である。

多くの点で天吾はKと似ている。ともに年上の人妻を愛人とすること、ともに教師の職にあること（天吾は代々木の予備校講師）、ともに真剣に愛する恋人がいて、「スプートニクの恋人たち」というべき孤独なすれ違いの関係にあること（天吾は青豆と、Kはすみれと）、ともに小説を愛好すること（天吾は小説を書いている）、そしてともに中央線沿線に住むこと（天吾は高円寺、Kは国立）。

中央線に村上巡礼を続けて、国分寺で降りる。

――それはあった。初代ピーター・キャットの跡地、国分寺市南町二丁目一一番地。殿ヶ谷戸庭園と通り一本へだてた隣りにある。そのビルの地階の今は「スペース・トミーネ」という貸ホールで、一九七四年から七七年まで三年ほど村上はジャズ喫茶のマスターをしたのだ。そこへ降りてゆく狭い階段をのぞき込むと――入口に鎖が張り渡されている――、『風の歌を聴け』から『1Q84』にいたる、ムラカミ・ワールドに流れるジャズが響いてくる。

――問題はピーター・キャットですね。あのジャズ・バーには作家、編集者、イラストレーターが何人も来た。村上龍、中上健次、安西水丸……。「海」の安原顕や「ユリイカ」の小野好恵が連れて来たんでしょうね。カウンターの内側にいるジャズ喫茶のマスターの村上は、当時のもっとも先鋭な文学の動静に、じっと聞き耳を立てていたにちがいない。〈世界のムラカミ〉がピーター・キャットのカウンターの内側で誕生しつつあったのだ。

そんなことを僕はある会合の二次会で詩の雑誌の若い編集者に話した。

ついで三鷹。村上は国分寺でピーター・キャットを開く前に、三鷹のアパートに二年ほど住んだ。そのころ飼っていた猫は「ピーターという名前で、ペルシャと虎猫の混血の、犬みたいに大きな雄猫だった」(『村上朝日堂』)。この三鷹の森の猫は、一九七一年、学生結婚した村上が文京区千石の陽子夫人の実家に居候した際にもついてきて、都心の空気になじめず、田舎に戻って森に消えたという。ピーター・キャットの名前は、この三鷹・千石時代の猫の名から取られた。

午後一〇時五〇分。歌舞伎町一番街の入口近くの靖国通りにポロを停めて、ノートPCにこの文章を入力していると、車窓に見る一番街のネオンの下を歩く人々が、光り輝くイリュミネーションに吊り下げられているように見える。吊り下げられて透き通ったように見える。夜が更けるとともに輝きを増すネオンの光に僕の体も蒼白く染まっていくようだ。蒼白く染まって亡霊じみたものになっていくようだ。

そして高円寺。ここには特定できるスポットがある。「今どこにいるんだ」と天吾が、『ノルウェイの森』のよく知られたエンディング以来、村上の読者には親しいものとなった電話口の問いをふかえりに発すると、「マルショウというみせのいりぐち」と例によってふかえりは仮名だけの返事をする。「彼のアパートからそのスーパーマーケットまでは二百メートルも離れていない。そこの公衆電話から電話をかけているのだ」。

スーパー「マルショウ」は「ユータカラヤ」と名前を変えて、高円寺の北口を出てすぐのところにちゃんと実在する。小説の舞台となる場所をブラックボックスに入れる村上——たとえば『海辺のカフカ』では四国高松市の実在しない「甲村記念図書館」。『スプートニク』のギリシャの「小さな島」。あるいは『ノルウェイ』の京都にある阿美寮、——そういう村上にしては、この「マルショウ」のリアリズムの記載は例外的だ。

いまはその「ユータカラヤ」の目の前にある中華料理屋「大陸」でラーメンと餃子の夕食を食べている。——大変な中華アレルギーで（村上の父の戦前の中国における軍隊経験が原因といわれる）、シュウマイの匂いがしただけで横浜駅には降りられないという村上には申し訳ないが、いや、ここのラーメン餃子はおいしいです。

ユータカラヤは素敵なスーパーマーケットだ。僕は一目見て気に入った。猥雑で、活気に満ちて、ガヤガヤと賑やかで、ふかえりのような妖精がふっとあらわれたりするのに打ってつけだ。店の向かいには今どきめずらしい公衆電話もあって、携帯の存在しなかった一九八四年には（あるいは1Q84年であっても）、ふかえりのような謎の美少女が天吾のような茫洋とした男に電話をかけたりしそうな雰囲気がある。

東京駅で京葉線特急「さざなみ」七号館山行に乗車。午前一〇時半発。今日も快晴の日曜である。「間もなく木更津です。木更津の次は君津に止まります。……」

『1Q84』BOOK2で天吾は二度、千葉の海辺の町、千倉に行く。彼は車中「猫の町」という小説を読む。僕はBOOK2の千葉の千倉が出てくる二章――第8章「そろそろ猫たちがやってくる時刻だ」と、最終の第24章「まだ温もりが残っているうちに」を読み返す。千葉の「千倉」と「猫の町」という本は、いかにもムラカミふう取り合わせだ。

また別の日に。

この文章をビブロに入力するポロの車中から見ると、歌舞伎町一番街のネオンが限りなく眩暈に近づいて見える瞬間がある。赤や緑や青の光があちこちではぜているようだ。ちりちりとネオンに体を焼かれるようだ。「多くの祭り《フェト》のために」と『ノルウェイの森』のエピグラフにある「フェト」が歌舞伎町で今たけなわだ。

天吾はふかえりに、千倉に行くことを「猫の町に行く」と言う。ふかえりも「ネコのまちにいけばわかる」と言うだろう。『1Q84』の一番素敵な二行だ。

「『ネコのまちにいけばわかる』とその美しい少女は言った。そして耳を露わにしたまま、白ワインを一口飲んだ」

「まもなくさぬきまちです」

　ふかえりの語りが伝染したのか、車内放送が仮名ばかりで聞こえるようになった。「ネコのまち」が近づいているのだろう。

「天吾はその短編小説を二度繰り返し読んだ。失われるべき場所、という言葉が彼の興味をひいた。それから本を閉じ、窓の外を過ぎ去っていく臨海工業地帯の味気ない風景をあてもなく眺めた」

　村上にあってはこのように、本の中の情景と、本の外の情景が対比される。「失われるべき場所」としての「猫の町」と、千葉県の臨海工業地帯の向こう側にある「千倉」と。『羊をめぐる冒険』で北海道の旭川に行く汽車のなかで、「十二滝町の歴史」という本と、車窓にひろがる光景が対比されるように。そのようにして村上の場所は「失われるべき場所」に移され、本のページに移されてゆく。一九八四年が１Ｑ８４年に移行するように。


　僕は西新宿一丁目の交差点で甲州街道に右折しようとして、おびただしい人の群れをぼんやりと眺めていた。ampm の前に外国人が一人、あおむけに道路に倒れ、人だかりがして、パトカーのサイレンが近づいてきた。僕は甲州街道の角筈にポロを停めて、ビブロのキーボードを手さぐりで打っている。

「まもなくほたにとまります」

「製油工場の炎、巨大なガスタンク、長距離砲のような格好をしたずんぐりと巨大な煙突。道路を走る大型トラックとタンクローリーの列。『猫の町』とはかけ離れた情景だ」

『１Ｑ８４』に描かれる千葉である。当然、窓外の風景は「猫の町」とは「かけ離れ」ている。「かけ離れ」ているからこそ、二つの光景を重ね合わせることができる。その間の事情を村上は、「そのような光景にはそれなりに幻想的なものがあった」と続ける。千葉の臨海工業地帯に「幻想的なもの」が忍び込む。するとたちまちそこが「猫の町」に変わる。なぜなら「そこは都市の生活を地下で支える冥界のような場所」であるからだ。

『1Q84』の東京には、千葉の「ザラッとした感じ」が核《コア》のようにして秘められている。そのことを天吾は千葉の臨海工業地帯を車窓に見た印象として、「都市の生活を地下で支える冥界のような場所」と言ったのだ。千葉は東京の冥界（「猫の町」）なのだ、と。東京の冥界としての千葉、その千葉の核《コア》としての「猫の町」。

「まもなくいわいです。いわいのつぎはとみうらにとまります」

東京と千倉の対比は、新宿の夜空に赤く燃える炎の照り返しと、「猫の町」の静謐の対比である。村上はこの対比をくり返し小説に書いた。『ノルウェイの森』の京都の阿美寮と新宿歌舞伎町の対比は、その初期のプロトタイプである。あるいは『世界の終りと……』の地下の「やみくろ」の世界と、「私」が地下鉄の階段を上って見る青山一丁目の洗練された街と。『村上朝日堂の逆襲』に、――「先日真夜中に近所を散歩していて、新宿の方向を見たら、その街の上空だけがまるで火事か何かみたいに煌々と照りかがやいていた」。これは一九八五年頃の記述である。つまり『1Q84』のモデルになった新宿だ。ここにも千葉の臨海工業地帯の「冥界」が見える。そのようにして村上の東京は、千葉は、そしてすべてのハイパーシティーは「失われるべき場所」――「猫の町」を核《コア》として含み、アポカリプスの徴を帯びる。

いま僕がこの文章をデータに入力するポロのフロントガラスの向こうに、西新宿の街があかあかとネオンの火を燃やしているように。

長く尾を引いて救急車のサイレンが甲州街道を流れていった。西新宿では始終パトカーや救急車のサイレンが通る。赤信号で車の流れが止まると、新宿駅南口に瞬間的に静寂が落ちることがある。僕は駅へ急ぐ人の群れを長いあいだ見つめている。

「まもなくとみうらです。とみうらのつぎはしゅうてんたてやまです」

館山駅の一番線ホームで千倉・安房鴨川方面の列車を待ちながら弁当を使っていると、海の風――あの「めくらやなぎ」の風――が吹き抜けてゆき、祭り囃子の太鼓が聞こえてきた。駅員に聞くと、「さとみまつり」ということであった（まだふかえりの仮名だけの語りが続いている）。「ほら、おまつりをみながら、はっしゃだよ」、母親が小さな子どもに話しかけていた。

そして千倉駅。そのホームで僕は『1Q84』BOOK2のラスト（二〇〇九年の現段階では『1Q84』のラスト）で天吾の前にあらわれる「空気さなぎ」のエレメントにふれたと思った。白い光がホームいっぱいにあふれていた。

千倉の海岸沿いにある「なぎさカフェ」でカフェ・オ・レを飲む。香ばしくて美味だ。「いい写真が撮れましたか」、店のマダムが訊く。「ええ、天気がいいですから」と僕は答える。店内のゴムの木を写真に撮っていたら、ふと青豆が自由が丘のアパートに残していくゴムの木のことを思い出した。

都市のノマドである青豆にはゴムの木ぐらいが恰好の道連れなのだ。そのゴムの木さえ残して、青豆は出発していかなければならない。自由が丘のアパートを引き払い、高円寺のセーフハウスに潜伏した後も、彼女はゴムの木のことをしきりと気にかける。「青豆は何故かそのゴムの木のことが気になってしかたなかった。混乱し、叫び出したくなったときによくそうするように、彼女は大きく顔をしかめた。顔中の筋肉が極限近くまで引き伸ばされた。そして彼女の顔は別の人間の顔のようになった。これ以上はしかめられないというところまで顔をしかめ、それをいろんな角度にねじ曲げてから、青豆はようやく顔を元に戻した。／どうしてこんなにあのゴムの木のことが気になるのだろう？」

青豆は最後のフレーズを二度くり返す。痛切なひびきを残すルフランだ。彼女の複雑で奇怪なパーソナリティーがよくうかがわれる。青豆に都市の孤独が深く刻まれ、ここで彼女は村上の創造した至高のヒロインになる。青豆にはゴムの木がよく似合う。そういえば彼女は『1Q84』の冒頭、首都高速3号線の非常階段の場面でも、ゴムの木に目を留める、——「私は目的に沿って移動しなくてはならないし、だからこそこうしてストッキングをだめにしながら、ろくでもない三軒茶屋あたりで、首都高速道路三号線のわけのわからない非常階段を一人で降りている。しみったれた蜘蛛の巣をはらい、馬鹿げたベランダの汚れたゴムの木を眺めながら」。青豆が彼女の核心を射抜くせりふを口にするのは、改行した後の次の一行においてだ、——「私は移動する。ゆえに私はある」。

また別のときに。

ポロの車窓の極彩色のネオンが不意に遠のく瞬間がある。夜の一〇時五〇分。靖国通りの歌舞伎町一番街の入口近くに車を停めて、ひっきりなしに流れてゆく人波を眺めていると、ネオンの下を行く人々が他の世界に移され、僕がこちら側の世界にとり残されることがある。あるいはその逆に僕が向こう側の世界の住人になり、ネオンの下の人々がこちら側に移される。向こう側がこちら側に、こちら側が向こう側に入れ代わる。自分が他人になり、他人が自分になる。僕が他人に憑く、幽霊みたいに。そんなふうにして僕は歌舞伎町に流れてゆく群集の一人になる。

それだけではない（と元のノートに戻る）。「ゴムの木」は――千葉という都市と同じように、――『1Q84』を、もう一本の村上の大作『世界の終りとハードボイルド・ワンダーランド』に結びつける。

青豆がカルト教団の「さきがけ」に追われるように、『組織《システム》』に地の果てまで追いまわされ」る身となった「ハードボイルド・ワンダーランド」の「私」は、この平凡な観葉植物に自分をなぞらえる。「郵便受けの横にはゴムの木の鉢植えがあり、……ゴムの木も私と同じように疲れているように見えた。……私は毎日その前をとおり過ぎていながら、ナイフで腹を切られて玄関でタクシーを待つ羽目になるまで、ゴムの木の存在にさえ気づかなかったのだ」。

「ゴムの木」が『世界の終りとハードボイルド・ワンダーランド』から呼び出され、『1Q84』の冒頭とBOOK2のラストに二度回帰してくる。

ムラカミ・ワールドではこうしていくつものテーマが戻ってくる。戻ってきて、そこに憑く――まるで亡霊か何かのように。

千倉は『1Q84』の舞台であるだけではない。作者の村上は三年ものあいだ千葉に住んだ。そればかりか、「僕が最近気に入っている海岸はというと、南房総である。とくに千倉がいい」（『村上朝日堂』）とか、「うちの奥さんと二人で泊まりがけで千葉県の千倉に行く」（『うずまき猫のみつけかた』）といったふうに、何度も千倉に足を延ばしている。

一九八一年（千駄ヶ谷のジャズ喫茶ピーター・キャットを手放す）から一九八四年（藤沢・大磯に転居）まで、村上は千葉県船橋市に住み、『羊をめぐる冒険』と『世界の終りとハードボイルド・ワンダーランド』を書いた。もちろん頻繁に青山に出かけ、千駄ヶ谷の行きつけの床屋に通ったりして、東京と千葉を往復しているのだが。

そんなわけで『世界の終りとハードボイルド・ワンダーランド』は千葉の臭いがする。千葉の臨海工場地帯の「冥界」が感知される。「世界の終り」の非在の「街」と「ハードボイルド・ワンダーランド」の東京（渋谷、青山）をミックスすると、千葉（千倉、あるいは「猫の町」）になる。いや、それ以上に、千葉は村上が一九八四年に『世界の終りと……』を書いた街だ。その年を時代背景にして村上は『1Q84』を書いたのだ。『世界の終りと……』と『1Q84』の千葉との因縁——地縁？——は深い。

千葉で書かれた『世界の終りと……』と、千葉を書いた『1Q84』。千葉という都市を軸にして、二大長篇が大きく旋回し、交差する。

そのように考えるもう一つの根拠は、『1Q84』BOOK2のラストで千倉の療養所に出現する「空気さなぎ」と、『世界の終りとハードボイルド・ワンダーランド』の二つのパートをつなぐ一角獣の「頭骨」の驚くべき類似である。

「空気さなぎ」と「頭骨」はともにそれが何であるかの明確な説明は与えられない。『二〇〇一年宇宙の旅』に出てくる謎の石板のような未確認物体である。謎は謎のまま放置される（少なくともBOOK2までは）。それだけではない。二つの物体はともに二篇の長篇のハイライトにおいて不思議な光を発するのである。

まず『1Q84』だが、BOOK2のラスト（現段階における『1Q84』のラスト）、千葉の千倉の療養所で天吾が認知症の父のベッドに見出す「空気さなぎ」、——

「それは全長が一メートル四〇か五〇センチあり、美しい滑らかな曲線を描いていた。一見して落花生の殻に似たかたちをしており、表面は柔らかな短い羽毛のようなもので覆われている。そしてその羽毛は微かな、しかしむらのない滑らかな輝きを発していた。刻一刻と暗さを増していく部屋の中で、淡い青のまじった光がほんのりとその物体を包んでいた」

一方、『世界の終りとハードボイルド・ワンダーランド』の場合、「世界の終り」のパートの「手風琴」と題した章では、――

「頭骨が光っているのだ。部屋はまるで昼のように明るくなっていた。その光は春の陽光のようにやわらかく、月の光のように静かだった。［……］光は僕にやすらぎを与え、僕の心を古い思い出がもたらすあたたかみで充たしてくれた」（傍点引用者）

「ハードボイルド・ワンダーランド」の「光、内省、清潔」と題した章では、――

「頭骨を手のひらで覆うと、そこにはかすかな残り火のようなあたたかみが感じられた。そして私の指さえもが淡い光の膜に包まれたように見えた。目を閉じてそのほのかなぬくもりの中に十本の指を浸すと、様々な古い思い出が遠い雲のように私の心の中に浮かんでくるのを感じることができた」（傍点引用者）

『世界の終りとハードボイルド・ワンダーランド』の二つのパートに「頭骨」の光とあたたかみが浸透している光景を認めることができるが、それ以上に驚くべきことは、『1Q84』と『世界の終りと……』という二つの長篇を、同じ光とあたたかみが〈壁抜け〉していることである。村上の二大巨篇を貫いて、「空気さなぎ」、あるいは「頭骨」の発する輝き、それとも光が「ぬくもり（温もり）」を交換しているのだ。

また別のときに。

午後一一時三〇分。歌舞伎町一番街のネオンは夜に研ぎ出されたようにその輝きを増す。それとともにポロの車内も明るくなり、ビブロのキーに指を走らせる僕も、ネオンの光の束によって車ごと新宿の街に吊り下げられるようだ。街に吊り下がるゴーストになったようだ。あたかも『1Q84』の「空気さなぎ」か『世界の終りと……』の「頭骨」の光がここまで射してきたかのように。

二篇の長篇の共通性は、あい異なる二つのパートがパラレル・ワールドを構成することに認められるが、それだけではなく、その共通性を導くものとして、千葉という東京の衛星都市が介在していたのだ。

一九八四年に千葉で書かれた『世界の終りとハードボイルド・ワンダーランド』の「頭骨」の光の「ぬ﹅く﹅も﹅り﹅（温もり）」が、『1Q84』に描かれる一九八四年に転移して、千葉県千倉の療養所で「空気さなぎ」の光を放っている。

それは小﹅説﹅の﹅ペ﹅ー﹅ジ﹅か﹅ら﹅射﹅し﹅て﹅く﹅る﹅光﹅ではないだろうか。その光がいま僕がここにいる「なぎさカフェ」のゴムの木にも射しているのではないだろうか。

このゴムの木は『世界の終りと……』から呼び出され、『1Q84』に転移して、千葉の千倉の「なぎさカフェ」にあらわれたのではないか。

また別のときに。

青梅街道の西新宿歩道橋下のampmの前に停めたポロのフロントガラスに沛然と雨が降りかかり、街のネオンが滲んで信号を渡る人の群れをまぼろしじみたものに見せていた。僕はバッグから取り出したノートPCを開く。電源を入れる。画面が立ち上がるのを待つ。液晶が青く光る。フラッシュ・

ディスクを挿入する。ファイルを開く。

僕は膝にノートPCを載せたまま仰向けになり——ビブロのバッテリーは残り二時間三〇分を切った——、青豆がホテル・オークラでリーダーを暗殺したとき、カルト集団「さきがけ」のリトル・ピープルの怒りを引き起こし、赤坂付近を洪水にしたすさまじい雷雨に思いを馳せながら、茫然とその雨を眺めていた。青豆はその後ここへ、新宿駅にタクシーを走らせるのだ。蒼白いシルエットが駅のコインロッカーに逃亡者の幻影を刻み出す。

また別のときに。

午前〇時四五分。歌舞伎町さくら通りの入口に来た。ネオンのイリュミネーションがふっと暗くなる瞬間がある。光が「すとんと」落ちて、あの「冥界」が見える。目の隅に黒点が広がる。僕はシュラフにくるまり、ポロのシートを倒して眠りに就こうとする。

深夜の新宿の街にこうして体を浸していると、六〇年代末に村上の体を通り過ぎた歌舞伎町のオールナイトのアルバイトや、その合い間に入りびたったジャズ喫茶の夜の「ザラッとした感じ」、「ひやりとした」街の感触が、僕の体を通り抜けていくようだ。

午前二時四〇分。

目の端に歌舞伎町の蒼ざめた光を感じながら僕は眠りに落ちていった。

「なぎさカフェ」を出るさい、店内のゴムの木の写真を撮り、店を出てから、カフェのかたわらを流れる小川の水流の写真を何枚か撮った。

今さらいうまでもないことだが、「なぎさ」は「さなぎ」のアナグラムである。僕は「なぎさカフェ」で「空気さなぎ」の写真を撮ったといえないだろうか。

千倉のなぎさに降りて、白く砕ける波頭を見ながら、——たしかに空気さなぎのように見えるな、と僕はつぶやいていた。

はじめて千倉駅のホームに降り立ったとき僕が感知した「空気さなぎ」の白い光、「淡い青のまじった光」が、今ここのなぎさに打ちよせる柔らかい波のしぶきに感じられる。

なるほど、帰路に見かけた温室のガラスにも、千倉の駅舎に光る夕暮にも、ホームを吹き抜けてゆくなぎさの風にも、僕は「空気さなぎ」の変容を見ているのだった。その印象は館山で乗った特急さざなみ号の車窓に見た、いかにも南国風のパームツリーの葉叢のそよぎにも続いていて、バッグから取り出して読む『１Ｑ８４』ＢＯＯＫ２のラストのページ、——天吾が青豆の手の「温もり」の感触をまだ感じながら、その「温もり」とともに生きていこうと決心する件り、「山の迫った海岸線に沿って、特急列車が大きなカーブを描いたとき、……」にも続き、僕は自分が館山から東京に向かう特急さざなみ号の車中にいるのか、「空気さなぎ」の中にいるのか、それとも『１Ｑ８４』のページに挟み込まれているのか、千倉、千葉、東京と反転を重ねて、「なぎさ」から「さなぎ」へ茫洋としてとりとめのない思いに運ばれていった。

第六章

東奔西走——谷崎潤一郎と村上春樹

さまぐ〵な色を重ねた袖口が、夜目にもしるくこぼれ出して来た。
――谷崎潤一郎『少将滋幹の母』

「彼はその不思議な話を、不思議な話としてそのまますっぽり呑み込んだのだと思います。」
――村上『色彩を持たない多崎つくると、彼の巡礼の年』

東京を車でクルージングする、――。

谷崎潤一郎と村上春樹の足跡を首都に追っている。

谷崎なら、生家のあった人形町の黒御影の石碑の前にたたずみ、正月の神楽囃子の聞こえる水天宮の境内に低徊する。日本橋兜町の阪本小学校の校庭を逍遥し、「少年」の蛎殻町、「お艶殺し」の吾妻橋、業平、「幇間」や「鮫人」の浅草、「ハッサン・カンの妖術」の上野を徘徊する。あるいは帝国ホテルや歌舞伎座をのぞき、『雪国』の姉妹の本家があった渋谷・道玄坂に車を走らせる。

村上なら、彼がオーナーだったジャズ・バー「ピーター・キャット」の国分寺と千駄ヶ谷。書くことの天啓を得た神宮球場。早稲田のキャンパスにも足を延ばす。そして僕がひそかにムラカミ・ロードの名で呼んでいる、渋谷から赤坂にいたる青山通り。『世界の終りとハードボイルド・ワンダーランド』、『国境の南、太陽の西』、『色彩を持たない多崎つくると、彼の巡礼の年』の舞台である。『1Q84』では、青豆がリーダーを暗殺するホテル・オークラ。天吾のアパートと青豆のセーフハウスのある高円寺。探偵の牛河が暗躍するのも高円寺だった。『色彩を持たない……』の東京駅と新宿駅も欠かせない。

一九八〇年四月というもっとも早い日付をもつ村上の短篇「中国行きのスロウ・ボート」は、次の東京挽歌で締めくくられる。

「東京。／そしてある日、山手線の車輛の中でこの東京という街さえもが突然そのリアリティーを失いはじめる。……そう、ここは僕の場所でもない」

東京は自分の場所ではない、――このストレンジャーの宣言をもって、村上が東京を舞台とする最初の小説を書いたことを忘れないようにしよう。

ところで、〈東奔西走〉のテーマを身をもって生き抜いた谷崎もまた、東京挽歌を書いた作家だった、――

「蛎殻町を中心にして茅場町、堀江町、杉の森など、五六町の半径内にかたまつてゐた私の本家や分家等も、私の所謂『北海道よりも寒い』場末の方へ移つて行き、或は朝鮮、ブラジルへまで流れて行つて、伯父伯母などが亡くなつた後は音信も不通になり、行方不明になつたのもある。かく考へて来れば、日本橋ツ児は実に散々な目に遭つてゐる訳で、あの昭和通りや市場通りの真ん中に立つて巍然《ぎぜん》たる街路を四顧すると、方丈記の著者ならずとも人生の無常を感ずるのである」（「東京をおもふ」）

これは一九三四年（昭和九年）の感想で、関東大震災で谷崎が関東から関西へ移住してから一一年後の東京観である。

谷崎は震災当時、執筆のために箱根にいたが、「自分が助かつたと思つた刹那横浜にある妻子の安否を気遣つたけれども、殆んど同じ瞬間に『しめた、これで東京がよくなるぞ』と云ふ歓喜が湧いて来るのを、如何ともし難かつたのである」と告白している。彼は「焼けろ焼けろ、みんな焼けちまへ」とまで思ったという。「あの乱脈な東京。泥濘と、悪道路と、不秩序と、険悪な人情の外何物もない東京。私はそれが今の恐ろしい震動で一とたまりもなく崩壊し、張りぼての洋風建築と附け木のやうな日本家屋の集団が痛快に焼けつゝあるさまを思ふと、サバ〳〵して胸がすくのであつた。私の東京に対する反感はそれほど大きなものであつたが、でもその焼け野原に鬱然たる近代都市が勃興するであらうことには、何の疑ひも抱かなかつた」(同)。

谷崎のこの期待がもののみごとに外れたことは、最初の引用に見られるとおりである。

彼が「日本橋ツ児は実に散々な目に遭つてゐる」と言うとき、それが二重、三重の意味でそうであることが理解されよう。明治以来の近代化による破壊と、大震災による破壊、それに「復興」の名の下に進行した第三の破壊があったのだ。

東京はそれから第二次大戦の戦火でもう一度焼け野原になった。

そもそも本稿のタイトルは、大戦の末期、一九四四年(昭和一九年)の正月元日から谷崎が書きはじめた「疎開日記」の一部が雑誌に発表されたとき、作者が掲げたタイトル「西行東行」をもじったものである。

谷崎ほど何度も東海道を行き来した作家は少ないが、この「疎開日記」にはB29の空襲に追われて熱海の別荘(当時、本宅は神戸にあって、戦中・戦後にまたがる大作『細雪』を執筆していた)から岡山県に疎開し、終戦直後は『細雪』の出版の打ち合わせに、上京後、熱海、阪神→岡山と行き来する、〈東奔西走〉に明けくれた還暦近い大作家の移動の軌跡が記録されているのだ。

一　谷崎／村上のクロスするところ

さて、村上が純粋関西種であるとすれば、谷崎は生粋の江戸っ子である。村上は一九六八年（昭和四三年）、一九歳で芦屋から東京に〈東行〉し、谷崎は関東大震災直後の一九二三年（大正一二年）、三七歳で芦屋方面に〈西行〉する。大正、昭和を通じて文学界をリードした谷崎は、昭和、平成にあいわたって世界文学の流れに棹さす村上と、四五年の時差をもちながら、芦屋／東京の二都市を往還する東海道においてクロスしているのだ。

東奔西走の本紀行には打ってつけの組合せなのである。

村上は谷崎について多くを語らないが、二〇一〇年の「考える人」のロングインタビューでは、三島由紀夫、川端康成の芸術至上主義を否定し、それに対して「漱石、芥川、谷崎という系譜はいずれにしても興味深いですね」と述べ、『細雪』（一九四三―八年、昭和一八―二三年）の感想を訊ねられると、「僕もあの本は楽しく読みました。母親が船場《せんば》の商家の娘で、それも娘ばかり三人の一番上で、そういう実際の環境が身近にあったから、すんなり読めました」と、めずらしく自身の母親の出自やその妹たちについて語り、『細雪』の読書体験を語って、ついで谷崎の関西観との相違をこう説明する、

「ただ谷崎はもともと東京の人だから、異文化を観察するような目で、そこから生き生きとしたドラ

マを作っていったんだと思うけど、生まれつきずっとそこ〔芦屋〕にいると、いささか微温的すぎるというか、空気が収まりすぎているというか。大きな動きを誘発するような要素があまりない。まあ、そのぶんのんびり気持ちよく暮らせる場所ではあるんだけど」

『細雪』には村上の母と同じ純粋関西種の三姉妹の芦屋における日常が描かれるが、いちばん上の本家の姉の鶴子が夫の転任で渋谷に越したこともあって、しばしば芦屋と東京のあいだを〈東奔西走〉する。

そんなときヒロイン雪子のすぐ上の姉の（ナレーターに相当する）幸子が、昭和一三年頃の東京について、――「銀座から日本橋界隈の街通りは、立派と云へば立派だけれども、何か空気がカサ〳〵乾枯らびてゐるやうで、彼女などには住みよい土地とは思へなかつた」と、作者・谷崎の生まれ故郷の日本橋を斬り捨てる。

同様に村上の側から言うと、彼は自分の故郷の西宮や芦屋を六〇年代の高度成長によって破壊された〈マイ・ロスト・シティー〉とみなして、谷崎が「ふるさと」（昭和三三年）と題した自分の旧居の跡をたずねる東京下町紀行で、日本橋界隈の例えば鎧橋に「佇んで見たが、昔の鉄の橋の面影は偲ぶべくもない」と嘆く、〈ふるさと賛歌〉ならざる〈ふるさと挽歌〉を共有するのである。

ところが、「分けても彼女〔幸子〕は東京の場末の街の殺風景なのが嫌ひであつたが」というあたりから、村上の『国境の南、太陽の西』のヒロイン島本さんや、『1Q84』のヒロイン青豆、『色彩を持たない多崎つくると、彼の巡礼の年』のヒロイン沙羅の動きまわる舞台となる、東京の〈ムラカミ・ロード〉、シックな青山通りでさえ、『細雪』の幸子には満州あたりの植民地扱いされて、まことに隔世の感が否めない。

「今日も青山の通りを渋谷の方へ進んで行くに従ひ、夏の夕暮であるにも拘らず、何となく寒々としたものが感じられ、遠い〳〵見知らぬ国へ来てしまつたやうな心地がした。彼女は前に東京の此のあたりを通つたことがあつたかどうか覚えてゐないが、眼前に見る街の様子は、京都や大阪や神戸などゝは全く違つた、東京よりもまだ北の方の、北海道とか満洲とかの新開地へでも来たやうな気がする」

先に引いた「東京をおもふ」でも、歯に衣着せぬ口調で東京を満州に例えてこきおろし、『細雪』の幸子と作者の谷崎が、おなじ東京観を共有していたことが分かる、――

「草創時代の江戸は、関ヶ原で勝ちを制した覇者の都であるから、殺伐な中にも活気が溢れてゐたであらう。さうしてそこへ流れ込んで来た江州商人や伊勢商人や三河武士共も、満洲の新天地を望んで自己の運命を開拓しに行く昨今の人々の如く、雄心勃々たるものがあつたであらう。されば彼等と東北人との混血児である昔の江戸つ児が、タ、ミイワシや目刺しのやうなもので我慢しながら、イキだとかオツだとか負け惜しみを云つてゐた気分は分る」

これはあくまでも自分を含めた江戸っ子の残党を戯画化し、こきおろすユーモラスな自画像と取るべきなのである。谷崎は、「私の悪口は、未曾有の天災〔関東大震災〕と不躾な近代文明とに自分の故郷を荒らされてしまひ、親戚故旧を亡ぼされてしまつた人間の怨み言であるかも知れない」と断わっているが、ふるさとと慣れあわない谷崎のこのつむじ曲がりの姿勢は、村上とまったく同一のもので、僕が二人の作家に共感する理由も、この地縁、血縁に絡めとられない強靭なスタンスにある。

とはいえ、谷崎と村上を結ぶ最大の共通項は、両者がともに人生のある時期に故郷を離れ、そこを失われた故郷として哀惜するとともに、谷崎は阪神間の風土を異郷として受容し、村上は東京をやはりT・S・エリオットの言うunreal cityとして受容した、ということである。

二 「複数言語による思考の分割」

谷崎は関西の異邦の言葉に身を浸すことによって作家として再生し、村上は東京の異邦の言葉を〈学ぶ〉ことによって作家として誕生した。

ここには『記号の帝国』のロラン・バルトが来日したとき、日本語という異国の言葉のざわめきに身を浸して覚えた快楽に近いものがあったかもしれない。

今はない雑誌「海」の一九八二年五月号に発表した「都市小説の成立と展開——チャンドラーとチャンドラー以降」で、成人してから〈自分の場所ではない〉都市に入り、いわゆる標準語を「急激に」学んだ作業を、村上はチャンドラーに託してこう書いた、——

「この作業の持つ意味はある年齢に達した後に地方から巨大都市に転入した人間にしかわかるまい。彼ら（僕もそうだ）は実に言語と都市構造を後天的に、しかも急激に『学ぶ』のである。『学ぶ』という作業は根本においては自らの架空化である。都市という幻想のコンセプトに架空化された自己を押し込むわけだ」

「自らの架空化」とは、自我をいわばゼロ地点にまで引き下げることである。日野啓三の言う「本当に大事なのは、この私ではなく、世界なのだ」という明察に達すること。世界とはこの場合、村上にとって東京というメガロポリスだ。この怪物の都市のなかに「架空化された自己を押し込む」。すなわち『アフターダーク』で深夜の東京の大都市を空から俯瞰する「私たち」のような視線を潜入させること、――「目にしているのは都市の姿だ。／空を高く飛ぶ夜の鳥の目を通して、私たちはその光景を上空からとらえている。／私たちの視線は、とりわけ光の集中した一角を選び、焦点をあわせる。そのポイントに向けて静かに降下していく」。

これが村上の東京潜行のまなざしである。

村上が芦屋から東京へ出た後、早稲田を卒業し、「ピーター・キャット」経営のかたわら書いた『風の歌を聴け』を、最初英語で書きはじめ、ついで標準語の日本語でリライトしたことは、よく知られている。先に引いたロングインタビューではその間の経緯を、――

「もし東京に出てこないで、そのまま関西に残って関西弁を使ってずっと生活していたら、頭の中でもやはり関西弁でものを考えるわけで、そうすると僕にとっての小説はうまく書けなかったんじゃないかな。つまり複数言語による思考の分割がなかったらということですね」

『色彩を持たない……』の主人公たちが名古屋出身でありながら、いっさい名古屋弁を使わないのも、彼らが都市生活者であって、後天的に習得した標準語を使用する、「複数言語による思考の分割」が有効に機能していることを証するものだ。

これはムラカミ・ワールドなるものがしばしばパラレルな構造をもつこととも関係していよう。パラレル・ワールドの最初の試みである大作『世界の終りとハードボイルド・ワンダーランド』のヒーロー「計算士」は、「右側の脳と左側の脳でまったくべつの計算をし、最後に割れた西瓜をあわせるみたいにそのふたつを合体させる」技術をマスターしているが、そもそもこの長篇の二つのパート、「世界の終り」と「ハードボイルド・ワンダーランド」を、作者はデジタルとアナログの二様の言語を使い分けて書き進めていったのである。

村上がチャンドラー、フィッツジェラルド、カポーティー、サリンジャー、カーヴァーなどを翻訳する作業も、この複数言語の使用の実践であるにちがいない。英語と日本語のあいだを行ったり来たりすることによって、母国語のへその緒を絶つのである。

これは本稿の主題である〈東奔西走〉と深く結ばれる問題である。関西でもない、関東でもない、〈東奔西走〉のプロセス、その狭間において、村上の小説は生成するのである。

三 『卍』の紅唇の語ること（パシヴァ／レシヴァ）

よく知られるように、谷崎は関東大震災後、関西に移住して書いた長篇――移転後五年して「改造」に連載をはじめた『卍』（昭和六年）の執筆にあたって、よく似た〈学習〉のステップを踏んでいる。

しばしば引かれる箇所だが、「卍（まんじ）緒言」にこうある、――

「作者は元来東京の生れなれども、居を攝州岡本の里に定めてより茲に歳有り、関西婦人の紅唇より出づる上方言葉の甘美と流麗とに魅せらるること久しく、試みに会話も地の文も大阪弁を以て一貫したる物語を成さんと欲し、乃《すなは》ち方言の顧問として大阪府立女子専門学校出身の助手二名を雇ひ、一年有余を費して此れを完結す」

谷崎がロラン・バルトのように関西弁という異邦の言葉のざわめきに「魅せら」れたことがよく理

解できる。

『卍』では、こうした助手、あるいは秘書の上方言葉を発する「紅唇」が、小説におけるヒロイン園子の、「先生」（谷崎をモデルとする）に向かって話す「紅唇」と、ぴったり重ねられている。『卍』は最初のページから最後のページまで、作家である「先生」が園子の「紅唇」から発せられる上方言葉を聴取する、〈聞き書き〉によって構成された小説だったのである。

ここで村上との関連でいえば、先生と園子の関係が、『1Q84』に言う「レシヴァ」と「パシヴァ」の関係に等しいことが理解されよう。

『1Q84』のヒロインの一人、カルト教団「さきがけ」のリーダーの娘、ふかえりは、ヒーローの天吾に、「わたしがパシヴァであなたがレシヴァ」と言う。

「パシヴァ」とは知覚する者 perceiver であり、「レシヴァ」とは聴取する者 receiver である。パシヴァのふかえりが知覚した物語（『空気さなぎ』）を、小説にリライトする書記生の役を担うのがレシヴァの天吾なのだ。

リーダーによれば、パシヴァである娘のふかえりは、「巫女の役割を果たしている」。

『卍』ではレズビアンの関係にある光子と園子がパシヴァとして巫女の役割を果たしている。作家の「先生」は彼女らの知覚したものを聞きとるレシヴァの役割を担って、『卍』という小説を書き進めるのである。

そのさい、「先生」と呼ばれる谷崎に擬せられる作家は、村上が「都市小説の成立と展開」で述べたように、上方言葉を一種の外国語として「後天的に、しかも急激に『学ぶ』」ことを通じて、「自らの架空化」をおこない、「都市という幻想のコンセプト」に――谷崎の場合なら、阪神間の都市（京都、大阪、神戸、芦屋、西宮）に、――「架空化された自己を押し込む」のである。
『卍』だけではない。谷崎にはこうしたパシヴァ／レシヴァのカップルによる〈聞き書き〉の小説が何篇かある。

タイトルからして『聞書抄』（昭和一〇年初出）がすぐに思い浮かぶが、これは「第二盲目物語」と副題されている。

すなわち『聞書抄』は『盲目物語』（昭和六年初出）の〈続篇〉だったのである。
〈続篇〉とか〈後日譚〉とは、すぐれて谷崎／村上に共通するテーマだが、それは後述するとして、ここでは『盲目物語』こそが『1Q84』のパシヴァ／レシヴァの組合せにもっともティピックに関連づけられる作品であることを強調したい。

なによりも、弥市と称する「めくら法師」（お市の方に仕えた盲目の按摩師）の語りが、ディスレクシア（読字障害）のふかえりの語り口そっくりなのである。
「あなたはあすねこのまちにいく」とか「ツキがふたつそらにうかんでいるかぎり」といった、ふかえりの仮名ばかりからなる舌たらずな物言いは、『盲目物語』の「じぶんでかんがへ出しました道化たまひでござりまして」とか「おちや／＼どの［茶々、のちの淀殿］はてゝごの方をふりかへり／＼、いやぢや／＼ときつうおむづかりになりまして」などというところを口うつしにしたような話し言葉で、一度聞いたら癖になりそうな魔法の呪文の魅力がある。

パシヴァの語りの魔力である。それはまた谷崎、村上の語りの魔力である。
谷崎と村上をつなぐ最強の靱帯というべきだが、それを聞き取るレシヴァの存在はというと、谷崎の場合、村上のようには前景化されていない。

とはいえ『盲目物語』のラストは、弥市が聞き手に「旦那さま」と呼びかけ、「どうぞ、どうぞ、かういふあはれなめくら法師がをりましたことを書きとめて下さいまして、のちの世の語りぐさにしていたゞけましたらありがたうござります」とあり、終始一貫して黒衣《くろご》に徹する『卍』の「先生」とは違い、かろうじてではあるが、書記生としてのレシヴァの姿をかいま見させる。

このレシヴァは、「めくら法師」の按摩に体を採んでもらっていた客だったのである。

この客が続篇の『聞書抄』になると、『盲目物語』の一読者から手紙をもらった「私」＝谷崎として、「その一」にはっきりと姿をあらわす。

手紙には、「自分は雑誌中央公論の九月号に載つてゐる貴下の盲目物語を読み、多大の感銘を覚えた者であるが」とあり、『盲目物語』の載った実在の雑誌を本文のなかに引いて、『聞書抄』が小説とノンフィクション（インタビュー）のあいだで揺らぎを示すさまがうかがわれる。

谷崎におけるこうしたレシヴァの存在の明示は、おなじようにレシヴァを登場させる村上の小説に一貫して潜在している――リアリズムとは背馳する――メタフィクショナルな性質を明らかにするものである。

『ノルウェイの森』ではレシヴァとは主人公のワタナベ（「僕」）である。

京都の阿美寮でヒーリングを受けている恋人の直子を見舞った「僕」に、直子の女友だちのレイコが、『卍』の園子と同じように、彼女のレズビアン体験を語る。「筋金入りのレズビアン」である一三歳の女の子に同性愛を仕掛けられ、精神に変調を来たす話である。

「僕」はレイコを『アラビアン・ナイト』の語り手の女性、シェヘラザードになぞらえる。すなわち巫女でありパシヴァである。当然、聞き手のワタナベはレシヴァとなり、書記生となる（明言されていないが、ワタナベは後に小説家になり、『卍』の「先生」や『盲目物語』の「旦那さま」のように、〈この小説〉を書くだろう)。

直子が自殺した後、レイコは吉祥寺のワタナベの下宿を訪ねて来て、彼と何回もセックスする。レイコは直子が遺していった服を身につけている。短篇「トニー滝谷」などに描かれる村上の服フェティシズムが、ここで死んだ恋人との関連で主題化される。レイコは直子の〈形代《かたしろ》〉であり、〈身代わり〉である。死んだ直子がレイコに憑依したといってもいい(そしてラストではレイコを通してワタナベに憑依する)。ここにもパシヴァであるレイコの巫女的本性があらわれている。

『ノルウェイ』との類縁性が顕著な『色彩を持たない……』では、主人公のつくるが友人の灰田の話を聞く場面があるが、その話のなかに灰田の父が緑川というジャズ・ピアニストから聞いた話が挿入される。つまり、緑川↓灰田の父↓灰田と、話を語り継ぐパシヴァの系譜があり、レシヴァのつくるは「その不思議な話を、不思議な話としてそのまますっぽり呑み込んだ」のである。

ここでは、つくると灰田のあいだに同じ同性愛でも、レズビアンならざるゲイを思わせる関係が成立し、『色彩を持たない……』のパシヴァ/レシヴァに関する、重要な新機軸が見出される。

『ねじまき鳥クロニクル』では、一人称「僕」で登場する岡田亨がレシヴァである。

巫女的素質をもつ加納クレタという霊能者が、このヒーローにみずからの身体的苦痛の歴史をながながと語るが、ここには明瞭にパシヴァとレシヴァの関係が成立している。クレタは魔女=パシヴァなのである。

『スプートニクの恋人』ではK。

このレシヴァは名前がなく、イニシャルでKとのみ名づけられる。彼は村上の小説では例外的に漢字ではなく、平仮名の「ぼく」で登場する。

この長篇では、(『卍』と同様)レズビアンのパシヴァの女性と、聞き手のレシヴァの男性の関係が、全篇を覆う中心的な主題になる。

ヒロインのすみれはレズビアンであり、スイスの事件以来、だれとも関係をもつことのできないミュウに恋している。この不可能な恋愛の話に、レシヴァである「ぼく」は『卍』の「先生」のように、寄り添い、耳を傾ける。ミュウはKのレシヴァとしての資質をこう指摘する、——「すみれはあなたを誰よりも信頼していたわ。あなたは、それがどんな話であっても、深いところでそのまま受け入れることができる人だって」。

これは『アンダーグラウンド』で地下鉄サリン事件の被害者のインタビューをおこなった村上自身に返すことのできる評言だろう。

ギリシャの小さな島ですみれがミュウを求めた夜、すみれはトランス状態に入り、ハンドタオルを口にくわえて猫のように体を丸めてしゃがみこむ。それからすみれは村上のヒロインの例にならい「煙のように」失踪してしまう。

『スプートニク』は『ねじまき鳥』同様、失踪する猫を主題にもち、とりわけ前者における短篇「人喰い猫」の話の介入は、レズビアンのすみれもまた猫(霊猫、化け猫)のように〈壁抜け〉、あるいは〈幽体離脱〉を自在におこない、失踪や喪心や憑依をこととする巫女の一族であることを証している。

すなわち『1Q84』のふかえりと同じパシヴァの直系である。ここには『卍』と同一の構造が認められる。

『卍』においては、レズビアンの光子と園子は、園子の夫を巻き込むかたちで、愛／死の共同体を形成する。「彼《あ》の世い行ったらもう焼餅喧嘩せんと仲好う脇仏のやうに本尊の両脇にひッついてまひよと、光子さん真ん中に入れて枕並べながら薬飲みましてん」と、園子らは「光子観音」を礼拝するカルト宗教の信徒さながらである。

これは『1Q84』のカルト教団「さきがけ」のミニマルな形態と考えることができる。光子と園子はパシヴァ＝知覚する者であり、「リトル・ピープル」なるものを導き入れる。すなわち性的不能者の綿貫である。リトル・ピープルは物語を駆動し、活性化させるものだ（『1Q84』の醜悪な道化の牛河を参照）。レシヴァである「先生」は『1Q84』のリーダーに相当する。リーダー亡き後はその後継者になる天吾がレシヴァの役を引き継ぐが、天吾は『ノルウェイ』のワタナベのように、やがて小説家になるだろう。レシヴァとは、『1Q84』のリーダーが言うとおり、『卍』の「先生」（作家の谷崎）のように、「〈声を聴く者〉」なのである。

谷崎との違いは、『卍』ではレシヴァである「先生」がまったく登場せず、いわば小説の虚点――ブラックホール――のような場所に後退しているのに対して、村上の小説ではレシヴァが、『ノルウェイ』のワタナベ、『ねじまき鳥』の亨、『スプートニク』のK、『1Q84』の天吾、等々のように小説のメイン・キャラクターになることである。

村上はパシヴァ／レシヴァの関係では、レシヴァに自己（村上によって広く日本語圏に流通することになった「僕」）を仮託し、小説に自己の〈署名〉を刻印したのである。

『卍』に戻ると、リトル・ピープルの綿貫は零度のジェンダーの保持者であり、ニュートラルな男・女と考えられる。「綿貫のこと『男女《をとこをんな》』やとか『女男《をんなをとこ》』やとか云ふやうになつたのんやさうですが」

と園子が「先生」に説明することからも分かるように、『海辺のカフカ』に出てくる「男男と男女と女女」の一員と考えられる。

光子と綿貫は陽と陰、太陽と月、光と闇のペアの関係を構成するが、両者はある意味では互いに分身と考えてよい。両者が手を携えて園子とその夫を破滅に導く。結果的には、光子と園子と夫の構成する愛の共同体から疎外された綿貫が、女中のお梅と共謀して、メディアにスキャンダルをリークする。

これは『1Q84』におけるリトル・ピープルとその一党（その代表が牛河）のメディア謀略を思わせる（リトル・ピープルの前身といってよい短篇集『TVピープル』の「TVピープル」を参照されたい）。

光子と園子と夫は服毒心中をはかり、園子一人が生き残るが、生き残った者がいちばん貧乏籤を引いたのである。

「よう昔の話に、死霊や生霊乗り移ると云ふこと聞いてますけど、何や光子さんの様子云うたら、綿貫の怨念祟つてるみたいに日増しに荒んで来なさつて、ぞうツと身の毛のよだつやうなことありますのんで」という園子の語りに明らかなように、綿貫が『1Q84』のリトル・ピープル（牛河）であるとすれば、光子はふかえり同様、「反リトル・ピープル作用の代理人のような存在」であり、光子と綿貫、ふかえりと牛河（この二人の交感はBOOK3高円寺の場を参照）は、互いに憑依しあっている。

『卍』は『ノルウェイ』や『ねじまき鳥』、『スプートニク』、『海辺のカフカ』、『色彩を持たない……』と同様の、パシヴァが生霊《いきりょう》となって幽体離脱する話なのである。

生霊《いきりょう》の幽体離脱とは、ムラカミ・ワールドに頻出する〈壁抜け〉にほかならない。『卍』では一種宗教的な恍惚状態に入った園子や夫は、個体としての壁を破り、人格をなくして、「光子観音」に憑依し、合体した生霊と化するのである。

メルヴィルの『白鯨』の例を俟つまでもなく、語り手は生き延びるという物語のコードに従って、園子は光子／綿貫の宰領する魔界から生還する。彼女は『ノルウェイの森』のパシヴァであるレイコが阿美寮の魔界を脱出するように、みずからの経てきた魔界の物語を携えてレシヴァの前に出頭しなくてはならない。

当然、レイコとワタナベ、園子と「先生」のあいだには、実際の行為をともなうか否かは別として、ふかえりと天吾におけるような、――あるいは、ふかえりのアバター・青豆と天吾のアバター・リーダーにおけるような――セクシャルな関係が成立する。

園子の「紅唇」が語る上方言葉の物語を聞くレシヴァの「先生」は、ボードレールが『悪の花』の一篇「レスボス」で歌う、「黒い神秘に参入を許された」者である。「黒い神秘」とはレズビアンの性愛を指す。「先生」（＝谷崎）はレズビアンの秘儀にイニシエーションしたレシヴァなのである。『色彩を持たない……』では、レシヴァのつくるがパシヴァの灰田によって、ソドムの禁断の愛へと導かれる。「男との方がうまくいく」と、みずからの同性愛をカミング・アウトする、つくるの高校時代の盟友アカもまた、新しいタイプの村上のパシヴァである。

村上とプルーストを結ぶ〈ソドムとゴモラ〉の相姦図が、こうして『色彩を持たない……』において明らかになる。

ボードレールから同性愛のテーマを引き継いだプルーストのヒロイン、アルベルチーヌこそ、村上の言うパシヴァの典型であり、「筋金入りのレズビアン」(『ノルウェイの森』)というべきゴモラの女である。語り手のマルセル(「私」)もまた、アルベルチーヌの話――それは性倒錯をめぐる告白であるから、すぐれて倒錯した虚構の物語になる――に耳を傾けるレシヴァであることを忘れてはならない。

このレシヴァ(マルセル)には名前がないという有力な学説があるが(鈴木道彦)、村上の「僕」と同様、小説の最大のヒーローであることはいうまでもない。

村上には、『ノルウェイ』のワタナベ、『スプートニク』のKなど、レズビアンの秘密に耳を傾けるレシヴァの系譜が指摘できるのである。

レズビアンの物語とは、谷崎にとっても、村上にとっても、ジェンダーを異にする他者の物語といってよい。

『卍』ではレズビアンの秘密が上方夫人の「紅唇」から語られ、レシヴァである「先生」の標準語を上方言葉に校正し、矯正 correct するのである。そのようにして先生=谷崎は芦屋夫人の「黒い神秘」に参入《イニシエーション》していったのだ。

四　谷崎の書生奉公、晴海埠頭の村上

「私は往き復りに橋の途中で立ち止まつて、日本橋川の水の流れを眺めるのが常であつたが、鉄の欄干に顔を押しつけて橋の下に現はれて来る水の面を視詰めてゐると、水が流れて行くのでなく、橋が動いて行くやうに見えた」

橋の碑文にも刻まれている『幼少時代』（昭和三二年）のこの一節にいざなわれて、日本橋兜町の鎧橋の欄干に顔ならざる本とノートを押しつけていると、眼下の日本橋川の流れは細かなちりめん皺を寄せて、めまいを起こしそうな美しい水の唇を描き出し、艶冶な『卍』の物語を語りかけてくるようだった。

鎧橋の袂にパジェロミニを停めて、コーヒーをドリップして喫している。横浜在住の僕なのに、ずいぶん遠くへ来たような気がするなあ、という言葉が口を突いて出た。

それはたぶん、谷崎にはなんといっても流浪の風情が身についているからだろう。

大正一二年九月、箱根で震災に遭遇し、芦屋にたどり着いたときの写真を見ると、その感をいっそう深くする。つば広のヘルメットをかぶり、膝でしぼった作業衣のようなズボンに長靴をはき、左手に煙草をはさみ、昂然と面をあげてはいるが、一世を風靡した若き流行作家の面影は微塵もない。

谷崎は何度もカタストロフィをくぐり抜けてきた作家である。

最初の災厄《カタストロフィ》は、父が兜町の証券取引所の仕事に失敗し、生家の家計が逼迫したため、一九〇二年（明治三五年）から一九〇七年（明治四〇年）まで、一六歳から二一歳までのもっとも多感な青春の五年間を、築地精養軒に書生奉公したときのことだろう。

芦屋の有閑マダムのスキャンダラスな秘事を描いた『卍』では、エロティックな上方言葉を駆使した谷崎も、晩年のエッセイ『当世鹿もどき』（昭和三六年）になると、七五歳の老人となって先祖返りしたとでもいうのか、題材によって文体を変えるこの作家のことだから、これは意図的なものだろうが、江戸っ子の奉公人か幇間の言葉遣いになっている（「手前なんぞは江戸の素町人育ちでげすから」といった調子）。

「昔、手前はあの本郷の追分にありました、以前の一高に在学してをりました時代、築地の精養軒、——ちやうど今の東急ホテルが建つてをりますあすこの所、今はあの辺は東銀座と申しますが、当時は築地采女《うねめ》町と申しまして、その向う側が農商務省と申す官省になつてをりました。——精養軒の奥に主人の邸宅が附いてをりまして、手前はそこの坊ちやん方の家庭教師、と申しますと体裁がようございますが、事実は大勢の女中さん方のお手伝、兼玄関番を勤めてをりました」

最晩年の傑作『台所太平記』（昭和三八年）に見られる、谷崎家に奉公した女中さんたちとの親愛の交流は、書生時代に自身が奉公人であった体験がなければ書けなかっただろう（これは村上の場合、七年間の「ピーター・キャット」におけるマスター体験に相当する。作家をレシヴァとして鍛える大切な修業時代である）。

「今は自分がかう云ふ境涯に落ちぶれてるが」と『当世鹿もどき』はつづく、——「昔は自分が『坊ちやん』とかしづかれて、乳母日傘《おんばひがさ》で毎日を暮し、蛎殻町時代には大勢の奉公人を使つてたこともあつたんだ、さう思ふと無闇に悲しくつて涙が出て仕方がございません」。

谷崎が「乳母日傘で毎日を暮し」た蛎殻町を後にして、築地四丁目の交差点で右折、晴海通りに入り、書生奉公の辛酸をなめた精養軒があった銀座五丁目を抜けて、潤一郎の天国と地獄を巡ってから、日比谷公園の角にパジェロミニを停めた。

村上春樹初期の大作『世界の終りとハードボイルド・ワンダーランド』のラスト・シーンは、ここからはじまる。

博士の手で脳手術をほどこされた計算士の「私」は、長篇のラストで博士が「私」の脳にインプットした「世界の終り」のパートへ移行することになる。それは博士によれば、必ずしも死ではなく、ゼノンのパラドクスにおけるように、〈飛ぶ矢が的に届かない〉不死の世界なのである。

日比谷公園、大噴水、芝生の庭園と、「ハードボイルド・ワンダーランド」エンディングの舞台は揃っている。しかし「芝生には入らないで下さい」と立札がしてある。小説のヒーローはここの、この芝生に寝転んで、ミラー・ハイライフの缶ビールを五缶あけ、鳩にポップコーンをやり、クレジット・カードを焼くのだが。

『世界の終りと……』は近未来の話だから、近い将来、日比谷公園の芝生に寝転んで、鳩にポップコーンをやり、缶ビールをあけながら、〈世界の終り〉について考察を巡らすことのできる日が来るかもしれない。

「十一時になると私は近くの便所で小便を済ませ、公園を出た。そして車のエンジンを入れ、冷凍されることについていろいろと思いを巡らせながら港に向って車を進めた。銀座通りはビジネス・スーツを着た人々でいっぱいだった。［……］／港につくと私は人気のない倉庫のわきに車を停め、［……］」「世界の終り」に移行する前に、公衆電話から「念のためにもう一度私の部屋に電話をかけてみた」ところ、「ハードボイルド・ワンダーランド」の冒険を共にした博士の孫娘が電話に出て、「あなたの意識がなくなったら、私あなたを冷凍しちゃおうと思うんだけど」と申し出てくれたのである。

主人公は「好きにしていいよ。どうせもう何も感じないんだから［……］。今から晴海埠頭に行くからそこで回収してくれればいいよ」と答える。

しかし実際に日比谷公園から晴海通りに車を走らせても、小説におけるようにそう簡単に埠頭にたどり着けるわけではない。

僕の住んでいる横浜の埠頭でもそうだが、大都市の港は外国船が入港する国際港でもあるわけだから、不法入国を禁じるために厳重に管理されていて、滅多なことでは海に近づけない仕組みになっている。

「進入禁止」の立て看に阻まれ、わずかな間隙を見つけて、そこをなんとか車で突破できても、たいていは鉄条網に囲われた区域に迷い込むだけで、『望郷』ラストのジャン・ギャバン演じるペペ・ル・モコがアルジェの港でするように、鉄格子を両手でつかんで、海や船を望むぐらいが落ちである。それとも来たるべき近未来には、都市の警戒態勢も崩壊して、東京はアナーキーな無法地帯と化するのだろうか。

かろうじて晴海埠頭の名に値する港の光景が眺められるのは、「晴海客船ターミナル」という白い広壮な建物の螺旋階段を上がって、階上のヴェランダに立ったときである。

広大なターミナルだが、人っ子ひとりいない。いや、たまに紛れ込んだツーリストがちらほらと姿をみせるだけだ。

閉鎖されているわけではない。ちゃんと自動ドアは開くし、受付の窓口には女性がちらほら働いている。

皮肉なことに、思いがけず近未来の「世界の終り」のような光景に立ち会うことができたのだ。

受付の窓口で聞いたところ、このターミナルは新しく見えるが、一九七八年にオープンしたものだという。三五年たっていると言われてみると、なるほど、ところどころ壁や柱に染みや汚れが浮かんでいて、経年劣化の跡がうかがわれる。冷んやりとした白い廊下はしんと静まり返っている。正月だからだろう、琴の音が小さく流れて、これもクールジャパンな「世界の終り」に似つかわしい。

五　日本列島を東西に分断するパラレル・ワールド

村上は「ハードボイルド・ワンダーランド」のラストで晴海埠頭という名を出しながら、主人公の「私」の脳内におけるメタ・レベルの転移をなぞるようにして、埠頭の光景をいつの間にか「ハードボイルド・ワンダーランド」の裏パートに相当する「世界の終り」に移し替えてしまったのである。

その意味で、「ハードボイルド・ワンダーランド」ラストの場面における晴海埠頭はすでに〈小説の中の〉晴海埠頭であり、言葉の真の意味における「世界の終り」の埠頭であるにちがいない。「ハードボイルド・ワンダーランド」裏パートの埠頭とは、これを現実に返せば、村上の故郷の港――神戸・芦屋・西宮の埠頭である。

というのも、『風の歌を聴け』で東京の大学生が故郷の「街」に帰省するひと夏の体験を描いて以来、その続篇の『1973年のピンボール』、『羊をめぐる冒険』でも一貫して東京と故郷の「街」を対置してきた村上であるのだから、四作目の長篇で「世界の終り」と「ハードボイルド・ワンダーランド」のパラレル・ワールドを描いたとき、後者の舞台が東京の青山周辺に設定されている以上、前者・裏パートの「世界の終り」の「街」が先行する三部作の故郷の「街」に比定されてよいはずであるからだ。

『世界の終りとハードボイルド・ワンダーランド』が前三部作とおなじ、日本列島を東西に分断するパラレル・ワールドを構成することが、こうして理解される。

そこでは、それと気づかれないぐらい隠密な通路を通ってであるが、同じ〈東奔西走〉の〈壁抜け〉が走っていたのだ、——「荷物を持たずに長距離列車に乗るのは素敵な気分だった。まるでぼんやり散歩しているうちに時空の歪みにまきこまれてしまった雷撃機みたいな気分だ」、と『羊をめぐる冒険』のヒーローが「街」に戻るとき、いみじくも「時空の歪み」という言葉を使って暗示してくれたように。

しかも、『風の歌』ラストでは、一転して〈東行〉した主人公とその伴侶——「東京で暮らしている」「僕と妻」が、「サム・ペキンパーの映画が来るたびに映画館に行き、帰りには日比谷公園でビールを二本ずつ飲み、鳩にポップコーンをまいてやる」というふうに、『世界の終りと……』ラストのヒーロー「私」と同じ場所（日比谷公園）で、同じ振舞いにおよぶ（ビールを飲み、鳩にポップコーンをやる）のである。

それればかりか、『風の歌』ラストの「僕は夏になって街に戻ると、いつも彼女と歩いた同じ道を歩き、倉庫の石段に腰を下ろして一人で海を眺める。泣きたいと思う時にはきまって涙が出てこない。そういうものだ」というところも、「ハードボイルド・ワンダーランド」ラストのヒーローが、日比谷公園で「世界の終り」を前にして、「私は声をあげて泣きたかったが、泣くわけにはいかなかった」というのと、同一である（ところで『羊』のヒーローがラストで、「都市開発の結果」最後に残された五十メートルの砂浜に腰を下ろし、二時間泣いた」というのは、『風の歌』や『世界の終りと……』で泣けなかったこととの埋め合わせをしているのである）。

ここまで見てくると、次の「ハードボイルド・ワンダーランド」ラストの黙示録的な海が、『風の歌』、『ピンボール』、『羊』の海とぴったり重ねられる、その集大成の海であることが理解されよう、

——「初秋の太陽が波に揺られるように細かく海の上に輝いていた。まるで誰かが大きな鏡を粉々に叩き割ってしまったように見える。あまりにも細かく割れてしまったので、それをもとに戻すことはもう誰にもできないのだ。どのような王の軍隊をもってしてもだ」

まるで村上は嘱目の晴海埠頭を「大きな鏡」のように粉々に叩き割ってしまったかのようだ。微塵に砕いて「世界の終り」の海に返したかのようだ。

六　香櫨園の海へ

夜、九時を過ぎて、東名高速を西に車を走らせる快楽には、何ものにも代えがたいものがある。とりわけ鈴鹿トンネルを抜けて、『色彩を持たない……』で主人公たちの故郷になる名古屋を過ぎて、土山《つちやま》サービスエリアに車を入れる頃には、——。

その名古屋だが、『色彩を持たない……』では、「学校もずっと名古屋、職場も名古屋」という純粋名古屋種の主要人物の故郷について、つくるの恋人の沙羅が、「なんだかコナン・ドイルの『失われた世界』みたい」と評するのが興味深い。

同じ評言が、『世界の終りと……』では、高い壁に囲まれた「世界の終り」の街について、「たとえばコナン・ドイルの『失われた世界』みたいに」「その場所が隔絶されている」と、「ハードボイルド……」の主人公によって口にされるのである。

「魔都、名古屋」（『地球のはぐれ方』）は、外界から隔絶された「失われた世界」なのだ。そんな「世界の終り」の街について、沙羅はひと言、「名古屋ってそんなに居心地の良いところなの？」と意味深長な皮肉を呈するのである。

ＡＭ六時起床。外は凄く冷えている。パジェロミニの車内は冷蔵庫さながらだ。暖気運転をつづける。コーヒーをドリップして、メンチカツサンドとグレープジュース、雪印の北海道一〇〇クリームチーズ（これはすこぶる美味）で朝食。ＳＡのトイレで洗顔とヒゲ剃りをすませる。

その日一日の脱糞を終え、刈谷ハイウェイオアシスを出発。伊勢湾岸自動車道をへて、四日市ジャンクションで東名阪自動車道に入り、亀山ジャンクション経由、新名神高速道路を走る。西宮で高速を下りた。戎前で左折、僕が以前ムラカミ・ロードと名づけた戎神社前の道を、御前浜、旧名・香櫨園の海岸に向かう。

村上春樹の海。しかし今回の紀行では、谷崎潤一郎の海である。

『卍』のヒロインであり「パシヴァ」である園子の家は、この香櫨園の浜に面している。

女子技芸学校で光子と知りあった園子は、同性愛を捧げる光子を家に呼んで、彼女をモデルに絵を描くことになる。「そんなら一ぺんあんたのはだかの恰好《かっこ》見せて欲しいなあ」「そら、見せたげてもかめへんわ」といったやりとりがあったあとで、二人の女は園子の家の二階の寝室に入る、――

「光子さんはそのベッドに腰かけて、お臀にはずみつけてスプリングぐいぐい撓《たゆ》ましたりしながら、暫くおもての海のけしき見てをられました。――宅は海岸の波打ち際にありますのんで、二階はたいへんに見晴らしえゝのんです。東の方と、南の方と、両方がガラス窓になつてまして、それはとても明《あか》うて、朝やらおそうまでは寝てられしません」

『卍』ではここで初めて香櫨園の名が見えるが、地名があげてある以外には、ほとんど風景の描写がないことに気づく。

引用の個所でも、光子は「おもての海のけしき見てをられ」て、とあるけれども、彼女の見た景色となると、「たいへんに見晴らしえゝ」ところで、「とても明《あか》」いということは分かるが、それだけである。

この点について瀬戸内寂聴が谷崎未亡人の松子との対談で、やはり芦屋を舞台とする『細雪』について、「風景描写がまったくないんですね。驚きました、今度、読み直しましたら」と発言しているのが注目される（『つれなかりせばなかなかに』）。

『卍』の場合、全篇会話であるから、描写がないことはうなずけるが、同じ芦屋や西宮を舞台にした谷崎の他の長篇、『猫と庄造と二人のをんな』（昭和一二年）、瀬戸内が例にあげた『細雪』にしても、おどろくほど描写はすくないのである。

『卍』と同時期に書かれた『蓼喰ふ蟲』（昭和四年）となると、この長篇の主人公夫妻の住まいは芦屋周辺にあると言われるのだが、地名はいっさい出てこない。かろうじて「二階からは海は望めなかったが、青々と晴れた海の方角の空を視つめると」云々というところで、夫妻の家が海のそばにあることは知れるが、瀬戸内海と思われるその海の名は記されていない。

七　「始終要約的に『話して』ゐるので、『描いて』はゐない」

その理由として一つには谷崎が会話の名手であることがあげられる。

『卍』では園子が「先生」にする話のなかに、カギ括弧をつけて会話が導入される。つまり『卍』の会話の部分は、〈会話の中の会話〉のようなものなのである。

〈会話の中の会話〉とは、会話のエッセンスであり、濃縮された会話というべきものだ。

谷崎は『卍』で会話のテクニックを最大限に活用したのである。

「会話を以て人物の性格やその他の情景を彷彿せしめるのでなければ、ほんたうの小説でないやうな気がしたものであつた」（「春琴抄後語」昭和九年）と考えるほど、谷崎は会話を重視した。「始終要約的に『話して』ゐるので、『描いて』はゐない」（同）ということが、もっぱら追求されたのである。

「要約的」であるから、描写はいらないのである。

会話では当意即妙、一瞬一瞬のやりとりが命なのであって、高見順のいわゆる「描写のうしろに寝てゐられない」という古典的な命題が、もっともよく小説の死命を制することになる。

三〇代半ばに横浜に創設された大正活映の脚本部顧問に招聘され、映画制作に携わったことのある谷崎は映画的手法が得意で、いきなり会話で始めることが多い。

谷崎のこうした映画との関わりも、早稲田の演劇科時代に映画の脚本を読み込んだ村上春樹と同じである。村上はチャンドラー等のハードボイルドはいうまでもないことだが、映画のシナリオや字幕を通じて会話のテクニックに精通したのだ。ちなみに村上の卒論は「アメリカ映画における旅の思想」、大陸を東西に横断する旅をテーマとしたものであるから、その点でも本稿の主題と関連づけられる。

『蓼喰ふ蟲』の書き出しは、「美佐子は今朝からとき〴〵夫に『どうなさる? やつぱりいらつしやる?』」、『細雪』の書き出しはまさに映画的で、有名な「こいさん、頼むわ。――」と、のっけから会話である。『猫と庄造と二人のをんな』の書き出しは、会話ではないが、関西弁による会話体の手紙である。

この手紙の主の、離縁した品子のところに、庄造の愛猫リリーがやられるのだが、幕切れの場面で、リリー会いたさについつい品子の家までやって来てしまった庄造が、リリーのことで品子（運よく不在である）の妹と交わす会話、――「いてまつか?」「わて、よう抱きまへんよつて、見に来とくなはれ。」「行つても大事おまへんやろか。」「直ぐ降りとくなはれや。」「宜しおま。――そしたら、上らして貰ひまつさ。」「早いことしなはれ!」というところなど、くどくど描写するより、先に見た「要約」する会話の効用、谷崎が『文章読本』（昭和九年）でゴチックにして強調する「言葉を惜しんで使ふ」話法がみごとに活かされ、危機一髪の緊迫した情勢も、どこか悠長な関西弁でユーモラスなものに変わり、離縁した品子に対してはおどおどと腰が引けながら、猫のリリーの顔は見たくてうずうずしている庄造の、優柔不断な姿がいじらしくほうふつとさせられる。

ところで、村上春樹もまた小説の会話のベテランであることは周知の事実だろう。

『回転木馬のデッド・ヒート』という彼の作品集がある。

短篇集といってもいいが、著者は「自作を語る」のなかで「ここに収められた作品はどれも『小説』ではない」と断わっている。「それらはあくまで聞き書きにすぎないのだ」と。本の「はじめに」には、「僕は多くの人々から様々な話を聞き、それを文章にした」とある。「聞き書き」とはその意味である。

なかでも「レーダーホーゼン」という短篇(と作者の言明に逆らって呼んでおく)で、語り手の母親(彼女もパシヴァである。本篇では、母の話を娘がレシヴァの作家＝村上に伝える、という二重のパシヴァの仕組みが設定されている)が、ドイツでレーダーホーゼンという半ズボンをみやげに買おうとして、夫とよく似た体形の男性にレーダーホーゼンをはいてもらっているうちに、夫に対する憎しみがふつふつと沸き起こってきて、離婚を決意したという話には、女性の理不尽な心変わりのおそろしさがパシヴァの娘のせりふに要約されて、ムラカミ話術の急所《ポイント》にふれる思いがする、——

「[……]そしてその人が新しいレーダーホーゼンをはいていかにも楽しそうに体をゆすって笑っていたの。母はその人の姿を見ているうちに自分の中でこれまで漠然としていたひとつの思いが少しずつ明確になり固まっていくのを感じることができたの。そして母は自分がどれほど激しく夫を憎んでいるかということをはじめて知ったのよ」

ご覧のとおり、というより、お聞きのとおり、これは村上流のホラーである。「……の。……の。……の」とたたみかけて、レーダーホーゼンをはいた男が楽しそうに笑っているとあるだけに、このこわさはひとしおである。

八　芦屋っ子、日本橋っ子――東西都会派作家の雄

村上と谷崎の小説に描写が欠けていることを、両者の会話の巧みさにふれて説明したが、このことは両人がいわゆるリアリズムと切れたところで出発したことに関連している。

谷崎は永井荷風の驥尾に付して、明治末年の早稲田系の自然主義に反旗を翻すことで文壇に登場した。「私は当時流行の自然主義文学に反感を持ち、それに反旗を翻さうと云ふ野心があつた」と『青春物語』（昭和八年）にある。

村上もまた、彼自身の言明に従えば、『ノルウェイの森』以外には、リアリズムの小説を書いていない。カズオ・イシグロによれば、村上はカフカ、ベケット、ガルシア＝マルケスとならぶ、「リアリズム・モードをうまく破ることのできる人」である（「『わたしを離さないで』、そして村上春樹のこと」「文學界」二〇〇六年八月号）。

その二人が〈東奔西走〉し、交差するところに、西と東の文化の高度にブレンドされたハイブリッドな文学が生まれたのだ。

さらにいうと、都会には無数のブランドが溢れている。ブランドというのは固有名さえあげれば、もう描写の必要はない。コカ・コーラの描写をする作家はいない。ジョニーウォーカーを知らないのは『海辺のカフカ』のヒーローの一人、ボケ老人のナカタさんぐらいのものである。

大都市には『ねじまき鳥クロニクル』に言う「息をのむばかりに圧倒的な互換性」があふれている

のだ。

谷崎はその点でも先駆者で、『細雪』の東京の場でも「帝国ホテル」(これもブランドである)とあるだけで、いっさい描写はしない。

次の場面など、そう言われなければ帝国ホテルにいるとは気づかないほどだろう、──

「幸子たちはその晩が遅かつたので、明くる朝は九時半頃まで寝過してしまつたが、幸子は昼の食堂の開くのを待つてゐられず、部屋で簡単にトーストを食べると、雪子を促して資生堂の美容室へ出かけた。それと云ふのは、こゝのホテルの地階にも美容室はあるけれども、[……]」

『細雪』の場面転換の妙が冴えるところだが(ロラン・バルトならラプソディック[狂詩曲風の、断章からなる]と言っただろう)、読者は幸子がいつ帝国ホテルの部屋に入ったか気づかないうちに、巧みに、知らずしらず首都の名門ホテルに導かれる。

プルーストの小説で主人公がバルベックのグランド・ホテルに到着するときの大仰な感嘆の表現とは比較にならない洗練のほどをみせるのである。

もっともプルーストの場合、病弱な少年が憧れのノルマンディーに旅して、最高級のリゾートホテルに初めて泊まったさいの感動と驚きが描かれているわけで、旧家である蒔岡家の御寮人の幸子とはステータスが違う。

幼少時の谷崎にとって帝国ホテルや歌舞伎座は目と鼻の先で、そういうシックな東京人の日常感覚が、ブルジョワの芦屋夫人の幸子にインプットされたということはあるだろう。

あるいは谷崎はプルースト以上のスノブだといってもいい。

谷崎は村上と同様、描写に代えて物語をもってくるのである。

昭和二（一九二七）年の芥川龍之介との〈話のない小説〉論争にさいして、谷崎が「現在の日本には自然主義時代の悪い影響がまだ残つてゐて、安価なる告白小説体なるものを高級だとか深刻だとか考へる癖が作者の側にも読者の側にもあるやうに思ふ。此れは矢張一種の規矩準縄と見ることが出来る。私はその弊風を打破する為めに特に声を大にして『話』のある小説を主張するのである」（「饒舌録」昭和二年初出）と述べたことはよく知られている。

これはすこしパラフレーズすれば、ほとんどそのまま村上の小説観とみなすことができる。「考える人」のロングインタビューにこうある、——「僕はある意味では、一九世紀的な完結した小説像を求めているんだと思うんです。〔……〕とにかく読み物としておもしろいかどうか、スリリングかどうか、それが第一に来ます」。

と、ここまでは村上が谷崎と同様、エンターテインメントをおろそかにしない、ドストエフスキーなどに共通するドラマティックな展開を擁護する部分だが、傾聴したいのは次の発言である。「しかし同時に、自分という存在の根幹に、その話がしっかりつながっていないと、それを書く意味はない。〔……〕自我というよりは、自己とかかわっているもの。〔……〕そこから自我だけ取り出すと、さあプレパラートに乗せてレンズで見てみましょう、という感じになってしまう。でも自己のなかに埋め込まれると、自我は水槽に入れられた金魚のように、自由にひれを動かして動きまわります。僕に興味があるのは、そういう意味合いでの包括的な自己です」

村上は谷崎と同じく、自我による告白文学を否定するのだが、それだけではなく、物語に自伝をクリプトした「完全な物語」という虚構の構築物を書くのである。

村上にはしかし、私小説（純文学）と物語小説（エンターテインメント）の対立があるわけではない。村上にすれば、私小説も物語であることを免れない。彼は物語に二種あると考えるのである。〈自我〉が生みだす告白の物語と、それを包括する、よりオープンな〈自己〉の構成する物語（「完全な物語」）と。

オウムによる地下鉄サリン事件の犠牲者のインタビュー集、『アンダーグラウンド』の「目じるしのない悪夢」の言いまわしをかりれば、オウム真理教が流布させる巨大な物語と、サリン事件の犠牲者が語る数多くの小さな物語。オウムの「あちら側の物語」を脱構築する、名もなき人々の「こちら側の物語」。

この普通の人々（パシヴァ）の物語に、いわば『1Q84』の「レシヴァ」となって耳を傾けること。「小説家である私は、人々の語るそのような物語に教えられ、ある意味では癒されたのだ」。パシヴァの〈物語〉をレシヴァの〈知〉の上に置くこと、――そこに谷崎、村上に共通する最大の教訓と功績が見出されるのである。

九　引っ越し魔の対決

それから僕は香櫨園の海を後にして、夙川橋や業平橋を渡り、『猫と庄造と二人のをんな』の庄造が品子に奪われたリリー会いたさに自転車でひた走った跡を追って、――

「ベルをやけに鳴らしながら芦屋川沿ひの遊歩道を真つすぐ新国道へ上ると、つい業平橋を渡つて、ハンドルを神戸の方へ向けた。まだ五時少し前頃であつたが、一直線につゞいてゐる国道の向うに、早くも晩秋の太陽が沈みかけてゐて、太い帯になつた横流れの西日が、殆ど路面と平行に射してゐる中を、人だの車だのがみんな半面に紅い色を浴びて、恐ろしく長い影を曳きながら通る。ちやうど真正面《まとも》にその光線の方へ向つて走つてゐる庄造は、鋼鉄のやうにぴか〳〵光る舗装道路の眩しさを避けて、〔……〕」

という引用の、国道だの混雑だの西日だのもそのままに、村上が幼少時を過ごした川添町や西蔵町を左手にしながら、庄造のリリーに対する物狂おしい思いのなか、沈む太陽を追うようにして国道2号を文字通り〈西走〉し、谷崎にとっての物語の揺籃の地――住吉川のほとりに建つ「倚松庵《いしょうあん》」に着いた。

谷崎は一九三六年（昭和一一年）から一九四三年（昭和一八年）まで、七年ものあいだここに住んだ。引っ越し魔といわれる谷崎にしては、異例の長期にわたる住まいである。

作品としては『猫と庄造と……』を書き終えたばかりで（刊行は倚松庵時代の昭和一二年）、『源氏物語』の現代語訳の脱稿、それに畢生の大作『細雪』上巻の執筆がおこなわれたのが、この谷崎の生涯の伴侶である松子夫人の名をかりて倚松庵と名づけられた住吉東町（旧・反高林《たんたかばやし》）の家なのである。

振り返ってみると、芥川との〈話のない小説〉論争とその自殺があった昭和二年から、この倚松庵に移る昭和一一年にいたる、谷崎四一歳から五〇歳までの四〇代というものが、多事多難で、かつ、おどろくべく豊饒な成果をあげた九年間だった。

一般に谷崎が大正期のスランプを脱するのは、関東大震災で罹災し、関西に移住した翌年に執筆され、大正最後の年の一九二五年（大正一四年）刊行の『痴人の愛』であるといわれるが、この長篇の舞台は東京や横浜といった関東で、関西の刻印はまだ直接にはあらわれていない。

ナオミなる妖婦に譲治がしだいに調教され、奴隷化されてゆく物語は、おそろしくもいじましいものだが、彼女はあまりにおおっぴらな白日の下にさらされ、『陰翳礼讃』（昭和八年初出）で称揚される江戸時代の女性の、――

「私が何よりも感心するのは、あの玉虫色に光る青い口紅である。もう今日では祇園の藝妓などでさへ殆どあれを使はなくなつたが、あの紅こそはほのぐらい蠟燭のはためきを想像しなければ、その魅力を解し得ない。古人は女の紅い唇をわざと青黒く塗りつぶして、それに螺鈿を鏤めたのだ。豊艶な顔から一切の血の気を奪つたのだ。私は、蘭燈のゆらめく蔭で若い女があの鬼火のやうな青い唇の間からとき〴〵黒漆色の歯を光らせてほゝ笑んでゐるさまを思ふと、それ以上の白い顔を考へることが出来ない。［……］」

この鉄漿《おはぐろ》をした顔の冴え冴えとした白さに、「若い西洋の婦人」のようなナオミの、「肌の色の恐ろしい白さ」など、とてもかなうはずがないのだ。

そうである、関西移住後の真の成果と呼ぶべきものは、昭和三年から連載のはじまった『卍』と『蓼喰ふ蟲』二篇の傑作長篇を待たねばならなかったのである。

それ以後も、『黒白』（昭和三年初出）、『乱菊物語』（昭和五年初出）、『吉野葛』（昭和六年初出）、『盲目物語』、『武州公秘話』、『蘆刈』（昭和七年初出）、『春琴抄』（昭和八年初出）、『陰翳礼讃』、『文章読本』と、目白押しに名作、問題作、代表作がつづき、まさに爆発的に大作が続出したのだった。

女性関係がまたたいへんなものである。

まるで自分の小説――まだ構想もなく、タイトルも浮かばないとはいえ、無意識のうちにその到来が予見されていた、『失われた時を求めて』にも匹敵する長大な長篇、『細雪』のヒロイン（たち）を探し求める女性遍歴であった。

この多彩な女性関係とともに、谷崎は阪神間で頻繁に住居を変え、四〇代の九年間だけでも、転居先は一三か所に及ぶといわれる。

まさに引っ越し魔というほかない。

ここにも村上春樹との共通点がみとめられる。

そもそも村上は、最初期のエッセイ集『村上朝日堂』の六章を割いて「『引越し』グラフィティー」と名づけ、「僕はすごく引越しが好きである」と宣言、「たいていの僕の長編小説は引っ越しと引っ越しのあいまにせっせと書き上げられている」と打ち明けるほどなのである。

谷崎と村上には共通の特殊なノマドロジー（遊牧性）を指摘することができる。

特殊な、というのは、谷崎も村上も、放浪や旅が好きなノマドであったわけではなく、頻繁に住居を変えて、そこを住まいとし、仕事場にするという、仕事マニアが即引っ越しマニアになるタイプだったからである。

一九八六年、『世界の終りと……』刊行の翌年、村上はローマを拠点にイタリアとギリシャを転々とする生活に入った。

『遠い太鼓』はその間の紀行文で、『ノルウェイの森』と『ダンス・ダンス・ダンス』の二大長篇と、村上の最重要の短篇集『TVピープル』の創作の秘密がうかがえるという意味でも貴重なものだ。

その「はじめに」にこうある、――「僕らはあえて言うならば、常駐的旅行者だった。本拠地としての住所をローマに据えてはいたが、気に入った場所があれば、そこに台所のついたアパートメントを借りて何ヵ月か生活し、そして何処かに行きたくなるとまた別の場所に移っていく――それが我々の生活だった」。

これは谷崎そっくりである。谷崎の弟子であった今東光によれば、「いざ引越し先の家が見つかると、いきなり道具屋を呼んで家財道具をバッタに売り払って仕舞うのだ。これが頗る小気味が好い。今まで使っていたものは一切合切売り飛ばし、若干の蔵書だけで新居に移ると、今度は新しい家財道具を買い入れるのだ」（『本牧時代』）。

別のところ（『使いみちのない風景』）で村上は、「このような生活をとりあえず『住み移り』というふうに定義しているわけだが、要するに早い話が引っ越しなのだ」と括っている。

「住み移り」にせよ、「常駐的旅行者」にせよ、キー・ポイントは生活（仕事）ということだろう。そこに生活（仕事）があるか、どうか。その一点に、旅行と引っ越しの違いはある、と。

谷崎の転居癖についても同じことがいえて、彼の移動先にはいつでも——谷崎の場合はとくに女性との——生活（仕事）があった、ということができる。

彼は女性と住まいからインスピレーションを得ようとしている。場所を移り、伴侶を変えないと、うまく作家としての創作活動が機能しない。

千代夫人から丁未子夫人へ、そして松子夫人へと、彼が次々と伴侶を変えていくのも、四〇代の九年のあいだに阪神間を一三か所も転々とするのも、仕事をするのに都合のよい環境を求めて移動していくのであって、その意味では、村上が小説を書くために最善の場所を求めて居を移していく、「常駐的旅行」や「住み移り」と変わるところはなかった。

一〇　倚松庵のストレンジャー

倚松庵で昭和一三年、松子夫人が妊娠したとき、谷崎が中絶をすすめた話は、住まいと伴侶に係る奇怪な側面をかいま見させる。

この話には谷崎自身が語る二篇のヴァージョンがあって、一篇は、まだ倚松庵に住んでいたころの昭和一七年、四年前の中絶を回想した随筆「初昔」(タイトルは近過去を意味する)。もう一篇は晩年の昭和三八年初出で、遺作として死後二年の昭和四二年に刊行された『雪後庵夜話』(「雪後庵」は谷崎の熱海の別荘)。

前者によれば、夫人の中絶はもっぱら母体の健康を慮っての止むをえない措置であるが、後者では、書くことを第一義と考える谷崎が、松子に中絶を迫ったように書いてある、――

「M子［松子］と私に実際の血縁のつながりが出来れば、もはや私たちの間の間隙、幾分の他人行儀、根津［松子の前夫］時代からの陰翳、と云ふものがなくなる。彼女はたゞの世間並みの世話女房に堕落する。根津家の家風に化してゐた私の家庭は一変して、これからはどんな風なものになるか、ちよつと想像も出来ないが、余程奇妙な、ちぐはぐなものになりかねない」

明らかなことは、両篇ともに『全集』では作品の部に収録されているが、「初昔」は回想記、ないしは備忘録であって、出来事の精細で忠実な記録、『雪後庵夜話』は随筆というより創作、小説に近くなっていることである。

だからこれはどちらが真実かを問うより、松子の中絶という事件にかんする、二つの物語が並存すると考えたほうがいい。

ここで重要なのは、谷崎の本領があくまでも後者、すなわち小説にあること、彼は『雪後庵夜話』で『細雪』の続篇を書こうとしていることである。

それは『細雪』をより実生活に戻した、私小説に近い物語である。だから『細雪』の幸子は『雪後庵夜話』では松子のイニシャルをとってM子と呼ばれ、より実名に近づけてある。

とはいえ谷崎は——村上同様——決して私小説を書く作家ではなく、物語作家なのだ。名前は実名に近づいたが、作品にはフィクションのバイアスがかけてある。

そのようにして実在の松子を『細雪』続篇としての『雪後庵夜話』の登場人物に仕立てていく、谷崎潤一郎という作家の老練な手つきが見える。

言うまでもなく、そこでは谷崎自身も登場人物である。フィクションの人物である限りにおいて、妻の中絶という行為をモラルの名において問うことは意味がない。

実在の作家としては「初昔」にあるように、妻の健康を気遣う健全な夫であるが、フィクションの登場人物としては、あくまでも『細雪』の生成を気遣う〈全身小説家〉を演じるのである。

谷崎は『細雪』のモデルたちを——自分も含めて——血縁のつながりから切り離そうとしている。「私たちの間の間隙」とは、その意味である。『細雪』のファミリーにあって、谷崎がどんなに血のつながりとは無縁なストレンジャーであるかを考えてみよう。

家族の写真を見ると、そのことがはっきりする。このゴッドファーザーは、彼を取り巻く人々にすっかり溶け込んでいるが、けっして親族としての慣れあいを見せていない。家族の写真というより、小さな社会の光景である。

『雪後庵夜話』で谷崎は、この「間隙」、この「他人行儀」、この「陰翳」を、さらに深めようと試みたのである、――おなじファミリーをモデルにした『細雪』続篇を書き継ぐために。

ところで村上春樹だが、彼はそうしたストレンジャーとしての意識を主に、彼の生涯の決定的な転機となった、一九九一年からのアメリカのニュージャージー州プリンストン滞在で獲得したのである、

――

「『ねじまき鳥クロニクル』を書いているあいだ、その四年間、僕はアメリカに外国人《ストレンジャー》として暮らしていました。その『ストレンジャー』としてのストレンジネスはいつも僕に影のようについてまわった。そしてその影はこの本の主人公にも及んでいると思います。〔……〕／僕がそのときアメリカで感じていたストレンジネスは、僕が日本でずっと感じてきたストレンジネスとはまた違ったものでした。アメリカではそのストレンジネスはより明白なものであり、よりダイレクトなものでした。だからこそ僕は自分というものをよりクリアに見据えることができたように思います。この小説を書き進めることは、言うなれば、自分自身を『ストレンジネス』という視点から裸にしていくような作業でした」（『夢を見るために毎朝僕は目覚めるのです　村上春樹インタビュー集 1997-2009』）

『雪後庵夜話』における谷崎は村上の言うこの「ストレンジネス」を求めたのである、――家族のなかにあって自分自身を、ストレンジネスという視点から裸にしていくために。

そのようにして、谷崎はここ倚松庵で、松子夫人に小説家の理想の伴侶を見出したといえる。さらにいえば、松子夫人にこそ、彼は小説の（未来の）モデルを見出した、ということである。

しかも谷崎は長篇を書きながら、戦争を挟んで何十年ものあいだ、モデルたちと一緒に暮らしたの

だった。

当然、モデルたちは『細雪』の生成にリアルタイムで立ち会うことになる。それればかりか、『細雪』のヒロインの〈その後の〉人生、すなわち〈後日譚〉を歩まねばならない。こうして『細雪』の幸子や雪子は、小説と現実の出入りをくり返すことになる。いったん作中人物になり、実在のモデルと名指されて、現実に引き戻され、また小説のなかへ戻っていく、そんな虚実の往還をくり返すのである。

「私の子の母と云ふものになつたM子を考へると、彼女の周囲に揺曳してゐた詩や夢が名残りなく消え去つてしまふのを感じた」（『雪後庵夜話』）と谷崎が危惧したのは、現在から未来にわたって張り巡らした『細雪』のネットワークの存続を考えてのことだった。

住吉川の急流の音をかたわらに、倚松庵の建物を目の端にして、僕はそんなふうに谷崎の小説におけるモデルの運命に思いをめぐらせた。

倚松庵がこんなに住吉川の瀬音に近いところに建っているとは、思いも寄らないことだった。すくなくとも『細雪』を読んでいる限りでは、住吉川の川音はまったく聞こえてこない。いうまでもなく『細雪』の三姉妹の家は倚松庵だけをモデルにするわけではない。渡部芳紀の「谷崎潤一郎文学紀行」には、「『細雪』は、場所を芦屋の西部に設定し、家の間取は倚松庵を踏まえている」とある。三姉妹の舞台は倚松庵や、その他の家、「岡本好文園」の邸宅などを、モザイクのように組み合わせて構成されたのだろう。

ロラン・バルトはプルーストの『失われた時を求めて』の父方の故郷・コンブレのモデルになったイリエ（現在はプルーストにちなんでイリエ・コンブレという町名になっている）を訪ねたとき、小説に描かれたコンブレの神話的な大きさと、実際のイリエの現実の卑小さの落差に驚いていた（ラジオ・フランス放送「パリのマルセル・プルースト」）。

同じように僕も『細雪』の舞台といわれる倚松庵の貧弱なことに驚いている。

雪子はプルーストが彼のヒロイン・アルベルチーヌをそう呼んだのと同じ意味で、〈時間の女神〉であったのかもしれない。アルベルチーヌがノルマンディーのバルベック海岸の海の妖精であったように、阪神間に流れる夙川や芦屋川や住吉川、香爐園の精霊であったのかもしれない。

谷崎は松子夫人とその姉妹を生身のモデルとして、時間のなかで、時間とともに、刻々に変化していくヒロインの像を彫り込んでいったのである。

松子夫人だけではない。彼女を取り巻く女性たち、妹の重子や信子、松子と根津清太郎の息子の嫁、渡辺千萬子など、谷崎ファミリーと呼んでいい人たち。

たとえば重子については『三つの場合』（昭和三六年）に、「女主人公雪子のモデルは、ほかならぬ私の妻の直ぐ下の妹重子である」と言明されている。しかも谷崎はこのパートを『三つの場合』の「三明《あきら》さんの場合」（細雪後日譚）と副題したのである。

そんなわけで「細雪後日譚」には、昭和二〇年六月、いよいよ敗戦が間近になり、空襲が熾烈になって、疎開先の岡山県津山に谷崎ファミリーが逃れていたころ、重子が夫の明とともに、当時いちばん安全な北海道へ避難しようという話になったとき、「これから先、姉さんたちが見すく難儀するのを見捨てゝ、私たち二人だけで逃げて行くことなんか出来ない。生きるも死ぬるも、どんな時でも私は姉さんたちと一緒と覚悟してゐます」とけなげな決意を述べるが、これは『細雪』の雪子がその「後日譚」のモデルとしての運命を共にする「覚悟」を述べたものと解されるのである。

一一　『蓼喰ふ蟲』、あるいは〈等価の海〉

福良の街はたいそうさびれていた。

日帰り温泉「ゆーぷる」でひと風呂浴びて戻って来ると、もう店も家も明かりを消してしまっている。人通りの絶えた淡路南端の街道には、非常に濃い闇が降りている。開いているのは数軒のバーか料理屋ぐらいのものである。そういうところでは仕事もできないから、国道28号沿いの二四時間営業のマクドナルドに来て、以下のノートを取っている。

谷崎の最高作にランクされる『蓼喰ふ蟲』のハイライトは洲本で浄瑠璃芝居を見る場面だが、『陰翳礼讃』の次の一文は、昭和初年にくり返された、ここ淡路島への旅で人形芝居を見た経験から生まれたものだろう、――

「知つての通り文楽の芝居では、女の人形は顔と手の先だけしかない。胴や足の先は裾の長い衣裳の裡に包まれてゐるので、人形使ひが自分達の手を内部に入れて動きを示せば足りるのであるが、私はこれが最も実際に近いのであつて、昔の女と云ふものは襟から上と袖口から先だけの存在であり、他は悉く闇に隠れてゐたものだと思ふ」

『蓼喰ふ蟲』では登場人物もストーリーも、その全体像が示されることはない。つねに部分であり、断片である。「他は悉く闇に隠れて」いるのだ。

出だしからして、別離を前にした夫婦は、「孰方《どっち》つかずなあいまいな」状態に置かれている。彼らの結婚生活の危機は、「ちやうど夫婦が両方から水盤の縁をさゝへて、平らな水が自然と孰方かへ傾くのを待つてゐるやうなものであつた」と、卓抜な比喩で言いあらわされる。

ローマの皇帝ティチュス（ティート）とユダヤの王の娘ベレニス（ベレニーチェ）の離別をモティーフにした、ラシーヌの悲劇『ベレニス』を思わせる設定である。

ローマ皇帝とユダヤの王女は喧嘩別れするわけではない。別離の修羅場は微塵もない。二人はやさしさの限りを尽くして別れていく。

『蓼喰ふ蟲』ではこのやさしさ、この「平らな水」が一貫して保たれている。むろん、安定した関係ではない。夫婦が注意深く、細心の神経をもって、支えていなくてはならない、〈等価の海〉の関係である。

〈等価の海〉とは、村上春樹の次の一文に見出される用語――「そのような等価の海の中で僕にできることはチャンドラーを『チャンドラー以降』という文脈の中で取りあげ、次の小説に連結させることとしかないのだ」（「都市小説の成立と展開」）。

同様に『蓼喰ふ蟲』という〈等価の海〉でわれわれにできることは、『蓼喰ふ蟲』を「『蓼喰ふ蟲』以降」という文脈の中で取りあげ、次の小説に連結させることとしかない。

本稿の論旨からすれば、谷崎潤一郎を村上春樹に連結させることとしかない。

――主人公の要《かなめ》と美佐子の夫妻には、結婚して数年にして性的な関係がとだえていた。やがて美佐子に須磨に住む愛人の阿曾ができた。要は妻のその行為をとがめなかった。といって、そそのかすわけでもない。

明らかなことは、二人はもう別れるよりほかないということ、「では僕たちは自分たちにも分らないやうに極く少しづゝ別れる手段を取らうではないか」という取り決めがなされる。

ここでのミソは「自分たちにも分らないやうに」というところだ。それはほとんど不可能な試みである。前代未聞といってもいい。タイトルの『蓼喰ふ蟲』の「蓼」とは、そんな誰も試みたことのない無謀な離婚を指すのかもしれない。いわば、知らぬ間に――プルースト的にいうなら〈無意志的〉に、――離別の時がやって来るのを待っている。ところが、要の従弟の高夏も言うように、「都合のいゝ時なんて、一体いつになったら来るんだ。誰か一人が決然たる処置を取らなかつたら、そんな時は永久に来るもんじやない」。

これは終わりがないということをテーマにした小説で、『細雪』のラストが、婚期の遅れている雪子のヒーメンが失われる予感のうちに終わるのと同様に、それ以上に繊細微妙なかたちで、夫妻の破局の予感のうちにエンディングを迎える。

一二　存在／不在のフェティシズム

要と美佐子のあいだには、谷崎の代名詞ともなっているマゾヒズムの介入する余地はない。当然、サディズムとも無縁である。ここにこの作品の谷崎文学の系列における例外的かつ特権的な位置が見出される。

『蓼喰ふ蟲』にマゾヒズムがあるとしても、それは部分に対するマゾヒズムで、これはフェティシズムと呼ばれるべきだろう。谷崎のマゾヒズムは全体に奉仕するものではない。あくまでも、部分に、フェティッシュに執するのである。

『蓼喰ふ蟲』のフェティシズムは、主として要の視線によって捉えられた妻の、こんなディテールのうちにあらわれている、――「美佐子は縁側に坐布団を敷いて一方の手で足の小指の股を割りながら、煙草を持つた方を延ばして皐月の咲いてゐる庭の面へ灰を落した」。

　これは手と足のフェティシズムで、足の小指の股を割る手や、煙草の灰を落とす手が、あくまでも細部にとどまり、いかなる〈大きな物語〉（リオタール）――ここでは両人に刻々と切迫する破局――にも収斂していかないところに、作家の伎倆のいっさいが賭けられる。

　村上なら『風の歌を聴け』のヒロインのこんな手のフェティシズム、――

「僕は彼女の左手を取って、ダウンライトの光の下で注意深く眺めた。カクテル・グラスのようにひんやりとした小さな手で、そこには生まれつきそうであるかのようにごく自然に、四本の指が気持良さそうに並んでいた」

　不在のフェティシズムというべきもので、この欠如のうちに捕獲された彼女の小指は、ムラカミ・フェティシズムの極致である。

『色彩を持たない……』では、プールで泳いでいる主人公のつくるが、前を泳ぐ男の足の裏を見て、「［男友だちの］灰田の足の裏にうり二つだった」と思い、「思わず息を呑み、そのせいで呼吸のリズムが乱れ」る場面。「灰田もおそらくおれの中につっかえているものごとのひとつなのだと」自覚するところは、ゲイのフェティシズムをあざやかにあらわしている。

「立ってゐる彼［要］には襟足の奥の背すぢが見えた。肌襦袢の蔭に包まれてゐる豊かな肩のふくらみが見えた」

いずれにせよ、別れようとする妻の豊かな肉体のこんなディテールに視線がゆく要には、ついに決断の時はくるまいと思われる。

村上の愛の対象も『蓼喰ふ蟲』同様、たいてい離婚するか失踪するかして、なんらかのかたちで主人公の前から消えていくことを前提としている。

『羊をめぐる冒険』の耳のガール・フレンド、『ノルウェイの森』の直子、『国境の南、太陽の西』の島本さん、『ねじまき鳥クロニクル』のクミコ、『スプートニクの恋人』のすみれ、『1Q84』の天吾の人妻の愛人、『色彩を持たない……』の同性の灰田など、みなそうである（そして同書のシロや、おそらくは沙羅もまた）。

相手の身体に対するフェティシズムは、別離ないし喪失が切迫してくると、（『蓼』の美佐子のように夫のある程度の慫慂があるとしても）、いっそう強度にはたらくものであるのかもしれない。

プルーストの『失われた時を求めて』にあっても、〈逃げ去るアルベルチーヌ〉は〈囚われのアルベルチーヌ〉より、はるかに執拗なフェティシズムを主人公（マルセル）に発動させるのである。

とりわけ『蓼』から引いた最後の例は、『ねじまき鳥』において——これは別れる妻ではなく、失踪する妻の話だが、——逃げていくクミコがフェティッシュとして残す白い背中の残像を思わせる。

「出かける前にクミコは僕のところに来てワンピースの背中のジッパーをあげてくれと言った。体にぴったりとしたワンピースで、ジッパーをあげるのにちょっと手間がかかった。彼女の耳のうしろにとてもいい匂いがした」

これ以後、（幻想とも現実ともつかぬ井戸の中は別として）クミコは二度と亨の前に姿をあらわさない。亨にはこのワンピースの背中と耳のうしろ（の匂い）がフェティッシュになってつきまとうのである。

クミコがいなくなったあと、それはもはや強迫症的なオブセッションになる、――「僕は長いあいだぼんやりと天井を眺めていた。何かべつのことを考えようとしたのだが、何を考えても、頭がうまく働かなかった。僕はワンピースのジッパーを上げたときのクミコのつるりとした白い背中と、耳のうしろの匂いを思いだした」。

現に目の前にいるクミコの実在の身体より、不在のクミコのほうが細部のディテールにおいてリアルになる（「つるりとした白い背中」）。そこにフェティシズムの放つ幻覚性がよくあらわれている。第2部『予言する鳥編』に入っても、クミコのおなじフェティッシュが亨の心を占めている。とりわけ今まで見たことのないオーデコロンのプレゼント用の包装紙をみつけた後だけに、本来はクールな村上のヒーローも平静ではいられない。

「僕は例のクリスチャン・ディオールのオーデコロンの蓋をあけて、もう一度匂いをかいでみた。前と同じ匂いがした。いかにも夏の朝に相応しい白い花の匂いだった。そして僕はまた彼女の耳と、白い背中を思い出した」

一三　「五衣《いつ、ぎぬ》」から「スリップの肩紐」まで

『1Q84』の一見して健全なヒーローである天吾も、こういうフェティシズムから自由ではない。BOOK1第2章の天吾登場の件りにおいてすでに、彼はいつもの発作を起こすとともに、一歳半

のときに見たと信じる光景――「母親はブラウスを脱ぎ、白いスリップの肩紐をはずし、父親ではない男に乳首を吸わせていた」というエディプス・コンプレックス的な（甘美さにも欠けていない）悪夢に襲われる。

天吾は人妻の愛人と寝るときにも、彼女に白いスリップを着てくれるよう頼む。愛人に不倫の母親の役を演じさせるのである。「彼はブラウスを脱がせ、スリップの肩紐をずらせ、その下にある乳首を吸った」。するとこの「スリップの肩紐」のフェティシストは、彼のオイディプス的欲望に駆られ、気がついたときには「身を震わせて激しく射精していた」。

ここでは『1Q84』のヒーローが、同様にオイディプスの徒であることで知られる谷崎のフェティシスト――戦後初の長篇小説『少将滋幹の母』（昭和二五年）の主人公に、限りなく近づいていることを指摘したい。

天吾に相当するのは少将滋幹である。滋幹は五歳のときに母をほかの男に奪われる事件をトラウマとしてもっている。天吾と違うところは、この少年がその夜のことを「何もおぼえてゐない」ことである。とはいえ天吾にしても一歳半の記憶などというものがありうるかどうか怪しいから、この相違は問題にするに当たるまい。肝心な点は、主人公の幼いときに母がほかの男に奪われていなくなり、それ以来、谷崎の場合はとくに、母がこの世のものとは思われない美の幻影を少年の心に刻んだことである。

滋幹の母はかくて村上的、プルースト的な〈逃げ去る女〉と化したのである。

その原《ウル》・記憶の光景。

栄華と権勢を恣にする横柄な藤原時平は、滋幹の父、年老いて非力な大納言国経の鍾愛する美貌の若妻を、貢物として受領する、――

「屏風の外で待つてゐた人々は、急には出て来ないであらうと思へた左大臣［藤原時平］が、忽ち恐ろしく嵩高な、色彩のゆたかなものを肩にかけながら物々しい衣ずれの音をひゞかして出て来たのに、又驚きを新たにした。左大臣の肩にあるものは、よく見ると一人の上臈《じやうらふ》、――此の館の主［滋幹の父・国経］が『宝物』だと云つたその人に違ひなかつた。その人は右の腕を左大臣の右の肩にかけ、面を深く左大臣の背に打つ俯《ぶ》せて、死んだやうにぐつたりとなりながら、それでもどうやら自分の力で歩みを運んでゐるのであつたが、さつき御簾からこぼれて見えたきらびやかな袂や裾が、丈なす髪とよぢれ合ひもつれ合ひつゝ床を引きずつて行く間、左大臣の装束とその人の五衣《いつゝぎぬ》とが一つの大きなかたまりになつて、さや／＼と鳴りわたりながら階隠《はしがくし》の方へうねつて行くのに、人々はさつと道を開いた」

天吾のフェティッシュとなった母の「スリップの肩紐」が、ここでは驚くべき絢爛豪華な衣裳の氾濫となってあふれだす。あるいは逆に、谷崎の「滋幹の母」の豪勢な「五衣」、「恐ろしく嵩高な、色彩のゆたかなもの」、「物々しい衣ずれの音をひゞかして出て来た」「一つの大きなかたまり」が、村上の天吾の母にあっては、わずか数語の「スリップの肩紐」に収斂したことに、驚きの目を見張るべきかもしれない。

ここに村上が谷崎の壮大なフェティシズムを脱構築する、すぐれて批判的な分析のメスを見ることができる。それとも「言葉を惜しんで使ふ」という『文章読本』のテーゼ、「春琴抄後語」に言う〈「要約的に」話す〉文章作法が、村上において十全な達成を見たというべきであろうか。

とりわけ最新作を『色彩を持たない多崎つくると、彼の巡礼の年』と名づけたとき、谷崎の華麗な色彩に対する、村上による discret（控え目／非連続）な批判を読みとることができるのである。

とはいえそのフェティシズムとエディプス・コンプレックスの構造はまったく同一である。しょぼくれた父（天吾の父はしがないＮＨＫの集金人であり、滋幹の父は七〇を越える無力な老人である）と、若くて美しい母。その母を奪い去る父とは別の逞しい男。〈他人の女〉になった母に代わって、息子の原《ウル》・記憶に残されたのは、フェティッシュとしての「スリップの肩紐」、あるいは嵩高で色彩ゆたかな「五衣」。

この奇怪な母の不倫という出来事は、『少将滋幹の母』ではもう一度くり返される。すなわち、かねてから滋幹の母に懸想していた〈色好みの平中〉が、幼い滋幹を利用して、幼童の腕に恋の歌を書きつけ、滋幹の母のもとに届けさせる。

すると母はなぜか涙を流し、子の腕にある文字を拭って消すのだが、そのときいかにも惜しそうに、一字一字、頭へ刻みつけるように見すえつつ消したのである。

のみならず彼女はみずからの子の腕に、平中への返事の「文字を走らした」のである。

ここでも滋幹は母が父とは異なる男に自分をゆだねる光景を見ている。

『１Ｑ８４』の幼い天吾が見たことと同じことが起こっているのである。

〈他人の女〉になる母がいちばん美しく見える。「彼に取つて『母』と云ふものは、五つの時にちらりと見かけた涙を湛へた顔の記憶と、あのかぐはしい薫物の匂の感覚とに過ぎなかつた」という滋幹の思い出は、スリップの肩紐をはずして、乳首を父以外の男に吸わせる、母の恍惚とした表情が天吾に残した思い出と、なんら変わるところがない。

滋幹には不倫の母の「かぐはしい薫物の匂」が、その後、四〇年も忘れられないフェティッシュになったのである。

一方、母に見棄てられた滋幹の父の運命も、天吾の父のそれと同一である。「もとから痩せてゐた父は、一層痩せて眼が落ち窪み、銀色の鬚をぼう〳〵と生やして、今まで臥てゐたのが起きたところらしく、狼のやうな恰好をして枕もとにすわつてゐたが」というところは、さながらに天吾の父の老いさらばえて認知症を患う姿そのままで、自分を裏切った妻のフェティッシュの幻影にとり憑かれ、それによって滅ぼされた男の末路をまざまざと示している。

フェティッシュはこうしてライトモティーフとして反復され、亡霊のように何度でも戻って来る。それは『羊をめぐる冒険』の次の場面では、いっそう明瞭に顕在化している。

離婚した妻が一時、「僕」のアパートに戻ったところ、――「髪のあいだから日焼けしていない白い首筋が見えた。見覚えのないプリント地のワンピースの肩口から細いブラジャーの吊りひもがわずかにのぞいていた」。

今度は「ブラジャーの吊りひも」である。

『蓼喰ふ蟲』の要、『1Q84』の天吾と同じ、フェティシストの視線が、ここでは離婚が成立した女のブラジャーの吊りひもにそそがれている。この「ブラジャーの吊りひも」は、村上の作品史に沿っていうなら、『羊』から二七年後の『1Q84』の天吾が母の乳首に見た「スリップの肩紐」に転移するのである。

この元妻はクミコのように、あるいは天吾の母、あるいは滋幹の母のように、もうすでに他人の女になろうとしている。見知らぬ女に変わろうとしている。主人公の手を振り払い、逃げ去ろうとしている。

そして（やがて小説のヒロインになる）耳のモデルをしているコールガールの女の子と親しくなった主人公は、彼女にこんな頼みを打ち明けるが、これは『1Q84』の天吾とまったく同形の、谷崎的なフェティシストの隠れた願望の表白そのものである。

「『ねえ、君はスリップを着ないのかい？』と僕はこれという意味もなくガール・フレンドに訊ねてみた。

彼女は僕の肩から顔を上げて、ぼんやりとした目で僕を見た。

『持ってないわ』

『うん』と僕は言った。

『でも、もしあなたがその方がもっとうまくいくっていうんなら……』」

谷崎について指摘したと同様の巧妙な会話の運びである。

主人公が「これという意味もなく」願望を切り出し、ガール・フレンドが「ぼんやりとした目で」応じるところに、村上フェティシストのソフィスティケイトされた会話のテクニックが発揮される。

女性の衣服や身体の断片に対する村上のヒーローのこうした嗜好は、おなじガール・フレンドの「耳」のフェティシズムにおいて、まさに〈炸裂〉するといってよい。

彼女がレストランで耳を出す瞬間である（彼女によれば「耳の開放」）、――

「彼女はハンドバッグから黒いヘア・バンドを取り出すとそれを口にくわえ、両手で髪をかかえるようにして後にまわして、一度それをくるりと曲げてから素早く束ねた。

『どう？』

僕は息を呑み、呆然と彼女を眺めた。口はからからに乾いて、体のどこからも声はでてこなかった。

白いしっくいの壁が一瞬波打ったように思えた。［……］

『すごいよ』と僕はしぼり出すように言った。『同じ人間じゃないみたいだ』

『そのとおりよ』と彼女は言った」

「そのとおりよ」という彼女の声が非常に遠いところから聞こえる。アンドロイドかなにかの発した声のようでもある。それとも、巫女の託宣か。

フェティッシュにおいて、人は同じ人間ではなくなるのである。非人間化するといってもよい。『春琴抄』のヒロインのこんな肖像を引いてみよう、――「紋羽二重の被布を着て厚い座布団の上に据わり浅黄鼠の縮緬の頭巾で鼻の一部が見える程度に首を包み頭巾の端が眼瞼の上へまで垂れ下るやうにし頬や口なども隠れるやうにしてあつた」――これなどほとんど全身が衣裳のフェティッシュと化した怪物の春琴である。それがここでは句読点もなく連綿とつづく漢字と平仮名のつらなりと一体化して、あたかも春琴は谷崎のテキストの織物につつまれているかのようである。

『羊』のガール・フレンドが髪を束ねて耳を出す振舞いには、どこか無作法で野蛮なところがあって、谷崎の女サディストの振舞いとそっくりである。一例が「刺青」の有名なラスト、――「女は黙つて頷いて肌を脱いだ。折から朝日が刺青の面《おもて》にさして、女の背《せなか》は燦爛とした」。あるいは『春琴抄』のこんな場面、――「春琴が失明以来だん〳〵意地悪になるのに加へて稽古が始まつてから粗暴な振舞さへするやうになつた」。これは『1Q84』のアサシン、青豆登場の件りを思わせる、――「四月を迎えたばかりの冷ややかな風が彼女の髪を揺らし、いびつなかたちの左側の耳をときおりむきだしにした」。首都高速3号線の緊急避難用階段を降りる青豆の、こんなに遠くにあるはずの「左側の耳」を、こんなに間近に見ているのは誰だろう、『羊をめぐる冒険』の耳のフェティシストでないとしたら？　実際、青豆の兇暴さが第1章のこの二行におけるほど、ありありと見えることはないのである。

谷崎は『蓼喰ふ蟲』で要に、「女といふものは神であるか玩具《ぐわんぐ》であるかの孰れかであつて」と言わせているが、そこに獣であるか天使であるか、とつけ加えてもいい。

『羊』のフェティシズムは、主人公が耳のガール・フレンドに、「僕が角を曲る」と説明するとき、次のように明かされる、――「すると僕の前にいた誰かはもう次の角を曲がっている。その誰かの姿は見えない。その白い裾がちらりと見えるだけなんだ。でもその裾の白さだけがいつまでも目の奥に焼きついて離れない。こういう感じってわかるかい？」

これは谷崎が『陰翳礼讃』で文楽の人形を例にあげて、女の人形が「顔と手の先だけしかない」ように、「昔の女と云ふものは襟から上と袖口から先だけの存在であり、他は悉く闇に隠れてゐたものだと思ふ」と語ったのと同じ、フェティシズムの秘鑰《ひやく》を述べたものである。それが極端にすすむと、先に見た、豪華な衣裳にうずもれて、わずかに鼻だけが見える春琴のポートレイトになるのだろう。

一四　この「肌寒い懐疑の感覚」――関西の誘惑

ところで『蓼喰ふ蟲』には、『陰翳礼讃』に言う「顔と手の先だけしかない」女が登場してくる。美佐子の父で「老人」と呼ばれる道楽者の年寄りの愛妾、――『蓼』の真のヒロインとなるお久である。

長篇は要と美佐子の夫婦が、大阪の道頓堀の弁天座でやっている文楽の人形芝居に、老人に招待されたところからはじまる。

そこにお久が登場するのである。

美佐子が村上のヒロインにもふさわしい、やがて別れる〈逃げ去る女〉であるとすれば、お久は谷崎的な、まことに谷崎的な〈囚われの女〉である。

村上には〈逃げ去る女〉は出て来ても、〈囚われの女〉は出て来ない。このことはムラカミ・ワールドが一貫して〈女の子〉のリードする世界であることを証している。

一方、谷崎においては〈囚われの女〉にお目にかかるケースがけっこう多い。そもそもデビュー作「刺青」のヒロインがその性格を免れないし、『細雪』の雪子も、その引っ込み思案なおとなしさにおいて、いささか因循な女であるといわざるをえない。

お久はその典型である。

谷崎はお久が「典型」であることを否定しない。どころかこれを彼女の美点とする。すくなくとも主人公の要はそう考える、——

「彼の私《ひそ》かに思ひを寄せてゐる『お久』は、或はこゝにゐるお久よりも一層お久らしい『お久』でもあらう。事に依つたらさう云ふ『お久』は人形より外にはないかも知れない。彼女は文楽座の二重舞台の、瓦燈口の奥の暗い納戸にゐるのかも知れない。もしさうならば彼は人形でも満足であらう」

むろん、美佐子はそんな考えに満足しない。美佐子が要に対して〈逃げ去る女〉であるのは、彼のそうした考え方についていけなかったからにちがいない。

あるいは美佐子はお久に手ごわいライヴァルを見出したのかもしれない。人形のような〈囚われの女〉の典型であるお久は、一方において、『春琴抄』の春琴のような女サディストになる可能性を秘めているのである。

「父もうつたうしいけれども、それよりお久がいやであつた。京都生れの、おつとりとした、何を云はれても『へい〳〵』云つてゐる魂のないやうな女であるのが、東京ツ児の彼女と肌が合はないせゐもあるであらう」。

「魂のないやうな女」というところに、お久が要によって人形に擬せられることを暗示しているが、これは要にあっては必ずしもマイナスのポイントではない。

むしろここでは、お久が京都の女であることが問題になる。

京都生まれ、芦屋育ちの村上と同じ生粋の関西種だ。西の女と東の女。東京人の美佐子には京女のお久が受けつけられない。

一方、要のお久を見る目は最初からそうではない。彼は明らかにこの京女を欲望の対象として措定している。「鏡を支へた左の手の、指紋がぎら〳〵浮いてゐる桜色の指先のつや〳〵しさは、あながち髪の油のせゐばかりではなからう」というところは、要のフェティシストの目が執拗にお久の手の指の細部を追跡する様子をうかがわせる。

ここにフェティシズムに次ぐ第二のモティーフ、本稿の主題をなす〈東奔西走〉のライトモティーフが鳴る。

作者の谷崎同様、要は関東（日本橋）から関西（芦屋）へ移住した者だった（日本橋生まれの谷崎は関東大震災当時、横浜に住んでいて、箱根で罹災したわけだが、ここは大局的に考える）。しかし要は谷崎同様、まだ完全に関西の人間になりきっていない。関東から関西へ移動する〈はざま〉にいる。そこでたちどまり、ためらっている。

あえていうなら谷崎は終生、この〈はざま〉に身を持したのである。谷崎には萩原朔太郎のような「日本回帰」はありえなかった。「日本回帰」があったとしても、それは谷崎にあって結果ではなく、プロセスであった。

そもそも谷崎は関西へ回帰したのではなかった。彼には関西に帰ることなどできはしない。東京に帰ろうにも、東京は彼にとって失われた故郷だった。昭和九年の「東京をおもふ」に彼はこう書いた、――「それでも私は、此方〔関西〕へ来てから二三年の間は折々上京する毎に『帰つて来た』と云ふ気がしたけれども、いつからともなくその関係が逆になつて、一週間も東京にゐると早々に上方へ『帰り』たくなり、汽車で逢阪山のトンネルを越え、山崎あたりを通り過ぎるとホツと息をつくのである」。彼には東京へ帰ることもできない（村上と同様に。村上も自分を故郷には「もう戻ることができないと感じ続ける人」のカテゴリーに分類する。――「神戸まで歩く」『辺境・近境』）。

〈東奔西走〉のテーマをもっとも強く打ち出した『色彩を持たない……』でも、名古屋にあって「乱れなく調和する共同体」を構成していた「仲良し五人組のグループ」の一種の〈秘密結社〉から一人離れて、東京の大学に出て来たつくるが、ある事件が切っかけになって、そこから〈切られ〉、恋人の沙羅に、「戻るべき場所はもうないのね?」とたずねられると、「もうそれはない」と答えたとき、つくるもまた、村上／谷崎と同じ〈失われた故郷〉を共有していることが理解される。

『蓼』に戻って、先の引例でも、淡路島の洲本の人形芝居に引き寄せられるかと思うと、要の回想はたちまち銀座の歌舞伎座や日本橋蛎殻町の水天宮のほうに引き戻される。〈東奔西走〉の往還のなかできりなく迷宮化してゆく、眩暈に似た回帰の運動だけが残される。彼は絶えず途中にあった。村上の次の言葉はそのまま谷崎に返される、――

「これはべつに日本回帰だとかそういうことではない」と村上は言っている、「それはたぶん自明性というものは永劫不変のものではないという事実の記憶だ。たとえどこにいたところで、僕らはみんなどこかの部分でストレンジャーであり、僕らはその薄明のエリアでいつか無言の自明性に裏切られ、切り捨てられていくのではないかといううっすらと肌寒い懐疑の感覚だ」（『やがて哀しき外国語』）。

松子の中絶問題で見たように、谷崎は終生このストレンジャーとしての「肌寒い懐疑の感覚」を失わなかったのである。

あるいは、同じ村上が、『若い読者のための短編小説案内』のなかで、――

「ただひとつわかっていただきたいのは、これは決していわゆる『日本回帰』とかそういうのではないということです。〔……〕僕の場合はそれとはまったく違う。僕は状況によって変わったわけでもないし、変えられたわけでもない。僕はその異質性を異質性として、部分的には『自らのうちにあるもの』として公平に認めることはできるようになったけれど、それは長期的に見ればやはり意識的により強固に相対化していかなくてはならないものだとして捉えています」

谷崎にあっても事情は変わらない。彼は日本的なるものの「異質性」を明確に、意識的に相対化している。

そこで主人公の要だが、お久はそんな要の前に関西の誘惑そのものとしてあらわれてくる。淡路島の洲本で淡路浄瑠璃を見物する場面は、要にとってはまさにその誘惑に身をさらす情景である。ところで、この場の肝心な点は、要がそのことにまだ気づいていないということなのである。

すべてがバタイユの言う〈非‐知〉のうちに進行する。そこにムラカミふうの〈眠り〉のテーマが忍び込む。谷崎においても、要においても、これは〈東奔西走〉の決定的瞬間となるはずのものだが、当の本人はうつらうつらと無知のうちにその瞬間をやり過ごしてしまう、――

「遊んでゐる子供たちのガヤガヤ云ふ話声や、露店で駄菓子やお面を売つてゐる縁日商人のテント張りがびいどろのやうに日に光るのや、その他いろ〳〵の雑音が舞台で演ぜられてゐる狂言の、間伸びのした悠長な囃しと一つに融けて聞えて来る中で、ついとろとろと好い心持に眠りこけては、又はつとして眼をさます。二度も三度も、とろとろとしてははつと眼をさます」

　こんなことをくり返しているうちに、これらの雑音や、狂言や、囃しや、駄菓子や、お面やが、いわばお久の〈形代《かたしろ》〉になって、まどろみに落ちる要の心を知らずしらず奪い去るのである。

　ここでもプルーストをもちだすと、ある人に恋をするとき、そのイマージュは心のカメラにネガフィルムとして写されて、家に帰り一人になったとき、それが陽画としてプリントされて目に見えるものになる、ということを言っているが、淡路の人形芝居を見ている要は、お久との恋の舞台をそれとは知らず見ていたといえる。

『蓼喰ふ蟲』の三つの主題――要と美佐子の離婚と、要のお久への傾斜、それに関西の誘惑が、ともに「自分たちにも分らないやうに極く少しづゝ」進行するところに、長篇に仕掛けられたおそろしく精巧なメカニズムが存するのだ。

一五 「筋を最後マデ考ヘヌカズニ書キダスコト」

ここで谷崎の『蓼喰ふ蟲』を〈『蓼喰ふ蟲』以降〉、村上の『国境の南、太陽の西』に「連結」して、〈東奔西走〉のテーマを調べよう。

お久が関西の女であるように、『国境の南……』のヒロイン、島本さんも関西種の女である。島本さんが〈西〉の女であることは、小説の表層からは読みとりにくいが（本文中には島本さんの出自をあらわす地名――〈神戸〉は出てこない）、『国境の南……』の成立過程を振り返ってみると、そのことは明瞭になる。

この長篇はきわめて変則的な誕生の経緯をもっている。

村上自身はこれを『ねじまき鳥クロニクル』の「切り離されたシャム双生児の小さな方の片割れ」と呼んでいる（作者による「解題」）。

一九九一年、アメリカのニュージャージー州プリンストン大学に招聘された村上は、懸案の長篇小説の執筆にとりかかった。『ねじまき鳥クロニクル』と題されるその長篇の原形（現行の第1部と第2部）はおよそ一年で書き上げられ、いつものように村上は配偶者の陽子夫人に読んでもらった。すると夫人から、三つばかりの章を抜き取って、別の小説に書き直したらどうか、というアドバイスが返ってきた。

作者はそこで『ねじまき鳥』はしばらくわきに置いて、『国境の南、太陽の西』とタイトルされる中篇小説を集中的に執筆することになった。

この変則的な小説の成立事情は、谷崎が「『蓼喰ふ蟲』を書いたころのこと」（昭和三〇年）で語る回想と重なりあう部分がある。

谷崎は書いている、――

「私はほとんど、これから何を、如何にして書いて行こうかということを考えることなしに書いた。という意味は、最初からすっかり着想や構成が出来上っていたというのではなく、寧ろその反対に、その日その日の出たとこ勝負で筆を進めて行きながら、しまいには巧い工合にちゃんとまとまるという自信があり、それについて少しの不安も感ずることなしに書いた」

同様の証言は、『卍』や『蓼喰ふ蟲』と同時期の昭和三年に新聞に連載された、長篇小説『黒白』の「序にかへる言葉」にも見出される、――「大体の腹案はないでもないが、要するに出たところ勝負である」。

この「出たとこ（ろ）勝負」の書き方は最晩年まで谷崎の創作方法であったようで、没後発見されたノートには、「猫犬記」と題した小説の構想がメモされていて、そこに「○自分の創作態度（筋を最後マデ考ヘヌカズニ書キダスコト）」と記されていたという（伊吹和子『われよりほかに』による）。

谷崎にとって、この成り行きまかせの執筆方法は、『蓼喰ふ蟲』の頃はとくに、雑誌や新聞に長篇小説の連載を何本も抱えた売れっ子作家の、やむにやまれぬ窮余の策であったかもしれないが（そして結果的には、窮鼠猫を嚙む、ではないが、『卍』、『蓼』、『黒白』という三大長篇を生む奇蹟をなし遂げたのであるが）、一方、村上春樹にとっては、――そして谷崎にとってもある程度は――意識的、方法的に選びとられた、究極の創作の秘訣となったのである。

谷崎の場合、それは〈続篇〉あるいは〈後日譚〉、さもなければ〈未完〉というかたちを取る。『武州公秘話』は続篇が書かれるはずであったが、ついに書かれなかった（「『武州公秘話』続篇について」昭和八年参照）。『鮫人』（大正九年初出）、『乱菊物語』は未完のまま終わり、ほかにも未完のまま放置された小説はいくつかある。

ただし谷崎の未完は、カフカや村上のオープン・エンディングに似て、未完であることが作品にとって必ずしも欠陥にはならず、むしろ作品に捺された作者の〈署名〉となる場合が多い。『黒白』は未完ではないが、「黒白完結ことわり」を読むと、「作者申す、『黒白』は三ヶ月といふ最初の予定以上に余り長くなりましたから、これをもつて一とまづ終ることにしました。偏に読者の寛じよを請ひます」と、完結とも未完ともつかぬ、かなりいい加減な終わり方をしている。あまつさえ『黒白』の主人公の小説家は、「要するに彼の小説には続篇があるのだ」と、小説のページから顔を出して、『黒白』の続篇を暗示するようなことさえ言うのである（それと名づけられる以前のメタフィクションの手法）。

しかし、なんといっても最大の〈終りなき終り〉（ブランショ／デリダ）、〈未完了の完了〉の印象を与えるのは、上中下三巻からなる『細雪』だろう。

結婚式の上京を控えたヒロインの下痢で終わるあの結末は、まことにあっけない、腰砕けとしか言いようのない終わり方で、そこに来たるべき未来の続篇が補足されるのを待っているようだ、――ちょうど村上の『ねじまき鳥』第1部、第2部が第3部『鳥刺し男編』を、『1Q84』BOOK1と2がBOOK3を待っていたように。

いや、それ以上に、『ねじまき鳥』が第2部で、『1Q84』がBOOK2でみごとに完結しているように、『細雪』も可憐な雪子の糞尿譚をもって、いかにも谷崎的で華麗な幕引きをしたといえるのである。

一六　「色彩を持たない……」幽体

『国境の南……』の成立過程に戻ると、「解題」に次の重要な解明がある、——「具体的なことを言えば、この『国境の南、太陽の西』の主人公であるハジメ君は、『ねじまき鳥クロニクル』の主人公である岡田トオルともともとは同一人物だった」。

これは、作者によるこうした「解題」がなければ、内容を異にする二篇の長・中篇を読んだだけの読者には、まずもって類推できない驚くべき発言である。

そして結果として、亨はもっぱら〈物語〉によって起動される人物、ハジメは作者の〈自伝〉を賦与された人物、というふうにそれぞれ「まったく別の人格として動き出す」(同)ことになった。

『国境の南……』の2章には、ハジメの高校時代にかんする、次の興味深いエピソードがある、——「学校は山の上にあって、その屋上からは町と海とが一望のもとに見渡せた。僕らは一度放送部の部屋から古いレコードを十枚ばかりくすねてきて、それを屋上からフリスビーみたいに飛ばしたことがあった。それらのレコードは綺麗な放物線を描いて飛行した。風に乗って、あたかも束の間の生命を得たかのように、幸福そうに港の方にまで飛んでいった」。

ハジメには作者・村上の自伝的要素が賦与されているわけだから、これは村上が通った神戸高校の屋上からの眺めであると判断してよい。

ハジメは村上と同じ関西種だったのである。とすれば、ハジメと小学校の同級生であり、幼なじみの恋人であった島本さんも、関西種だったという推論が導き出される。

ハジメと島本さんは、『ノルウェイの森』のキズキと直子、『海辺のカフカ』の佐伯さんと甲村少年と同じ、幼なじみの恋人だったのだが、ハジメは村上と同じように神戸高校から東京の大学に進み、出版社の編集者などを経て、有紀子と結婚する。

有紀子の父親に勧められて、青山にジャズ・クラブ「ロビンズ・ネスト」を開き、成功するというのも、（義父の資金援助を受けたということを別にすれば）借金して国分寺・千駄ヶ谷にジャズ・バー「ピーター・キャット」を開いて成功する村上の（作家以前の）経歴と一致する。

そこに島本さんが（再）登場してくるのである。

ロビンズ・ネストのことが「ブルータス」に載ってしばらくして、「雑誌のことをほとんど忘れかけたころになって、最後の知り合いが僕のところにやってきた」というチャンドラー風のスリリングな再会が起こる。

そこで島本さんとのロマンスがはじまるわけだが（「十二で離ればなれになって、三十七でまたこういう風に出会って……」と島本さんは言う）、注目したいのは、彼女が現われるときより、〈消える〉場面である、――

「そして彼女は［ロビンズ・ネストの］ドアを開けて出ていった。僕は五分ばかりあとで階段を上がって通り［ムラカミ・ロードの青山通り］に出てみた。彼女がうまくタクシーを捕まえることができたか気になったのだ。外にはまだ雨が降りつづいていた。島本さんはもうそこにはいなかった。通りにはもう人けはなかった」

このシーンで村上は「まだ」と「もう」を頻用する。島本さんは雨の「まだ」と彼女の「もう」のあいだで姿を消したのである。「あるいは僕は幻のようなものを見ていたのかもしれない」。ハジメのこの感想を要の次の印象に重ねてみよう、――「まことにお久こそは封建の世から抜け出して来た幻影であつた」。

要もハジメも、ネルヴァルの『オーレリア』にあるような幻影を追う恋人たちなのかもしれない。『国境の南……』を書くに当たっては、「ずっと上田秋成の『雨月物語』のことを考えていた」と著者の「解題」にある。「僕としてはそのような意識と無意識とのあいだの境界が、あるいは覚醒と非覚醒とのあいだの境界が不明確な作品世界を、現代の物語として提出してみたかったのだ」。島本さんも、お久も、そういう薄明のボーダーラインを行き来する幻影の女である。

後に見るとおり、島本さんは東（此岸あるいは生）と西（彼岸あるいは死）、お久は人と人形の境界を抜け出て行く〈壁抜け〉の一族である。

『色彩を持たない……』についていうと、つくると彼の名古屋における恋人のユズ（シロ）が、この〈壁抜け〉もしくは幽体離脱をおこなう。「彼［つくる］にわかるのは、ユズの中にもおそらくユズの内なる濃密な闇があったに違いないということだ。そしてその闇はどこかで、地下のずっと深いところで、つくる自身の闇と通じあっていたのかもしれない」。

現在の恋人の沙羅もまた、つくるに幽体離脱の気配を感じとっている、――「あなたに抱かれているとき、あなたはどこかよそにいるみたいに私には感じられた。抱き合っている私たちからちょっと離れたところに」。あるいは、「あなたの頭の中には何か別のものが入り込んでいた。少なくともそういう隔たりに似た感触があった」。あるいは、「もし私とあなたがこれからも真剣におつきあいをするなら、そういう何かに間に入ってほしくない。よく正体のわからない何かに。私の言う意味はわかる？」

そう、沙羅の言う「何か」とは、つくるの〈幽体〉を指していたのである。

村上は『海辺のカフカ』で秋成にふれ、「菊花の約《ちぎり》」で「魂となって千里の道を走り」、友との約束を果たす侍の話をする。そういえば同じ章で田村カフカは「谷崎訳の『源氏物語』のページ」を開いている（傍点引用者）。『源氏』には六条御息所が生霊《いきりょう》になって葵の上をとり殺す話がある。谷崎はまた秋成の『雨月』を脚色した映画シナリオ『蛇性の婬』（大正一一年初出）を書いている。

源氏、秋成、谷崎、村上とつづく、生霊による幽体離脱の系譜が指摘できるのである。

『国境の南……』では、その後も島本さんはロビンズ・ネストに現われるが、いつでも雨が降っている。雨は島本さんの〈形代《かたしろ》〉である、——文楽の人形芝居のさまざまなキャラクターが、お久の〈形代〉であるように。

あるいはこの雨は、『蓼』の場合、大阪の弁天座でお久に会ったとき、そのかたわらを流れる道頓堀川に置き換えられるかもしれない。あるいは、淡路島の洲本であれば、お久が「うぐひすも、都の春にあひたけと、きは淀川へ上り舟、……」と地唄をうたっているとき、「明け放たれた二階の縁からは船着き場に沿うた一とすぢの路をへだてゝもう暮れがたの海のけしきが展《ひら》けてゐた」という「海のけしき」でもいい。お久のうたう地唄にも、淀川の流れとともに、谷崎の根源的な場所が〈飛び地〉（プルースト）する光景が見られる。

『国境の南……』の島本さんが雨の女であるように、お久は水の女なのである。「不思議なことに、彼女はいつも静かな雨の降る夜にやってくるのだ」と同書にある。

〈壁抜け〉のフィニッシュは、島本さんの頼みで石川県にある川のほとりに出かけ（ここにも水のテーマがある）、彼女の死んだ赤ん坊の灰を川に流し、車で帰る途中、彼女がトランス状態に陥るシーンである。

「僕はその瞳の中をじっと覗き込んでみた。でもそこにはまったく何も見えなかった。瞳の奥は死そのもののように暗く冷たかった」

このトランス状態は、ハジメと島本さんが箱根に行って、初めて交わるときにも、彼女の瞳の中にみとめられる。

「彼女の瞳の中のその暗黒をじっと覗き込みながら、島本さんの名前を呼んでいるうちに、僕はだんだん、自分の体がそこに引きずり込まれていくような感覚に襲われた」

島本さんだけではなく、「僕」までが〈壁抜け〉して行くのである。

ハジメはどこに引きずり込まれて行くのだろう？

その答えは二人が夜を共にする箱根の別荘ですでに出されていた。

唐突に島本さんが呪文のような小説のタイトルを口にするのである、——「国境の南、太陽の西」と。

「ヒステリア・シベリアナ」という病気があって、この病気にかかったシベリアの農夫は、あるとき「地面に鋤を放り出し、そのまま何も考えずにずっと西に向けて歩いていくの。太陽の西に向けて。そして憑かれたように何日も何日も飲まず食わずで歩きつづけて、そのまま地面に倒れて死んでしまうの。それがヒステリア・シベリアナ」。

島本さんは「太陽の西に向けて」〈壁抜け〉したのである。

ここではとくに、島本さんの〈壁抜け〉が箱根で起こったことが意味をもつ。島本さんの〈壁抜け〉は、これを現実の場所に移して考えるなら、作者・村上の〈東奔西走〉の〈壁抜け〉に置き換えることができる。

すなわち芦屋から東京へ。あるいはむしろ、「太陽の西」というタイトルに即して言うなら、東京から芦屋へ。

いや、よりいっそう具体的に、小説のこの場面に即して言えば、箱根から芦屋へ。

一七 「誰か」と「人」、そして疾走する八重垣姫

するとこの〈壁抜け〉はそのまま、谷崎の遭遇した天変地異《カタストロフィ》に重なるのである。

一九二三年（大正一二年）九月、「大阪朝日新聞」の「手記」に谷崎はこう書いた、――

「私は八月二日からずつと箱根小涌谷の小涌谷ホテルに滞在してゐたが三十一日の晩に箱根町の芦の湖畔にある箱根ホテルへ遊びに行きそこに一と晩泊つて翌一日の午前十一時半に出る乗合自動車に乗って芦の湯を通り、約半里位も来た山路で地震に遭つた、〔……〕何しろ山の左側は高い崖で、そこから大きな石がゴロ／＼落ちてくるし右の方はやつぱり深い谷で自動車の通つてゐる一本道が柔かい土でボロ／＼壊れて見る見るうちに路がなくなつてゆく」

これはほとんど同時進行式に書かれた、後に「疎開日記」や、（こちらはフィクションだが）『鍵』

や『瘋癲老人日記』で大きな達成をみせる、日記体を駆使した大震災の記事である。

箱根で関東大震災を罹災した谷崎は、文字通り〈壁抜け〉としか言いようのない仕方で、関西へ、芦屋へ、流亡していく。

この谷崎の「太陽の西」への〈壁抜け〉は、『蓼喰ふ蟲』の主人公・要の関東（日本橋）から関西（芦屋）への〈壁抜け〉の原形になると考えられる。

ここで『国境の南……』と『蓼』のラストを比べてみよう。

『国境の南……』では、箱根の一夜のあと、村上のヒロインの例にならって、島本さんは失踪する〈〈壁抜け〉する〉。ハジメはしばらく腑抜け（〈壁抜け〉？）のようになって、青山の家で妻の有紀子と暮らす。

有紀子との関係はむろん破綻するが、彼が「もう一度新しい生活を始めたい」と許しを乞うと、妻は「それがいいと思う」と答える。彼はなんとか日常の生活を立てなおさなくてはならない。「でも僕はその台所のテーブルの前から、どうしても立ち上がることができなかった」、――

「僕はその暗闇の中で、海に降る雨のことを思った。広大な海に、誰に知られることもなく密やかに降る雨のことを思った。雨は音もなく海面を叩き、それは魚たちにさえ知られることはなかった。

誰かがやってきて、背中にそっと手を置くまで、僕はずっとそんな海のことを考えていた」

これは村上の書いた典型的なオープン・エンディングであり、多義性に向かって開かれた終わりである（『色彩を持たない……』でいえば、「もし沙羅がおれを選び、受け入れてくれるなら、すぐにでも結婚を申し込もう」とつくるが考えるラスト・シーン参照）。

「背中にそっと手を置く」「誰か」とは、妻の有紀子だろうか？　それとも、〈雨の女〉島本さんだろうか？

『国境の南……』をリアリズム小説として読めば有紀子だが、村上本来の小説の読み方をすれば島本さんだろう。小説はこの問いを開いたまま、「そっと手を置く」ように終止符を打つ。

一方、『蓼喰ふ蟲』では、いよいよ切羽つまった要は、義父の「老人」に手紙を書き、美佐子との離婚の件を打ち明ける。

最終章（「その十四」）は、老人の京都の家である。要と美佐子が訪ねて来る。話がもつれるので、老人は娘の美佐子を連れて、南禅寺の瓢亭で談判することになる。要はお久とともに老人の家に残される。

風呂を浴び、「二本目の銚子を半分ほどにして」、寝室の蚊帳に入る、――

「ふと、要は床脇の方の暗い隅にほのじろく浮かんでゐるお久の顔を見たやうに覚えた。が、はつとしたのは一瞬間で、それは老人の淡路土産の、小紋の黒餅《こくもち》の小袖を着た女形《をやま》の人形が飾つてあつたのである。

涼しい風が吹き込むのと一緒にその時夕立がやつて来た。早くも草葉の上をたゝく大粒の雨の音が聞える。

要は首を上げて奥深い庭の木の間を視つめた。いつしか逃げ込んで来た青蛙が一匹、頻にゆらぐ蚊帳の中途に飛びついたまゝ光つた腹を行燈の灯に照らされてゐる。

『いよ〳〵降つて来ましたなあ』

襖《ふすま》が明いて、五六冊の和本を抱へた人の、人形ならぬほのじろい顔が萌黄の闇の彼方《あなた》に据わつた」

二篇の長篇のラストを並べてみたが、『国境の南……』の「誰か」（ここでは「誰か」を島本さんと解する）も、『蓼喰ふ蟲』の「人」（この「人」にもお久と人形のあいだで揺らぎがある）も、ファム・ファタール（魔性の女）の真価を遺憾なく発揮している。

二人の雨の女はこんなふうにして、ハジメ（始）とカナメ（要）を連れて、「太陽の西」へ壁抜けして行くのだ。

——福良の淡路人形座では「本朝廿四孝」の奥庭狐火の段を見た。

小さな浄瑠璃人形が、人形遣いの手でみるみる大きくなっていくようだ。おどろくべき迅速な姫の身体の動き。その走る姿に驚嘆する。人形が人形とは思えぬ動きを見せる。女の身体がありありと見える。その躍動するさまは奇怪なまでに美しい。グロテスクといってもいい。

この人形芝居は「かう云ふ南国的な海辺の町の趣」に、とてもしっくりと似合っている。これは「決して関東の田舎にはない」ものだ。『蓼喰ふ蟲』の要のように、「ほんの海を一つ越えた瀬戸内の島へ渡つたばかりで、なんだか馬鹿にはる〴〵と来たやうな心地がする」。そんな印象が実感として迫って来た。

疾走する八重垣姫の人形の顔に、瀬戸内の海の光が蒼く照り輝くようだった。

あとがきに代えて――『女のいない男たち』のムラカミ・ランド

村上春樹の最新作『女のいない男たち』は、短篇集でありながらムラカミ・ワールド集大成の性格をもつ。村上はこの作品集で自作のあいだに〈引用〉のネットワークを張りめぐらせたのである。冒頭の一篇「ドライブ・マイ・カー」の主人公・家福《かふく》は癌で妻を失うが、生前にも妻が四人の男と寝ることによって彼女を失った、〈女のいない男〉の呪われた境遇にあった。

この「女のいない男たち」という「コンセプト」（「まえがき」）が、六篇を繋ぐ〈引用〉のもっとも見やすい連関である。

家福はみずからの窮境を、妻の相手であった当の高槻に、次の激しい言葉で述べる、――「でも結局のところ、僕は彼女を失ってしまった。生きているうちから少しずつ失い続け、最終的にすべてなくしてしまった。浸食によってなくし続けたものを、最後に大波に根こそぎ持って行かれるみたいに……」。

妻が高槻と寝たことを家福は知りながら、知らないことにして、二人は話しあっている。だから、ここに言う「すべてなくしてしまった」には、癌で妻を亡くしたことしか含意されていないが、――そして3・11の大震災による津波の災禍が暗喩されていて、こうした災害のメタファは、『色彩を持たない多崎つくると、彼の巡礼の年』で、つくるが自分の痩せ細った裸身を鏡に見、「巨大な地震か、すさまじい洪水に襲われた遠い地域の、悲惨な有様」を透視する場面の〈引用〉になっているが、――しかし家福はそれだけではなく、高槻（を含む四人の男）によって〈女のいない男〉の境遇に落ちたことをも、言外に示唆しようとしたのである。

本篇は俳優の家福と専属ドライバーのみさきの会話をメインとする。このカップルは、物語る人・家福（パシヴァ）と聴取する人・みさき（レシヴァ）という、本書の第六章で詳述した〈パシヴァ／レシヴァ〉（『1Q84』の用語で、パシヴァはperceiver、レシヴァはreceiver）の関係を地で行っている。

それは「シェエラザード」と題した一篇で展開される、『千夜一夜物語』の王妃シェエラザードに名を借りた女性（パシヴァ）と、主人公の羽原《はばら》（レシヴァ）のやりとりにおいて、もっとも明白に開示される。

『千夜一夜物語』ではパシヴァのシェエラザードは、興味津々たる話を物語ることで延命していく。村上の短篇はその逆で、羽原はシャフリヤール王のような暴君であるどころか、シェエラザードを失って〈女のいない男〉になることを怖れている。それ以上に、パシヴァを失うレシヴァの不安をエンディングの主題とするのである。

一篇が扱うのはアルベルチーヌ・コンプレックスだが、村上は賢明にもプルーストから恋愛心理を抜き去った。プルーストの小説では、逃げ去るアルベルチーヌに対してマルセルは、彼女を失う怯えからパリのアパルトマンに蟄居する（『逃げ去る女』）。羽原はそういう囚われの身をアレゴリックに体現し、「ハウス」と呼ばれるアパートの一室から一歩も外出できない状況――理由は示されない――によって、あらかじめその身柄を拘束されている。

シェエラザードが支援活動として週に二度ほど彼のもとを訪れセックスする。きわめて今日的な、ほとんどSF的といってよい（3・11原発事故以後の）、〈パシヴァ／レシヴァ〉の関係が成立するのである。

「イエスタデイ」にも同じ組合せを指摘できる。東京生まれ、東京育ちなのに関西弁しか使わない奇矯な青年・木樽《きたる》の身の上――幼なじみのガールフレンドとの関係が少しも進展せず、〈女のいない男〉の不遇を託《かこ》つ、――その話を芦屋出身の「僕」（当然、作家の村上をモデルとする）が聞きとるというのは、典型的なパシヴァ／レシヴァの関係である。しかも木樽が関西弁を「後天的に学習した」となると、これは『卍』の谷崎潤一郎のパロディというほかないだろう（本書第六章「東奔西走――谷崎潤一郎と村上春樹」参照）。

「独立器官」も同様である。プレイボーイの渡会《とかい》は愛人の人妻に袖にされ、あまつさえその人妻が「第三の男」と駆け落ちしてしまう。二重に「女のいない男」になった渡会は絶望のあまり命を絶つ。秘書からその事情を聴取する小説家の「僕」はレシヴァそのものである。

「ドライブ……」では〈女のいない男〉のテーマが、家福の語りでこう打ち出される、――妻がほかの男に抱かれている情景が蘇ってくる、「行き場のない魂が天井の隅っこにずっと張りついて、こちらを見守っているみたいに」と。

この「行き場のない魂」がラストから二番目の名短篇「木野」に憑依するのである。

主人公の木野は家福と同じ寝取られ男（コキュ）である。家福と違うところは、彼は妻が職場の同僚と性交する現場を目撃してしまうことだ。

かくて木野は会社を辞め、バー「木野」を南青山に開く。

「ドライブ……」で家福が高槻と死んだ妻の話をする「青山の小さなバー」が、呪われた〈女のいない男〉・木野のバーになるのは、ムラカミ流巡る因果の応報である。

　バー「木野」は「根津美術館の裏手の路地の奥にあり」、「ドライブ……」のバーと同じところである。無口な中年のバーテンダーがいて（木野のことだ）、柳があり、灰色の猫がいて、アナログ・レコードのジャズも流れて、――と二篇の舞台の〈因縁・引用〉の関係が確認される。

　バーの常連、霊能者のカミタの予言に従い、木野は縁起の悪いバーを閉めて、『海辺のカフカ』のヒーローを〈引用〉するように、あるいはカフカ少年が〈憑依〉したように、四国の高松へ、そして熊本へ移ろって行く。だが、そのホテルにも何者かが追跡の手を伸ばし、「地上八階の切り立ったビルの壁にへばり付き、顔を窓に押しつけるようにして、雨に濡れたガラスをこつこつと叩き続けているのだろう」。読者はこの不気味なノックが、『１Ｑ８４』で天吾や青豆の部屋のドアを執拗にノックしたＮＨＫの集金人、天吾の父の妄執の〈憑依・引用〉であることを知る。

　ラストの一篇、表題作の「女のいない男たち」にみられるのは、最初期の名短篇「貧乏な叔母さんの話」からの〈引用〉である。

「女のいない……」の舞台となる、神宮外苑「絵画館」前の広場で、「僕は散歩の途中、一角獣の像の前に腰を下ろし（僕のいつもの散歩コースには、この一角獣の像がある公園が含まれている）、冷ややかな噴水を眺めながら、その男のことを考える」。

「その男」とは、妻を自殺で失った〈女のいない男〉のことで、彼は妻の死を「昔の恋人」だった「僕」に、深夜の電話で報せてくれたのである。

　その「僕」が〈引用〉するのは、「貧乏な叔母さん……」のなかでもランドマークとなる、他ならぬ一角獣なのである。――「僕は散歩の帰り、絵画館前の広場に腰を下ろし、連れと二人で一角獣の銅像をぼんやり見上げていた」。

かくも二篇は多くの「共通項を持つ」、――一角獣だけではなく、文章のリズムも、一人称（僕）と二人称（あなた）の併用も。――「あなたはそのようにして女のいない男たちになる」（「女のいない……」）「僕とあなたは『貧乏な叔母さんを持たない』という共通項を持つことになる」（「貧乏な叔母さん……」）。

むろん一角獣は、『世界の終りとハードボイルド・ワンダーランド』で大々的に活躍する、ムラカミ偏愛のアイテムである。

「絵画館」前広場の一角獣

ところで一角獣の額にはその名のとおり一本の角がある。そして〈角を生やす〉といえば、むろん〈コキュになる〉ことだ。そう思ってこのページの写真を見ると、なるほど、一角獣は「女のいない男たち」――家福や木野の一族――コキュの徒そっくりではないか。
村上は猛々しくもマッチョな一角獣を、悲憤慷慨する滑稽なコキュの一角獣に読み替えたのである。
そんなふうにして『女のいない男たち』ラストの短篇で、あの懐かしいムラカミ・ランドの「僕」が、多義的に変容する一角獣を率《ひ》き連れて戻って来た！
まさに引用し、憑依する「僕」というべきだろう。

＊

本書の上梓に当たっては、前著『書簡で読むアフリカのランボー』、『金子光晴デュオの旅』（野村喜和夫氏との共著）に引き続き、未來社社主・西谷能英氏の慫慂と編纂の労をたまわりました。記して茲に深甚なる謝意を申し述べます。

「文學界」では、大川繁樹氏、田中光子氏、武藤旬氏、中本克哉氏、信田耕作氏、豊田健氏――各氏のお手をわずらわせました。衷心より感謝の気持ちを述べさせていただきます。

「産経新聞」では、海老沢類氏の御担当をかたじけなくしました。厚くお礼を申し上げます。

最後に装丁の高麗隆彦氏に、熱烈なるありがとうのひと言を。

二〇一四年八月二五日

鈴村和成

村上春樹著作リスト

※本書で言及したものに限る。詳細に論じた作品はゴチックにした。

『風の歌を聴け』（略号『風の歌』）講談社、一九七九年

『1973年のピンボール』（略号『ピンボール』）講談社、一九八〇年

『街と、その不確かな壁』（略号『街と、……』）「文學界」一九八〇年九月号

「八月の庵――僕の『方丈記』体験」「太陽」一九八一年一〇月号

『ウォーク・ドント・ラン』（村上龍との対談）講談社、一九八一年

「都市小説の成立と展開――チャンドラーとチャンドラー以降」「海」一九八二年五月号

『羊をめぐる冒険』（略号『羊』）講談社、一九八二年

「中国行きのスロウ・ボート」**「貧乏な叔母さんの話」**（略号「貧乏な叔母さん……」）（『中国行きのスロウ・ボート』中央公論社、一九八三年）

「5月の海岸線」「彼女の町と、彼女の緬羊」「図書館奇譚」（『カンガルー日和』平凡社、一九八三年）

「めくらやなぎと眠る女」（略号「めくらやなぎ」）「螢」（『螢・納屋を焼く・その他の短編』新潮社、一九八四年）

「マカハ・ビーチの氷河期」（『波の絵、波の話』［略号『波の絵……』写真・稲越功一］文藝春秋、一九八四年）

「『引越し』グラフィティ」（『村上朝日堂』若林出版企画、一九八四年）

『世界の終りとハードボイルド・ワンダーランド』（略号『世界の終りと……』）新潮社、一九八五年

「レーダーホーゼン」「ハンティング・ナイフ」（『回転木馬のデッド・ヒート』講談社、一九八五年）

「作家ほど素敵な商売はない」（村上龍との対談）「IN＊POCKET」一九八五年一〇月号

「双子と沈んだ大陸」（『パン屋再襲撃』文藝春秋、一九八六年）

『村上春樹堂の逆襲』 朝日新聞社、一九八六年
『ランゲルハンス島の午後』（絵・安西水丸） 光文社、一九八六年
『ノルウェイの森』（略号『ノルウェイ』） 講談社、一九八七年
『ザ・スコット・フィッツジェラルド・ブック』 TBSブリタニカ、一九八八年
『ダンス・ダンス・ダンス』（略号『ダンス……』） 講談社、一九八八年
「眠り」「TVピープル」（『TVピープル』文藝春秋、一九九〇年）
『遠い太鼓』 講談社、一九九〇年
「自作を語る」（『羊をめぐる冒険』）『村上春樹全作品 1979～1989』② 講談社、一九九〇年
「自作を語る」（『ダンス・ダンス・ダンス』）同前⑦、一九九一年
「人喰い猫」 同前⑧
『国境の南、太陽の西』（略号『国境の南、……』） 講談社、一九九二年
『ねじまき鳥クロニクル 第1部 泥棒かささぎ編』（略号『ねじまき鳥』） 新潮社、一九九四年
『ねじまき鳥クロニクル 第2部 予言する鳥編』 同上
『やがて哀しき外国語』 講談社、一九九四年
『使いみちのない風景』（写真・稲越功一） 朝日出版社、一九九四年
『ねじまき鳥クロニクル 第3部 鳥刺し男編』 新潮社、一九九五年
「めくらやなぎと、眠る女」（ショートヴァージョン、『レキシントンの幽霊』文藝春秋、一九九六年）
「トニー滝谷」「氷男」「レキシントンの幽霊」（『レキシントンの幽霊』同前）
『うずまき猫のみつけかた』 新潮社、一九九六年
『アンダーグラウンド』 講談社、一九九七年
『若い読者のための短編小説案内』 文藝春秋、一九九七年
『村上春樹堂はいかにして鍛えられたか』 朝日新聞社、一九九七年

『約束された場所で』 文藝春秋、一九九八年
「神戸まで歩く」「ノモンハンの鉄の墓場」（『辺境・近境』新潮社、一九九八年）
『辺境・近境　写真篇』（写真・松村英三） 新潮社、一九九八年
『スプートニクの恋人』 講談社、一九九九年
「神の子どもたちはみな踊る」（略号『神の子ども……』）「かえるくん、東京を救う」（『神の子どもたちはみな踊る』新潮社、二〇〇〇年）
「広い野原の下で」（『村上ラヂオ』マガジンハウス、二〇〇一年）
『海辺のカフカ』（略号『海辺……』） 新潮社、二〇〇二年
「『海辺のカフカ』を語る」「文學界」二〇〇三年四月号
「解題」（『国境の南、太陽の西』）『村上春樹全作品 1990～2000』②、講談社、二〇〇三年
「解題」（「めくらやなぎと、眠る女」） 同上③
「解題」（『神の子どもたちはみな踊る』） 同上③
「解題」（『ねじまき鳥クロニクル　第3部』） 同上⑤
『少年カフカ』 新潮社、二〇〇三年
『アフターダーク』 講談社、二〇〇四年
『地球のはぐれ方』（略号『はぐれ方』 吉本由美・都築響一と共著） 文藝春秋、二〇〇四年
「ハナレイ・ベイ」（『東京奇譚集』新潮社、二〇〇五年）
『意味がなければスイングはない』 文藝春秋、二〇〇五年
『走ることについて語るときに僕の語ること』（略号『走ることについて……』） 文藝春秋、二〇〇七年
『1Q84　BOOK1、BOOK2』 新潮社、二〇〇九年
『1Q84　BOOK3』 新潮社、二〇一〇年
『夢を見るために毎朝僕は目覚めるのです　村上春樹インタビュー集 1997-2009』 文藝春秋、二〇一〇年

「村上春樹ロングインタビュー」「考える人」二〇一〇年夏号
『ねむり』新潮社、二〇一〇年
「ノルウェイの木を見て森を見ず」「『壁と卵』——エルサレム賞・受賞のあいさつ」（『雑文集』新潮社、二〇一一年）
「シェーンブルン動物園のライオン」（『サラダ好きのライオン　村上ラヂオ3』マガジンハウス、二〇一二年）
「想像の中で見るもの——村上ラヂオ」「anan」二〇一二年三月一四日号
『色彩を持たない多崎つくると、彼の巡礼の年』（略号『色彩を持たない……』）文藝春秋、二〇一三年
「魂を観る、魂を書く」「文學界」二〇一三年八月号
「ドライブ・マイ・カー」（略号「ドライブ……」）「イエスタデイ」「独立器官」「シェラザード」「木野」「女のいない男たち」（略号「女のいない……」）（『女のいない男たち』文藝春秋、二〇一四年）

《初出》

序に代えて　一　「産経新聞」2013年5月5日
序に代えて　二　同　2014年5月4日
第一章　「文學界」2014年7月号
第二章　同　2011年8月号
第三章　同　2012年5月号
第四章　同　2012年10月号／2013年1月号
第五章　同　2010年2月号
第六章　同　2013年6月号

著者略歴

鈴村和成（すずむら・かずなり）

1944年、名古屋市生まれ。東京大学仏文科卒。同修士課程修了。横浜市立大学教授を経て、同名誉教授。文芸評論家、フランス文学者、詩人。

村上春樹論に、『未だ／既に——村上春樹と「ハードボイルド・ワンダーランド」』（洋泉社）、『テレフォン——村上春樹、デリダ、康成、プルースト』（同）、『村上春樹クロニクル』（同）、『村上春樹とネコの話』（彩流社）、『村上春樹・戦記／『1Q84』のジェネシス』（彩流社）他。

評論に、『境界の思考——ジャベス・デリダ・ランボー』（未來社）、『小説の「私」を探して』（同）、『バルト——テクストの快楽』（講談社）、『ランボー、砂漠を行く——アフリカ書簡の謎』（岩波書店「岩波人文書セレクション」）、『書簡で読むアフリカのランボー』（未來社）など。

紀行作品に、『ランボーのスティーマー・ポイント』（集英社）、『金子光晴、ランボーと会う——マレー・ジャワ紀行』（弘文堂）、『ヴェネツィアでプルーストを読む』（集英社）、『アジア、幻境の旅——日野啓三と楼蘭美女』（同）、紀行小説『ランボーとアフリカの８枚の写真』（河出書房新社・藤村記念歴程賞）、『金子光晴デュオの旅』（未來社、共著）など。

詩集に、『青い睡り』（永井出版企画）、『微分せよ、秒速で』（書肆山田）、『ケルビンの誘惑者』（思潮社）、『黒い破線、廃市の愛』（書肆山田）。

翻訳に、デリダ『視線の権利』（哲学書房）、ジャベス『小冊子を腕に持つ異邦人』（書肆山田）、『ランボー詩集』（思潮社・海外詩文庫）、『ランボー全集 個人新訳』（みすず書房）他。

紀行せよ、と村上春樹は言う

発行――二〇一四年九月三十日　初版第一刷発行

定価――（本体二八〇〇円＋税）

著　者――鈴村和成

発行者――西谷能英

発行所――株式会社　未來社
東京都文京区小石川三―七―二
電話〇三―三八一四―五五二一
http://www.miraisha.co.jp/
Email: info@miraisha.co.jp
振替〇〇一七〇―三―八七三八五

印刷――萩原印刷

ISBN 978-4-624-60116-4 C0095